O processo

A ORTOGRAFIA DESTE LIVRO FOI ATUALIZADA SEGUNDO O ACORDO ORTOGRÁFICO DA LÍNGUA PORTUGUESA (1990), QUE PASSOU A VIGORAR EM 2009.

COLEÇÃO A OBRA-PRIMA DE CADA AUTOR

O processo

Franz Kafka

TEXTO INTEGRAL

5ª EDIÇÃO

Tradução
TORRIERI GUIMARÃES

MARTIN CLARET

Título da obra em alemão: *Der Prozess* (1914)

CONSELHO EDITORIAL
Martin Claret

PRODUÇÃO EDITORIAL
Taís Gasparetti

CAPA
Ilustração: Betacam / Shutterstock

MIOLO
Tradução: Torrieri Guimarães
Revisão: Waldir Moraes / Maria Regina Ribeiro Machado
Projeto gráfico: José Duarte T. de Castro
Editoração eletrônica: Editora Martin Claret
Impressão e acabamento: Renovagraf

Dados Internacionais de Catalogação na Publicação (CIP)
(Câmara Brasileira do Livro, SP, Brasil)

Kafka, Franz, 1883-1924.
O processo / Franz Kafka; tradução Torrieri Guimarães. — 5. ed. — São Paulo: Martin Claret, 2011. — (Coleção a obra-prima de cada autor; 41)

Título original: Der Prozess
"Texto integral"
ISBN 978-85-7232-414-4

1. Ficção alemã I. Título. II. Série.

11-10585 CDD-833

Índices para catálogo sistemático:

1. Ficção: Literatura alemã 833

EDITORA MARTIN CLARET LTDA.
Rua Alegrete, 62 – Bairro Sumaré – CEP: 01254-010 – São Paulo – SP
Tel.: (11) 3672-8144
www.martinclaret.com.br

3ª reimpressão – 2016

Sumário

PALAVRAS DO EDITOR

A história do livro e a coleção "A obra-prima de cada autor"

MARTIN CLARET

Que é o livro? Para fins estatísticos, na década de 1960, a Unesco considerou o livro "uma publicação impressa, não periódica, que consta de no mínimo 56 páginas, sem contar as capas".

O livro é um produto industrial. Mas também é mais do que um simples produto. O primeiro conceito que deveríamos reter é o de que o livro como objeto é o veículo, o suporte de uma informação. O livro é uma das mais revolucionárias invenções do homem.

A *Enciclopédia Abril* (1972), publicada pelo editor e empresário Victor Civita, no verbete "livro" traz concisas e importantes informações sobre a história do livro. A seguir, transcrevemos alguns tópicos desse estudo didático.

O livro na Antiguidade

Antes mesmo que o homem pensasse em utilizar determinados materiais para escrever (como, por exemplo, fibras vegetais e tecidos), as bibliotecas da Antiguidade estavam repletas de textos gravados em tabuinhas de barro cozido. Eram os primeiros "livros", depois progressivamente modificados até chegarem a ser feitos — em grandes tiragens — em papel impresso mecanicamente, proporcionando facilidade de leitura e transporte. Com eles, tornou-se possível, em todas as épocas, transmitir fatos, acontecimentos históricos, descobertas, tratados, códigos ou apenas entretenimento.

Como sua fabricação, a função do livro sofreu enormes modificações dentro das mais diversas sociedades, a ponto de constituir uma mercadoria especial, com técnica, intenção e utilização determinadas. No moderno movimento editorial das chamadas sociedades de consumo, o livro pode ser considerado uma mercadoria cultural, com maior ou menor significado no contexto socioeconômico em que é publicado. Como mercadoria, pode ser comprado, vendido ou trocado. Isso não ocorre, porém, com sua função intrínseca, insubstituível: pode-se dizer que o livro é essencialmente um instrumento cultural de difusão de ideias, transmissão de conceitos, documentação (inclusive fotográfica e iconográfica), entretenimento ou ainda de condensação e acumulação do conhecimento. A palavra escrita venceu o tempo, e o livro conquistou o espaço. Teoricamente, toda a humanidade pode ser atingida por textos que difundem ideias que vão de Sócrates e Horácio a Sartre e McLuhan, de Adolf Hitler a Karl Marx.

Espelho da sociedade

A história do livro confunde-se, em muitos aspectos, com a história da humanidade. Sempre que escolhem frases e temas, e transmitem ideias e conceitos, os escritores estão elegendo o que consideram significativo no momento histórico e cultural que vivem. E, assim, fornecem dados para a análise de sua sociedade. O conteúdo de um livro — aceito, discutido ou refutado socialmente — integra a estrutura intelectual dos grupos sociais.

Nos primeiros tempos, o escritor geralmente vivia em contato direto com seu público, que era formado por uns poucos letrados, já cientes das opiniões, ideias, imaginação e teses do autor, pela própria convivência que tinham com ele. Muitas vezes, mesmo antes de o texto ser redigido, as ideias nele contidas já haviam sido intensamente discutidas pelo escritor e parte de seus leitores. Nessa época, como em várias outras, não se pensava na enorme porcentagem de analfabetos. Até o século XV, o livro servia exclusivamente a uma pequena minoria de sábios e estudiosos que constituíam os círculos intelectuais (confinados aos mosteiros durante o começo da Idade Média) e que tinham acesso às bibliotecas, cheias de manuscritos ricamente ilustrados.

Com o reflorescimento comercial europeu, nos fins do século XIV, burgueses e comerciantes passaram a integrar o mercado livreiro da época. A erudição laicizou-se e o número de escritores aumentou, surgindo também as primeiras obras escritas em línguas que não o latim e o grego (reservadas aos textos clássicos e aos assuntos considerados dignos de atenção). Nos séculos XVI e XVII, surgiram diversas literaturas nacionais, demonstrando, além do florescimento intelectual da época, que a população letrada dos países europeus estava mais capacitada a adquirir obras escritas.

Cultura e comércio

Com o desenvolvimento do sistema de impressão de Gutenberg, a Europa conseguiu dinamizar a fabricação de livros, imprimindo, em cinquenta anos, cerca de 20 milhões de exemplares para uma população de quase 100 milhões de habitantes, cuja maioria era analfabeta. Para a época, isso significou enorme revolução, demonstrando que a imprensa só se tornou uma realidade diante da necessidade social de ler mais.

Impressos em papel, feitos em cadernos costurados e posteriormente encapados, os livros tornaram-se empreendimento cultural e comercial: os editores passaram logo a se preocupar com melhor apresentação e redução de preços. Tudo isso levou à comercialização do livro. E os livreiros baseavam-se no gosto do público para imprimir, principalmente obras religiosas, novelas, coleções de anedotas, manuais técnicos e receitas.

Mas a porcentagem de leitores não cresceu na mesma proporção que a expansão demográfica mundial. Somente com as modificações socioculturais e econômicas do século XIX — quando o livro começou a ser utilizado também como meio de divulgação dessas modificações e o conhecimento passou a significar uma conquista para o homem, que, segundo se acreditava, poderia ascender socialmente se lesse — houve um relativo aumento no número de leitores, sobretudo na França e na Inglaterra, onde alguns editores passaram a produzir obras completas de autores famosos a preços baixos. O livro era então interpretado como símbolo de liberdade, conseguida por conquistas culturais. Entretanto, na maioria dos países, não houve nenhuma grande modificação nos índices porcentuais até o fim da Primeira Guerra Mundial (1914-1918), quando surgiram as primeiras grandes tiragens de um só livro, principalmente romances, novelas e textos didáticos. O número elevado de cópias, além de baratear o preço da unidade, difundiu ainda mais a literatura. Mesmo assim, a maior parte da população de muitos países continuou distanciada do livro, em parte porque ele tinha sido durante muitos séculos considerado objeto raro, atingível somente por um pequeno número de eruditos. A grande massa da população mostrou maior receptividade aos jornais, periódicos e folhetins, mais dinâmicos e atualizados, e acessíveis ao poder aquisitivo da grande maioria. Mas isso não chegou a ameaçar o livro como símbolo cultural de difusão de ideias, como fariam, mais tarde, o rádio, o cinema e a televisão.

O advento das técnicas eletrônicas, o aperfeiçoamento dos métodos fotográficos e a pesquisa de materiais praticamente imperecíveis fazem alguns teóricos da comunicação de massa pensarem em um futuro sem os livros tradicionais (com seu formato quadrado ou retangular, composto de folhas de papel, unidas umas às outras por um dos lados). Seu conteúdo e suas mensagens (racionais ou emocionais) seriam transmitidos por outros meios, como por exemplo microfilmes e fitas gravadas.

A televisão transformaria o mundo todo em uma grande "aldeia" (como afirmou Marshall McLuhan), no momento em que todas as sociedades decretassem sua prioridade em relação aos textos escritos. Mas a palavra escrita dificilmente deixaria de ser considerada uma das mais importantes heranças culturais, entre todos os povos.

Através de toda a sua evolução, o livro sempre pôde ser visto como objeto cultural (manuseável, com forma entendida e interpretada em função de valores plásticos) e símbolo cultural (dotado de conteúdo, entendido e interpretado em função de valores semânticos). As duas maneiras podem fundir-se no pensamento coletivo, como um conjunto orgânico (onde texto e arte se completam, por exemplo, em um livro de arte) ou apenas como um conjunto textual (onde a mensagem escrita vem em primeiro lugar — em um livro de matemática, por exemplo).

A mensagem (racional, prática ou emocional) de um livro é sempre intelectual e pode ser revivida a cada momento. O conteúdo, estático em si, dinamiza-se em função da assimilação das palavras pelo leitor, que pode discuti-las, reafirmá-las, negá-las ou transformá-las. Por isso, o livro pode ser considerado instrumento cultural capaz de liberar informação, sons, imagens, sentimentos e ideias através do tempo e do espaço. A quantidade e a qualidade de ideias colocadas em um texto podem ser aceitas por uma sociedade, ou por ela negadas, quando entram em choque com conceitos ou normas culturalmente admitidos.

Nas sociedades modernas, em que a classe média tende a considerar o livro como sinal de *status* e cultura (erudição), os compradores utilizam-no como símbolo, mesmo desvirtuando suas funções ao transformá-lo em livro-objeto. Mas o livro é, antes de tudo, funcional — seu conteúdo é que lhe dá valor (os livros de ciências, filosofia, religião, artes, história e geografia, que representam cerca de 75% dos títulos publicados anualmente em todo o mundo).

O mundo lê mais

No século XX, o consumo e a produção de livros aumentaram progressivamente. Lançado logo após a Segunda Guerra Mundial (1939-1945), quando uma das características principais da edição de um livro era as capas entreteladas ou cartonadas, o livro de bolso constituiu um grande êxito comercial. As obras — sobretudo *best-sellers* publicados algum tempo antes em edições de luxo — passaram a ser impressas em rotativas, como as revistas, e distribuídas nas bancas de jornal. Como as tiragens elevadas permitiam preços muito baixos, essas edições de bolso popularizaram-se e ganharam importância em todo o mundo.

Até 1950, existiam somente livros de bolso destinados a pessoas de baixo poder aquisitivo; a partir de 1955, desenvolveu-se a categoria do livro de bolso "de luxo". As características principais destes últimos eram a abundância de coleções — em 1964 havia mais de duzentas, nos Estados Unidos — e a variedade de títulos, endereçados a um público intelectualmente mais refinado. A essa diversificação das categorias adiciona-se a dos pontos de venda, que passaram a abranger, além das bancas de jornal, farmácias, lojas, livrarias, etc. Assim, nos Estados Unidos, o número de títulos publicados em edições de bolso chegou a 35 mil em 1969, representando quase 35% do total dos títulos editados.

Enciclopédia Abril, vol. 7. São Paulo: Abril, 1973, p. 2840-2842.

Proposta da coleção
"A obra-prima de cada autor"

"Coleção" é uma palavra há muito tempo dicionarizada e define o conjunto ou reunião de objetos da mesma natureza ou que têm alguma relação entre si. Em um sentido editorial, significa o conjunto não limitado de obras de autores diversos, publicado por uma mesma editora, sob um título geral indicativo de assunto ou área, para atendimento de segmentos definidos do mercado.

A coleção "A obra-prima de cada autor" corresponde plenamente à definição acima mencionada. Nosso principal objetivo é oferecer, em formato de bolso, a obra mais importante de cada autor, satisfazendo o leitor que procura qualidade.*

Desde os tempos mais remotos existiram coleções de livros. Em Nínive, em Pérgamo e na Anatólia existiam coleções de obras literárias de grande importância cultural. Mas nenhuma delas superou a célebre biblioteca de Alexandria, incendiada em 48 a.C. pelas legiões de Júlio César, quando estas arrasaram a cidade.

A coleção "A obra-prima de cada autor" é uma série de livros a ser composta por mais de 400 volumes, em formato de bolso, com preço altamente competitivo, e pode ser encontrada em centenas de pontos de vendas. O critério de seleção dos títulos foi o já estabelecido pela tradição e pela crítica especializada. Em sua maioria, são obras de ficção e filosofia, embora possa haver textos sobre religião, poesia, política, psicologia e obras de autoajuda. Inauguram a coleção quatro clássicos: *Dom Casmurro*, de Machado de Assis; *O Príncipe*, de Maquiavel; *Mensagem*, de Fernando Pessoa; e *O lobo do mar*, de Jack London.

Nossa proposta é fazer uma coleção quantitativamente aberta. A periodicidade é mensal. Editorialmente, sentimo-nos orgulhosos de poder oferecer a coleção "A obra-prima de cada autor" aos leitores brasileiros. Nós acreditamos no poder do livro.

---

* Atendendo a sugestões de leitores, livreiros e professores, a partir de certo número da coleção, começamos a publicar, de alguns autores, outras obras além da sua obra-prima.

Prefácio

TORRIERI GUIMARÃES

E como levava uma existência divina,
Deus tomou-o para Si, e ninguém o viu mais.

Diários, de Kafka

Em Franz Kafka tudo é surpreendente. Quando acreditamos tê-lo compreendido por inteiro surge-nos, de modo inesperado, de um ângulo muito diverso daquele do qual o considerávamos. Não é autor que se possa catalogar em determinada escola ou tendência literária, ou fixar dentro de algum círculo de pensamento filosófico, porque as amplas perspectivas que ele abre à nossa imaginação, os caminhos vários pelos quais ele nos permite, às vezes a contragosto e opondo todos os obstáculos herméticos possíveis, penetrar em seu mundo íntimo, fazem-no para sempre participante da angústia moderna, que tornou o homem campo de experiências de si mesmo. Com Freud, a análise psicanalítica domina todo o romance moderno, de Knut Hamsun a Stefan Zweig, de Zola a Sartre, de Steinbeck a Faulkner, de Aluísio de Azevedo a Graciliano Ramos, porém a angústia que Dostoiévski introduzira como elemento convivente da natureza humana ninguém a sentiu e transmitiu mais profundamente do que Franz Kafka. Basta ler os seus *Diários* para descobrirmos, em cada registro, ainda o mais corriqueiro, uma parcela de emoção, um fragmento de angústia, um relâmpago de desespero — fagulhas que brotam de sua alma em combustão; no entrechoque de seus sentimentos alcandorados, dividiu-se em tantas partes quantos foram os traumas que o feriram, e na ânsia de compreender o mundo e ser por ele compreendido repartiu-se em pedaços pelos seus livros.

Assim sendo, ainda que tivéssemos sob os nossos olhos todo o conjunto de suas obras — e isto é impossível porque o Autor destruiu algumas, deixou outras incompletas e solicitou a amigos que o auxiliassem a destruir tudo —, mesmo assim não chegaríamos a recompor o homem. E por uma razão que os leitores logo descobrirão: não existe o homem Franz Kafka, ser humano vivendo dentro dos padrões normais, corriqueiros, oscilando do berço ao túmulo entre a esperança e a dúvida, o amor e o ódio, a alegria e a tristeza, mas amparado em seus passos pelos caminhos da existência, pelo equilíbrio das emoções. Franz Kafka é um ser que se fragmenta em cada uma de suas obras, deixando muito de si, porém dissimuladamente, como quem se envergonha de sua própria figura e deseja parti-la em mil pedaços para tornar-se agradável àqueles que o veem. Isto, aliás, não é apenas uma pálida figura literária, mas o que se lê em um dos instantes amargos dos muitos que viveu, registrado em seus *Diários*, quando diz que sofre a necessidade de destruir-se para compreender--se. Esta verdade, que poderia ser expressa de mil maneiras diferentes, em nenhuma delas ganharia a força de convicção, de veracidade, como nestas trágicas palavras escritas sob a inspiração da melancolia de uma alma que se dilacerava para desvendar-se.

A tentativa de análise dos íntimos problemas de Kafka, que faremos a partir de agora, é fundamentada em suas próprias confissões, seja nos *Diários*, seja na *Carta a meu pai*. Se o homem é plasmado pelo ambiente de seu lar, no convívio com os seus, como primeiro mundo de ideias que ele deve esgotar para aventurar-se ao mais amplo mundo da sociedade com os estranhos, é ali que devemos procurar as origens da personalidade controversa de Kafka.

Enquanto somos crianças, o ambiente em que vivemos e as pessoas com as quais convivemos, fatores estes conjugados às nossas próprias características nervosas, plasmam em nosso espírito todas as leis e despertam nele todos os instintos que deverão reger o homem futuro. A influência do lar, as lições de bem e de mal, que nele se aprendem, assim como a pressão moral que sobre a mente infantil os pais, e os adultos em geral, exercem, determinam o destino da criatura. Do nosso lar saímos confiantes em nossas forças morais e intelectivas, aptos ao combate diário contra as adversidades, preparados pela experiência e escudados no amor dos pais — e tudo nos sorri, porque os próprios espinhos são estímulos; mas podemos deixá-lo, também, tão esgotados já pelo choque das opiniões adversas, tão batidos pelas dúvidas e pressionados pela angústia, que tudo nos atemoriza. Deste modo é que entendemos que homens maduros continuem a se rebelar contra atitudes recentes em sua vida, porém que se lhes configuram típicas de outras épocas; assim também com frequência o brado de revolta, de desespero, de impotência, o ato tresloucado do suicídio, a incapacidade de adaptação aos padrões normais, os atentados às éticas sociais — são reflexos cristalizados na alma do ser humano que explodem violentamente, expandindo-se fora de tempo, irreprimível e inadiável como a fatalidade. Poucos são os homens que, dotados do poderoso microscópio de autoanálise, e gênio bastante para psicanalizar-se com inteira isenção de preconceitos, descobrem em si essas falhas de educação, esses vácuos abertos e perigosos de sua personalidade.

Kafka pôde fazer esta descoberta. Ela não lhe trouxe nenhuma compensação; nem mesmo conseguiu evitar que ele fosse realmente despedaçado pela verdade. Quem leu com atenção sua *Carta a meu pai* pôde sentir perfeitamente, naquele desabafo controlado, consciente, do homem amadurecido, quão pernicioso resultou para a criança sensível o ambiente ostensivamente severo de seu lar. Cada cena de sua infância, as centelhas das discussões, as sensações de incerteza, as proibições e os castigos incrustaram-se-lhe na alma como algas que envelhecem nos cascos dos navios. Homem já maduro é que pôde despejar olhares dentro de si mesmo e retirar de cada uma destas cicatrizes as recordações que, esvaziadas de conteúdo emocional que traziam da infância, como fel de ressentimento e amargura, pelo espírito atilado e desiludido do homem feito, se transformaram em sábias lições. Após uma existência aflita, em que foge do passado, sem saber que destino dar às horas do presente, o homem sem futuro, que é Kafka, descobre, nas cavernas recônditas de seu espírito angustiado a figura majestosa do Pai. Compreende, então, que jamais será um homem em toda a expressão do termo, com responsabilidades definidas e vida própria, se não puder livrar-se do aturdimento que esse fantasma do Pai lhe causa. O seu exemplo não é único; milhões de pessoas atormentam-se por toda a vida com o peso da personalidade que sobre elas exercem os pais, que se fazem presentes em todos os seus atos para invalidá-los e não lhes permitem viver uma existência exclusivamente sua, própria, independente; muitos conseguem libertar-se, mas apenas para transferir esse domínio espiritual de suas ações a um Pai celeste, a cujo jugo gostosamente se submetem. As origens do fanatismo religioso, do ser humano que se roja aos pés de Deus para adorá-lo mais do que para servir de colaborador em sua obra divina, podem ser buscadas na tirânica autoridade paterna sobre a mente infantil.

Toda autoridade pesa a Kafka, toda ordem constituída lhe parece absurda, toda religião apenas se resume no temor ao desconhecido — porque em seu mundo, plasmado na mente infantil, ainda permanece aquele enorme fetiche, que exige adoração e respeito, que somente deseja ouvir ladainhas e novenas, mas não tem resposta às suas dores, nem ouvidos aos seus queixumes, nem solução aos seus problemas, apenas orgulho de seu poder. (E Kafka confessa-se radiante de felicidade quando esse deus-lar acena da porta para ele, que estava recolhido ao seu leito de enfermo, tanto era seu desejo de compreender o pai e amá-lo.)

Por isso o homem Franz Kafka, antes de se autodestruir pela doença, sente a necessidade de empreender a formidável descida às cavernas de sua mente para apanhar os fragmentos dos temores infantis, de frustrações e dissentimentos, e submeter esse material ao crivo de sua inteligência lúcida. Assim fazendo, poderá explicar-se por que o mundo lhe parece frio, distante, hostil e absurdo.

A sua grande batalha será reduzir às proporções normais a figura do Pai; então poderá olhá-la de frente (pela primeira vez e em imaginação apenas), sem rancor, sem mais incriminá-lo pelos seus fracassos — e talvez até manifestar-lhe o seu amor. Entretanto, cada descida ao seu mundo interior é como um profundo mergulho num mar perigosamente calmo, mas que tem a asfixiante calma das profundezas abissais. Kafka assemelha-se, em suas expansões íntimas, a mergulhador que se deslumbrasse com as riquezas desse mundo ignoto de seu ser e que retorne sempre à tona da vida, estuporado, desgostoso, aflito, ansiando pela asfixia total para libertar-se. Torna-se-lhe hábito imergir em si mesmo; com frequência abandona-se a ele. E como essa devassa íntima parece tornar-se um vício, ele não sente que, na ânsia de se desvendar, se está fazendo em pedaços.

É tarde, porém, para recompor-se. O seu ser fragmentário, não obstante os inconstantes esforços do Pai para destruí-lo como criação avessa ao seu padrão de vida, e dos seus próprios para refazer-se, consegue assim mesmo uma certa unidade que deriva da identidade de propósitos. A violência da batalha que travou para subsistir íntegro em si mesmo foi superior às suas débeis forças. Essa debilidade orgânica foi ressaltada por Kafka, que jamais pôde perdoar o extremo vigor do corpo paterno, o qual aparecia sempre, em todas as cenas de sua infância, como um gigante mordaz, jactancioso, prepotente, que fazia ostentação de seu físico avantajado para subestimar o filho. Fixa-se-lhe, pois, a suposição de que talvez a destruição de seu corpo, que parecia envergonhar o pai, pudesse comovê-lo; entrega-se, então, confiantemente à sua doença como a uma libertadora; talvez, também, inconscientemente, quisesse, matando-se, eliminar a figura do Pai e sentir-se livre de todas as implicações sociais e morais que ela representava.

O caráter fragmentário de seus trabalhos literários, em sua quase totalidade, não decorre assim de uma concepção de escola, de imitação de modelos, ou de uma existência multiplicada em atividades diversificadas, porém das múltiplas facetas que a sua alma angustiada apresentava ao mundo. Sua obra é um reflexo, o mais verdadeiro que se poderia desejar, porque ele escreve mais para si do que para os leitores, de seu mesmo espírito incapaz de encontrar as soluções convenientes aos problemas suscitados e até não acreditando que tais soluções pudessem existir.

Estas digressões podem parecer gratuitas aos leitores que devem se iniciar em Kafka. Contudo, são descobertas que cada qual fará à medida que for adentrando o seu mundo. Entretanto, delas não se infira que consideremos desprezível como figura humana, sequer na qualidade de progenitor, o pai de Kafka. Vamos até mesmo além da conclusão do próprio filho, que confessou amá-lo apesar de tudo, para desculpá-lo plenamente, considerando-o apenas uma das personagens mais importantes, quiçá a de maior importância no drama kafkiano. Se nós nos detivemos nela, não nos moveu o intuito de culpá-la e marcá-la para a repulsa do leitor, mas somente quisemos explicar, pela oposição dessas duas personalidades — uma forte, máscula, vigorosa, plantada na realidade do mundo como um tronco de sequoia, e outra débil, formidavelmente vigorosa em sua debilidade, mas solta aos ventos da imaginação, solidamente plantada no seu mundo, que entretanto era frágil porque feito de sonhos como um castelo de cartas —, a influência que exerceu sobre uma delas, a mais amoldável, o ambiente do lar.

Qualquer que encarnasse o papel desse pai, assoberbado pelos negócios que garantiam a subsistência dos filhos, preocupado com o bem-estar deles e com sua representação social, certamente compreenderia e perdoaria a extravagância de seu caráter. Kafka, maduro, consciente, também perdoou. A influência, entretanto, que exerceu sobre o seu espírito, fragmentando-o ao sopro de sua poderosa personalidade, está evidenciada em todas as confissões do autor, na instabilidade de sua constituição nervosa, na fragilidade de seus projetos, na sua inadaptabilidade à rotina da vida. E ainda que não o desejássemos, dentro porém da sistemática da existência de certos seres humanos que parecem predestinados, teríamos de ser gratos a este pai porque preparou a seu filho, nos limites angustiantes de sua mente, um vasto campo de surpreendentes experiências emocionais, que lhe permitiu realizar a mais fascinante obra literária de nossos tempos.

Em rápido prefácio escrito para a tradução que fizemos de partes significativas de seus *Diários*, salientamos os três aspectos mais importantes na existência de Franz Kafka. Não é demais aprofundá-los neste estudo mais percuciente.

Nascido em 3 de julho de 1883, Franz Kafka era o sucessor de outros irmãos que tinham falecido muito antes de seu nascimento e o precursor de irmãs que viriam muito depois. Era, portanto, natural que o pai esperasse tudo dele; entretanto, julgava devê-lo preparar a seu modo, e não podia deixar de dar vazão ao seu gênio altivo, dominador, que atemorizava o pequeno, já de si franzino e tímido. Assim nos descreve o próprio Franz Kafka a si e ao pai:

"Compara-nos a ambos: eu sou, para dizê-lo em bem poucas palavras, um Löwy com certo fundo kafkiano, a que, contudo, não impele essa vontade tipicamente kafkiana de viver, comerciar, e conquistar, porém um aguilhão lowítico, que atua em outra direção, mais escondido, mais tímido e que com frequência se interrompe completamente. Tu, em troca, és um verdadeiro Kafka, em força, saúde, apetite, potência de voz, talento oratório, autossatisfação, superioridade mundana, perseverança, presença de espírito, experiência e certa amplitude de vistas, claro que com os defeitos e as fraquezas que correspondem a todas estas virtudes e aos quais és precipitado pelo teu temperamento e por vezes pelo teu mau gênio. Não és talvez um Kafka completo em tua posição geral diante do mundo, se comparamos a ti e aos tios Phillip, Ludwig e Heinrich. Isto é notável, e não compreendo com toda clareza. Eles eram mais alegres, espontâneos, desenvoltos, despreocupados, menos rígidos do que tu. (Disto, por outro lado, herdei muito de ti e tenho administrado muito bem o legado, não tendo, em troca, em meu ser, os contrapesos necessários, como tu os tens.) Mas tu, também, nesse sentido, passaste por outras fases, eras talvez mais alegre antes que os teus filhos, e eu especialmente, te decepcionassem e deprimissem no lar (pois eras diferente, quando vinham estranhos) e pode ser que agora estejas outra vez contente, já que recebes dos netos e do genro outra vez algo daquele calor que nós, teus filhos, com exceção provável de Valli, não te pudemos dar. De qualquer maneira, éramos tão diferentes, e nesta diferença tão perigosos reciprocamente, que, se se tivesse previsto antecipadamente a relação que surgiria entre mim, o menino que se desenvolve lentamente, e tu, o homem feito, teria sido possível admitir que praticamente me destruirias, pisoteando-me, que nada restaria de mim..."

É inteiramente natural que uma criança construa o seu mundo no interior de sua casa, e que as leis sejam ditadas pelos pais, dos quais dependem todo bem e todo mal. Qualquer excursão ao exterior desse mundo é sempre uma aventura fascinante (e isso também é válido para o adulto que, após a estupefação da juventude, reconstrói o lar para si e para os seus filhos, nos moldes daquele em que viveu sua infância, num eterno ciclo que perpetua a humanidade).

Kafka construiu, também, o seu mundo dentro dos limites do lar paterno; porém aos poucos foi sentindo-se antes prisioneiro do que príncipe reinante. Somente podia sentir-se feliz quando sabia que estava muito distante da presença do pai; e essa felicidade era cheia de sobressaltos e temor. O medo é outro fator importante em sua obra; todos os seus personagens, que são, afinal, seus próprios reflexos, são pessoas ou animais que temem algo, e nem mesmo podem explicar a origem ou a causa de seu temor.

Kafka não podia compreender nem justificar as atitudes do pai para com ele; os diálogos entre os dois se tornavam impossíveis; tinha sempre muita coisa a dizer, mas devia limitar-se a ouvir, sem retrucar. Preferia, portanto, viver isolado de todos, refugiando-se num mundo de sonhos que sua imaginação exaltada criava; e isso aumentava a incompatibilidade entre o pai e ele, tornando tensas as suas relações e preparando o espírito do menino para as agudas crises de melancolia e desesperança. O conflito está bem expresso em algumas passagens de sua *Carta a meu pai*:

"Pois bem, com frequência surpreendente tinhas na realidade razão contra mim. Na palestra era natural, pois quase nunca se tornava possível o diálogo, mas também a tinhas na realidade. Contudo, tampouco isto era particularmente incompreensível; eu estava em todos os meus pensamentos sob tua poderosa pressão, inclusive também naqueles que não concordavam com os teus, e especialmente nestes. Todas as ideias, na aparência independentes de ti, desde o princípio traziam o peso de tua convicção decisiva; mantê-las até o completo desenvolvimento e persistir era de fato impossível. Não me refiro aqui a nenhum pensamento elevado, mas a cada tentativa pequena da meninice. Bastava estar contente por alguma coisa, sentir-se inundado por ela, chegar em casa e exprimi-la, para que a resposta fosse um suspiro irônico, uma sacudida de cabeça, um tamborilar dos dedos sobre a mesa: 'Já vi algo mais lindo!', ou: 'Comovem-me tuas preocupações!', ou: 'Não tenho uma cabeça tão boa!', ou: 'Trata de comprar algo com essa tolice!', ou: 'Que grande coisa!'. Naturalmente não se podia exigir entusiasmo para cada bagatela infantil, quando vivias envolto em preocupações e problemas. Não se tratava disso. Era, na verdade, que sempre e fundamentalmente provocavas, com teu espírito de contradição, desilusões na criança, e, além disso, que esta oposição se reforçava constantemente com a acumulação material... "E mais adiante: "A impossibilidade de uma relação serena teve outro efeito, sem dúvida natural: desaprendi de falar. De qualquer modo, não teria chegado a ser nunca um grande orador, mas a fala humana comum e fluida teria podido dominá-la. Mas desde muito cedo me proibiste a palavra; tua ameaça: 'nem uma palavra de protesto' e a mão erguida ao mesmo tempo me acompanham desde esse tempo. Contraí uma maneira atropelada, tartamudeante de falar em tua presença, pois eras um excelente orador quando se tratava de teus assuntos; também isto era demais para ti, de modo que por fim me calei, ao princípio talvez por esperteza, depois porque não podia pensar nem conversar quando estava diante de ti. E como eras o meu verdadeiro educador, tudo isso influiu sobre a minha vida em geral".

A tensão aumenta quando Kafka deve perceber definitivamente a fragilidade de seu corpo comparado ao do pai, no banho público, quando este o ensina a nadar, entremeando as lições com censuras e chistes. Como vencer este homem, que lhe parece a fatal barreira para afirmar-se no mundo, se é preciso envergonhar-se já de seu corpo raquítico? E assim em todos os atos importantes de sua vida, seja nos estudos que ele vai vencendo como quem enfrenta batalhas contra as opiniões depreciativas e adversas do pai, seja nos seus projetos de casamento, todos desfeitos e impossíveis. E por que estes últimos impossíveis? Também neste particular é muito sugestiva a autoanálise de Kafka, que corrobora a nossa opinião sobre a influência que sua formação no lar exerceu sobre sua vida e obra:

"Por que, então, não me casei? Havia, como em tudo, algumas dificuldades, mas a vida consiste exatamente em aceitá-las. O obstáculo fundamental, independente, por desgraça, do caso isolado, era que de forma ostensiva sou espiritualmente incapaz de casar-me. Isto se manifesta pelo fato de que, desde o momento em que tomo a decisão de me casar, já não posso conciliar o sono, a cabeça arde-me de dia e de noite, já não é vida, vago desesperado de um lado para outro. Não são precisamente as preocupações o motivo disto, se bem que inquietudes infindas, surgidas de minha estupidez e pedanteria, as acompanham, mas não constituem o essencial; como vermes completam a tarefa no cadáver, mas são outras as que me acertam definitivamente. É o peso geral do temor, a debilidade, o automenosprezo".

Destas considerações de Kafka a respeito da sua irresolução quando devia assumir compromissos importantes, percebe-se também o maléfico resultado da fixação paterna em seu subconsciente. Tinha medo de casar-se, porque o pai o considerava um inútil e tinha-lhe ensinado a duvidar sempre de suas próprias forças. Ele fracassou, assim, redondamente em sua tentativa de abrigar-se no mundo familiar. As consequências dessa derrota acompanhá-lo-iam por toda a vida, imprimindo em seu espírito o sentimento de frustração, de instabilidade dos propósitos humanos, da completa inutilidade de qualquer projeto de fuga ao destino, e mesmo da fragilidade de toda argumentação contra os processos de destruição dos homens, utilizados por forças alheias à sua vontade.

Apenas completou a maioridade, portanto, fugia sempre ao convívio do lar; conseguiu trabalho em duas companhias de seguros, viajou com os amigos para países diferentes, aprimorando a sua cultura, que já era universal, e transferiu desse modo todo o amor que estivera represado no ambiente de sua casa para os amigos e para os problemas de seu tempo. Assim é que o vemos interessar-se pelos patrícios judeus, acompanhá-los em seu trabalho de reunificação da nacionalidade, defender o sionismo como única solução possível em sua época, e integrar-se em seu meio, como em uma nova família ampliada. Lê com atenção (e crítica honesta) os romancistas judeus, assiste às suas peças de teatro e acompanha as suas trupes, que representavam em qualquer ponto disponível, fosse em praça pública, fosse em teatros, fosse em cafés. E já sente, com a penetração profunda de seu espírito místico, que uma catástrofe longínqua, como nuvens negras de ameaças suspensas sobre a linha do horizonte distante, pesa sobre o seu povo. Não o desculpa por viver isolado, hermético em suas tradições, em franca hostilidade com os costumes dos povos entre os quais reside; por outro lado, gostaria que ele readquirisse muitas de suas qualidades essenciais, e não menosprezasse o fator fundamental que mantém unida e personifica a raça, que é a sua língua. Nesse sentido entrega-se a estudos do ídiche, e tenta despertar a atenção dos seus patrícios, por meio de artigos e conferências. E de repente descobre, mais como uma projeção de si mesmo, talvez, ou como um profeta desencantado e doente, que os judeus são orgulhosos de si mesmos, que as conquistas materiais os afastam dos sentimentos de humanidade, e devem ser castigados ainda uma última vez, antes de retornarem às terras dadivosas de Canaã. Aqui e ali, em suas páginas, sentimo-nos também invadidos pelo temor de Kafka, que sente a evolução da desgraça que se abaterá sobre o seu povo. Aquela comunidade judaica, isolada em seus preconceitos, orgulhosa de sua pureza divina, está predestinada a regar com seu sangue inocente, ainda uma vez, este mundo de lágrimas, para reflorescer ainda mais poderosa, mais unificada em seu sofrimento.

Também este profeta moderno, vivendo em seus sonhos, incapaz de atos positivos nos negócios do mundo, que negava o gênio prático de seu povo, que na assinatura de contrato de sociedade com seu pai se preocupa com os movimentos da datilógrafa, completamente desinteressado da fábrica, a ponto de considerar um inferno as horas que lá passava — esse profeta não foi compreendido em sua própria casa. Mais tarde, aquela nuvem negra do horizonte apareceu sobre a cabeça dos que viviam comodamente em suas delícias, e as queridas irmãs do escritor, assim como amigos seus dedicados, sofreram o terrível flagelo de monstros embrutecidos no ódio a uma raça marcada pelo dedo de Deus.

Encontrando refúgio e consolo na literatura, Kafka depara amigos dedicados nos círculos literários e entrega-se-lhes com o prazer primitivo e genuíno das primeiras expansões sinceras de amizade. Em 1906 forma-se em Direito e, já em 1907, temos de sua pena a *Descrição de uma luta*, *Preparativos de noivado no campo* e outras obras que se perderam, mas nas quais já se sentia o efervescer do mundo fantástico no qual a sua inteligência trabalhava. Em 1909, dois trechos de *Descrição de uma luta* são publicados em *Hypérion*; Kafka não contaria nunca em sua vida com o interesse entusiástico dos editores e do público porque, desgraçadamente, primeiro é preciso servir os apetites primitivos da massa ignara, que se vicia facilmente com os romances inconsequentes ou com pretensas obras-primas de autores bafejados pela crítica de amigos; cumpriu o destino de todos os gênios, que apenas são reconhecidos depois que transpõem os umbrais da morte. No mês de setembro, empreende viagem para Riva e Brescia, com Max e Oto Brod. Tudo o que se lhe depara na viagem provoca a reação de seu espírito atilado, e cenas que qualquer um deixaria de lado ele as transforma em magníficas descrições de viagens. No ano de 1910 inicia os seus *Diários* escritos em cadernos in-quarto e in-oitavo, com letra nervosa, impaciente, aqui e ali trechos riscados e substituídos à margem por outros. Nesse ano encontra a trupe de atores judeus, e é então que seus olhos se abrem definitivamente para o lado pitoresco e desconhecido dos homens, a uma outra natureza humana que sempre fica indevassada, muito além da aparência comum, porém que determina as atitudes mais positivas. Em outubro vai para Paris com Max e Oto Brod. Em 1911, viaja muito e conhece Lugano, Milão, Zurique, retorna a Paris com Max Brod, e escreve sempre os seus diários de viagens.

Em 1912, conheceria F. B. Tem início, então, uma nova fase em sua vida. Sente que ama e é correspondido. Poderia ser feliz com ela? Em todas as partes para onde viajou, acompanhou-o a sua melancolia, a sua insatisfação das coisas do mundo e, sobretudo, o seu temor de estar definitivamente afastado dela. F. representaria, portanto, a sua fixação no mundo, a estabilidade, a realização de seus sonhos, a esperança de uma vida realizada plenamente. A sua inquietação aumenta à medida que se sente rendido a esse amor. Já amara outras vezes, amara sempre, porém a marca dessa paixão ficará indelével em sua alma. Contudo, a noção de seu amor por F. B. evolui, como tudo em sua vida, em relação às suas íntimas frustrações. Descobre que é impossível viver com ela, porque certamente fracassaria como o pai tinha previsto; F. é aquela pela qual o seu destino se manifesta, mas ele não está formado psicologicamente para viver com ela. F. poderia catalisar todas as energias dispersas daquele ser fragmentário, e seu amor agiria como o elo indissolúvel que lhe propiciaria o equilíbrio necessário. Somente pelo prisma dessa paixão, Kafka poderia enxergar lucidamente o mundo à sua volta, adaptar-se talvez com o passar dos anos à rotina do homem comum. Ele compreendia assim e tornava-se ansioso por realizar o seu sonho; faz frequentes referências em seus *Diários* à luta íntima que trava contra os preconceitos e a oposição paterna. Entretanto, Kafka não tinha em si mesmo o germe da felicidade, que pudesse desenvolver-se ao calor dos afetos mais puros. Essa tímida vergôntea fora sufocada desde a infância e ele não podia libertar-se da sensação de vazio e de insegurança. Como resultado, foi necessário desfazer os esponsais, por duas vezes, a primeira por razões que somente o gênio de Kafka explicaria, a segunda porque ele descobriu que já se iniciara, dentro de si, o processo de dissolução orgânica por que ele tanto ansiara, como libertação total.

Por isso também mais tarde ele diria, em alguma parte de seus *Diários*: "Se eu tivesse de morrer muito breve ou tornar-me totalmente incapaz de viver — e existem grandes possibilidades de isto acontecer — diria que a mim mesmo me dilacerei. A ameaça violenta porém inócua que meu pai costumava proferir: 'Cortar-te-ei como ao peixe' — na realidade não me tocava sequer com a ponta do dedo —, esta ameaça está-se realizando agora apesar dele mesmo. O mundo (F. é que o representa) e o meu ser, comprometidos em conflito insolúvel, estão quase para dilacerarem o meu corpo". Assim é que ele reunia o pai, a noiva e a doença como elos de um mesmo processo que deveria destruí-lo, cada qual em seu devido tempo e usando as armas que lhe eram próprias, e sucedendo-se de modo consequente.

Em 1914, rompe pela primeira vez o seu noivado e pode-se afirmar que foi pressionado pela influência paterna; está escrevendo *O castelo*, e viaja para Hellerau, Lubeck, Marienlyst, fazendo parte da viagem com Ernst Weiss. Entretanto, declara-se a primeira grande conflagração mundial, na qual seriam utilizados engenhos novos de destruição, e em toda a Europa a catástrofe substituiria os sinais do progresso, que já se evidenciava magnífico desde a grande Exposição de Paris de 1870. Nesse clima de incerteza, com a miséria e a morte enlutando os lares, em que a vida humana é apenas um joguete de forças desconhecidas, é que Kafka esboça seus livros *O processo* e *Colônia penitenciária*.

Pode-se dizer, ainda, para caracterizar perfeitamente a situação desses noivos singulares, e sempre baseado em suas íntimas confissões, que Kafka encontrou na literatura um refúgio para todas as suas incapacidades, tanto de convivência social quanto de fixação num emprego qualquer. Confessa, em carta escrita ao pai de F., que seu emprego lhe é insuportável porque se opõe ao seu único desejo e à sua única vocação, a literatura. Quando tem de se submeter a horários e obrigações fixas, a seguir a rotina diária de seus empregos, sente-se mal, desamparado de tudo, cai em estados nervosos em que a alucinação dos sentidos faz que ele fuja dos ambientes de trabalho para sonhos absurdos. É uma pessoa calada, circunspecta, pouco sociável, insatisfeita, sem poder considerar essas circunstâncias uma infelicidade, porque são reflexos de seus propósitos. Vive com a sua família, porém quase como um estranho. Durante semanas apenas troca ligeiras palavras com os seus, ao pai apenas saúda de quando em quando. Sente que tudo quanto lhes diga lhes parecerá absurdo, incongruente, e que nada tem a conversar com eles, porque certamente falaria em termos de literatura, que não interessavam aos seus. É o angustiante problema do artista sufocado em seu meio ambiente, que gostosamente ofereceria o seu coração cheio de amor pelos seus, mas se vê obrigado a rodeá-lo de espinhos agudos para sofrer no silêncio as suas humilhações e amarguras. Conclui que a vida familiar não pode interessá-lo — e como poderia interessar, se ele não encontra no convívio com os seus nada que justifique ou que lhe dê uma convicção mais profunda e verdadeira da vida em família?

Embora rompendo o seu noivado, não deixa de encontrar-se frequentemente com F., em Berlim ou em Marienbad. Em 1915 ele mora só em Praga, e entrega-se à sua obra *O processo*. Faz uma viagem à Hungria com sua irmã Elli. Em 1916 compõe algumas novelas; já se sente cansado, as complicações cardíacas aumentam, ele teme ficar inutilizado pelo resto da vida. Em 1917 trabalha nas novelas do *Médico rural*, e contrai novos esponsais em 4 de setembro. A fatalidade parece acompanhar cada um de seus passos, para pingar a sua gota de fel nas taças dos brindes. Constata que está atacado pela tuberculose, terrível moléstia herdada da época do Romantismo. No Brasil ela já fizera vítimas preciosas entre os nossos poetas, como Álvares de Azevedo, Casimiro de Abreu, Castro Alves, e em todo o mundo parece marcar de preferência os homens votados às artes. Kafka seria o próximo holocausto dessa terrível doença, que hoje cede a vez às doenças nervosas e ao câncer.

Confirmando-se agora pela enfermidade que ele apenas faria infeliz a sua noiva, assim como todas as pessoas que pudessem ligar-se a ele afetivamente, Kafka, depois de uma licença conseguida para tratamento, resolve, em dezembro desse ano, romper os seus compromissos, mais uma vez.

A sua renúncia é-lhe tanto mais dolorosa quanto amava sinceramente aquela jovem, que ouvia de olhos fechados a leitura de seus trabalhos, que parecia insensível ao seu gênio, mas significava para ele um ponto de apoio, um refúgio seguro, uma âncora que devia prender definitivamente o barco de seus sonhos a um porto real. Sentia-se, porém, envelhecido pelas desilusões, e não encontrava em si forças suficientes para empreender uma reação vitoriosa contra a apatia e o vício da permanente introspecção.

Nesse período encontramos uma anotação de Kafka que bem caracteriza a sua forma de pensar, o gosto pelo símbolo, o desejo de transformar as coisas reais, os acontecimentos positivos da existência em símbolos de eventos aprofundados no mistério, que ele deve aceitar sem compreender. Encontrava-se então, nesse dia 15 de setembro de 1917, em casa de sua irmã Ottla, próximo de Zurau, Post Flohau, a cerca de quinze quilômetros ao este de Carlsbad, para onde se transferira em 12 de setembro, depois da primeira comprovação médica de sua tuberculose. Eis as palavras reveladoras de seu estado de espírito, e que explicam muitas formas complexas de suas obras:

"15 de setembro. Agora tens a possibilidade, certamente sempre limitada, de começar outra vez. Não a desperdices. Se penetrares dentro de ti mesmo, não poderás evitar a imundície que farás escorrer. Mas não te comprazas nela. Se a enfermidade dos pulmões é apenas um símbolo, como tu dizes, um símbolo da ferida cuja inflamação se chama F., e cuja profundidade se chama justificação; se assim é, então também todos os conselhos terapêuticos (ar, luz, sol, repouso) também são símbolos. Não descuides este símbolo".

É claro que Franz Kafka imergiu ainda mais profundamente em si mesmo, transferindo o ponto de partida para as análises de suas relações com o mundo para essa chaga interior, sempre aberta, purgante, que ele gostava de revolver para sentir-se intimamente ferido, tendo gosto em destruir-se completamente para afrontar aquele mundo constituído pelos seus familiares indiferentes, pela sua noiva distante, inatingível como tantos dos seus ideais, pelos judeus agarrados aos seus preconceitos e às suas riquezas, sem erguer os olhos para o céu ameaçador. É nessa época que ele sente a necessidade de destruir também todas as suas produções literárias, considerando-as inúteis. Depois, entretanto, a sua fúria de autodestruição amaina, porque os seus olhos não podiam ficar indiferentes ao espetáculo de amizades sinceras, como a de Max Brod, que lhe tocam a sensibilidade. Publica em 1919 *Um médico rural* nas edições Kurt Wolff, assim como a sua reveladora *Carta a meu pai*. Nesta última realiza a mais profunda análise de uma existência marcada pelo excessivo rigor de uma educação distorcida. Publica ainda a obra na qual vinha trabalhando desde 1914: *Na Colônia penitenciária*.

Em 1920 Kafka conhece Milena Jesenská. Parece que readquire confiança em seu futuro. Ela foi a tradutora checa de seus primeiros trabalhos em prosa, e vivia presa a um casamento que estava prestes a desfazer-se, o que aconteceu realmente alguns anos depois. Toma--se o escritor de violenta paixão por esta senhora, e em seus diários faz constantes referências a ela, ainda que de modo velado, como um namorado respeitoso e tímido, que teme publicar o nome de sua amada. No dia 15 de outubro de 1921 diz que dera todas as anotações de seu diário para que Milena as lesse; assim desnudava diante dela sua alma e seus íntimos segredos. No dia 1º de dezembro escreve que Milena o visitou quatro vezes e deve partir logo. No dia 18 de janeiro, reflete em sua solidão povoada dos sonhos de um futuro mais alegre, ao lado daquela que o ama, e sente que o tempo da felicidade já passou e não há muito o que esperar de uma existência desperdiçada entre lutas e temores: "Que fizeste com o dom do sexo? Desperdiçaste-o, isso é o que dirão finalmente... Teria sido, porém, fácil aproveitá-lo... M. tem razão: o temor é a desgraça...".

Acompanhando, um a um, os fragmentos deixados em seus diários, entre 1921 e 1922, pode-se compor perfeitamente o quadro clínico dessa paixão violenta, em que havia brados de desespero, rasgos de beatitude, reflexos de masoquismo e de humilhação de si mesmo, uma recomposição quase romântica dos amores epistolares de Werther e de Kierkegaard.

Kafka descendia de judeus, e para ele amar uma gentia constituía sério problema, que implicava complexos atávicos e psíquicos, provocando terríveis explosões de desprezo para si mesmo, em sua condição de judeu. Já vimos que ele amava o seu povo, sonhava para ele condições de vida mais dinâmicas, mais atuantes, dirigidas no sentido de uma nacionalidade completa, e não somente como um agregado de párias. Tudo o que era judeu despertava o seu interesse, embora não se iludisse jamais com as teorias segregadoras, perigosas e carregadas de ódio, de raças puras e impuras, de povo escolhido, etc. O seu judaísmo tinha o sentido de uma recomposição de seu povo, definida e imperiosa, para sobreviver, unido e em sua própria pátria, às investidas do ódio milenar.

De sua parte, Milena era oriunda de uma família checa, daquelas que formam realmente o patriciado da Checoslováquia. O nome de família, em placa de mármore, figura junto à velha municipalidade de Praga, em memória de um de seus antepassados, executado pelos Habsburgos depois da batalha de Weisse Berg. Quem a conheceu pessoalmente testemunha que ela parecia uma aristocrata dos séculos dezesseis ou dezessete, apaixonada, intrépida, fria e inteligente nas decisões, porém temerária na escolha dos meios quando sob o jugo da paixão. Como amiga, possuía recursos inesgotáveis de bondade e atenções para com aqueles que tiveram a ventura de conhecê-la. Como amante, poderiam dizer coisas maravilhosas dela os homens que a conheceram sob esse prisma, mas estão todos mortos.

A correspondência entre ela e Kafka inicia-se em Merano, provocada por interesses puramente literários e amistosos, nessa estação em que o desditoso escritor passava uma temporada de repouso, após lhe ter sido diagnosticada a doença dos pulmões. De uma parte e de outra sucedem-se sem interrupção as cartas, que vão adquirindo um tom mais apaixonado e compõem um volume de confissões altamente reveladoras. Milena não era uma sedutora no sentido vulgar, mas procurava realizar-se em seu amor porque estava realmente apaixonada por esse homem de aguda inteligência, cujo gênio ela percebeu muito antes do que aqueles que a rodeavam. E sofria realmente com o sofrimento dele, sofria mais porque desejava compreendê-lo em suas explosões místicas, acompanhar a velocidade e o fulgor dos raios luminosos de suas ideias, e identificar-se por fim de tal modo com essa alma estuante de confissões íntimas e com esse corpo doente, que por fim acreditou-se vítima também de doença pulmonar, a ponto de escarrar sangue. Adquiriu sobre o escritor uma espécie de autoridade que a sua paixão referendava, e as suas ordens taxativas, o império de sua vontade, provocavam às vezes comentários humorísticos de Kafka, que a admirava, sobretudo porque ela demonstrava firmeza de propósitos, vontade enérgica, entrega total em seus desvarios apaixonados, coisas que jamais ele possuiria integralmente, batido como era pelos seus complexos, pelos seus temores.

As cartas de Milena foram infelizmente perdidas, talvez queimadas entre os papéis que Kafka destruiu antes de seu trespasse. Elas revelariam, por certo, a generosidade desse amor por um homem condenado à morte, cheio de pânico, que sabia elevar-se acima de seu sofrimento sem esperanças, mas que compreendia a inutilidade de toda ligação humana, agora que a doença progride e deve destruí-lo. O próprio Kafka encarrega-se de pôr um ponto-final nessa história de amor, como fizera às anteriores, aparentemente tranquilo, sem implicações íntimas, mas na verdade esgotado pelos seus próprios temores, pela insegurança de seus sentimentos, pela completa incerteza de seu futuro. Como poderia oferecer algo concreto a alguém que o ame, se ele mesmo sabe, agora mais do que nunca, que jamais se realizará num futuro sempre incerto?

Essa paixão epistolar, aqui e ali reforçada por encontros fortuitos, que revela tão profundamente o grande escritor que ele é, estilista notável, com inteiro domínio de sua arte, iria iniciar-se por um sonho singular. Estava ele em Merano e sonha que encontra Milena diante da casa desta, em Viena, os amigos que conversam entre si, aconselham e importunam, a atitude de recusa da jovem — tudo configurando o quadro psicanalítico dos desejos do subconsciente. Certamente ela soubera despertar em seu coração, com palavras que brotavam primeiro da admiração e depois do amor, aquelas fibras já antes tocadas, porém agora inertes e frias pelo sofrimento. Pensando sempre nela e vendo-a, em sua imaginação exaltada, como a figura ideal da mulher amante, carinhosa, apaixonada, sem restrições de família, sem prejuízo de classe ou de raça, Kafka acaba por sonhar com ela e nesse sonho revelador desponta o primeiro indício da paixão que duraria para ele dois anos, para ela toda a sua vida.

As cartas que trocam, da parte de Kafka, que são as que conhecemos, são entremeadas de queixas, de desconfianças, de temores. O temor de algo irremediável é o tom principal de suas confidências; não é a doença que o faz triste, porém o medo de vir a morrer sem completar-se de alguma forma definitiva. No início foi a oposição pai-filho que o marcou com o estigma da melancolia e da insatisfação; depois o fracasso contínuo de seus três noivados, pelos preconceitos de família, pela sua fraqueza ingênita na hora decisiva, pela doença, enfim. Agora, surgia Milena, espiritual e materialmente separada de seu marido (ele autorizou a publicação das cartas de Kafka a sua esposa), espírito altivo, compreensiva e carinhosa ainda que um pouco absorvente em seu desejo de domínio. Ele entrega-se como ao derradeiro sonho de sua alma, última esperança de plasmar a sua figura humana em uma forma definitiva. À medida, porém, que as cartas se sucedem e o espírito de Milena nelas se manifesta através das questões que traz à discussão, das digressões que o obriga a fazer a respeito de acontecimentos, viagens, ou temas da sua época, vai Kafka pouco a pouco reemergindo em seu mundo, defendido com egoísmo feroz e irônico contra as tentativas de domínio por parte dela, esse mundo que ele tinha composto, ano após ano, sofrimento a sofrimento, feito de timidez, vergonha de si mesmo, masoquismo espiritual e gosto ao sedentarismo. O seu pavor às soluções definitivas e definidas leva-o a temer finalmente a própria presença de Milena. Assim é que, em 29 de janeiro de 1922, encontramos em seus *Diários*:

"Se por exemplo chegasse aqui de surpresa M., seria espantoso. É verdade que exteriormente minha situação pareceria no momento e em comparação mais brilhante. Respeitar-me-iam como a um ser humano entre outros seres humanos, ouviria palavras que seriam algo mais do que mera fórmula, sentar-me-ia (certamente, um pouco menos erguido agora que me sinto só, e mesmo assim me sinto bastante encurvado) à mesa da companhia teatral, em aparência chegaria quase a comparar-me socialmente com o doutor H.; mas me veria atirado a um mundo onde não posso viver. Fica apenas para ser resolvido o enigma da razão pela qual fui feliz em Marienbad durante catorze dias, e porque, em consequência, talvez pudesse ser feliz aqui com M., claro que depois de uma dolorosa abolição de fronteiras. Mas provavelmente seria muito mais difícil que em Marienbad; minhas ideias são agora mais firmes, minha experiência, maior. O que antes era uma cinta delimitatória, agora é um muro ou uma montanha, ou mais exatamente a cova de um sepulcro".

Também o final desse romance estava marcado por um sonho. Kafka conta a Milena os pormenores desse pesadelo, reflexo já de seus próprios pensamentos, de uma fixação de ideias que ele não tinha coragem de exteriorizar, mas que já iam se tornando uma íntima decisão. "Ontem sonhei contigo. Já não recordo exatamente o que acontecia, apenas sei que nos interpenetrávamos constantemente, um dentro do outro, eu era tu, tu eras eu. Finalmente começaste a queimar-te, não sei como. Lembrando que o fogo se apaga com roupas, tomei um velho abrigo e te golpeei com ele. Mas novamente começaram as transmutações, até o ponto em que já não estavas ali, era eu em troca quem ardia, e também era eu o que golpeava com o abrigo. Mas os golpes não conseguiam nada e apenas confirmavam minha antiga dúvida de que com isso não é possível apagar um fogo. Enquanto isso tinham chegado os bombeiros, e de algum modo te salvaram. Mas eras diferente de antes, espectral, como que desenhada com giz nas trevas, e tombaste sem vida, ou talvez apenas desmaiada de alegria porque te haviam salvo em meus braços. Mas também aqui atuava a incerteza da transmutação, talvez fui eu quem caiu nos braços de alguém." Este sonho contém todos os elementos para uma perfeita análise psicanalítica, e revela já a incerteza da paixão de ambos, a vontade de apagar o fogo dos desejos, de se desligarem um do outro, de esfriarem. O certo é que, pouco tempo depois, ou porque a enfermidade de Kafka se agravasse, ou porque tivesse ele atingido aquele ponto crítico em sua personalidade que o forçava a desvencilhar-se de qualquer ligação afetiva, e novamente recolher-se ao seu mundo interior, deixaram de se comunicar através de cartas. — Milena faleceu a 17 de maio de 1944, no campo de concentração de Ravensbruck, após uma operação renal malsucedida.

Estávamos nos meados de 1922. Restavam ao escritor apenas dois anos de vida. Tempo bastante curto para recompor toda a sua vida, porém suficiente para lhe trazer uma grande amizade, silenciosa, dedicada, que o acompanharia até o final: Dora Dymant. Foi a companheira dos transes dolorosos e passou quase obscura; esteve com Kafka no sanatório de Kierling, perto de Viena, e aí viu-o morrer, em 3 de junho de 1924. Kafka foi enterrado em Praga.

* * *

Evidentemente, para a apresentação da edição brasileira de *O processo*, que tive a honra de traduzir, bastaria a análise da obra; ficaria ela, entretanto, sempre incompleta se o leitor não tivesse diante de si a figura atormentada do autor. Nenhum romancista (e o mesmo se aplica, observadas as diferenças essenciais, a todas as artes) pode separar-se de sua obra, erguendo o seu monumento à posteridade apartado de si; a mão do homem imprime a tudo o que toca algo essencial de sua sensibilidade e de sua personalidade, de modo que é reunindo, nas entrelinhas, os elementos pessoais que iremos compondo a alma do autor. Franz Kafka está todo, inteiro, em *O processo*; não o seu corpo sempre jovem, apesar de todos os sofrimentos, porém o seu espírito, diluído entre os diálogos, os choques emotivos, os temores e os atos inconsequentes de seus personagens. Entretanto, se não tivéssemos bosquejado para os leitores a existência humana de Kafka, certamente o fantasma do autor, que se evolaria dessas páginas misteriosas de sua novela, provocaria espanto e, quiçá, indiferença.

Esta novela foi escrita entre os anos de 1914 e 1915 e parece que gozava da predileção de Kafka, que esperava sempre terminá-la; entretanto, sua vida encaminhando-se por rumos tão inesperados, foi ela relegada a plano secundário. Max Brod, o excelente amigo de Kafka, em junho de 1920 levou com ele o manuscrito da novela, que não apresentava nenhum título; contudo, nas conversações que com ele mantinha, Kafka referia-se a ela como "o processo", nome que foi adotado e com muita felicidade. Era um conjunto informe que deu trabalho para ser ordenado, valendo-se Max Brod de suas recordações. Kafka considerava o seu trabalho como incompleto; tinha a intenção de escrever ainda antes do capítulo final alguns outros que explicassem fases do misterioso processo. Contudo, como o próprio autor costumava dizer que o processo jamais chegaria à instância superior, teria de ficar realmente incompleto o seu trabalho, pois a novela seria, de qualquer maneira, interminável.

Principia de um modo totalmente absurdo para nós que organizamos o nosso mundo regido por leis quase imutáveis, que acreditamos a pessoa humana intocável, porque protegida pelos seus direitos. Também em *A metamorfose* encontramos o exemplo característico do absurdo trazido para a realidade cotidiana: um homem desperta, certa manhã, transformado em um inseto repelente, e toda a família o aceita assim. Josef K., personagem central de *O processo*, acorda e sabe que está detido, que se está instaurando um processo contra ele. Seguem-se as investigações, os depoimentos, as ligações de K. com diferentes pessoas, e as implicações naturais decorrentes de seu trabalho. Através de dez capítulos maciços, vai o absurdo das situações tomando conta do espírito do leitor e, então, é necessário ter sempre presente a atmosfera existencial de Kafka para entendê-lo completamente. Em certo sentido, no tocante ao seu enredo, ainda que o autor desejasse torná-lo mais claro com a adição de novos capítulos intermediários, certamente não o conseguiu porque não acreditava ele próprio necessária tal complementação.

Em geral a ação desenvolve-se num clima de sonhos e pesadelos, porém apresentados como acontecimentos normais. O tribunal onde se realiza o primeiro interrogatório é uma casa de loucos, onde a mulher do porteiro mantém relações com o juiz, e as principais dependências estão localizadas na água-furtada. Procurando certa vez um homem que o poderia auxiliar, Josef K. é assaltado numa escada íngreme por um bando de meninas depravadas, e o quarto da citada personagem é uma pocilga onde esse sujeito, pintor, recebe os juízes para retratá-los. A portinhola por onde estes últimos entram está localizada por trás da cama e é necessário passarem por sobre esta, ainda pisando no artista que dorme. Enfim, situações todas chocantes, que parecem destituídas de qualquer sentido ou de correlação com o enredo em si; sonhos, pesadelos, delírios, cismas, misturados a fatos corriqueiros, que compõem uma trama em que a irrealidade beira a loucura.

Esta é a obra de um gênio que morreu amparado pelo aconchego da amizade de poucos, e hoje ganha aplausos universais. Entretanto, como se explica que, sendo de difícil compreensão, tenha conquistado milhões de leitores em todo o mundo e influenciado toda a geração de modernos escritores europeus? A razão é que Franz Kafka, seguindo a trilha aberta por Dostoiévski, reconstrói com a angústia o mundo íntimo, e transforma as suas personagens, não em meros fantoches guiados pela mão do autor, vivendo aventuras românticas e insossas, porém em criaturas humanas, plasmadas pelo mistério, separadas em mundos de ideias próprias que se chocam e se interpenetram, e às vezes são arrebatadas pelos delírios dos nervos a outros mundos fantásticos e inexplorados da mente. Enfim, percebe-se claramente que Franz Kafka instituiu, dentro dos quadros da literatura, novos métodos de pesquisa, enquadrando o homem não mais dentro dos limites angustos de uma história pré-fabricada, porém já liberto de todas as peias do romantismo e não visto de um ângulo determinado, mas um todo complexo, atuante e participante. Não existe uma perfeita delimitação entre o mundo íntimo de seus personagens e a realidade cotidiana; eles chocam-se e mesclam-se e a reação de cada um está condicionada à sua própria estrutura mental. A história pouco importa; o enredo pode seguir todas as variantes, porque nada significa; o que realmente tem valor são as reações humanas ou sobre-humanas, são os choques de ideias, a visão que cada qual tem de si e do mundo, as noções de bem, mal, belo, feio, normal e anormal, que, reduzidas às proporções do espírito humano, compõem a personalidade de cada um de nós. Imaginar que qualquer história possa ter princípio, meio, fim, e seguir consequências lógicas, das quais resulta uma conclusão exata, é delimitar a inteligência do homem e fazê-la retornar à infância, às histórias morais de Esopo. Nenhuma história pode ser realmente concluída, assim como a verdade de cada coisa, por mais perseguida pela ciência neste universo em eterna evolução, pode ser finalmente esgotada. Sempre haverá uma trilha a percorrer, a qual conduzirá a milhares de considerações novas. Todas as epopeias humanas são, assim, apenas aspectos isolados, episódicos, do inesgotável drama, que a cada geração se reinicia e se enriquece.

Esta a funcionabilidade do pensamento de Kafka extravasado na ação de seus personagens. Vejamos, porém, como essa obra estranha, complexa, amorfa, pôde ser composta. Quem se detém na análise da vida de Kafka, ainda que leigo em psicanálise, pode aventar algumas conclusões que talvez elucidem o lado escuro da alma de Kafka. Realmente, como a mesma Lua que a tantos artistas inspirou, todos nós temos o nosso lado escuro, indevassado, que carregamos por toda a existência como um outro eu. É como um quarto escuro, de despejo, para onde atiramos as ilusões fenecidas, as amarguras, complexos de infância, insatisfações, temores sem causa aparente — tudo compondo o quadro clínico da angústia que pode, inesperadamente, assaltar-nos, saindo em atropelada desse quarto dos fundos, para destruir o equilíbrio emocional em que pautamos os nossos atos.

Assim o desprezo pelo seu corpo, comparado ao do pai, faz com que Kafka, muitas vezes, transforme em animais desprezíveis os seus personagens, como em barata, toupeira, cachorro, transferindo para eles sentimentos humanos. Por outro lado, eles não partem de um núcleo familiar e raramente aparece qualquer ligação com os pais, apenas ocasionalmente com um tio ou uma prima, como em *O processo*. Isto porque Kafka jamais teve em sua casa um ambiente de sadia compreensão, de ternura, amparo e carinho dos seus. Viveu sempre afastado disso, porque as suas tentativas para participar da vida em família esbarravam no egocentrismo do pai e na tímida ausência da mãe. Como resultado do alheamento em que vivia, insulou-se nos sonhos, entregou-se obstinadamente à leitura, e desse modo criou um mundo exclusivamente seu, onde podia dialogar à vontade, expandir-se sem peias, e adquiriu, também, um modo pavoroso de afastar-se desse mundo para enfrentar a realidade, que lhe era sempre adversa. Desse modo, os seus personagens, como ele mesmo, não conseguem jamais transpor o círculo vicioso de seus pensamentos, e são joguetes das próprias emoções, sem produzirem nada de positivo para se afirmarem no mundo exterior.

De seu mundo, portanto, está eliminada a família constituída. Como consequência fica destruída a possibilidade de qualquer união duradoura, e é assim que vemos desfilar alguns tipos de mulheres que se interessam por ele de um modo distante e vago, e todas elas estão sob as suspeitas de impureza. Tendo amado tantas mulheres, mas incapaz de decidir-se por uma, ele vingava-se assim de sua própria instabilidade, transferindo para elas a mancha que os ardores do sexo deixavam em sua alma sensível. Também o fracasso de seus noivados influiu sobremaneira para a sua particular concepção a respeito das mulheres.

Imerso no mundo que ele construíra para si, e do qual confessava não poder afastar-se sem sofrer amargas consequências, pode-se acreditar que Kafka mentalizava primeiro as suas obras, através de sonhos. Desligava-se por completo das injunções da matéria, para vibrar eoliamente, como harpa sensibilíssima, aos apelos de sua imaginação e das visões que com frequência o assaltavam. Nesse estado de quase completa transcendentalidade, não é de admirar que seu espírito penetrasse a essência das coisas para transmudá-las a seu gosto, e assim estabelecer a metamorfose do mundo que o repelia e que era preciso identificar com o seu, para não sucumbir. Toda a ação de *O processo* e de outras novelas e contos decorre num clima de sonhos e pesadelos, em que o próprio autor vivia e somente dentro do qual podia resistir à sua íntima angústia.

Entendida assim esta obra de Kafka, cada qual a seu respeito construirá a sua teoria, de acordo com a própria vivência. Quanto a nós, queremos acrescentar que, no tocante ao processo que o personagem sofre, nós o temos como algo colocado muito acima de nosso entendimento, ainda que ele pareça seguir os trâmites normais da justiça humana. Cada um de nós está arrolado em processo idêntico (a própria existência), frequentemente somos submetidos a interrogatórios no tribunal (a nossa consciência) e não temos a esperança de subir à decisiva instância superior, ou ela parece-nos tão distanciada que certamente jamais a alcançaremos (Deus). Desse modo, o processo é a nossa existência analisada por elementos estranhos ao nosso mundo íntimo, análise que também nos força a tentar desvendar-nos aos nossos próprios olhos. Nasce, portanto, misteriosamente, como uma imposição iniludível e inescrutável das forças que governam a nossa vida, contra as quais são inúteis todos os nossos esforços de repulsa ou as mesmas tentativas de aproximação mais íntima. O homem, realmente, não governa o seu destino; enquanto ser isolado em seu mundo, pode reger-se pelas suas normas de conduta, porém vivendo em sociedade, sombra entre sombras, viajante entre viajores, homem em permanente choque com a humanidade, é conduzido pelas forças do espírito e da matéria e se torna joguete nesta formidável luta. Disso decorrem a instabilidade de todas as coisas humanas, a incerteza que se aloja no íntimo do ato mais decisivo, a dúvida dentro da evidência, o erro dentro da verdade e o temor que aniquila a vontade. O temor é, realmente, um dos elementos mais atuantes na dinâmica dos livros de Kafka, como decorrência do assombro que provoca no homem a sua debilidade em confronto com a vitalidade impressionante dos problemas que permanentemente o assoberbam.

O mundo exterior parece contaminado sempre, ainda nos seus aspectos mais puros; o cancro maligno do pecado original, que assume tantas formas nojentas, parece corromper, desde o berço, a pureza do homem. Tudo isso é chocante para um espírito que deseja manter-se íntegro; o mais leve deslize, o menor atendimento ao apelo secreto do sexo, parece-lhe uma recaída na falta original. O complexo da culpa cria problemas insolúveis; já nascemos culpados, e durante toda a vida apenas agravamos os nossos pecados. O processo a que estamos submetidos em nossa existência terrena é muito justo e se nós o aceitamos sem recalcitrância podemos, talvez, atrair sobre nós a indulgência do Supremo Juiz.

Na luta contra o mundo exterior corrompido, certamente o homem também se corrompe e assim deve morrer. Josef K., declarada a sua culpa, morrerá isolado de todos, e nem mesmo atrairá a descuidada atenção do homem que olha as estrelas do alto de sua janela. Apenas o seu grito final, afogado na garganta pelo punhal de seu carrasco, testemunha a sua angústia. É como se ele soubesse que somente através da morte poderia subir à instância superior e apresentar-se diante daquele Juiz incorruptível e eterno, que lhe ditaria o Juízo final, mas ainda temesse que a vergonha de seu crime, o fato de se ter misturado à corrupção do mundo, sobrevivesse independente de si, como cicatrizes vergonhosas em seu espírito, e a punição ainda prosseguisse sob novas formas. Certamente, se somos criaturas de Deus devemos participar de sua própria eternidade e, assim sendo, havemos de viver em planos diversos, encarnados na matéria ou vivos como espíritos ou outra forma irradiante de energia, mas onde quer que estejamos o estigma de nossos atos, bons ou maus, carregará de aflições ou de alegrias a nossa alma.

O processo aí está, e ligeiramente delineada a personalidade complexa de seu autor. O significado que emprestamos à sua vida e obra é inteiramente pessoal, decorrente de estudos que nos foi permitido realizar. Entretanto, a maior homenagem que podemos prestar ao genial Franz Kafka é permitir que cada leitor retire de sua obra a interpretação que mais se coadune com o seu mundo íntimo e assim encontre nela a lição que melhor aproveite ao seu espírito.

De uma coisa estamos certos: quem se abeberar desse manancial não ficará jamais farto.

❖

O Processo

CAPÍTULO I

A detenção. Conversa com a senhora Grubach; depois com a senhorita Bürstner

Alguém devia ter caluniado a Josef K., pois sem que ele tivesse feito qualquer mal foi detido certa manhã. A cozinheira da senhora Grubach, sua hospedeira, que todos os dias às oito horas lhe trazia o desjejum, não se apresentou no quarto de K. nessa manhã. Jamais acontecera isso. K. aguardou ainda um poucochinho, olhou, recostado em seu travesseiro, a anciã que morava em frente de sua casa e que o observava com uma curiosidade inteiramente fora do comum; depois, porém, sentindo-se ao mesmo tempo faminto e surpreso, fez soar a campainha. Imediatamente bateram em sua porta, e no dormitório entrou um homem ao qual K. jamais vira antes naquela casa. Era um tipo esbelto, porém de aspecto sólido, que vestia um traje negro e justo, o qual, semelhante a uma roupa de viagem, apresentava diversas pregas, bolsos, abas, botões e um cinto, que emprestavam à veste um ar estranhamente prático sem que, porém, pudesse estabelecer-se claramente para que serviriam todas aquelas coisas.

— Quem é você?[1] — perguntou K., erguendo-se a meio no leito. O homem, contudo, ignorou a pergunta, como se se devesse desculpar sua aparição naquela casa, e limitou-se por sua vez a indagar:

— Você chamou?

— Ana precisa trazer-me o desjejum — disse K., procurando estabelecer por conjetura, enquanto permanecia um momento em silêncio, quem seria aquele homem. Este, porém, não ficou muito tempo exposto aos olhares de K., mas, voltando-se para a porta, que

[1] Ao longo do texto serão usadas 2ª ou 3ª pessoa do singular, dependendo das relações entre os personagens — mais íntimas ou mais formais. (N. do E.)

entreabriu um pouco, disse a alguém que certamente estava por trás dela:

— Quer que Ana lhe traga o desjejum.

No quarto pegado seguiu-se a isto uma risota por cujo som não se poderia descobrir se correspondia a uma ou a diversas pessoas. Embora essa risota não tivesse dito ao estranho nada que ele ignorasse, este, contudo, disse a K., como um aviso:

— É impossível.

— Ora, esta é muito boa! — exclamou K., saltando da cama para vestir rapidamente as calças. — Verei que tipos de pessoas são as que estão na peça ao lado e como a senhora Grubach me explica esta intromissão.

No mesmo instante, entretanto, ocorreu-lhe que não devia ter dito isso em voz alta porque assim reconhecia, de certo modo, o direito que o estranho tinha em vigiá-lo; no momento, porém, não deu importância ao fato. De todas as maneiras, o estranho já o entendera assim, pois lhe disse:

— Não acha melhor ficar aqui?

— Não quero nem ficar aqui nem falar com você até que me diga quem é.

— Perguntei-lhe com boa intenção — disse o estranho, abrindo então a porta por iniciativa própria. A sala pegada, onde K. penetrou mais lentamente do que teria desejado, tinha à primeira vista quase o mesmo aspecto da noite anterior. Era o salão da senhora Grubach que talvez, com seus móveis, tapetes, porcelanas, apresentava-se um tanto mais espaçoso que de costume; isso, porém, não se percebia de imediato, tanto mais que a modificação principal era a presença de um homem, sentado à janela, com um livro do qual afastou a vista quando K. se apresentou.

— Você deveria ter ficado em seu quarto. Franz não lhe disse?

— Sim, mas que deseja você? — indagou K., desviando o olhar do novo personagem para fixá-lo naquele a quem acabavam de chamar Franz, que permanecia de pé junto à porta, e para tornar a dirigi-lo por fim ao outro.

Através da janela aberta tornava-se a ver a anciã vizinha que, apoiada na sua, contemplava a cena com curiosidade verdadeiramente senil, como se nada devesse perder dela.

— Desejo falar com a senhora Grubach — exclamou K., e fazendo um movimento como para livrar-se dos dois homens que, contudo, se encontravam a uma considerável distância dele, intentou deixar a sala.

— Não — retrucou o homem que estava junto à janela, deixando o seu livro sobre uma mesinha e pondo-se de pé. — Você não pode sair; está detido.

— É o que parece — disse K. — , e por quê? — perguntou depois.

— Não nos cabe explicar isso. Volte para seu quarto e espere ali. O inquérito está em curso, de modo que se inteirará de tudo em seu devido tempo. Saiba que exorbito de minhas atribuições ao falar-lhe tão amistosamente. Confio, porém, em que apenas me ouça Franz, o qual, igualmente, infringindo todas as regras, mostra-se-lhe muito cordial. Se você continua tendo tanta sorte como na designação de seus guardas pode alimentar esperanças.

K. quis sentar-se, porém então percebeu que em todo o salão não havia outro assento senão a poltrona que se encontrava junto à janela.

— Verá logo que é verdade tudo quanto lhe dissemos — disse Franz, adiantando-se para K., em companhia do outro homem. K. ficou profundamente surpreso devido especialmente à atitude do último, que significativamente lhe deu várias palmadinhas no ombro. Ambos os homens examinaram o camisão de K. e aconselharam-lhe que vestisse uma camisa de muito pior qualidade, esclarecendo-lhe que eles se encarregariam dessa que ele vestia assim como de toda a sua roupa branca que depois lhe devolveriam no caso de que o assunto terminasse de modo favorável.

— É melhor que nos confie as suas coisas — disseram — , pois frequentemente no depósito acontecem fraudes e além do mais costuma-se ali, depois de certo tempo, vender tudo sem que ninguém se incomode em verificar se o inquérito em questão terminou ou não. E quão demorados são os processos deste tipo, especialmente nos últimos tempos! Claro está que, em última instância, você receberia o dinheiro obtido da venda que certamente seria bem pouca coisa, visto que na operação o preço não é determinado pela importância da oferta, mas pelo montante do suborno; além do mais, ao passar de mão em mão, conforme a experiência o demonstra, tais somas se vão tornando a cada ano menores.

K. prestou ligeira atenção a tais discursos; não emprestava grande importância ao direito, que talvez ainda possuísse, sobre suas próprias coisas; muito mais importante para ele era enxergar com clareza a situação em que se encontrava; somente que em presença desses dois homens nem mesmo podia refletir; o ventre do segundo guarda — evidentemente não podiam ser senão guardas da polícia — não cessava de apertar-se cordialmente contra ele; mas quando K. fitava o rosto do homem via que era seco, ossudo, provido de um nariz forte e torcido, e que não se enquadrava bem a seu corpo robusto e gordo, antes parecia adaptar-se melhor à figura do outro guarda. Que espécie de homens eram estes? De que estavam falando? A que departamento oficial pertenciam? Entretanto, K. vivia em um estado constitucional no qual reinava a paz, no qual todas as leis estavam em vigor, de modo que quem eram aqueles que se atreviam a invadir a sua casa? K. sempre manifestara inclinação para encarar todas as coisas com a maior ligeireza possível, em acreditar no pior somente quando o pior se apresentava, a não nutrir grandes cuidados pelo futuro mesmo quando tudo tivesse um aspecto ameaçador. Neste caso, porém, não lhe pareceu adequado levar o assunto em brincadeira; é certo que, bem considerado, tudo isto não podia deixar de ser uma brincadeira pesada, a qual, por razões desconhecidas, talvez pelo fato de que hoje K. completava trinta anos, seus colegas de banco haviam organizado; podia, certamente, tratar-se disso, e porventura não precisasse senão pôr-se a rir para que aqueles estranhos também rissem; talvez aqueles guardas não fossem senão os moços equilibristas da esquina da rua — pois, na verdade, pareciam-se com eles — aos quais teriam contratado..., e contudo K. estava, desde o primeiro instante em que vira o guarda Franz, formalmente determinado a não ceder a esses homens a menor vantagem que talvez possuísse ainda sobre eles. Se depois se dizia que não soubera compreender a brincadeira, K. não via nisso um grande perigo, ainda que recordasse — se bem que não possuísse a habilidade de aprender muito da experiência — alguns casos em que, tendo-se comportado com inteira consciência imprudentemente, diferentemente do que faziam os seus amigos, e sem preocupar-se de modo algum pelas possíveis consequências disso, vira-se castigado pelos acontecimentos. Isso não podia tornar a acontecer, pelo menos desta vez? Se se tratava de uma comédia, ele também queria representar o seu papel.

Ainda estava livre.

— Com permissão de vocês — exclamou, passando rapidamente entre seus guardas para dirigir-se a seu quarto.

"Parece razoável", ouviu que diziam às suas costas. Já em seu quarto precipitou-se a abrir as gavetas da escrivaninha, onde encontrou tudo em perfeita ordem, porém a emoção impediu-o de encontrar logo os documentos de identidade que procurava. Achou, finalmente, a licença para andar em bicicleta e dispunha-se já a voltar com ela junto aos guardas, quando supôs que o documento era insuficiente, pelo que continuou procurando até que conseguiu encontrar a certidão de nascimento. Ao chegar à sala contígua abriu--se exatamente nesse momento a porta de frente pela qual quis entrar a senhora Grubach. Apenas permaneceu um momento no umbral, pois K. somente teve tempo de reconhecê-la, quando a senhora, visivelmente comovida, desculpando-se, desapareceu fechando com precaução a porta atrás de si.

— Mas, pode entrar — foi tudo o que K. pôde dizer. Ficara ali de pé, no meio da sala, segurando na mão os seus papéis sem afastar o olhar da porta que, porém, não tornou a se abrir; de repente, sobressaltou-se, porque o chamaram os guardas, os quais, sentados a uma mesinha junto à janela, como K. teve de reconhecê-lo nesse momento, dispunham-se a consumir o desjejum do próprio K.

— Por que a senhora Grubach não entrou? — perguntou K.

— Não o pode fazer — explicou o maior dos guardas. — Você está detido.

— Mas, como posso estar detido? E desta maneira?

— Começa outra vez — disse o guarda, enfiando um pedaço de pão untado com manteiga dentro do potinho de mel. — Não respondemos a tais perguntas.

— Teriam de responder — retrucou K. — Aqui estão os meus documentos de identidade; mostrem-me vocês os seus, e, especialmente, a ordem de prisão.

— Oh, céus! — exclamou o guarda. — Quão difícil se torna para você colocar-se em sua verdadeira situação! Não parece senão que todos os seus propósitos resumem-se em irritar-nos inutilmente, sendo certo que nós provavelmente somos de todos os seus semelhantes os mais achegados a você.

— É isso mesmo, acredite — disse Franz, e, em vez de levar a seus lábios a xícara de café que segurava na mão, ficou contemplando K. com um olhar longo, provavelmente cheio de significação, mas entretanto totalmente incompreensível para K. Este se viu envolto, a contragosto, em um diálogo de olhares com Franz, mas por fim, batendo em seus documentos, acabou por exclamar:

— Aqui estão os meus documentos de identidade!

— E que importa isso para nós? — perguntou então o maior dos guardas. — Comporta-se pior do que uma criança. Que deseja? Porventura acredita que poderá acelerar o curso de seu maldito processo discutindo conosco, que somos apenas guardas, sobre os seus documentos de identidade e a ordem de prisão? Nós somos apenas empregados inferiores que pouco sabemos de documentos, já que nossa missão neste assunto consiste somente em montar guarda junto a você durante dez horas diárias e cobrar nosso soldo por isso. Aí está tudo o que somos; contudo, compreendemos bem que as altas autoridades a cujo serviço estamos, antes de ordenar uma detenção, examinam muito cuidadosamente os motivos da prisão e investigam a conduta do detido. Não pode existir nenhum erro. A autoridade a cujo serviço estamos, e da qual unicamente conheço os graus inferiores, não indaga os delitos dos habitantes, senão que, como o determina a lei, é atraída pelo delito e então somos enviados, os guardas. Assim é a lei, como poderia haver algum erro?

— Desconheço essa lei — disse K.

— Tanto pior para você — replicou o guarda.

— Sem dúvida, essa lei não existe senão na imaginação de vocês — prosseguiu dizendo K., com a intenção de penetrar o pensamento dos guardas e procurando induzi-lo em seu favor. O guarda, porém, limitou-se a dizer:

— Você logo sentirá o efeito dessa lei.

Então, interveio Franz:

— Observe bem, Willem; por uma parte admite que desconhece a lei e por outra afirma que é inocente.

— Tens razão, mas não podemos fazê-lo compreender isso — disse o outro.

K. ficou calado e pôs-se a pensar: “Deixar-me-ei intimidar pela conversa destes empregados inferiores, pois eles próprios admitem que o são. De qualquer modo, estão falando de coisas que de maneira alguma compreendem. A segurança que ostentam apenas é possível devido à sua estupidez. Será bastante que eu fale algumas palavras com um representante da autoridade de condição igual à minha para que tudo se torne incomparavelmente mais claro que ouvindo os maiores discursos destes dois”. Percorreu várias vezes de uma extremidade à outra a sala e viu a anciã vizinha que tinha arrastado até a janela um homem ainda mais velho do que ela, ao qual sustentava rodeando-o com um braço. K. precisava pôr fim de uma vez a tal comédia.

— Quero que vocês me levem ao seu superior — disse.

— Nós o faremos quando ele o deseje, mas não antes — retrucou o guarda que fora nomeado Willem. — Além do mais, aconselho-o — acrescentou logo — que retorne ao seu quarto, que permaneça quieto ali e que aguarde tranquilamente aquilo que se tiver de fazer com respeito a você. Aconselhamos-lhe que não perca o tempo com pensamentos inúteis, mas que reserve suas energias o mais que possa, pois terá necessidade delas. Não nos tratou como o merecíamos, pois esqueceu-se de que nós, quem quer que sejamos, ao menos em relação a você somos homens livres, o que constitui uma vantagem não pequena. Não obstante isso, estamos dispostos, se é que você tem dinheiro, a fazer-lhe vir um desjejum do café vizinho.

Sem responder a tal oferecimento, K. ficou de pé um momento, em silêncio. Talvez se tentasse abrir a porta da sala ou a do vestíbulo os guardas não se atrevessem a impedi-lo; talvez a solução do assunto estivesse em levar as coisas a um ponto extremo; porém, talvez também os dois guardas o apanhassem e o derrubassem ao solo, e então perderia toda a superioridade que de certo modo ainda conservava sobre eles. Por isso resolveu esperar a decisão mais acertada que o curso natural das coisas teria por força de trazer; e voltou então a seu quarto sem que ele ou os guardas pronunciassem uma palavra mais.

Atirou-se sobre a cama e apanhou na mesa do toucador uma formosa maçã que na noite anterior guardara exatamente para seu desjejum. Seria seu único alimento, mas, em todo caso, como pôde certificar-se à primeira grande dentada que lhe deu, era muito melhor que o desjejum obtido em qualquer sujo café noturno que a boa vontade de seus guardas lhe poderia prover. Sentia-se bem e confiante; é verdade que nessa manhã faltava ao seu trabalho no banco, mas, em razão do cargo relativamente elevado que ali desempenhava, com certeza o desculpariam facilmente. Deveria alegar para desculpar-se a verdadeira causa? Assim pensava fazê-lo. Se não quisessem acreditar nele, o que neste caso era muito compreensível, recorreria à senhora Grubach como testemunha ou mesmo aos dois anciãos da casa em frente, os quais por certo já se teriam instalado à janela que ficava defronte de seu quarto. Colocando-se na situação mental de seus guardas, K. admirava-se de que estes o tivessem afastado da sala em que se encontravam e o tivessem deixado sozinho na sua, onde tinha tantas oportunidades de matar-se. Mas ao mesmo tempo perguntou-se K., desta feita pondo-se em sua própria situação mental, que motivos podia ele ter para fazê-lo. O de que dois estranhos estiveram sentados na sala ao lado tomando o seu desjejum? Teria sido tão insensato matar-se que, mesmo quando tivesse querido fazê-lo, teria sido obstado exatamente por essa insensatez. Se seus guardas não fossem pessoas de tão curta inteligência, se poderia perfeitamente supor que mesmo eles não viam, por esse mesmo motivo, o menor perigo em deixá-lo sozinho. Agora, se assim o desejavam, podiam ver como K. chegava até um pequeno armário no qual guardava uma garrafa de aguardente de superior qualidade, como bebia um copinho, primeiro para substituir o desjejum, e depois outro para adquirir coragem; este último somente, porém, por prudência e na previsão do caso improvável de que precisasse de tal coragem.

* * *

De súbito, sobressaltou-se, espantado de tal maneira ao escutar que o chamavam da sala ao lado, que os dentes bateram contra o copo.

— O Inspetor chama-o! — ouviu que lhe diziam. O que o espantara fora apenas o grito, esse grito breve, seco, militar, do qual não supusera capaz o guarda Franz. Com respeito à ordem, propriamente, acolheu-a de muito boa vontade.

— Enfim! — exclamou, fechando o armário e apressando-se em entrar na sala ao lado. Ali estavam os dois guardas, os quais, como se isto fora óbvio, o mandaram entrar novamente em seu quarto.

— Mas, o que é que você está pensando? — disseram-lhe. — Pretende, porventura, apresentar-se em pijama diante do Inspetor?

— Ao diabo! Deixem-me, pois, em paz! — exclamou K., que já estava junto ao armário onde guardava suas roupas. — Quando me vêm surpreender na cama não se pode esperar que me achem vestido com roupa de etiqueta.

— Não podemos ajudá-lo — disseram os guardas, que sempre que K. gritava ficavam sossegados, quase tristes, com o que o confundiam e, até certo ponto, o tornavam razoável.

— Cerimônias ridículas! — falou entre os dentes; mas já havia apanhado, entretanto, uma jaqueta da cadeira e a segurou um instante com ambas as mãos como se a submetesse ao juízo dos guardas. Estes, contudo, menearam a cabeça.

— Precisa ser uma roupa preta — disseram. K. atirou então a jaqueta ao solo e disse, sem saber ele próprio em que sentido:

— Contudo, não se trata do debate principal.

Os guardas puseram-se a rir, ainda que se mantivessem firmes em sua atitude.

— Precisa ser uma roupa preta.

— Pois bem, seja como vocês dizem, se isso pode apressar o inquérito — disse K., abrindo o armário e pondo-se a procurar entre seus muitos trajes; escolheu um negro, o melhor que possuía, uma sobrecasaca de lindo corte que em sua época causara quase sensação entre os seus conhecidos; tirou também da gaveta outra camisa e começou a vestir-se com esmero. Em seu foro íntimo dizia que conseguira apressar o inquérito ao fazer com que os guardas se esquecessem de obrigá-lo a tomar um banho. K. observava-os atentamente para ver se lembravam que era necessário fazê-lo, mas certamente não lhes ocorrera tal coisa; em compensação, não se esqueceu Willem de mandar Franz para avisar ao Inspetor que K. estava vestindo-se.

Quando esteve inteiramente vestido precisou atravessar, acompanhado por Willem, a sala ao lado, que ficara vazia, para entrar na seguinte, cuja porta já estava aberta de par em par. Como era do conhecimento de K., esta peça estava habitada desde há pouco tempo pela senhorita Bürstner, uma datilógrafa que costumava sair muito cedo para o seu trabalho e que retornava à casa já muito tarde; K. apenas trocara com ela, e não muitas vezes, algumas palavras de saudação. A mesinha de noite que costumeiramente estava junto ao leito havia sido mudada para o centro da sala para que servisse como escrivaninha; atrás dela estava sentado o Inspetor. Cruzara as pernas e apoiava um braço sobre o encosto da cadeira.

Em um canto da sala achavam-se de pé três jovens que olhavam as fotografias da senhorita Bürstner penduradas na parede sobre uma esteira. Da manivela da aldraba da janela aberta pendia uma blusa branca. Apoiados ao peitoril da janela de frente achavam-se outra vez os dois anciãos, apenas que agora o número de espectadores aumentara, pois por trás deles estava de pé um homem que os ultrapassava de muito em altura e que, exibindo o peito pela abertura da camisa desabotoada, não cessava de retorcer entre os dedos a ponta de sua barba avermelhada.

— Josef K.? — perguntou o Inspetor, talvez apenas para concentrar sobre si o olhar distraído de K. Este concordou.

— Estará você muito surpreso pelo inquérito desta manhã? — indagou o Inspetor, pondo de lado com ambas as mãos os poucos objetos que se encontravam sobre a mesinha de noite, a vela, os fósforos, um livro e uma caixa de costura, como se fossem objetos dos quais necessitasse para o interrogatório.

— Certamente — retrucou K., sentindo-se contente por achar-se enfim diante de um homem razoável, o qual sem dúvida havia de compreendê-lo apenas K. lhe falasse de seu assunto. — Certamente, estou surpreso, porém de modo algum muito surpreso.

— Não está muito surpreso? — perguntou o Inspetor, enquanto tornava a colocar a vela no centro da mesinha e reunia todos os objetos ao redor dela.

— Talvez você não interprete bem o que eu digo — apressou-se a fazer notar K. —, quero dizer que... — K. interrompeu-se, procurando à volta dele com o olhar uma cadeira. — Posso sentar-me? — perguntou por fim.

— Não é hábito — retrucou o Inspetor.

— Quero dizer — prosseguiu então K., sem se interromper — que certamente me acho muito surpreso, mesmo quando há trinta anos se está no mundo e foi preciso se desenvolver sozinho, como é o meu caso, se está imunizado contra as surpresas que não afetam excessivamente, e de modo particular a de hoje.

— Por que a de hoje não o afeta de modo particular?

— Não quero dizer que considero tudo isto uma brincadeira, pois me parece que as disposições de uma representação semelhante exigiriam muito. Para isso seria preciso que todos os habitantes desta casa tomassem parte na comédia e também você, o que iria além dos limites de uma brincadeira. Não quero, portanto, afirmar que se trate de uma brincadeira.

— Certamente — disse o Inspetor, contando os fósforos que havia dentro da caixinha.

— Porém, por outro lado — prosseguiu K., voltando-se para todos que estavam ali presentes, e em realidade lhe teria agradado que mesmo os três jovens que se achavam junto às fotografias se voltassem para escutá-lo —, este assunto não pode igualmente ser muito importante. Infiro-o do fato de ver-me acusado sem que seja possível encontrar que eu tenha cometido o menor delito pelo qual se justifique uma acusação. Mas isto também é acessório; o fundamental é outra coisa: quem me acusa? Que autoridade superintende o inquérito? Vocês são funcionários? Nenhum de vocês tem uniforme, não seja o caso de querer-se denominar uniforme — então K. voltou-se para Franz — essa vestimenta que, contudo, é antes um traje de viagem. Tais são as questões que eu peço que me esclareçam. Além do mais, estou convencido de que depois dessas explicações haveremos de nos despedirmos do modo mais cordial.

O Inspetor deixou cair a caixinha de fósforos sobre a mesa.

— Você encontra-se em erro crasso — disse. — Estes senhores que vê aqui, e eu, desempenhamos um papel completamente acessório em seu assunto, do qual, para dizer a verdade, não sabemos quase nada. Se trouxéssemos nossos uniformes do modo mais regulamentar possível, nem por isso sua causa estaria melhor do que está. Muito menos lhe posso dizer, a você, de modo algum que está acusado, ou, dizendo melhor, não sei se o está. O certo é que está detido. Isto é tudo quanto sei. Se os guardas estiveram falando com você e sugeriram outra coisa, não deve encarar isso senão como simples falatórios. Mas se não posso responder às suas perguntas, posso em troca aconselhar-lhe que pense menos em nós e naquilo que lhe aconteceu esta manhã e mais em você mesmo. Por outro lado, não se alvoroce tanto com protestos de inocência porque isso causa má impressão, sendo certo que a outros respeitos você impressiona bem. Sobretudo, tem de se moderar em suas manifestações, pois quase tudo quanto acaba de dizer podia tê-lo expressado com algumas palavras, e podíamos tê-lo entendido pela sua atitude; tudo isso não fala muito em seu favor.

K. ficou olhando fixamente o Inspetor. Então esse homem, mais jovem talvez do que ele, lhe dava lições como se estivessem na escola? Castigava a sua franqueza com uma reprimenda? E nada lhe diria, então, a respeito do motivo da detenção e da autoridade que a ordenara? Chegou a sentir-se irritado; caminhou de um lado para outro da sala, coisa que ninguém obstou que fizesse; pôs em ordem os punhos da camisa, passou a mão pelo peito; alisou o cabelo e, aproximando-se dos três senhores, disse:

— Isto não tem o menor sentido.

Estas palavras fizeram com que os homens se voltassem para K. e o olhassem com gravidade. Por fim, K. voltou a deter-se diante da mesa do Inspetor.

— Hasterer, o fiscal, é um bom amigo meu — disse K. —, posso telefonar-lhe?

— Certamente — respondeu o Inspetor —, porém não chego a compreender por que deseja fazê-lo, a não ser que tenha a intenção de falar com ele a respeito de algum assunto particular.

— Não chega a compreender, por quê? — exclamou K., mais confundido do que irritado. — Mas, quem são vocês? No que me diz respeito querem achar um sentido e comportam-se do modo mais insensato que possa haver. Não é para se ficar petrificado? Em primeiro lugar, os senhores assaltam-me em minha casa, sentam-se ou estão aqui de pé ao redor de mim e me atropelam em grande estilo. Carece porventura de sentido chamar pelo telefone um advogado, já que sou declarado detido? Pois bem, não telefonarei.

— Mas, sim — disse o Inspetor, assinalando com a mão para o vestíbulo em que se encontrava o telefone. — Telefone, peço-lhe.

— Não, já não desejo telefonar — replicou K., dirigindo-se para a janela. Lá em cima continuava firme em seu posto na janela o grupo de antes; apenas pareceram perturbar-se um pouco na tranquila contemplação a que estavam entregues quando K. se aproximou para olhá-los. Os velhos quiseram afastar-se, mas o homem que estava por trás deles os tranquilizou.

— Vejam só, temos espectadores! — gritou K., com voz muito alta, dirigindo-se ao Inspetor e apontando com o indicador para a janela da frente. — Afastem-se daí! — gritou. Os três deram logo dois passos para trás. Ambos os velhos até se esconderam por trás do homem, que os cobriu com seu largo corpo e, a julgar pelos movimentos de seus lábios, este disse qualquer coisa que não se pôde perceber devido à distância. Mas nem por isso os três espectadores desapareceram inteiramente, senão que pareciam estar esperando o momento em que, sem que K. o percebesse, pudessem voltar a aproximar-se da janela.

— Esta é uma gente que carece inteiramente de discrição; não respeitam nada! — exclamou K., voltando-se para o interior do quarto. Conforme K. acreditou, atirando um olhar de soslaio, o Inspetor estava de certo modo de acordo com sua atitude, mas era também possível que nem mesmo tivesse percebido o que acontecera, pois, tendo posto uma das mãos sobre a mesa, parecia achar-se muito ocupado na comparação da longitude de seus dedos. Os dois guardas estavam sentados sobre um baú coberto com um tapete e coçavam os joelhos. Quanto aos três jovens que mantinham suas mãos nas cadeiras, olhavam ao redor com ar despreocupado. Sobreviera um silêncio como aquele que reina num escritório esquecido.

— Senhores — começou a dizer K., enquanto por um momento lhe pareceu que carregava sobre os ombros todos os presentes —, conforme pode inferir-se da atitude de vocês, meu assunto está terminado. Sou portanto de opinião que o melhor é não pensar mais a respeito do justificado ou injustificado, do procedimento de vocês, e terminar esta questão amistosamente estreitando-nos as mãos. Se estão de acordo com minha opinião, rogo-lhes então...

K. aproximara-se da mesa do Inspetor, ao qual estendeu a mão, mas o Inspetor olhou para cima, mordeu os lábios e contemplou a mão estendida de K., o qual continuava acreditando que o Inspetor a apertaria, mas este se pôs de pé, apanhou um chapéu duro e redondo que estava sobre a cama da senhorita Bürstner e colocou-o com precaução com ambas as mãos, como se estivesse experimentando um chapéu novo.

— Tudo lhe parece muito simples — disse a K. — De maneira que acredita que deveríamos dar um final amistoso a esta questão? Não, não; verdadeiramente não pode ser, o que de modo algum quer dizer, por outro lado, que você tenha de se desesperar. Não, isso não; por que havia de se desesperar? Você está apenas detido; nada mais do que isso. Minha missão era comunicar-lhe isso; já o fiz e vi de que modo você reagiu e como se comportou. Por hoje já é suficiente, de modo que poderíamos despedir-nos; somente que, certamente, de modo transitório. Suponho que quererá correr ao banco.

— Ao banco? — perguntou K. — Julgava que estava detido.

K. formulou esta pergunta com certa entonação e soberbia, pois embora não lhe tivessem aceitado o aperto de mãos, sentia-se, sobretudo a partir do momento em que o Inspetor se levantara da cadeira, cada vez mais independente de todas essas pessoas. Alimentava a intenção, no caso em que de fato se fossem, de acompanhá-los até a porta da casa e de apresentar-se-lhes em sua condição de detido. Por isso repetiu:

— Como posso ir ao banco se estou detido?

— Ah! — exclamou o Inspetor, que já estava junto à porta. — Você não me compreendeu bem. É verdade que está detido, mas isso de nenhum modo o impede de cumprir as suas obrigações. Não deve modificar a sua vida habitual.

— Assim sendo, essa detenção não é muito para se temer — disse K. aproximando-se do Inspetor.

— Nunca quis dizer outra coisa — replicou este.

— Mas, então, nem mesmo parece necessário comunicar-me tal arresto — disse K., aproximando-se ainda mais do Inspetor. Também os outros se tinham aproximado. Todos se encontravam nesse momento agrupados em um pequeno espaço junto à porta.

— Era o meu dever — disse o Inspetor.

— Um dever estúpido — replicou K., sem nenhuma consideração.

— Pode ser — retrucou o Inspetor —, mas não vamos agora perder o tempo com semelhantes discussões. Supus que você quisesse ir ao banco. E já que presta tanta atenção a todas as palavras, apresso-me a acrescentar: não o obrigo a ir ao banco; apenas supus que você desejasse ir. E para tornar-lhe mais fácil a situação e para que no banco passasse o mais inadvertida possível a sua chegada, trouxe comigo estes três senhores que são seus colegas para que estivessem à sua disposição.

— Como? — exclamou K., cheio de espanto, enquanto olhava os três personagens.

Esses jovens anêmicos e tão faltos de caráter que K. somente representava para si agrupados junto às fotografias eram realmente empregados de seu banco, mas não colegas; isso era afirmar demais e mostrava que existia uma lacuna na onisciência do Inspetor, porque a verdade é que eram empregados subalternos do banco. Como pudera K. ignorar isso? Estivera muito concentrado com o Inspetor e com os agentes de polícia para não ter reconhecido estes três personagens. Sim, um era o estúpido Rabensteiner, que sempre estava movendo as mãos; outro era o ruivo Kullich, de órbitas profundas; e o último, Kaminer, que não parava de sorrir de modo intolerável em razão da distorção crônica de um músculo facial.

— Bom dia — disse K. após um momento, enquanto estendia a mão aos três senhores, que se inclinaram corretamente diante dele. — Não os tinha reconhecido. De modo que iremos agora todos para o trabalho, não é verdade?

Os três senhores confirmaram rindo e com muito zelo, como se não estivessem esperando outra coisa em todo esse tempo; apenas que quando K. declarou que esquecera o chapéu em seu quarto, precipitaram-se todos, um atrás do outro, para apanhá-lo, o que atestava, sem dúvida, certa confusão. K. ficou de pé, calado, olhando-os através das duas portas abertas e comprovou que o último a sair era certamente o indiferente Rabensteiner, que se limitara a correr em elegante trotezinho. Por fim, Kaminer lhe trouxe o chapéu, e K. teve de dizer-se expressamente, coisa que além do mais tivera de fazer com frequência no banco, que o sorriso de Kaminer não era intencional; e, ainda mais, que Kaminer de modo algum podia sorrir com intenção. No vestíbulo a senhora Grubach abriu a porta para todo mundo; não parecia perceber a sua falta; o olhar de K. tombou, como tão frequentemente acontecia, no cinturão do avental da mulher, que lhe cortava profundamente o corpo vigoroso de modo em verdade desnecessário. Já embaixo, e com o relógio na mão, K. resolveu tomar um automóvel para não aumentar inutilmente o atraso de meia hora que já perdera. Kaminer foi correndo até a esquina para trazer o carro. Os outros dois procuravam, visivelmente, distrair K.; de súbito, Kullich, apontando para a porta de entrada da casa em frente, chamou a atenção sobre o homenzarrão de barba avermelhada que acabava de aparecer; um pouco incomodado a princípio por mostrar--se agora em todo seu volume, o homem apoiava-se e se espremia contra a parede. Os dois velhos deviam achar-se ainda na escada. K. irritou-se contra Kullich porque este fixava sua atenção sobre aquele homem, ao qual já anteriormente ele mesmo vira e ao qual esperara ver nesse momento.

— Não fique olhando! — exclamou, sem perceber que tal modo de se expressar podia parecer surpreendente a homens livres. Contudo, não precisou dar nenhuma explicação, pois exatamente nesse instante chegou o automóvel, que todos ocuparam e que logo se pôs a andar. Então refletiu K. que não percebera em que momento se tinham ido o Inspetor e os guardas; o Inspetor lhe ocultara os três funcionários do banco, e agora estes ocultavam o Inspetor. Tal fato não atestava muita presença de espírito por parte de K., de modo que este se propôs observar-se com mais atenção a esse respeito. Contudo, involuntariamente voltou a cabeça para ver se ainda poderia ver através da janelinha traseira do automóvel o Inspetor e os guardas. Entretanto, acabou por voltar outra vez a cabeça para diante e por instalar-se comodamente em um canto do carro, abandonando sua intenção de os descobrir. Apesar de seu aspecto, justamente nesse momento teria sido necessário que lhe infundissem ânimo, porém o caso é que aqueles senhores pareciam cansados; Rabensteiner olhava para a direita do automóvel; Kullich para a esquerda, de modo que apenas Kaminer estava ali à disposição de K., com aquele sorriso sobre o qual infelizmente o sentimento humanitário tornava impossível qualquer brincadeira.

* * *

Nos princípios desse ano, K., que na maioria das vezes ficava em seu escritório até as nove, costumava passar as noites, ao deixar o seu trabalho, e quando isto lhe era possível, dando primeiro um passeio sozinho ou em companhia de algum funcionário do banco, indo depois a uma cervejaria onde, aproximadamente até as onze, ficava sentado a uma mesa reservada, na companhia de alguns senhores em geral mais velhos que ele. Está claro que havia exceções nesse programa quando, por exemplo, K. era convidado pelo diretor do banco, que muito apreciava a sua capacidade de trabalho e confiava nele, a dar um passeio de automóvel ou a comer em sua residência. K. costumava visitar uma vez por semana uma jovem chamada Elsa, a qual durante a noite até a madrugada servia como camareira em uma taberna e que, durante o dia, apenas recebia visitas em sua cama.

Aquela noite, porém — a jornada correra muito rapidamente em meio do ativo trabalho e de múltiplas e cordiais felicitações no dia de seu aniversário —, K. preferiu dirigir-se diretamente para sua casa. Em todas as pequenas pausas de seu trabalho daquele dia, K. pensara no assunto, de modo que sem que o soubesse com exatidão parecia-lhe que os acontecimentos dessa manhã deviam ter ocasionado uma grande desordem na pensão da senhora Grubach e que sua presença era necessária para restaurar a ordem. Mas desde que esta fosse restaurada, desapareceria sem dúvida todo rastro daqueles acontecimentos, de modo que a vida voltaria a recobrar sua marcha antiga. Pelo que dizia respeito aos três empregados, nada havia a recear: tinham voltado a se confundir entre o numeroso pessoal do banco; além do mais, K., que os fizera vir diversas vezes a seu escritório, ora sozinhos, ora juntos, apenas com o fito de observá-los, não percebera neles a menor mudança, de modo que os despedira tranquilamente.

Quando por volta das dez da noite chegou à casa em que vivia, deparou na porta de entrada com um rapaz que, de pernas afastadas, ali estava de pé a fumar cachimbo.

— Quem é você? — perguntou imediatamente K., aproximando o rosto ao do jovem, pois não se enxergava muito bem na penumbra do saguão.

— Sou o filho do porteiro, senhor — retrucou o jovem, tirando o cachimbo da boca e pondo-se de lado.

— O filho do porteiro? — perguntou K., batendo impacientemente com a ponta da bengala no chão.

— Quer alguma coisa? Quer que eu chame o meu pai?

— Não, não — disse K., com certo tom de indulgência na voz, como se, tendo o rapaz feito algo de mal, K. o tivesse perdoado. — Está bem — disse por fim, prosseguindo o seu caminho, mas antes de subir pela escada voltou-se ainda uma vez para fitar o jovem.

K. poderia ter ido diretamente ao seu quarto; entretanto, queria antes falar com a senhora Grubach, a cuja porta bateu. Ela estava sentada a uma mesa junto a um montão de meias velhas que estava cerzindo. K. desculpou-se com ar distraído, escusando-se por chegar tarde, porém a senhora Grubach mostrou-se muito cordial e não quis ouvir nenhuma desculpa, senão que até lhe disse que estava sempre pronta a falar com ele, visto que, como bem sabia, K. era para ela o melhor, o preferido, dos hóspedes. K. lançou um olhar em volta e constatou que tudo estava novamente em sua antiga disposição; até haviam levado a bandeja do desjejum que nessa manhã estivera sobre a mesinha perto da janela. "As mãos das mulheres fazem muitas coisas silenciosamente", pensou; ele mesmo, talvez, teria quebrado a bandeja, mas com toda certeza não teria conseguido levá-la dali. Contemplou então a senhora Grubach com certa sensação de agradecimento.

— Por que a senhora trabalha até tão tarde? — perguntou K. Agora estavam ambos sentados à mesa; K. de quando em quando enfiava a mão no monte de meias.

— Tenho muito trabalho — retrucou a senhora Grubach. — Durante o dia tenho de atender aos meus inquilinos, de modo que somente me ficam as noites para arrumar minhas coisas.

— Por minha causa a senhora teve hoje, sem dúvida, um trabalho extraordinário, não é mesmo?

— E por quê? — perguntou a senhora Grubach, animando-se um pouco, enquanto deixava sobre o regaço a meia que tinha na mão.

— Refiro-me aos homens que vieram esta manhã.

— Ah, sim — exclamou, voltando à sua calma anterior. — Sim, porém isso não me deu um trabalho especial.

K. ficou olhando em silêncio como a senhora Grubach voltava a apanhar a meia do regaço. "Parece estar admirada de que justamente eu", pensou K., "lhe fale disto. Sem dúvida julga que não é correto que eu mesmo fale do assunto, razão pela qual é mais necessário que eu assim proceda. O mal é que tenha de falar destas coisas apenas com uma anciã."

— Contudo, o que aconteceu esta manhã certamente lhe deu algum trabalho — terminou por afirmar K. —, mas isso não tornará a acontecer.

— Não, não pode tornar a acontecer — replicou ela com vivacidade e sorrindo para K. com ar um tanto triste.

— A senhora acredita nisso verdadeiramente? — perguntou K.

— Sim — respondeu a senhora Grubach em voz mais baixa —, mas não precisa impressionar-se com isso. O que não acontece neste mundo? Visto que o senhor me fala tão confiadamente, senhor K., tenho de lhe confessar que estive escutando um pouco por trás da porta, e que alguma coisa também os guardas me contaram. Trata-se de sua felicidade, e isso é algo que me chega realmente ao coração, talvez mais do que devia, porque, a dizer a verdade, não sou senão a sua locadora. E bem, ouvi alguma coisa, mas de modo algum posso dizer que se trate de coisa particularmente grave. É certo que o senhor está detido, mas não detido como um ladrão; quando se detém alguém como ladrão, então o assunto é grave, mas esta detenção... perdoe-me o senhor se digo alguma bobagem, ocorre-me que se trata de algo especial, de algo acadêmico, que por certo de nenhum modo compreendo, mas que, por outro lado, não tenho também a obrigação de compreender.

— A senhora não disse nenhuma bobagem, senhora Grubach, pois a verdade é que eu mesmo compartilho a sua opinião, em parte; apenas que eu ouso levar a minha apreciação sobre tudo isto mais longe que a senhora, já que tenho este assunto como algo não só especial e acadêmico, mas como uma pura ninharia. Apanharam-me de surpresa. Se quando despertei não me tivesse deixado perturbar pela ausência de Ana, se me tivesse levantado e ido diretamente até a senhora sem tomar em consideração a interpretação que alguém pudesse dar aos meus passos, se por exceção tivesse comido o meu desjejum na cozinha, fazendo com que a senhora me levasse para lá do meu quarto as minhas roupas, em resumo, se me tivesse comportado razoavelmente, nada disto teria acontecido, pois teria ficado afogado antes de concretizar-se. Mas o caso é que se está tão pouco prevenido! No banco, por exemplo, sempre estou preparado, de modo que ali não teria sido possível acontecer-me nada semelhante; ali tenho sempre à minha disposição um empregado, o telefone geral e o telefone particular que se encontram sobre a minha escrivaninha, a todo instante está chegando gente, clientes e empregados, e especialmente ali me encontro sempre na engrenagem do trabalho, pelo que conservo a minha presença de espírito; confesso-lhe que até teria verdadeiro prazer em achar-me ali em uma situação como a desta manhã. Enfim, tudo já se passou e não gostaria de voltar a falar nisso; apenas queria conhecer a sua opinião sobre o assunto, a opinião de uma mulher razoável, de modo que muito me alegro que estejamos de acordo. Mas agora teríamos de nos apertar as mãos; sinto necessidade de confirmar com um aperto de mãos tal acordo.

"Quererá apertar minha mão? O Inspetor não me estendeu a dele", pensou K. examinando atentamente a mulher. Esta se pusera em pé porque também K. o fizera; tinha um aspecto um tanto comovido pois não chegara a entender tudo o que K. lhe dissera. Devido à sua perturbação, acabou por dizer algo que com toda a certeza não teria querido dizer e que, além do mais, não era inteiramente cabível:

— Não tome isto tão a peito, senhor K. — declarou a senhora

Grubach, como se tivesse lágrimas na voz, e esquecendo-se, imediatamente, do aperto de mãos.

— Que eu saiba, não tomo este assunto demasiadamente a sério — retrucou K., sentindo-se repentinamente cansado e percebendo a inutilidade dos estímulos dessa mulher.

Quando já estava junto à porta, K. ainda perguntou:

— A senhorita Bürstner está em casa?

— Não — retrucou a senhora Grubach, sorrindo para atenuar a secura da resposta; mas logo se apressou a explicar, embora tardiamente, com razoável simpatia: — Está no teatro. Quer o senhor falar com ela? Quer que lhe diga alguma coisa?

— Não, simplesmente desejava trocar algumas palavras com ela.

— Infelizmente não sei quando voltará; quando vai ao teatro costuma vir tarde.

— Não tem importância — disse K., que já se tinha voltado com a cabeça inclinada para a porta para sair —; apenas queria desculpar-me por ter-lhe ocupado esta manhã seu quarto.

— Não é necessário, senhor K., o senhor é muito cuidadoso; a senhorita Bürstner nada sabe do que aconteceu. Saiu de casa hoje muito cedo e ainda não voltou; além do mais, já pus em ordem seu quarto. Veja-o o senhor mesmo.

E assim dizendo abriu a porta do quarto da senhorita Bürstner.

— Obrigado, acredito na senhora — retrucou K. sem deixar por isso de aproximar-se da porta aberta. A lua iluminava placidamente o quarto às escuras. A julgar pelo que se podia ver, tudo voltara a colocar-se em seu lugar; nem mesmo a blusa pendia já da aldraba da janela. As almofadas do leito, iluminadas em parte pela luz da lua, pareciam erguer-se altas.

— A senhorita Bürstner volta geralmente muito tarde — disse K, olhando fixamente a senhora Grubach como se esta fosse responsável de tal fato.

— Como toda pessoa jovem! — retrucou a senhora Grubach em tom de desculpa.

— Evidente, evidente — exclamou K. —; mas assim se pode ir longe demais.

— É verdade — concordou a senhora Grubach. — Quanta razão tem o senhor, senhor K.! Talvez justamente neste caso. Claro está que não é meu propósito censurar a senhorita Bürstner; é uma boa moça, agradável, cordial, ordeira, pontual, trabalhadora, qualidades que estimo muito; mas a verdade é que precisaria ser mais ardilosa, mais discreta. Neste mês já a vi duas vezes em ruas afastadas acompanhada cada vez por um senhor diferente. Isto é algo que eu lamento muito e por Deus lhe asseguro que somente ao senhor o conto, senhor K. Mas não poderei deixar de falar também com ela mesma sobre o seu procedimento. Aliás não é apenas isso que me causa suspeita.

— A senhora está inteiramente equivocada — retrucou K. cheio de cólera e sentindo-se quase impotente para escondê-la —, além do mais, visivelmente a senhora interpretou mal as minhas observações a respeito da senhorita Bürstner; não quis dizer isso. Previno-a de que é melhor que se abstenha de falar com ela disso, pois a senhora está laborando em completo erro; conheço perfeitamente a senhorita Bürstner, de modo que estou em condições de afirmar que de modo algum é verdade o que a senhora diz. Claro está que talvez eu exorbite, pois não vou impedir a senhora de lhe dizer aquilo que mais lhe agrade. Boa noite.

— Senhor K.! — exclamou a senhora Grubach em tom de súplica, enquanto se precipitava apressada atrás de K., o qual já havia aberto a porta de seu quarto. — De modo algum falarei com a senhorita; evidentemente, primeiro é preciso que continue a observá-la; apenas ao senhor lhe confiei o que sabia. Depois, esta é uma questão que deveria importar a cada um dos inquilinos, se é que desejam viver em uma pensão respeitável. Todos os meus esforços são no sentido de o conseguir.

— Respeitável? — exclamou K. através da abertura da porta. — Se a senhora quer ter uma pensão respeitável deve começar por desfazer-se de mim.

Então fechou a porta com um repelão sem mais atender aos suaves toques que ainda deu nela a senhora Grubach.

Como ainda não tivesse vontade de dormir, resolveu ficar mais algum tempo sem se deitar, aproveitando essa oportunidade para fixar a hora em que retornava para casa a senhorita Bürstner. Talvez fosse também possível, por menos cabível que parecesse, conversar com ela algumas palavras. Colocou-se junto à janela apertando os olhos cansados e num momento até chegou a pensar em castigar a senhora Grubach convencendo a senhorita Bürstner de que abandonasse com ele essa casa. Mas imediatamente pareceu-lhe exagero e até chegou a conceber a suspeita de que na realidade pretendia ele abandonar a pensão devido aos acontecimentos dessa manhã. Nada seria mais insensato, inútil e desprezível que o fazer.

Quando se cansou de olhar a rua deserta através de sua janela, estendeu-se sobre o canapé depois de ter virado um pouco a porta que dava para o vestíbulo para assim poder, de sua posição, ver quem entrava na casa. Ficou ali estendido sobre o canapé fumando um cigarro até perto das onze. Depois se ergueu, não para sair à rua, mas para passear pelo vestíbulo como se isso pudesse apressar a chegada da senhorita Bürstner. Não se sentia particularmente atraído por ela, pois nem mesmo recordava exatamente que aspecto tinha, mas, como queria falar-lhe, irritava-se ao constatar que a moça ao chegar tão tarde contribuía para que também o fecho desse dia estivesse cheio de inquietude e confusão. Tinha ela a culpa, do mesmo modo, de que naquela noite K. não tivesse comido e de que tampouco tivesse feito sua projetada visita a Elsa. É certo que poderia fazer ambas as coisas se ele agora fosse à taberna onde Elsa servia como camareira. Decidiu fazê-lo mais tarde, depois de ter falado com a senhorita Bürstner.

Já passava de onze horas e meia quando se escutaram passos na escada da casa. K., que imerso em seus pensamentos estivera passeando pelo vestíbulo a grandes passadas como se se achasse em sua própria casa, escondeu-se então atrás da porta. Quem chegava era a senhorita Bürstner. Ao abrir a porta de seu quarto colocou, tremendo de frio, um chale sobre os delgados ombros. Se K. deixasse passar esse momento, sendo já mais de meia-noite, não poderia visitá-la no quarto dela; tinha portanto de lhe falar nesse preciso instante, mas desgraçadamente se esquecera de acender a luz em seu quarto, de modo que ao sair às escuras teria forçosamente que assustar a moça. Sem saber o que fazer, e como não havia tempo a perder, K. sussurrou através da fresta da porta:

— Senhorita Bürstner.

Sua voz soou antes como uma súplica do que como um chamado.

— Há alguém aí? — perguntou a senhorita Bürstner olhando com olhos arregalados ao redor de si.

— Sou eu — disse K., adiantando um passo.

— Ah, é o senhor K.! — exclamou a senhorita Bürstner, com um sorriso. — Boa noite — disse, estendendo-lhe a mão.

— Apenas queria falar-lhe algumas palavras. Permite-me fazê-lo agora?

— Agora? — perguntou a senhorita Bürstner. — Precisa ser agora mesmo? É um pouco estranho, não acha?

— É que eu a espero desde as nove horas.

— Ah, muito bem. Mas eu estava no teatro, de modo que não o sabia.

— Acontece que os motivos pelos quais tenho de lhe falar apenas apareceram esta manhã.

— Sim? Pois não tenho nenhuma observação a fazer, a não ser que estou terrivelmente cansada. Venha, pois, um instante ao meu quarto. Aqui de modo algum podemos falar porque despertaríamos todo mundo, o que seria mais desagradável para mim do que para todos os outros. Espere aqui, e quando eu acender a luz de meu quarto, apague esta.

K. fez assim e depois ficou esperando que a senhorita Bürstner o convidasse novamente a entrar no quarto.

— Sente-se — disse-lhe, apontando uma poltrona. Mas ela mesma ficou de pé perto do leito, apesar do cansaço de que falara; nem sequer tirou o chapéu enfeitado com flores em profusão.

— Que queria dizer-me? Afirmo-lhe que estou verdadeiramente curiosa — disse, cruzando suavemente as pernas.

— Talvez você diga — começou a dizer K. — que a coisa não é tão urgente para que falemos dela agora mesmo, mas...

— Jamais faço caso de tais discursos de introdução — disse de repente a senhorita Bürstner.

— Pois isso torna mais fácil a minha tarefa — retrucou K. — Pois bem, esta manhã, de certo modo por culpa minha, foi necessário trazer alguma desordem ao seu quarto; fizeram-no uns estranhos, sem a minha presença, contudo, como já disse, por culpa minha; queria portanto apresentar-lhe minhas escusas por isso.

— Em meu quarto? — perguntou a senhorita Bürstner, examinando atentamente K. em vez de observar o quarto.

— Isso mesmo — disse K., e somente nesse momento ambos se fitaram pela primeira vez nos olhos. — O modo como aconteceu não é nem mesmo digno de que se fale nele.

— Contudo, o negócio é interessante, não acha? — perguntou a senhorita Bürstner.

— Não — retrucou K.

— Então — declarou a senhorita Bürstner —, não desejo meter-me em segredos alheios; se você admite que o assunto carece de importância, nada tenho a objetar. Recebo com muito gosto as desculpas que me apresenta, especialmente porque não vejo a menor marca de desordem no quarto.

Colocando as palmas das mãos nos quadris deu um giro pela câmara. Ao chegar junto à esteira onde estavam pregadas as fotografias, deteve-se.

— Ah, mas veja. Alguém mudou de lugar as minhas fotografias. Isso não se faz. Quer dizer então que alguém entrou realmente em meu quarto?

K. confirmou com um movimento de cabeça enquanto em seu interior maldizia o empregado Kaminer que não conseguia reprimir seu tolo costume de mexer em tudo.

— É estranho que me veja obrigada a proibir-lhe algo que você mesmo deveria proibir-se — disse a senhorita Bürstner —, ou seja, que entre em meu quarto durante a minha ausência.

— Já o expliquei, senhorita — disse K., aproximando-se também das fotografias. Não fui eu quem mudou de lugar as fotografias; mas, já que não me crê, terei de lhe confessar então que a comissão de inquérito trouxe com ela três empregados do banco, um dos quais, ao qual farei expulsar da instituição na primeira oportunidade que se apresente, provavelmente tirou as fotografias do lugar. Sim, aqui esteve uma comissão de inquérito — acrescentou K. ao ver o olhar interrogador da senhorita Bürstner.

— Por sua causa? — perguntou a senhorita Bürstner.

— Sim — retrucou K.

— Não! — exclamou a moça, pondo-se a rir.

— Mas, sim — afirmou K. — Acredita então que sou inocente?

— Inocente...? — exclamou a senhorita Bürstner. — Não desejo agora pronunciar um julgamento, talvez cheio de consequências; além do mais, eu não o conheço; apenas sei que para que as autoridades enviem a alguém uma comissão investigadora é preciso que se trate de um grande criminoso. Mas, como eu o vejo em liberdade (ao menos me é lícito inferir, de sua tranquilidade, que não fugiu do cárcere), deduzo que não pode ter cometido um grande crime.

— Sim — disse K. —, mas a comissão de inquérito pode ter reconhecido que sou inocente ou pelo menos não tão culpável como supusera.

— Efetivamente, pode ser — replicou a senhorita Bürstner, olhando para K. atentamente.

— Veja você — disse K. —, sem dúvida, não tem grande experiência em coisas da justiça.

— Não, não tenho — declarou a senhorita Bürstner —; coisa que tive de lamentar mais de uma vez, pois eu gostaria de conhecer tudo, e precisamente as questões judiciais me interessam em alto grau. A justiça tem um particular poder de atração, não é mesmo?, mas, como no próximo mês passarei a trabalhar no escritório de um advogado, logo orientarei meus conhecimentos nesse sentido.

— Ah, ora muito bem — disse K. —; então talvez possa você ajudar-me um pouco em meu processo.

— Bem, poderia ser — disse a senhorita Bürstner —; por que não? Gosto de aplicar os meus conhecimentos.

— Falo-lhe seriamente — exclamou K. —, ou pelo menos com a atitude meio séria que você mesma assume. Minha causa é demasiado insignificante para que precise recorrer a um advogado, mas sem dúvida precisarei de um bom conselheiro.

— Muito bem, mas, se eu tenho de ser sua conselheira, tenho forçosamente de saber do que se trata — objetou a senhorita Bürstner.

— Aí está o busílis — retrucou K. —, pois eu mesmo não o sei.

— Então está se divertindo comigo — disse a senhorita Bürstner, com ar de grande desencanto. — Para fazê-lo era absolutamente desnecessário que escolhesse as altas horas da noite.

E assim dizendo, afastou-se de junto das fotografias onde antes haviam estado reunidos por bastante tempo.

— Mas, não, senhorita — protestou K. —, não estou chalaceando. E pensar que não quer acreditar em mim! Já lhe disse tudo o que sei e mesmo mais do que sei, pois a dizer a verdade não se tratava de uma comissão investigadora; chamo-a assim porque algum nome preciso dar-lhe. Não se realizou aqui nenhuma investigação. Apenas fui detido, mas, isso assim, fê-lo uma comissão.

A senhorita Bürstner sentou-se na poltrona e tornou a rir.

— Mas, que aconteceu então? — perguntou.

— Algo terrível — respondeu K., que porém não pensava de modo algum naquele assunto, e sim nesse momento sentia-se singularmente atraído pelo aspecto da senhorita Bürstner, que tinha o rosto apoiado em uma das mãos (seu cotovelo descansava sobre o almofadão da poltrona) enquanto com a outra acariciava lentamente seus quadris.

— Isso que me diz é demasiado geral — disse a senhorita Bürstner.

— O que é demasiado geral? — perguntou K. Mas depois, compreendendo aquilo a que ela se referia, perguntou-lhe: — Quer que lhe faça uma demonstração do acontecido?

K. sentia a necessidade de movimentar-se um pouco, mas não queria partir.

— Estou muito cansada — declarou a senhorita Bürstner.

— É porque você voltou muito tarde — disse K.

— E agora me faz censuras. Mas eu o mereço porque não devia tê-lo deixado entrar em meu quarto. Nem mesmo era necessário, como fica demonstrado.

— Sim, era necessário. Você já vai ver — disse K. — Posso afastar a mesinha de noite de perto de sua cama?

— Mas, que ideia você tem! — disse a senhorita Bürstner. — Está claro que não.

— Então não lhe poderei mostrar nada — disse K., tomado de agitação, como se tivesse sofrido um prejuízo incalculável.

— Pois bem; se para a demonstração de sua explicação precisa mover a mesinha de seu lugar, faça-o, mas sem ruído — disse a senhorita Bürstner, que após um momento acrescentou com voz mais baixa: — Estou tão cansada que lhe permito fazer mais do que é lícito.

K. empurrou a mesinha até o centro do quarto e colocou-se por trás dela.

— Você teria de imaginar bem a disposição dos personagens; você verá, é muito interessante. Eu sou o Inspetor: ali, sobre esse baú, estão sentados dois guardas, e, reunidos junto às fotografias, estão de pé três jovens. Da aldraba da janela pende uma blusa branca que apenas menciono como dado acessório. E agora começa a função. Ah, sim, porém esqueço-me de mim mesmo, o personagem mais importante! Está bem, pois, eu estou aqui de pé, em frente à mesinha. O Inspetor acha-se sentado em uma posição mais que cômoda; cruzou as pernas deixando cair um braço por trás do encosto da cadeira. Em resumo, é um grosseiro. E agora sim começa realmente a função. O Inspetor chama-me como se tivesse de me acordar. Sim, dá um grito, e para que você possa compreendê-lo inteiramente é preciso, por desgraça, que eu também me ponha a gritar; além do mais, é apenas meu nome o que o Inspetor grita de tal modo.

A senhorita Bürstner, que o ouvia sorridente, levou então o dedo indicador à boca para impedir que K. gritasse, mas já era muito tarde. K. estava tão absorvido pelo seu papel que gritou lentamente:

— Josef K.!

Contudo, não o fez com voz tão alta como ameaçara, e sim de tal modo que a voz emitida, depois de cessar subitamente, pareceu estender-se lenta, muito lentamente por toda a casa.

Ouviu-se então que alguém chamava à porta do quarto contíguo várias vezes com golpes breves, fortes e regulares. A senhorita Bürstner empalideceu e levou a mão ao coração. K. ficou fortemente impressionado, especialmente porque ainda um momento antes era absolutamente incapaz de pensar em outra coisa que não fosse o que acontecera naquela manhã e a moça que, por causa dele, se via misturada em tais acontecimentos. Apenas conseguira K. recobrar-se, quando a senhorita Bürstner saltou para ele e apanhou-o pela mão.

— Não tema nada — sussurrou-lhe K. ao ouvido. — Eu arranjarei tudo; mas, quem pode ser? Aqui ao lado não existe mais do que o salão onde ninguém dorme.

— Mas não — disse a senhorita Bürstner cochichando e aproximando-se do ouvido de K. — Desde ontem dorme ali um sobrinho da senhora Grubach; é um capitão que tem de dormir no salão porque não existe nenhuma outra sala disponível. Também eu o tinha esquecido. Por que precisava você gritar? Ah, quão infeliz eu sou!

— Não tem você nenhum motivo para sentir-se infeliz — disse K., beijando-a na fronte quando ela se deixou cair sobre os almofadões da poltrona.

— Vá-se embora, vá-se — disse ela, pondo-se apressadamente em pé. — Saia daqui, saia. Que pretende? Não percebe que ele está escutando à porta? Que escuta tudo? Ah, como você me atormenta!

— Não me irei — disse K. — antes que a veja um tanto mais tranquila. Venha, vamos a esse outro canto do quarto; ali ele não poderá escutar-nos.

A senhorita Bürstner deixou-se levar até um canto da peça.

— Pense que se trata, isto sim, de um incidente pouco agradável para você, porém de modo algum de algo perigoso — disse K. — Bem sabe que a senhora Grubach, que nesta questão é quem tem de dizer-lhe tudo, justamente pelo fato de ser seu sobrinho o capitão, me estima muito e crerá em tudo quanto eu lhe diga. Por outro lado, ela depende de mim, visto que eu lhe emprestei uma soma considerável de dinheiro. Admitirei qualquer desculpa que você apresente para explicar a minha presença aqui, em seu quarto, embora na verdade seja um tanto inútil esforçar-se, já que eu garanto que a senhora Grubach não somente aceitaria em público qualquer explicação que déssemos, mas acreditaria real e sinceramente. Não precisa você preocupar-se por mim; se quiser, diremos que eu a assaltei; sim, diremos isso à senhora Grubach, a qual acreditará sem perder, porém, a confiança, porque tem muito carinho por mim.

A senhorita Bürstner olhava para o chão e ficava calada, imersa em seus pensamentos.

— Por que não haveria de crer a senhora Grubach que eu me atirei em cima de você? — ajuntou K., enquanto contemplava o cabelo ruivo da moça dividido por uma risca e firmemente recolhido em dois rolos. K. julgou que a moça ia dirigir o olhar para ele, mas ela disse, sem afastar a vista do solo:

— Perdoe-me; assustou-me especialmente essa maneira súbita de bater à porta, sim, isso me assustou mais do que as consequências que pudesse ter a presença do capitão no salão. Havia ocorrido um silêncio tão profundo depois que você deu o seu grito, que aquele bater na porta, tão súbito, me aterrorizou; além do mais, eu estava muito perto dessa porta; era como se estivessem batendo junto de mim. Quanto às suas propostas, fico-lhe reconhecida, mas isso não significa que as aceite. Posso perfeitamente assumir ante quem quer que seja a responsabilidade de tudo quanto aconteça em meu quarto. Admira-me que você não tenha percebido quão ofensivas são, em certo sentido, suas propostas, não obstante as excelentes intenções que as inspiram e que, de pronto, não deixo de reconhecer. Mas agora, vá-se embora, deixe-me sozinha; tenho agora maior necessidade que nunca de estar sozinha. Você me pedira uns poucos minutos de conversação que se transformaram em meia hora, se não mais.

K. segurou-a pela mão e depois pelo punho.

— Não estará aborrecida comigo? — perguntou. A senhorita Bürstner retirou a mão e retrucou:

— Não, não; jamais me aborreço com qualquer coisa.

K. tornou a segurar-lhe o punho. Desta vez ela consentiu e assim se deixou levar até a porta. K. estava firmemente decidido a partir. Mas ao chegar à porta, como se não tivesse esperado encontrar ali uma porta, deteve-se de repente, momento que a senhorita Bürstner aproveitou para desembaraçar-se de K., para abrir a porta e deslizar até o vestíbulo, de onde em voz baixa chamou K.:

— Agora, venha, peço-lhe. Olhe — disse, mostrando a porta do dormitório do capitão, por baixo da qual brilhava um rasto de claridade —, acendeu a luz e certamente nos vigia.

— Já vou — disse K., saindo precipitadamente do quarto; então, tomou-a nos braços, beijou-a na boca e depois em todo o rosto qual um animal sedento que enterrasse sua língua avidamente em uma fonte de água que por fim encontrasse. Por último beijou-a no pescoço, na garganta, onde manteve longamente os lábios. Um ruído vindo do quarto do capitão fez com que se sobressaltasse.

— Agora eu irei — disse, desejando chamar a senhorita Bürstner pelo seu nome de batismo, mas o caso é que o ignorava. Ela consentiu com um cansado movimento de cabeça e, já de costas para afastar-se de K., abandonou-lhe a mão para que este a beijasse como se não se tivesse apercebido do que acontecera; por fim, dirigiu-se curvada para o seu quarto. Pouco depois K. estava estendido no leito. Dormiu muito depressa, mas antes de conciliar o sono meditou ainda alguns breves instantes sobre seu procedimento; estava satisfeito com o que fizera, mas surpreendeu-o não o estar ainda mais; quanto à senhorita Bürstner, K. alimentava sérios cuidados por causa do capitão.

❖

CAPÍTULO II

Primeira vista da causa

Por telefone se fizera saber a K. que no domingo seguinte verificar-se-ia um pequeno inquérito com relação ao seu assunto. Do mesmo modo se lhe prevenira que tais indagações se verificariam com regularidade, se não todas as semanas, ao menos com alguma frequência. Tinham-lhe feito saber que no interesse de todos tinha-se o propósito de pôr rápido fim ao processo e que, por outro lado, os interrogatórios que se levariam a efeito seriam entretanto extremamente minuciosos, embora não muito longos, para não cansar com sua duração o interessado. Por isso fora escolhida essa forma de vários interrogatórios breves que se seguiriam sem grandes intervalos. Também se escolhera o domingo para a vista da causa a fim de não impedir K. de cumprir as suas obrigações profissionais. Supunha-se que ele estaria de acordo com isso; no caso de que preferisse outra data far-se-ia todo o possível para satisfazê-lo. Por exemplo, os interrogatórios poderiam verificar-se também durante a noite, mas nesse caso K. não estaria suficientemente descansado. De qualquer modo, se ele nada tivesse a opor, ficava estabelecido o domingo. Subentendia-se que estava obrigado a comparecer; não fora considerado necessário chamar a atenção sobre este pormenor. Deram-lhe, portanto, o número da casa à qual devia ir, um edifício situado num longínquo arrabalde da cidade, onde K. jamais estivera.

Desde que K. esteve ciente de tudo isto, pendurou o aparelho sem responder nada ao seu interlocutor; de imediato resolvera comparecer no domingo seguinte porque julgava isso necessário; o processo já estava em curso, de modo que tinha de afrontar este primeiro interrogatório que era mister fosse o derradeiro. K. ficou pensativo junto ao aparelho. De súbito, ouviu às suas costas a voz do vice-diretor do banco que desejava telefonar e ao qual K. impedia a passagem.

— Más notícias? — perguntou o vice-diretor, sem interesse, não com o propósito de conhecê-las, mas para afastar K. do aparelho.

— Não, não — disse K., pondo-se de lado, mas sem se retirar. O vice-diretor tomou o fone, e enquanto esperava a comunicação telefônica, voltando a cabeça, disse:

— Permite-me uma pergunta, senhor K.? Gostaria de me dar o prazer, no domingo pela manhã, de acompanhar-me a uma excursão em meu barco? Reunirei na ocasião muitos amigos, entre os quais haverá certamente conhecidos seus. Entre outros estará, por exemplo, o advogado Hasterer. Quer acompanhar-nos? Mas sim, anime-se.

K. procurava prestar atenção ao que o vice-diretor lhe dizia. Para K. tal atitude do vice diretor era de enorme importância, visto que o convite desse funcionário graduado, com o qual jamais mantivera boas relações, representava uma tentativa de aproximação e mostrava até que ponto K. se tinha tornado importante no banco e quão valiosa parecia à segunda autoridade da instituição a sua amizade ou pelo menos sua neutralidade. Além do mais, esse convite significava, até certo ponto, uma humilhação por parte do vice-diretor por mais que o tivesse feito enquanto aguardava que se estabelecesse a comunicação telefônica, pondo de lado a cabeça e afastando-a do fone. Mas K. lhe infligiu outra, ao responder:

— Muito agradecido, mas lamentavelmente não tenho o domingo livre, pois acabo de me comprometer para esse dia.

— Que pena! — disse o vice-diretor, voltando-se para o aparelho telefônico, pois exatamente nesse momento tinham-lhe estabelecido a comunicação. Manteve então uma palestra bastante longa; contudo, K., distraído, ficou junto ao aparelho durante todo o tempo que ela durou. Apenas quando o vice-diretor pendurou o fone, sobressaltou-se e disse para desculpar um pouco sua inútil permanência nesse local.

— Acabam de me avisar por telefone que tenho de comparecer a certo lugar, mas se esqueceram de me dizer a que hora devo fazê-lo.

— Volte a chamar e pergunte-o — disse o vice-diretor.

— Oh, não é tão importante — replicou K., embora com isto viesse tirar considerável validade à escusa, já por si insuficiente, que acabava de dar. O vice-diretor, ao ir-se, falou ainda a K. de outras coisas. Este se esforçava para responder coerentemente, mas na realidade estava pensando que o melhor seria apresentar-se no próximo domingo no lugar marcado às nove da manhã, pois essa era a hora em que todos os tribunais principiavam a funcionar nos dias úteis.

O domingo apresentou-se com o tempo nublado e triste. K. sentia-

-se cansado porque, tendo ficado até muito tarde a noite anterior no restaurante com uns amigos, quase não dormira. Sem ter tempo de meditar a respeito dos diferentes projetos que coordenara durante a semana, vestiu-se apressado e sem comer nada correu para o bairro da cidade que lhe tinha sido assinalado. Embora tivesse pouco tempo para olhar o que acontecia ao redor, no trajeto, de um modo singularmente esquisito, encontrou-se com os seus três empregados, Rabensteiner, Kullich e Kaminer, que de certa maneira estavam envolvidos naquele assunto. Os dois primeiros, que viajavam em um bonde elétrico, cruzaram o caminho de K.; Kaminer achava-se sentado no terraço de um café e, no momento em que passou K., inclinou-se com curiosidade sobre o parapeito. Os três seguiram-no com o olhar, maravilhando-se certamente da pressa de seu superior; uma espécie de orgulho pessoal impedira K. de tomar qualquer veículo que o conduzisse a seu destino, pois evitava pedir a menor ajuda alheia neste assunto que apenas a ele concernia; não queria recorrer ao auxílio de nenhuma pessoa, porque isso suporia pôr alguém a par de suas coisas, que desejava conservar o mais secretas possível; por fim, não tinha o menor desejo de humilhar-se perante a comissão que presidia o seu processo, chegando com extrema pontualidade ao lugar indicado. Certo é que no momento corria com bastante pressa para chegar se possível às nove, embora no rigor da verdade não fora citado para uma hora determinada.

Pensara que reconheceria a casa de longe por algum sinal, que ele mesmo contudo não supunha qual fosse, ou pelo movimento especial de pessoas que se faria à sua entrada, mas a rua Julius, que era onde devia estar a casa e em cujo início K. permaneceu um momento de pé, apresentava de ambos os lados casas idênticas, elevadas, cinzentas, casas baratas que se alugavam para pessoas pobres. Nessa manhã de domingo quase todas as janelas estavam ocupadas por homens em mangas de camisa, que apoiados no peitoril fumavam ou seguravam crianças de pouca idade, com cuidado e carinhosamente junto aos batentes das janelas. Em outras pendiam para fora roupas de cama por cima das quais aparecia fugazmente de quando em quando a cabeça desgrenhada de alguma mulher. De uma janela à outra faziam-se comentários aos gritos por cima da rua; uma de tais exclamações, que se referia precisamente a K., suscitou grande riso geral. A trechos regulares da comprida rua achavam-se, sob o nível desta e ligadas a ela por alguns degraus, pequenas casas de comércio nas quais eram vendidos diferentes alimentos. Daí saíam mulheres; algumas permaneciam naqueles degraus de escada conversando entre si. Um vendedor de frutas que anunciava sua mercadoria a grandes gritos, endereçados às janelas de cima, quase tão distraído quanto K., esteve a ponto de atropelar a este com seu carro. Justamente nesse momento, um gramofone, que certamente se tinha gasto em melhores bairros da cidade, começou a tocar de modo assassino.

K. penetrou lentamente na rua como se agora tivesse tempo de sobra, ou como se o juiz de instrução, aparecendo a alguma daquelas janelas, o estivesse contemplando e soubesse, portanto, que K. já se encontrava ali. Eram mais de nove horas. A casa em questão estava bastante longe; tinha um portal extraordinariamente amplo e alto e toda ela era de grandes dimensões. Evidentemente se tratava de um grande depósito de mercadorias de lojas, que enchiam o grande pátio e que traziam rótulos com o nome de firmas, algumas das quais K. conhecia pelo seu trabalho no banco. Contrariando o seu costume, ele prestou grande atenção a todas essas coisas e até ficou um bom tempo de pé à entrada do pátio. Próximo de onde se achava K., um homem descalço, sentado em uma grande caixa de madeira, lia um diário. Dois rapazes balançavam-se sobre um carrinho de mão. Junto a uma torneira, uma jovenzinha débil e em camisa, enquanto esperava que se enchesse de água o cântaro, não cessava de olhar para K. Em um canto do pátio estavam estendendo entre duas janelas algumas peças de roupa para secar. Um homem dirigia de baixo, aos berros, a operação.

K. dirigiu-se para a escada para chegar à sala de sessões do tribunal, mas deteve-se ao verificar que, além desta pela qual se preparava para subir, saíam do pátio ainda três escadas mais e para complemento um pequeno corredor que devia levar a um segundo pátio. K. irritou-se por não lhe terem fornecido dados precisos a respeito da situação da sala em que devia apresentar-se, isso revelava a negligência ou indiferença com que era tratado; concebeu a resolução de protestar firmemente contra semelhante abuso. Por fim, resolveu subir pela primeira escada recordando as palavras do guarda Willem, o qual lhe dissera que a justiça é atraída pelos delitos, do que se deduzia que a sala dos tribunais tinha forçosamente de estar no caminho daquela escada que K. escolhera ao acaso.

Ao subir incomodou muitos meninos que estavam jogando na escada e que, quando ele prosseguiu seu caminho, o fitaram com má fisionomia.

“Se for necessário que eu retorne aqui”, pensou, “terei de lhes trazer doces para conquistar-lhes as simpatias ou uma vara para surrá-los." Quando chegou ao primeiro andar precisou até deter-se um instante esperando que terminasse de percorrer seu caminho uma grande bola com a qual estavam jogando os meninos; dois deles, mais crescidos e já com pelos no rosto, ficaram segurando-o pelas calças; teria desejado sacudi-los, mas sem dúvida iria machucá-los, e K. temia os seus gritos.

No primeiro andar começou sua busca. Visto que não podia perguntar pela comissão investigadora, inventou a existência de um carpinteiro ao qual deu o nome de Lanz — ocorreu-lhe esse nome porque era o do capitão, o do sobrinho da senhora Grubach —, com a intenção de perguntar em todas as casas se ali não morava tal carpinteiro, coisa que lhe daria a oportunidade de olhar o interior das residências. Contudo, bem depressa ficou demonstrado que na maioria das vezes tal expediente era supérfluo, já que quase todas as portas estavam abertas de par em par, e por elas continuamente entravam e saíam os meninos. Em geral davam para quartos pequenos de uma só janela nos quais também se cozinhava. Muitas mulheres, segurando no braço alguma criança de peito, achavam-se diante do fogo, fazendo com a mão livre seus afazeres. Moças adolescentes, vestidas ao que parecia somente com um avental, corriam daqui para ali realizando diversas tarefas. Em todos os quartos se viam camas, ainda ocupadas por enfermos ou por pessoas que ainda dormiam, ou por pessoas estendidas nelas inteiramente vestidas. Naqueles quartos, cujas portas estavam fechadas, K. chamava e perguntava se vivia ali o carpinteiro Lanz. Quase sempre lhe abria a porta uma mulher, que, tendo escutado a pergunta de K., voltava-se para o interior do quarto para transmiti-la a alguém que então se erguia da cama.

— Este senhor pergunta se aqui vive o carpinteiro Lanz.

— O carpinteiro Lanz? — perguntava o que estava na cama.

— Sim — dizia K., comprovando que sem dúvida alguma aquele não podia ser o local da comissão de inquérito e que, portanto, já nada tinha a fazer ali. Muitos acreditavam que era assunto de grande importância para K. encontrar o carpinteiro Lanz; ficavam então refletindo, lembravam-se de um carpinteiro que contudo não se chamava Lanz, ou pronunciavam um nome que apenas apresentava uma longínqua semelhança com Lanz, ou então perguntavam a algum vizinho, acompanhando K. até outra porta distante onde, segundo a opinião deles, era possível que a pessoa procurada morasse, ou encontrassem alguém que pudesse dar melhor informação do que eles mesmos. Por fim, K. nem mesmo teve de perguntar, mas viu-se conduzido pela gente do lugar de um lado para outro do andar. Na verdade lamentava já a sua lembrança que a princípio lhe parecera tão prática. Ao chegar ao quinto andar resolveu renunciar à sua busca, despediu-se de um operário jovem e cordial que tinha querido acompanhá-lo e desceu pela escada. Mas, irritado depois pela esterilidade de todas as suas pesquisas, tornou a subir e chamou na primeira porta do quinto andar que se apresentou diante dele. O que viu imediatamente na pequena sala foi um grande relógio de parede que marcava dez horas.

— Mora aqui o carpinteiro Lanz? — perguntou.

— Adiante — respondeu-lhe uma mulher jovem, de olhos negros e resplandecentes, que nesse momento estava lavando em uma bacia roupa branca de crianças, ao mesmo tempo que apontava com a mão molhada a porta aberta da sala ao lado.

K. teve a impressão de entrar em uma assembleia. Multidão de gente apertada — ninguém pareceu notar, além do mais, a chegada de K. — e dos mais diferentes tipos enchia uma sala, de proporções médias, com duas janelas, rodeada, muito perto do teto, por uma galeria do mesmo modo completamente lotada, onde as pessoas somente se encurvando podiam ficar ali com a cabeça e as espáduas coladas ao teto. K., que achou o ar da sala demasiado denso, disse à jovem que ela provavelmente entendera mal suas palavras.

— Perguntei-lhe se morava aqui um certo carpinteiro Lanz.

— Sim — respondeu a mulher —; passe, entre.

K. talvez não tivesse atendido se a mulher, nesse momento, não tivesse apanhado a aldraba da porta, enquanto dizia:

— Tenho de fechar logo que você entre. Ninguém mais pode entrar.

— Muito razoável — disse K. —, porque a sala já está completamente cheia.

Então penetrou na sala.

Entre dois homens que falavam colados à porta — um deles estava com as duas mãos estendidas para a frente, com movimentos típicos de quem conta dinheiro, enquanto o outro não deixava de olhá-lo fixamente nos olhos —, uma mão segurou K. por um braço. Tratava-se de um jovem de pequena estatura e de faces vermelhas.

— Venha você, venha — disse-lhe.

K. deixou-se levar pelo jovem, percebendo que entre a confusão da gente apinhada havia livre uma espécie de caminho que provavelmente dividia os dois partidos: a favor desta conjetura falava o fato de que nas primeiras filas, à direita e à esquerda, K. não viu quase nenhum rosto voltado para ele, mas apenas as espáduas de pessoas que dirigiam seus discursos e ademanes aos de seu partido. A maior parte dos circunstantes vestia-se de negro com solenes sobrecasacas velhas, largas, que lhes pendiam frouxas por trás. A única coisa que desconcertava K. era essa vestimenta, pois, a não ser por ela, teria considerado toda essa reunião como um comício político do distrito.

Na outra extremidade da sala, para onde o jovem levava K., haviam colocado uma mesinha em sentido transversal sobre um estrado baixo que assim mesmo se achava cheio de gente; atrás da mesa, junto à extremidade do estrado, sentava-se um homem pequeno e rechonchudo, o qual, respirando com dificuldade, falava em meio de grandes risadas com outro que, de pé às suas costas, apoiava os cotovelos no encosto da cadeira enquanto mantinha cruzadas as pernas. De vez em quando, estendia os braços no ar como se estivesse fazendo a caricatura de alguém. O jovem que conduzia K. teve bastante trabalho para apresentá-lo. Já por duas vezes tinha se estirado nas pontas dos pés tentando anunciar K. sem que, porém, o homem que estava sobre o estrado lhe tivesse prestado a menor atenção. Somente quando uma das pessoas que também ocupavam o estrado percebeu a presença do jovem, o homenzinho rechonchudo voltou-se e escutou, inclinado, o que o rapaz lhe comunicou. Então, tirando seu relógio do bolsinho, atirou um rápido olhar sobre K.

— Há uma hora e cinco minutos que você devia apresentar-se — disse.

K. desejou retrucar alguma coisa, mas não teve tempo, porque, no momento em que falava aquele homem, se elevou da metade direita da sala um murmúrio geral.

— Há uma hora e cinco minutos que você devia ter-se apresentado — repetiu o homenzinho, levantando a voz e atirando também ao mesmo tempo um rápido olhar sobre os presentes. Logo o rumor subiu de intensidade, mas, como aquele homem não disse então mais nada, foi-se apagando paulatinamente. Agora o silêncio da sala era muito maior do que no momento em que K. entrara. Apenas a gentalha que se amontoava na galeria não cessava de fazer notar sua presença. Lá em cima, na penumbra, em meio das exalações e do pó, pelo que se podia distinguir, a gente parecia estar mais malvestido que a de baixo. Muitos tinham levado coxins para colocar entre a cabeça e o teto a fim de não se ferir com este.

K. havia se proposto mais observar do que falar, de modo que renunciou a justificar, dando uma desculpa, seu presumido atraso e limitou-se a dizer:

— Embora tenha chegado tarde, o fato é que eu estou aqui.

A estas palavras seguiu-se um troar de aplausos provenientes também da metade direita da sala.

"Esta gente é fácil de conquistar", pensou K., apenas sentia-se incomodado pelo silêncio que conservava a metade esquerda da sala que tinha exatamente às suas costas e da qual apenas tinham surgido alguns aplausos isolados. Pensou no que poderia dizer para ganhar o apoio de todos ou, se não fosse possível isso, ao menos conquistar por um momento também o dos que ainda não tinham tomado partido.

— Sim — disse o homem —; porém agora já não tenho a obrigação de interrogar você.

Voltou a erguer-se um sussurro que desta vez, porém, se prestava a confusas interpretações, pois o homem prosseguiu dizendo, enquanto com a mão fazia sinais para conter o rumor:

— Contudo, como uma exceção, o farei hoje. É preciso que não torne a repetir-se semelhante atraso. E agora, adiante-se.

Alguém saltou do estrado ao solo para que K. ao subir encontrasse um lugar desocupado. Estava tão apertado contra a mesa, e tamanha era a pressão que sobre ele exerciam de trás, que pouco faltou para que K. arrojasse do estrado a mesa do juiz de instrução e talvez com ela o próprio juiz.

O juiz de instrução, porém, não se inquietava com isso, até permanecia comodamente sentado em sua cadeira e, depois de dizer umas palavras ao homem que se achava em pé atrás dele, apanhou um livro de registros, o único objeto que havia sobre a mesa. Tratava-se de uma espécie de caderno escolar, velho, inteiramente deformado pelo muito uso.

— De maneira — disse o juiz de instrução, folheando o caderno e voltando-se para K. com o tom de quem deseja comprovar alguma coisa — que você é pintor de pincel gordo.

— Não — respondeu K. — Sou o primeiro procurador de um grande banco.

A esta resposta seguiu-se uma grande risada por parte da metade direita da sala, tão cordial, que K. também se pôs a rir. A gente roçava com força os joelhos e agitava-se como assaltada por um insuperável ataque de tosse. Também alguns dos espectadores da galeria riam. O juiz de instrução ardeu em cólera e, como pelo que se via não podia fazer nada contra a gente de baixo, procurou desforrar-se ameaçando os da galeria; pôs-se de pé de um salto e arqueou as sobrancelhas, que habitualmente não despertavam a atenção, mas que nesse momento se manifestaram negras, hirsutas, gigantescas, sobre os olhos.

A metade esquerda da sala continuava, contudo, em silêncio; as pessoas, que ali estavam dispostas em filas, tinham virado o rosto para o estrado e escutavam calmamente as palavras que se trocavam lá em cima assim como a barafunda que levantavam os do partido contrário; até permitiam às vezes que alguns dos seus saíssem de suas fileiras e se misturassem entre as dos adversários. A gente da esquerda, que por sinal era menos numerosa, talvez no fundo fosse tão insignificante, quanto a poder, como os do partido da direita, apenas que a serenidade de sua conduta lhe conferia maior significação. Quando K. começou a falar estava convicto de que todos compartilhariam de suas opiniões.

— Sua indagação, senhor juiz de instrução, se eu sou pintor de pincel gordo (embora em rigor e verdade não me perguntou nada, mas simplesmente o afirmou), é característica de todo este inquérito que se efetua contra mim. Poderá objetar que, em última instância, não se trata de nenhum inquérito e nisso tem muita razão porque será um inquérito tão somente no caso em que eu o reconheça como tal, mas no momento apenas o reconheço, de certo modo, por compaixão; unicamente por compaixão pode alguém dar atenção a semelhante coisa. Não digo que se trate de um inquérito dirigido com negligência, mas me comprazo em oferecer-lhe esta caracterização para seu próprio conhecimento.

K. interrompeu-se para contemplar, do estrado, a sala. O que acabava de dizer era muito severo, muito mais severo do que ele mesmo se propusera, mas era o justo. Suas palavras deveriam ter despertado, aqui e ali, algum sinal de aprovação, mas tudo permanecia silencioso; pelo visto, a concorrência esperava, tensa, as consequências da atitude de K., que talvez se estavam preparando para explodir em meio da calma e pôr fim a tudo aquilo. Por isso tornou-se irritante o fato de que nesse momento se abrisse a porta da extremidade da sala, e entrasse nela a jovem lavadeira que sem dúvida já terminara o seu trabalho; apesar de todas as suas precauções, a mulher não pôde evitar que vários olhares se dirigissem para ela. Apenas o juiz de instrução, segundo acreditou K., se alegrou, porque parecia perturbado pelas palavras deste. Até esse momento permanecera de pé, surpreendido pela apóstrofe de K., desde o momento em que se erguera para ameaçar os espectadores da galeria. Agora, aproveitando a pausa, voltou a sentar-se muito lentamente, como se pretendesse que sua atitude passasse despercebida. Depois, provavelmente para acalmar-se, voltou a segurar o caderninho.

— Tudo isto não vale nada — prosseguiu K. — Também o seu caderninho, senhor juiz de instrução, confirma aquilo que eu acabo de dizer.

Satisfeito, ao não ouvir senão as suas palavras em meio àquela estranha assembleia, atreveu-se K. até a tomar das mãos do juiz de instrução o registro que depois segurou no alto, colhido por uma folha do centro com a ponta dos dedos, como se tivesse repugnância em tocá-lo, de modo que de ambos os lados se mostraram as páginas [illegible], de [illegible], apertadamente escritas.

— Estes são os documentos oficiais do juiz de instrução — disse K. deixando cair o caderno sobre a mesa. — Continue a trabalhar com eles, senhor juiz; na verdade não temo de modo algum o que possa estar assentado nesse caderninho acusador, embora seja para mim inacessível, visto que não posso chegar a ele a não ser com dois dedos, e não poderia segurá-lo na mão.

Não podia ser senão um sinal de profunda humilhação, ou pelo menos assim era preciso interpretá-lo, o fato de que o juiz de instrução estender a mão para o caderninho que caíra sobre a mesa, apanhá-lo e procurar pôr nele um pouco de ordem a fim de poder lê-lo.

Os espectadores que se encontravam na primeira fila estavam com o rosto voltado para K. com expressão de extrema curiosidade. K. não pôde senão ficar um momento contemplando-os. Eram em geral homens velhos, alguns de barba branca. Talvez fossem eles que decidissem por meio de sua influência nas resoluções dessa assembleia, a qual nem ainda pela humilhação do juiz de instrução saíra da impassibilidade em que caíra ao terminar K. de pronunciar seu discurso.

— O que me aconteceu — continuou dizendo K., com voz um tanto mais baixa do que antes, sem deixar de examinar o rosto dos ouvintes das primeiras filas para tentar estabelecer a impressão que sobre eles faziam suas palavras — não é senão um caso particular que como tal não apresenta grande importância, visto que eu mesmo não o levo muito a sério, mas constitui o sintoma de um modo de agir que se exercita contra muitos outros. Para representá-los estou aqui, não somente pela minha causa.

Involuntariamente fora elevando o tom da voz. Alguém aplaudiu erguendo as mãos e gritou:

— Bravo! Por que não? Bravo e bravo!

Aqueles que estavam nas primeiras filas acariciaram aqui e ali as barbas, mas nenhum se voltou para o lugar de onde provinham as aclamações. K. não atribuiu ao fato nenhuma significação, mas sentiu-se estimulado; já agora não julgava necessário que todos o aplaudissem. Bastava que a maioria dos circunstantes refletisse sobre a questão, e que de vez em quando K. conseguisse persuadir a algum deles.

— Não é um êxito de orador que eu desejo — disse K., revelando o que pensava nesse momento —, êxito que por outro lado não alcançaria. Provavelmente, o senhor juiz de instrução fale muito melhor do que eu, como é devido à sua profissão. O que eu pretendo é simplesmente tornar pública uma evidente situação de injustiça. Escutem vocês: há cerca de dez dias fui detido; eu mesmo me rio deste fato, mas não é próprio que eu o faça aqui. Uma manhã bem cedo fui assaltado em meu próprio leito; talvez se tivesse determinado a ordem de detenção (pois conforme o que o juiz de instrução acaba de dizer não fica excluída essa possibilidade) contra algum pintor de pincel gordo que provavelmente seja tão inocente como eu; mas o caso é que escolheram a mim. Dois grosseiros guardas de polícia ocuparam a sala pegada à minha. Se eu fora um bandido perigoso não se teriam podido tomar precauções maiores. Além do mais, os tais guardas eram dois malandros sem moralidade que me encheram a cabeça de histórias, que se ofereceram ao meu suborno, que alegando algumas razões pretenderam ficar com a minha roupa branca e meus trajes, que me pediram dinheiro para trazer ao meu quarto uma presumida refeição matinal depois de terem tomado diante de meu nariz mesmo e com a maior falta de vergonha que se possa imaginar meu próprio desjejum. Mas isso não é tudo, depois fui levado a uma terceira sala onde estava o Inspetor. Tratava-se do quarto de uma dama que eu estimo muito e ali tive de contemplar como, por minha causa, ainda que não por culpa minha, essa habitação era de certo modo manchada pela presença dos guardas e do Inspetor. Não era fácil permanecer sereno em tais circunstâncias. Contudo, eu o consegui, pois perguntei ao Inspetor com a maior calma (se aqui estivesse teria de confirmar o que eu digo) qual era o motivo de minha detenção. E que é que me responderia aquele Inspetor, ao qual estou ainda vendo diante de meus olhos, sentado na cadeira da mencionada dama como um símbolo de estúpida altanaria? Pois, senhores, de essencial nada me respondeu; talvez verdadeiramente não soubesse nada; havia me indiciado: com isso se dava por contente. Mas fez ainda algo mais, que foi levar ao quarto daquela dama três empregados subalternos do banco que se entretiveram em mexer e mudar de lugar as fotografias que eram propriedade dessa senhora. Certamente que a presença desses empregados tinha uma finalidade; eles, assim como a dona da pensão e a criada, deviam propalar a notícia de meu indiciamento, tornar pública a minha vergonha e particularmente comprometer a minha posição no banco. Pois bem, nada disso se conseguiu, nem mesmo na mínima coisa; ainda a minha própria hospedeira, uma pessoa muito sensível (devo revelar aqui seu nome, com intenção de homenageá-la: chama-se senhora Grubach), mesmo a minha senhora Grubach foi o suficientemente sensata para entender que semelhante detenção não tinha outra significação que a de um assalto efetuado contra um jovem insuficientemente protegido na rua. Repito que tudo isto não foi para mim senão um incidente desagradável e um desgosto passageiro, mas pergunto: não poderia ter também piores consequências?

Ao chegar a este ponto de seu discurso K. interrompeu-se para lançar seu olhar ao silencioso juiz de instrução. Então pareceu-lhe perceber que este, com o olhar, fazia sinais a alguém da multidão. K. sorriu e disse:

— O senhor juiz de instrução acaba de fazer a algum entre vocês um sinal secreto. Quer dizer então que entre vocês existem pessoas que ele dirige. Não sei se o sinal em questão significa que vocês têm de realizar manifestações de aprovação ou desaprovação. Com plena consciência renuncio de antemão a conhecer o significado desse sinal. É-me perfeitamente indiferente, de modo que permito ao senhor juiz de instrução que em público, em vez de fazê-lo com sinais secretos, dê suas ordens em voz alta a seus empregados assalariados e que diga com toda a clareza: Agora assobiem; agora aplaudam.

O juiz de instrução, irritado ou impaciente, não parava de mover-se inquieto na cadeira. O homem que estava por trás dele, e com o qual o juiz já trocara algumas palavras, voltou a inclinar-se sobre este, seja para infundir-lhe ânimo de um modo geral, seja para dar-lhe uma opinião particular. A gente do recinto falava em voz baixa, mas com vivacidade. Os dois partidos, que a princípio pareciam sustentar, em ambos os lados da sala, opiniões opostas, estavam agora confundidos; alguns dos circunstantes assinalavam com o dedo a K, outros ao juiz de instrução. As exalações da sala formavam um vapor à maneira de neblina extremamente densa que impedia ver com nitidez os que estavam mais distantes. Esta circunstância devia ser certamente mais incômoda para aqueles espectadores da galeria que se viam obrigados, é certo que entre essas tímidas olhadas de soslaio para o juiz de instrução, a formular perguntas em voz baixa à gente que estava mais abaixo a fim de informar-se do que acontecia. Os que respondiam o faziam do mesmo modo em voz muito baixa e empregando as mãos à guisa de buzina.

— Terminei — disse K, batendo com o punho sobre a mesa, já que ali não havia nenhuma campainha; a cabeça do juiz de instrução e a de seu conselheiro separam-se então bruscamente com espanto. "Toda esta questão me é inteiramente alheia, por isso posso julgá-la com toda calma; de modo que na suposição de que você empreste alguma importância a este presumido tribunal de justiça, será vantajoso ouvir-me. Como disponho de pouco tempo e logo me irei, rogo-lhe que deixe para mais tarde as objeções que deva fazer àquilo que eu digo."

A isto sobreveio um grande silêncio, de tal modo dominava então K. a assembleia. Já não gritavam como no princípio, já não aplaudiam em sinal de aprovação, embora agora todos parecessem já persuadidos ou pelo menos em vias de o estar.

— Não existe nenhuma dúvida — disse K. em voz muito baixa, satisfeito pela tensa atenção com que o ouvia toda a assembleia, da qual, em meio ao silêncio, se elevava uma espécie de zumbido sem dúvida mais estimulante que as carinhosas ovações anteriores — de que por trás das manifestações desta justiça, e no meu caso, por trás de minha detenção e do interrogatório de hoje, move-se uma grande organização, uma organização que não somente emprega guardas subornáveis, inspetores e juízes de instrução petulantes, senão que além disso sustenta um corpo de juízes de alta hierarquia com um cortejo inumerável e indispensável de criados, amanuenses, agentes de polícia e outras potências auxiliares, e porventura também verdugos. Sim, não me intimido diante de tal palavra. E qual é a finalidade desta grande organização, meus senhores? Consiste em deter inocentes e em mover-lhes um processo insensato e, na maioria das vezes, como é o meu caso, carente completamente de resultados. Pois bem, em meio da falta absoluta de sentido em tudo isto, como não se iria manifestar o caráter corruptível dos funcionários? É impossível que isto não aconteça mesmo com o juiz de maior hierarquia. Por isso procuram os guardas apossar-se das roupas do detido, por isso os Inspetores tomam de assalto as casas alheias, por isso os inocentes, em vez de serem interrogados, se veem desonrados diante de toda uma assembleia. Os guardas falaram-me do depósito para onde são levados os objetos pessoais do detido; bem quisera eu ver esses depósitos onde se apodrece o produto de tão penosos trabalhos, supondo que não o roubem os funcionários gatunos encarregados de o guardar.

O discurso de K. foi interrompido por um chiado provindo da extremidade da sala; K., com a mão, fez sombra sobre os olhos para ver de que se tratava, já que a turva luz do dia dava uma cor esbranquiçada aos vapores que passavam sobre o recinto e o deslumbrava. Era a lavadeira a que K., desde que esta fizera sua entrada na sala, tinha reconhecido como elemento essencial de desordem. Mas não se podia estabelecer agora se era ela culpada ou não do distúrbio. K. somente viu que um homem, tendo-a conduzido até um canto junto à porta, apertava-se fortemente contra a mulher; mas não era esta quem chiava, mas o homem, que com a boca aberta em redondo olhava o teto. Ao redor do par formara-se um pequeno círculo. Além do mais, os espectadores da galeria, que se encontravam perto do grupo, pareciam satisfeitos de que assim se pusesse fim à seriedade que K. introduzira na assembleia. Tomado pela primeira impressão, K. lançou-se imediatamente do estrado, pensando que todos estariam de acordo, pelo menos, em pôr fora da sala o casal e assim restaurar a ordem; mas as primeiras filas de espectadores que tinha à sua frente permaneceram firmes em seu posto, ninguém se moveu, ninguém se pôs de lado para deixar K. passar. Pelo contrário, impediram-no; uns anciãos o seguraram pelo braço, e uma mão — K. não teve tempo de se voltar — o apertou pelo pescoço. Já K., a dizer a verdade, não pensava mais no casal, e sim, vendo impedida sua liberdade de movimentos e sentindo que agora a sua detenção era efetiva, saltou sem detença, para tornar para junto do tablado. Agora se achava frente a frente com a multidão apinhada. Tê-los-ia julgado mal? Não teria confiado demais na influência de seu discurso? Não teriam estado fingindo todos eles, enquanto ele falava, e agora que chegara o momento de afrontar as consequências deixavam de fingir? Que espécie de rostos eram aqueles que o rodeavam por todos os lados? Aqui e ali brilhavam negros olhinhos, bochechas penduradas como de pessoa ébria; as longas barbas eram feias e ralas, e quando seus donos as seguravam com as mãos parecia que estivessem arranhando algo inexistente e não que acariciassem barbas. Mas por baixo das barbas — e esta foi uma descoberta que K. precisou fazer apenas nesse momento — reluziam nas golas das sobrecasacas insígnias de diferentes tamanhos e cores; até onde chegava a vista de K. todos aqueles homens traziam tais insígnias. Os que aparentemente pertenciam já ao partido da direita, já ao da esquerda, também as traziam, e ao virar-se K. de súbito para o juiz de instrução viu no pescoço deste, que se achava tranquilamente sentado com as mãos no regaço olhando para baixo, o mesmo emblema.

— De modo que — exclamou K., erguendo os braços no ar como se seu repentino descobrimento exigisse maior espaço — todos vocês são funcionários; pelo que vejo todos fazem parte da corrompida quadrilha contra a qual dirigi o meu discurso; reuniram-se aqui para ouvir-me e espiar-me; fizeram parecer que pertencessem a diferentes partidos, um dos quais aplaudiu para pôr-me à prova; queriam praticar a arte de fazer tombar um inocente. Pois bem, não foram vãos os seus intentos segundo me parece, porque ou se divertiram vendo que alguém esperava de vocês a defesa da inocência (Deixe-me em paz, se não quer que eu lhe dê um murro! — disse K. a um trêmulo ancião que se aproximara dele excessivamente) ou vocês realmente aprenderam alguma coisa. Felicito-os pelo seu trabalho.

Apanhou rapidamente o chapéu da borda da mesa e em meio do silêncio geral, calma que em todo caso não podia ser devida senão à completa surpresa, apressou-se em se dirigir para a saída. Mas o juiz de instrução pareceu ser ainda mais rápido do que K., pois já estava aguardando por ele junto à porta.

— Espere um instante — disse K. se deteve, sem olhar para o juiz de instrução, mas olhando para a porta cuja folha já tinha segura em sua mão. — Apenas queria chamar-lhe a atenção para o fato — continuou o juiz de instrução — de que hoje (é evidente que você ainda não tomou consciência disso) você mesmo frustrou a vantagem que um interrogatório sempre representa para o detido.

K. pôs-se a rir sem deixar de olhar a porta.

— Velhacos! — exclamou. — Presenteei-lhes com todos os seus interrogatórios.

Então abriu a porta e desceu depressa pelas escadas. Às suas costas voltou a ressoar o murmúrio daquela assembleia que novamente recobrara vida para discutir o acontecido nessa manhã, provavelmente como se faria em uma aula de escolares.

❖

[illegible] pelo partido diretamente ao de escada, também as traziam e ao [illegible] K. de súbito para o lado de [illegible] viu no passeio deste, que se dera, [illegible] umas às [illegible] [illegible] com [illegible] o [illegible].

— [illegible] — [illegible] K., [illegible] [illegible] [illegible] — [illegible] são [illegible], pois que vejo [illegible] fazem parte da [illegible] [illegible] [illegible] meu [illegible] [illegible]-se aqui para [illegible] e [illegible] [illegible] [illegible] [illegible] com a [illegible] [illegible] um dos quais [illegible] para [illegible] a [illegible] [illegible] [illegible] [illegible] [illegible] [illegible] [illegible]

[illegible] [illegible] [illegible] [illegible] [illegible] se [illegible] que [illegible] de [illegible] disse [illegible] [illegible] [illegible] que se aproximar [illegible] [illegible] [illegible] vezes [illegible] [illegible] alguma coisa [illegible] seu trabalho.

Acabou rapidamente o chá [illegible] porta [illegible] em meio do silêncio geral, [illegible] que em todo caso não podia ser [illegible] a [illegible] surpresa [illegible] para [illegible] Mesmo [illegible] de [illegible] ainda mais [illegible] [illegible] [illegible] [illegible] este [illegible].

— Espere um instante — disse K. [illegible] [illegible] da [illegible] [illegible] [illegible] [illegible] [illegible] [illegible] — Apenas [illegible] [illegible] [illegible] — [illegible] [illegible] — [illegible] que hoje [illegible] que [illegible] não tomou consciência disso) você mesmo [illegible] a [illegible] [illegible] [illegible] sempre [illegible] [illegible].

K. [illegible] sem deixar de olhar a porta.

— Vê [illegible] — exclamou. — [illegible] [illegible] com todos os seus [illegible].

[illegible] uma [illegible] [illegible] [illegible] escada. [illegible] [illegible] [illegible] [illegible] [illegible] [illegible] [illegible] [illegible] [illegible] [illegible] [illegible] como [illegible] em uma [illegible] de [illegible].

CAPÍTULO III

Na sala de sessões vazia. O estudante. As secretarias

Toda a semana seguinte, dia a dia, K. esteve esperando uma nova citação. Não podia acreditar que tivesse sido aceita sua decisão de renunciar aos interrogatórios e, como esperara em vão até a noite do sábado uma comunicação nesse sentido, supôs que tacitamente estava convocado para ir no dia seguinte à mesma hora e à mesma casa. De modo que no domingo voltou lá; desta vez subiu diretamente pela escada que já conhecia e tomou também os corredores já conhecidos; algumas pessoas, que se recordavam dele, o saudaram quando K. passou diante de suas portas, mas ele já não teve necessidade de perguntar a ninguém, de modo que muito depressa chegou à porta do lugar que procurava. Apenas bateu nela, abriram-lha e, sem prestar atenção à mulher que era a que conhecera da vez anterior, encaminhou-se diretamente à sala contígua.

— Hoje não é dia de sessões — disse a mulher.

— Por que hoje não há sessão? — perguntou K., sem poder acreditar. Mas a mulher convenceu-o quando abriu a porta que dava para a sala vizinha. Estava realmente deserta e em seu vazio parecia ainda mais lamentável que no domingo anterior. Sobre a mesa, que se achava colocada no mesmo lugar do estrado, havia alguns livros.

— Posso olhar esses livros? — perguntou K., não porque sentisse particular curiosidade por eles, mas apenas para que não fosse inteiramente inútil sua ida a esse lugar.

— Não — disse a mulher, voltando a fechar a porta —; não é permitido. Esses livros pertencem ao juiz de instrução.

— Ah, sim — concordou K. com um movimento de cabeça. — Estes livros serão evidentemente livros jurídicos. E o modo de exercer a justiça que aqui se tem exige que não somente se condene o inocente, mas que se faça, além disso, sem que este saiba por quê.

— Assim será — declarou a mulher, que não entendera inteiramente as palavras de K.

— Pois bem, então eu me vou — disse K.

— Quer que comunique alguma coisa ao juiz de instrução? — perguntou a mulher.

— Você o conhece? — perguntou por sua vez K.

— Certamente — retrucou a mulher —; meu marido é porteiro do tribunal.

Somente então K. percebeu que a habitação em que a última vez apenas viu a bacia para lavar roupa era agora um quarto perfeitamente habitável. A mulher, notando o seu assombro, disse:

— Sim, este é o quarto que nos dão; somente que nos dias de sessão temos de desocupá-lo. O emprego de meu marido tem muitas desvantagens.

— Não me surpreendo tanto por causa da habitação — disse, olhando-a irritado —, mas pelo fato de que você seja casada.

— Está por acaso pensando no incidente que ocorreu na passada sessão e pelo qual tive de interromper seu discurso? — perguntou a mulher.

— Naturalmente — retrucou K. —, mas isso já passou e hoje o tenho quase esquecido. Naquele momento, contudo, me enfureceu. E agora você vem me dizer que é uma mulher casada!

— Pois não foi em prejuízo seu que interrompi seu discurso. Saiba você que depois julgaram muito severamente a sua atitude.

— Pode ser — disse K., evitando falar de tal assunto —; mas isso não a desculpa.

— Todos aqueles que me conhecem me desculpam — replicou a mulher. — Aquele homem que me abraçou então me persegue há muito tempo. Talvez eu não pareça em geral muito atraente; contudo, para ele o sou. Não tenho nenhum recurso para proteger-me contra esse homem; até meu marido teve de concordar com isso; se quer conservar seu emprego tem de o admitir, porque esse homem é um estudante que sem dúvida chegará a possuir um grande poder. Sempre anda atrás de mim; exatamente antes que você chegasse acabava de partir.

— Isto está conforme a todo o restante — declarou K. —; não me surpreende de modo algum.

— Porventura você tem o propósito de reformar aqui algumas

coisas? — perguntou a mulher, lenta e inquisidoramente, como se estivesse dizendo algo que fora tão perigoso para ela como para K. — Já eu deduzira de seu discurso que, pessoalmente, me agradou muito. Certo é que somente tive oportunidade de escutar uma parte dele, já que no início não estava presente e ao terminar me encontrava no solo deitada com o estudante... É tão desagradável o que acontece aqui! — acrescentou depois de uma pausa e segurando uma das mãos de K. — Você acredita que poderá conseguir alguma melhora?

K. sorriu movendo um pouco sua mão que se achava entre as suaves dela.

— Para dizer a verdade — retrucou K. —, não me empenho absolutamente em obter aqui alguma melhora, para usar sua própria expressão; além do mais, se por exemplo você dissesse isto ao juiz de instrução, este se riria de você ou então a castigaria. A bem da verdade, não me encontro metido nestas coisas de vontade própria nem jamais perturbaram meu sono as necessidades de melhoras que pudesse estar a exigir este sistema judiciário. Mas me vi obrigado a meter-me nestas coisas, isso sim, por minha própria conta, visto que estou presumidamente detido; sim, o fato é que estou detido. Mas de todos os modos, se pudesse ser-lhe útil em alguma coisa, faria o que fosse preciso, naturalmente com muito prazer, não apenas por amor ao próximo, mas além disso porque também você poderia da sua parte auxiliar-me.

— Como poderia eu ajudá-lo? — perguntou a mulher.

— Mostrando-me, por exemplo, esses livros que estão sobre a mesa.

— Mas, imediatamente — exclamou a mulher, arrastando K. apressadamente atrás de si.

Eram livros velhos, muito usados; a encadernação de um deles estava na sua metade quase toda destruída; as folhas se mantinham unidas apenas graças a uns tantos fios.

— Que sujo está tudo aqui! — disse K., meneando a cabeça. Então a mulher apressou-se a limpar com o avental os livros, ou pelo menos a tirar-lhes o pó que os cobria, antes que ele chegasse a pegá-los nas mãos. K. abriu o livro que estava por cima de todos, e diante dos olhos apareceu-lhe um desenho indecente. Tratava-se de um homem e de uma mulher despidos e sentados em um canapé; a intenção geral do desenhista era evidente, mas sua falta de talento havia sido tal que, no final das contas, não se via ali senão um homem e uma mulher cujos corpos exageradamente feios pareciam querer sair do desenho e que, em razão da falsa perspectiva, pareciam voltar um para o outro apenas à custa de grandes esforços. K. não continuou folheando este livro, senão que, abrindo o segundo volume, leu somente o título; tratava-se de uma novela: *Os padecimentos que Grete teve de sofrer de seu marido Hans*.

— E estes são os livros jurídicos que se estudam aqui! — disse K. — E estes são os homens que terão de me julgar!

— Eu o auxiliarei — disse a mulher. — Você quer?

— Mas pode fazê-lo realmente, sem correr nenhum risco? Acaba de dizer-me, contudo, que seu marido depende inteiramente de seus superiores.

— Apesar de tudo desejo ajudá-lo. Venha, temos de conversar. Não mencione mais os perigos que eu possa correr; unicamente temo o perigo quando eu quero. Venha.

Então, apontando com a mão o estrado, propôs-lhe que se sentasse ali com ela nos degraus.

— Você tem uns formosos olhos negros — disse a mulher, quando se assentaram, olhando de baixo o rosto de K. —; dizem-me que também tenho formosos olhos, porém os seus são muito mais belos. Saiba que me agradaram desde o primeiro momento em que o vi chegar aqui. Essa foi a razão, também, pela qual depois eu mesma vim à sala da assembleia, coisa que antes nunca fizera e que, em certo sentido, até me está proibida.

"Isto explica tudo", pensou K.; "agora oferece-se a mim. Está tão corrompida como todos os daqui. Já se cansou dos funcionários da justiça, o que é muito compreensível, e saúda com prazer qualquer estranho, dizendo-lhe um elogio sobre seus olhos."

K. ergueu-se sem dizer nada, como se tivesse dito em voz alta seus pensamentos e como se portanto a mulher não precisasse de mais explicações sobre a sua atitude.

— Não acredito que você possa me ajudar — disse K. —; para isso seria necessário ter relações com funcionários superiores. Você sem dúvida apenas conhece os funcionários subalternos que aqui formigam em profusão. Estes são certamente os que você conhece muito bem e dos quais poderia conseguir muitas coisas, não o duvido; mas o máximo que você conseguiria obter deles não teria uma importância fundamental no resultado definitivo do processo. A única coisa que se conseguiria com isso seria comprometer a amizade sua com alguns desses senhores. Isso é o que eu não desejo; continue mantendo como até agora as suas relações com essa gente que, para dizer a verdade, me parece que lhe são indispensáveis. Tenho de lhe dizer isto não sem o lamentar, pois, para corresponder ao seu cumprimento, faço-lhe saber que você também me agrada muito, especialmente quando a vejo como agora com um ar tão triste para o qual, entretanto, não há motivo. Você pertence à organização que eu tenho de combater, na qual contudo se encontra muito à vontade; até ama o estudante e, se não o ama, pelo menos o prefere a seu marido. Isto é coisa que muito facilmente se pode inferir de suas próprias palavras.

— Não! — exclamou a mulher, que continuava sentada, voltando a segurar a mão de K. que este não pôde afastar suficientemente rápido. — Não precisa ir-se embora. Não deve ir-se fazendo um mau juízo de mim. Seria capaz de partir realmente neste momento? Sou tão insignificante a ponto de não querer fazer-me o favor de ficar ainda um instantinho comigo?

— Você interpretou-me mal — disse K., tornando a sentar-se —; se na verdade é importante para você que eu fique, farei isso com gosto, pois tenho tempo; vim com a esperança de que hoje me interrogariam. O que eu disse antes foi simplesmente que não fizesse nada com relação ao meu processo. Nisso, contudo, não há nada que possa incomodá-la, pois pense que não me importa absolutamente qual seja o resultado deste processo e que me rio da condenação que pudesse acompanhá-lo. Isso supondo-se que o tal processo chegue realmente a ter um fim, coisa de que eu duvido muito. Antes acredito que este interrogatório, seja por negligência ou esquecimento, seja, talvez, por medo dos funcionários, ficou interrompido ou que o será dentro em breve. Claro está que também é possível que, com a esperança de obter algum enorme benefício, continuem instruindo esta causa, o que representaria um empenho vão, coisa que desde já posso afirmar com segurança, pois não tenho o propósito de subornar ninguém. De todos os modos, bem poderia fazer-me o favor de comunicar ao juiz de instrução, ou a qualquer outro dos funcionários a quem lhe agrade difundir notícias importantes, que nunca, quaisquer que sejam os artifícios de que tão fecundos são esses senhores, me resolverei a empregar o suborno. Todo empenho nesse sentido seria absolutamente estéril; pode dizer isso abertamente. Além do mais, talvez eles mesmos tenham percebido já, e ainda que não acontecesse assim pouco me importa que cheguem a perceber isso agora. Serviria para que esses senhores se livrassem desse trabalho e, certamente, que me livrassem também de alguns incidentes desagradáveis que, contudo, aceitaria se soubesse que isso constituiria um contragolpe para os outros. Eu farei de modo que assim seja. Você conhece realmente o juiz de instrução?

— Certamente — retrucou a mulher —; precisamente foi ele o primeiro em quem pensei quando lhe ofereci minha ajuda. Não sabia que fosse apenas um funcionário subalterno, mas desde que você o diz talvez seja assim. Contudo, acredito que a conclusão que ele leve às autoridades superiores terá de ter de todos os modos alguma influência. E saiba que o juiz de instrução escreve muitos informes. Você diz que os funcionários são preguiçosos. Contudo, nem todos o são, certamente; ao menos este juiz de instrução não o é; escreve muito. Por exemplo, no domingo passado a sessão continuou até à noite. Então, foi embora todo mundo, mas o juiz de instrução ficou na sala. Tive de levar-lhe uma lâmpada, uma lâmpada de cozinha porque não tinha outra; mas ele ficou satisfeito com ela e imediatamente começou a escrever. Enquanto isso, chegou o meu marido, que exatamente naquele domingo tinha dia de folga; fomos buscar nossos móveis, tornamos a pô-los na sala; depois vieram alguns vizinhos, com os quais conversamos à luz de uma vela bastante tempo. Em resumo, esquecemo-nos do juiz de instrução e acabamos por ir dormir. De súbito, no meio da noite (deviam ser já altas horas da noite), desperto e vejo que junto à minha cama está o juiz de instrução, com uma das mãos diante da lâmpada para que sua luz não despertasse o meu marido. Na verdade, esta era uma precaução desnecessária porque meu marido tem um sono tão profundo que a luz não o teria despertado. Sobressaltei-me tanto que pouco faltou para que lançasse um grito, mas o juiz de instrução tinha aspecto amável, exortou-me a que fosse prudente e, cochichando, disse-me que estivera escrevendo até esse momento, que viera ali para devolver-me a lâmpada e que nunca esqueceria o aspecto que eu apresentava quando me encontrou dormindo. Digo-lhe tudo isto unicamente para fazê-lo saber que o juiz de instrução escreve efetivamente muitos informes, especialmente sobre você; pois evidentemente as declarações suas constituíram um dos assuntos fundamentais da sessão de domingo passado. Pois bem, informes tão extensos não podem carecer por completo de importância; além disso, pelo incidente que eu acabo de referir-lhe, você pode bem compreender que o juiz de instrução me deseja e que exatamente nesta primeira fase de seu interesse — porque somente agora fixou sua atenção em mim — posso exercer uma grande influência sobre ele. Tenho ainda um outro indício de que agora lhe interesso realmente. Ontem enviou-me como presente pelo estudante, no qual muito confia e que é seu colaborador no trabalho, umas meias de seda, presumivelmente como recompensa porque limpo a sala de sessões; mas isso não é senão uma desculpa, pois esse trabalho entra no rol de minhas obrigações e por ele se paga ao meu marido. São umas meias formosas, veja você — estendeu então as pernas e levantou as saias até aos joelhos para ficar um momento olhando para as meias ela mesma —; são umas meias muito boas, até demasiado finas, pois na verdade não são adequadas para mim.

De súbito, interrompendo-se, pôs a sua mão sobre a de K., como se quisesse tranquilizá-lo, ao mesmo tempo que dizia, sussurrando:

— Quieto, Bertold espia-nos.

K. levantou lentamente o olhar. Junto à porta da sala de sessões estava de pé um jovem, de pequena estatura e de pernas tortas, que procurava dar-se dignidade roçando uma barbinha rala, incipiente e vermelha, pela qual nesse momento passeavam seus dedos. K. olhou-o com curiosidade; era esta a primeira vez que se encontrava pessoalmente diante de um estudante dessas para ele desconhecidas ciências jurídicas, um homem que sem nenhuma dúvida chegaria ainda a desempenhar funções superiores. Em troca, o estudante, aparentemente, não prestou a menor atenção a K. Limitou-se a fazer à mulher um sinal com o dedo, que por um momento afastou de sua barba, e dirigiu-se para a janela. A mulher inclinou-se sobre K. e lhe sussurrou:

— Não se aborreça comigo; rogo-lhe uma e mil vezes; não vá também pensar mal de mim; agora preciso seguir esta espantosa criatura. Veja que pernas tortas tem; mas logo volto e então irei com você, se me acolhe; irei onde você quiser, poderá fazer comigo tudo quanto deseje. Sentir-me-ei feliz de permanecer o maior tempo possível afastada daqui e muito mais, certamente, se fosse para sempre.

Acariciou ainda um instante a mão de K., pôs-se de pé de um salto e correu para a janela. Involuntariamente, K. fez um movimento no vazio como para segurar a mão da mulher. Essa mulher o atraía verdadeiramente e, apesar de todas suas reflexões, K. não via nenhuma razão pela qual não pudesse entregar-se a essa tentação. Sem fazer nenhum esforço rechaçou a fugaz objeção que lhe ocorreu nesse momento, de que ela o estava segurando para entregá-lo à justiça; porque, de que modo poderia fazê-lo? Porventura não continuaria livre para poder destruir em um momento toda essa justiça, ao menos no que dizia respeito a ele? Não podia, talvez, alimentar essa simples confiança sobre si mesmo? E ela lhe fizera ofertas de ajudas que pareciam sinceras e que talvez não fossem insignificantes. Além disso, talvez K. não pudesse se vingar de maneira mais completa sobre o juiz de instrução e todos os seus sequazes que a de tirar-lhes essa mulher e torná-la sua. Bem poderia acontecer alguma vez que o juiz de instrução, depois de ter estado redigindo laboriosamente informes mentirosos sobre K., encontrasse a altas horas da noite vazio o leito dessa mulher. E vazio porque ela pertenceria a K.; porque essa mulher que nesse instante estava junto à janela, de corpo voluptuoso, flexível e cálido, cingido por seu escuro vestido de pano grosseiro e pesado, unicamente pertenceria, e inteiramente, a K.

Depois de ter afogado deste modo as suspeitas que concebera contra aquela mulher, pareceu-lhe que o diálogo que tinha lugar junto à janela se tornava muito demorado, pelo que começou a golpear sobre o estrado primeiro com os nós dos dedos e depois com o punho. O estudante lançou um rápido olhar para K. por cima do ombro da mulher, mas não pareceu estar incomodado porque se apertou ainda mais contra ela e a abraçou. A mulher baixou profundamente a cabeça em atitude de estar ouvindo-o com grande atenção; então, quando ela abaixou a cabeça, o estudante beijou-a ruidosamente no pescoço sem deixar, porém, de lhe falar. K. viu nisto um sinal da tirania que o estudante exercia sobre a mulher e que confirmava as queixas desta; pôs-se de pé e começou a passear de um canto ao outro da sala. Entre olhares de soslaio que dirigia ao estudante, pensava K. em qual seria o modo mais rápido de desfazer-se dele, de modo que não acolheu inteiramente mal as palavras do estudante que, visivelmente molestado pelo ir e vir de K., que algumas vezes degenerava em sapatear, observou-lhe:

— Se você está tão impaciente, pode ir-se; já podia tê-lo feito, ninguém o teria lamentado; e sim, devia ter-se ido no momento em que eu entrei, e muito depressa.

Se por um lado esta observação atestava o estalar da cólera do estudante, por outro se manifestava nela também a arrogância com que o futuro funcionário de justiça falava a um infeliz acusado. K., permanecendo de pé muito próximo dele, disse-lhe sorrindo:

— Estou impaciente, é verdade; mas o melhor modo de vencer minha impaciência é que você nos deixe sós. Contudo, no caso de que você tenha vindo estudar (entendo que é estudante), com muito gosto deixar-lhe-ei este lugar e me irei com esta senhora. Além do mais, você precisa estudar ainda muito, antes de chegar a ser juiz. É certo que não conheço com bastante precisão esta justiça de vocês, mas suponho que você não se contentará unicamente em pronunciar grosseiros discursos que certamente já sabe compor com toda falta de vergonha.

— Não se devera tê-lo deixado em liberdade — disse o estudante como se quisesse dar à mulher uma explicação das ofensivas palavras de K. — Foi um erro. Disse isso ao juiz de instrução. Pelo menos, deveria ter-se disposto que nos intervalos dos interrogatórios ficasse detido em seu quarto. Às vezes não consigo entender o juiz de instrução.

— Seus discursos são inúteis — disse K., estendendo a mão para a mulher. — Vamos, venha comigo.

— Ah, não — retrucou o estudante. — Não, não e não; você não a levará.

E com uma força que ninguém lhe teria atribuído, ergueu nos braços a mulher, e encurvado, olhando-a ternamente, correu para a porta. Esta atitude mostrava que o estudante sentia certo medo de K. Contudo, atreveu-se ainda a irritá-lo, acariciando com a mão livre o corpo da mulher e comprimindo-a contra si. K. deu precipitadamente dois passos em direção a eles, dispondo-se a tirá-la dele, e, se fosse necessário, a estrangular o estudante. Mas nesse momento a mulher exclamou:

— Tudo é inútil; o juiz de instrução me manda buscar; não posso ir-me com você; este pequeno espantalho — prosseguiu dizendo enquanto passava a mão pelo rosto do estudante —, este pequeno monstro não me deixará.

— E não quer se ver livre dele! — gritou K., batendo com a mão no ombro do estudante, que rangeu os dentes voltando-se para ela.

— Não — exclamou a mulher, rechaçando a K. com ambas as mãos —; não, não; que está você pensando? Seria a minha perdição; deixe-o, rogo-lhe; mas, deixe-o! Ele não faz senão cumprir a ordem do juiz de instrução; agora está me levando à presença do juiz.

— Pois vão-se, porém não quero mais vê-la — disse K., furioso e cheio de desencanto, empurrando o estudante, que se desequilibrou um instante e que, porém, contente por não ter sido derrubado ao solo, apressou o passo levando sua carga.

K. seguiu-o lentamente; compreendia bem que esta era a primeira derrota, indubitavelmente, que sofria por parte desta gente. Certo de que não teria nenhum motivo para atemorizar-se; sofrera essa derrota tão somente porque ele mesmo provocara a luta. Se tivesse ficado em sua casa e levasse sua vida comum seria mil vezes superior a essas pessoas as quais poderia afastar de seu caminho com um simples pontapé. E entrou e representou a si mesmo o ridículo espetáculo que por exemplo daria esse lamentável estudante, esse raquítico menino, esse encurvado barbudo, posto de joelhos diante do leito de Elsa, pedindo-lhe perdão com as mãos postas. Tanto se contentava K. com essa ideia que determinou, se se apresentasse alguma oportunidade para isso, levar alguma vez o estudante à casa de Elsa.

Invadido pela curiosidade, K. chegou-se até a porta porque desejava ver para onde levavam aquela mulher, a qual o estudante sem dúvida não poderia levar nos braços pela rua. K. comprovou então que o caminho era mais breve do que teria imaginado. Exatamente em frente do quarto partia uma estreita escada de madeira que provavelmente chegaria à água-furtada e que, formando uma curva, não permitia ver o lugar onde terminava. O estudante subiu com a mulher por essa escada; ia já mais lentamente e resfolegando, pois a precipitada fuga o fatigara. A mulher saudou a K. com um movimento da mão e, por meio de repetidos encolhimentos de ombros, pretendia mostrar que ela não era culpada desse rapto; contudo, tais movimentos não revelavam muito desgosto. K. fitou-a de modo inexpressivo, como se se tratasse de uma estranha; não queria nem que se lhe percebesse o seu desencanto nem tampouco que podia vencer com facilidade sua desilusão.

O estudante e a mulher já haviam desaparecido da vista de K. Este continuava ao pé da porta. Tinha de admitir que a mulher não somente o enganara, mas também lhe mentira ao dizer-lhe que a conduziam ao juiz de instrução. Porque com todos os diabos o juiz de instrução não podia estar esperando-a na água-furtada da casa. Essa escadinha de madeira não explicava nada por mais que a consultasse. Nesse momento percebeu K. um cartãozinho colocado junto ao começo da escada; aproximou-se dele e viu que ali estava escrito, com letra infantil e pouco hábil, o seguinte: "Entrada para as secretarias dos tribunais". De modo que ali, no desvão de uma casa de cômodos, estavam localizadas as secretarias dos tribunais? Não era sem dúvida essa uma instalação que pudesse despertar muito respeito; era verdadeiramente tranquilizador para um acusado comprovar de quão pouco dinheiro dispunha essa justiça que se via obrigada a fazer funcionar seus escritórios em um local onde os inquilinos da casa, que eram todos paupérrimos, atiravam os trastes inúteis. Está claro que não ficava desprezada a hipótese de que, mesmo dispondo essa justiça de dinheiro suficiente, seus funcionários se precipitariam sobre ele antes que fosse utilizado em assuntos judiciais. Pelo que K. vira até o momento, isto era muito provável, somente que uma corrupção semelhante na justiça, por desonrosa que fosse para um acusado, era no fundo mais tranquilizadora do que sua suposta pobreza. Agora precisou compreender também K. que a justiça se envergonhava de fazer comparecer para o primeiro interrogatório o acusado em um desvão de escada e que por isso preferia incomodá-lo em sua própria casa. Em que posição de superioridade se sentia K. diante daquele juiz que exercia suas funções em uma água-furtada, enquanto ele mesmo no banco dispunha de um grande escritório com antessala, e através das grandes janelas podia contemplar o espetáculo que lhe oferecia a praça mais animada da cidade! Certo é que não tinha rendas suplementares derivadas do suborno ou da extorsão e que tampouco podia fazer que sua ordenança lhe levasse ao seu escritório uma mulher nos braços. Mas K. renunciava gostosamente a tudo isso, pelo menos nesta vida.

K. continuava ainda de pé diante do cartão quando um homem que subira as escadas deteve-se diante da porta aberta do quarto, olhou dentro dele, através do qual podia ver-se também a sala de sessões, e por fim perguntou a K. se não tinha visto por ali uma mulher.

— Você é o porteiro dos tribunais, não é mesmo? — perguntou K.

— Sim — respondeu o homem —; e você é o acusado K.; agora o reconheço. Seja bem-vindo.

E assim dizendo estendeu a mão a K., que de nenhum modo esperava por isso.

— Contudo, hoje não é dia de sessão — disse o porteiro ao ver que K. se calava.

— Sei disso — retrucou K., enquanto contemplava o traje de civil do porteiro de justiça que como única insígnia oficial apresentava, junto a alguns botões comuns, dois dourados que pareciam ter sido tirados de um abrigo velho de oficial. — Há um momento estive falando com sua mulher. Já não está aqui. O estudante levou-a ao juiz de instrução.

— Você já sabe? — disse o porteiro —, sempre ma levam. Hoje é domingo, de modo que não tenho obrigação de fazer nenhum trabalho; contudo, apenas para afastar-me daqui me mandam fazer alguma inútil comunicação. E a verdade é que não me mandam muito distante, para que eu tenha esperança, se me apresso muito, de poder voltar a tempo, talvez. De modo que corro por essas ruas quanto posso, grito a minha comunicação à pessoa à qual fui enviado; faço-o pela abertura da porta e respirando com tanta dificuldade que mal podem entender o que eu digo; corro outra vez para cá, porém já o estudante foi mais rápido que eu; está claro que ele tem de fazer um caminho muito mais curto, não precisa senão descer correndo estas escadas que levam ao desvão. Se eu não precisasse tanto de meu cargo, há muito tempo teria amassado o estudante contra a parede. Aqui mesmo, contra a parede onde está este cartão. Não cesso de sonhar com isso. Aqui, um pouco acima do piso; vejo-o arrebentado, com os braços abertos, os dedos separados, com as pernas torcidas formando um círculo, e tudo em volta dele salpicado de sangue. Até agora isto não foi mais do que um sonho.

— E não existiria outro meio? — perguntou K., sorrindo.

— Não sei de nenhum outro — retrucou o porteiro. — E agora a coisa se tornou pior. Antes se limitava a levá-la com ele; agora leva-a (o que por outro lado há tempo que eu esperava) ao juiz de instrução.

— Será que sua mulher não tem nenhuma culpa do que se passa? — perguntou K., violentando-se, pois tanto se sentia atormentado ele também, agora, pelos ciúmes.

— Sim, certamente — disse o homem —, até creio que ela tem a culpa principal. Foi ela quem se apaixonou por ele; quanto ao estudante, está sempre correndo atrás de todas as mulheres. Somente nesta casa foi expulso já de cinco departamentos nos quais tinha conseguido introduzir-se. Minha mulher é sem dúvida a mais formosa de toda a casa, e eu sou o que está em piores condições de defender-se.

— Se as coisas são assim, então realmente não têm remédio — disse K.

— Mas, por que não? — perguntou o porteiro dos tribunais. — Seria preciso surrar uma vez esse estudante, que é um covarde, quando se aproxima de minha mulher, de modo tal que nunca mais se atreva a fazê-lo. Mas eu não posso castigá-lo, nem outros querem fazer-me esse favor, pois todos temem seu poder. Somente um homem como você poderia fazê-lo.

— Por que como eu? — perguntou K., surpreso.

— É que você está acusado — replicou o porteiro.

— Sim — disse K. —, mas exatamente por isso tanto mais devo temer que o estudante influa, se não porventura no resultado final do processo, ao menos provavelmente na sua instrução.

— Sim, certamente — disse o porteiro, como se a opinião de K. fosse tão exatamente justa quanto a sua própria —, mas em regra geral aqui não se efetua nenhum processo desnecessário.

— Não partilho de sua opinião — disse K. —, o que porém não me impedirá que no momento oportuno me ocupe do estudante.

— Ficar-lhe-ia muito grato — disse o porteiro, com um tom algo cerimonioso. Mas parecia que no fundo não acreditava que o seu supremo desejo pudesse realizar-se.

— Talvez haja aqui — prosseguiu K. — muitos outros funcionários, e talvez todos, que mereçam o mesmo tratamento.

— Sim, sim — afirmou o homem, como se se tratasse de algo óbvio. Depois contemplou K. com um olhar que revelava maior confiança que até esse momento, apesar de toda sua cordialidade, havia manifestado, e acrescentou: — Todos se revoltam.

Mas parecia que essa conversação se lhe fizera um tanto incômoda, porque a interrompeu de repente, declarando:

— Agora tenho de me apresentar na secretaria. Quer me acompanhar?

— Não tenho nada a fazer ali — respondeu K.

— Poderá ver os escritórios. Ninguém se incomodará com você.

— Vale a pena ver? — indagou K., hesitando, embora na realidade tivesse muita vontade de ir.

— Pareceu-me — disse o porteiro dos tribunais — que podia interessar-lhe.

— Bem — disse K., por fim —, acompanho-o.

E subiu a escada ainda mais rapidamente do que o porteiro.

Chegando em cima tropeçou e quase caiu, pois detrás da porta ainda havia outro degrau.

— Não se tem nenhuma consideração com o público — disse.

— Em geral, não se tem consideração nenhuma — confirmou o porteiro —; olhe só para esta sala de espera.

Era um longo corredor para o qual davam portas toscamente feitas que se abriam para as diversas seções em que estava dividida a água-furtada. Embora não se visse ali nenhuma entrada direta de luz, a passagem não estava inteiramente às escuras, pois as seções que davam para ele, em vez de estar separadas por uma só parede, tinham em alguns trechos simples caniçadas de madeira, que chegavam até o teto, através das quais se filtrava alguma luz e podiam-se ver alguns empregados que escreviam sentados a uma mesa ou que de pé junto à divisão de madeira olhavam pelos buracos as pessoas que passavam pelo corredor. Na passagem via-se pouca gente, sem dúvida porque era domingo; aqueles que ali se achavam tinham aspecto muito modesto. Estavam sentados a intervalos quase regulares sobre as duas longas filas de bancos de madeira que havia em ambos os lados da passagem. Todos estavam vestidos sem nenhum esmero, embora a maior parte, a julgar pela expressão do rosto, pela atitude, pelo corte da barba, e por muitos outros indícios, permitia estabelecer, certamente com pequeníssimas exceções, que eles pertenciam à classe elevada da sociedade. Como não existissem cabides ali, tinham colocado os seus chapéus, provavelmente seguindo o exemplo de algum deles que se tinha lembrado de o fazer, debaixo dos bancos. Os que estavam sentados junto à porta, quando viram chegarem K. e o porteiro dos tribunais, puseram-se de pé para saudar; vendo isso, os outros, acreditando que também eles tinham de cumprimentar, fizeram o mesmo, de modo que todo mundo se foi levantando por sua vez. Nenhum deles ficou inteiramente erguido, mas, com as espáduas encurvadas e os joelhos dobrados, permaneceram ali de pé como mendigos de rua. K. esperou que chegasse junto dele o porteiro que marchava às suas costas e lhe disse:

— Quantas humilhações terá sofrido esta gente!

— Sim — disse o porteiro dos tribunais —, são acusados; todos os homens que aqui vê são acusados.

— Realmente? Então são companheiros meus — e voltando para um homem franzino, de elevada estatura e de cabelo já grisalho, que estava perto dele, perguntou-lhe cortesmente: — Que está você esperando aqui?

A inesperada pergunta de K. deixou o homem perturbado, circunstância que se tornava tanto mais penosa de se observar visto que ostensivamente se tratava de um homem do mundo que em outra parte, sem nenhuma dúvida, ocupava uma posição dominante e que não podia facilmente esquecer a superioridade que conquistara sobre muitos outros. Aqui, porém, parecia não poder responder a uma pergunta tão singela, porque ficou olhando para os demais como se estes tivessem a obrigação de auxiliá-lo e como se ninguém pudesse exigir dele uma resposta se os outros não o ajudassem a dá-la. Nesse momento, interveio o porteiro, que disse para tranquilizar e animar aquele homem:

— Este senhor pergunta-lhe apenas que espera você aqui. Responda-lhe, pois.

A voz do porteiro, sem dúvida conhecida para o homem, agiu com melhor resultado.

— Espero... — começou a dizer o homem sem poder prosseguir. Certamente escolhera esta primeira palavra para responder com toda a precisão à pergunta que lhe fora formulada, mas não soube como continuar. Alguns dos que ali se achavam esperando aproximaram-se e rodearam o grupo; então o porteiro lhes disse:

— Afastem-se, afastem-se daqui. Deixem o corredor livre.

A gente afastou-se um pouco, embora sem tornar a ocupar seus lugares anteriores. Enquanto isso, o homem interrogado recuperara--se de sua perturbação e até mostrou um débil sorriso ao responder:

— Há cerca de um mês apresentei a este tribunal alguns escritos com referência ao meu caso e espero o resultado da tramitação.

— Parece que você se preocupa demais — disse K.

— Sim, é que se trata de assunto meu — retrucou o homem.

— Nem todos pensam como você — replicou K. — Eu, por exemplo, também sou um acusado; contudo, tão certo como aspiro à bem-aventurança é que não apresentei nenhum escrito, e ainda mais, nem sequer empreendi nada nesse sentido. Você acredita, pois, que seja necessário fazê-lo?

— Não o sei com exatidão — respondeu o homem, voltando a adotar uma atitude de incerteza; sem dúvida acreditava que K. estava rindo dele; por isso teria preferido, indubitavelmente, voltar a repetir sua resposta anterior por medo de incorrer em uma nova falta; mas percebendo o olhar impaciente de K. limitou-se a dizer:

— No que me diz respeito, apresentei escritos.

— De modo que você não acredita que eu seja um acusado? — perguntou K.

— Oh, certamente! Sim, eu o creio — exclamou o homem, pondo-se um pouco de lado. Mas no tom de sua resposta percebia-se mais temor que convicção.

— Então, você não acredita? — perguntou K., segurando-o por um braço e levado a proceder assim pela atitude humilde do homem, como se pretendesse forçá-lo a crer nele. Não quisera fazer-lhe mal; apenas o segurara muito suavemente; contudo, o homem deu um grito como se K. não o tivesse segurado apenas com dois dedos, mas com umas tenazes em brasa. Esse ridículo grito determinou que K. se enfadasse definitivamente; de modo que não acreditavam que fosse um acusado; pois tanto melhor; talvez o tomassem até por um juiz. Então, para se despedir, voltou a segurar o homem por um braço, desta vez efetivamente com força, empurrou-o sobre o banco e continuou seu caminho.

— A maior parte dos acusados é extremamente sensível — disse o porteiro. Atrás de K. e do porteiro reuniram-se ao redor do homem, que já havia deixado de gritar, quase todos os que estavam esperando e pareciam perguntar-lhe a respeito do que realmente acontecera. Nesse momento apareceu pelo corredor, saindo ao encontro de K., um guarda ao qual se reconhecia como principiante pelo sabre, cuja bainha, pelo menos a julgar pela cor, era de alumínio. K. ficou surpreendido e até se atreveu a deter o guarda com a mão. Este, que vinha por causa do grito, perguntou o que acontecera. O porteiro dos tribunais procurou tranquilizá-lo com algumas palavras, mas o guarda declarou que ele mesmo tinha de se apresentar no local da ocorrência, saudou e seguiu seu caminho com passos muito apressados, mas assim mesmo curtos, provavelmente porque padecesse de gota.

K. não prestou nenhuma atenção ao guarda nem às pessoas que estavam no corredor, e menos ainda quando descobriu que aproximadamente na metade do corredor saía outro sem portas que lhe ofertava a possibilidade de pôr-se a andar para a direita. Perguntou ao porteiro se era esse o caminho que devia tomar, e ele confirmou; então K. introduziu-se no novo corredor. Sentia-se incomodado de ter de caminhar um ou dois passos adiante do porteiro porque, ao menos nesse lugar, podia dar a impressão de que era um detido a quem se conduzia sob vigilância. Por isso detinha-se frequentemente para esperar o porteiro, que, entretanto, sempre ficava para trás. Por fim, disse K. para terminar com essa situação incômoda:

— Já vi o aspecto que tem tudo isto. Agora queria ir-me.

— Ainda não viu tudo — retrucou o porteiro, com tom perfeitamente natural.

— Não queria ver tudo — disse K., que além do mais se sentia realmente cansado. — Quero ir-me. Como se chega à saída?

— Não estará perdido, não é mesmo? — perguntou o porteiro, com surpresa. — Você deve ir até aquele ângulo e seguir pelo corredor à direita, que o levará exatamente à porta de saída.

— Venha comigo — pediu K. —; mostre-me o caminho. Certamente me extraviarei; existem aqui tantos caminhos!

— Este é o único caminho — replicou o porteiro, com tom já cheio de censura. — Não posso continuar seguindo-o. Tenho de levar uma comunicação; já perdi muito tempo com o senhor.

— Venha comigo! — repetiu K., com voz mais enérgica, como se por fim tivesse surpreendido o porteiro em uma mentira.

— Não grite assim — advertiu o homem, com um sussurro. — Aqui por todas as partes estão os escritórios. Se não quiser voltar sozinho, venha um pouquinho comigo ou espere aqui até que tenha cumprido a minha função; depois o acompanharei com muito prazer.

— Não, não — disse K. —; não quero esperar. Tem de me acompanhar agora.

K. não se tinha detido ainda a considerar o lugar em que se encontrava, mas fê-lo somente quando viu que se abria uma das muitas portas de madeira que existiam ali. Apareceu então uma moça, a qual, sem dúvida atraída pelas palavras de K., perguntou-lhe:

— Que deseja o senhor?

Atrás dela, a distância, via-se na penumbra um homem que também se aproximava. K. consultou com o olhar o porteiro, o qual lhe declarara que entretanto ninguém se preocuparia ali com ele; sendo assim, agora já vinham dois empregados, e sem dúvida pouco faltaria para que todo o pessoal burocrático fosse pedir-lhe explicações sobre sua presença ali. A única desculpa razoável e aceitável seria declarar que ele era um acusado que desejava conhecer a data de seu próximo interrogatório. Mas esta era precisamente uma explicação que K. não queria dar, particularmente atendendo a que não se ajustava à verdade, pois ele apenas havia chegado por curiosidade, ou, o que constituía uma explicação que menos ainda podia dar, por seu desejo de estabelecer se o interior desse sistema de justiça era tão repugnante como seu exterior. E em verdade, assim achava, parecia haver tido razão em suas suposições; não queria prosseguir; contentava-se com o que já vira; além disso não se encontrava em condições de enfrentar nenhum alto funcionário que em qualquer momento podia sair por alguma daquelas portas. O que queria era ir-se embora e o faria em companhia do porteiro ou mesmo sozinho, se fosse preciso.

Mas a sua muda atitude devia parecer chocante porque, com efeito, a jovem e o porteiro dos tribunais o olhavam de modo tal como se nele devesse ocorrer em um instante alguma grande metamorfose que de modo algum queriam deixar de ver. Já perto da porta estava o homem que K. vira antes a distância. Achava-se de pé, apoiado firmemente junto à portinhola e balançando-se um pouco sobre a ponta dos pés, como se fosse um espectador impaciente. Só então a moça percebeu que o procedimento de K. era resultante de um ligeiro mal-estar que certamente sentia; então, levando para lá uma poltrona, perguntou-lhe:

— Não quer sentar-se?

K. sentou-se imediatamente e apoiou os cotovelos nos braços da poltrona para conseguir suster-se melhor.

— Sente algum mal-estar, não é verdade? — perguntou-lhe a moça. K. tinha agora o rosto da jovem muito perto do seu e notou nele uma expressão severa como costumam ter muitas mulheres, exatamente em plena juventude.

— Não se preocupe muito com isso — disse a jovem —, aqui isso não é nada de extraordinário; quase todos os que aqui vêm pela primeira vez sentem essas vertigens. É a primeira vez que você vem aqui? Está claro; não há nada de extraordinário em seu mal-estar. O sol esquenta muito a armadura do teto, e as vigas de madeira também quentes fazem que este ar seja tão denso e pesado. Por isso este não é um lugar muito apropriado para escritórios burocráticos, por maiores que sejam as vantagens que, à margem dessa circunstância, oferece. Pelo que diz respeito ao ar, é quase irrespirável nos dias de grandes audiências que, além do mais, se verificam aqui quase diariamente. Se a isto você acrescenta que as pessoas trazem aqui em cima muita roupa para secar (coisa que naturalmente não podemos impedir que os inquilinos façam), já não se maravilhará de sentir aqui um pequeno mal-estar. Mas acaba-se acostumando por completo a este ar. Depois que você volte aqui duas ou três vezes já não perceberá sequer quão opressiva é a atmosfera. Está se sentindo melhor?

K. não respondeu. Era penoso para ele abandonar-se aos cuidados dessa gente por causa da repentina fraqueza que o invadira. Além disso, conhecer as causas de seu mal-estar não o teria melhorado, mas, pelo contrário, se sentia ainda pior do que antes. A jovem percebeu--o logo. Então, para propiciar a K. um pouco de alívio, apanhou um pau que estava apoiado contra a parede e com ele empurrou uma claraboia que se abria ao ar livre exatamente sobre o local onde se achava K. Mas, ao fazê-lo assim, caiu sobre K. tanta fuligem que a moça precisou tornar a fechar imediatamente a claraboia e com seu lenço limpar as mãos de K. que se encontrava muito cansado para fazê-lo ele mesmo. Teria apreciado ficar ali sentado tranquilamente até ter recobrado forças suficientes para ir-se embora, o que conseguiria sem dúvida mais depressa quanto menos se ocupassem dele; mas ali estava a moça que lhe disse:

— Você não pode ficar aqui. Está estorvando o trânsito.

K. perguntou, apenas com olhares, que espécie de trânsito era o que ele estava estorvando.

— Se deseja eu o levarei à enfermaria. Ajude-me você, por favor — disse ao homem que estava apoiado na porta, o qual se aproximou então logo de K. Este, porém, não queria ir à enfermaria; justamente desejava evitar que o levassem mais longe, pois quanto mais continuasse se introduzindo ali tanto pior se sentiria.

— Já posso ir-me embora — disse por isso, pondo-se de pé, hesitante, e sentindo-se como paralítico por causa de ter-se acostumado à comodidade da poltrona. Mas não pôde manter-se erguido. — Não posso — disse, meneando a cabeça e voltando a sentar-se. Pensou então no porteiro dos tribunais que teria podido tirá-lo dali, contudo, com tanta facilidade; mas parecia que este se tinha ido já havia muito tempo; K. procurou-o com o olhar pelo espaço que havia entre o corpo da jovem e o do homem, que estavam de pé junto dele; mas não pôde encontrá-lo.

— Creio — disse o homem, que além do mais se vestia com extrema elegância e trazia um traje no qual se destacava particularmente o casaco cinzento terminado em duas grandes pontas agudas — que o mal-estar deste senhor se deve à atmosfera que aqui reina e por isso me parece que o melhor que podemos fazer é não levá-lo à enfermaria, mas tirá-lo destes escritórios.

— Isto mesmo — exclamou K. em voz alta, tomado de súbita alegria que o fez quase interromper o discurso do homem. — Com toda certeza sentir-me-ei logo melhor; além disso não estou tão débil. Apenas preciso que me sustentem um pouco por baixo dos braços. Não lhes darei muito trabalho; o caminho não é muito longo. Levem-me apenas até a porta. Ali me sentarei um pouco sobre os degraus e depois me recuperarei desta fraqueza. Para dizer a verdade nunca me acontecem destes ataques. Eu mesmo estou surpreso disso. Também eu sou funcionário e estou acostumado ao ar dos escritórios, mas este daqui parece demasiadamente pesado. Vocês mesmos acabam de dizê-lo. Querem pois ter comigo a amabilidade de me ajudarem um pouco? Sinto verdadeiramente vertigens. Creio que não conseguirei pôr-me de pé sozinho.

Então ergueu os braços para que os outros pudessem segurá-lo com maior facilidade; mas o homem, longe de aceder a esta súplica, ficou tranquilamente com as mãos enfiadas nos bolsos das calças e rompeu a rir.

— Está vendo? — disse, dirigindo-se à jovem —, quer dizer que eu adivinhei a verdade. Este senhor apenas aqui se sente mal, mas em geral não.

A moça também sorriu, mas com a ponta de um dedo deu uns leves golpezinhos sobre o braço do homem, como querendo significar que este se permitira a respeito de K. uma brincadeira muito pesada.

— Mas, que pensara você? — perguntou o homem, sem deixar de rir. — Está claro que vou auxiliar este senhor a sair daqui, verdadeiramente.

— Então está bem — disse a jovem, enquanto inclinava por

um momento a delicada cabeça. — Não atribua muita importância a esse riso — advertiu a K., que novamente assumira um aspecto triste e que, olhando fixamente diante de si, não parecia precisar de nenhuma explicação. — Este senhor... permite-me que o apresente? — o senhor o permitiu com um gesto da mão —, este senhor é o secretário de informação. É ele quem dá às partes em litígio todas as informações de que precisam, e como nosso sistema de justiça não é muito conhecido pela população, continuamente se estão pedindo informes. Para todas as perguntas que são feitas tem resposta. Pode você pô-lo à prova se assim o deseja. Contudo, não é este seu único mérito. Outro mérito possui em sua elegante indumentária. Nós, quer dizer, todos os empregados, pensamos certa vez que era preciso que o encarregado de dar informações, que continuamente está em contato com as partes, e que além disso é o primeiro ao qual estas acorrem, precisava vestir-se elegantemente para produzir no público uma primeira impressão de dignidade. Os outros, como você mesmo pode verificá-lo olhando-me, desgraçadamente vamos muito malvestidos, com vestes já fora de moda; contudo, não teria muito sentido que prestássemos alguma atenção em nosso modo de vestir, visto que estamos quase permanentemente nos escritórios; até dormimos aqui. Mas, como já lhe disse, consideramos que era necessário que o secretário de informações tivesse roupas elegantes. Com tudo isso, como a administração, que a este propósito é algo estranha, não quis encarregar-se dos gastos, tivemos de fazer nós mesmos uma coleta, na qual além disso participaram algumas partes litigantes, de modo que pudemos comprar-lhe este formoso traje e ainda outros. Já estava preparado para que produzisse, por seu aspecto, uma boa impressão, mas seu riso põe tudo a perder, porque amedronta as pessoas.

— É verdade — disse o senhor histrionicamente —, mas não compreendi ainda, senhorita, por que conta a este senhor todas as nossas intimidades ou, melhor dizendo, por que o põe ao corrente delas, já que, para dizer a verdade, ele nada pretende saber. Não precisa senão olhá-lo para comprovar que evidentemente apenas está preocupado com suas próprias coisas.

K. não sentia a menor vontade de o contradizer; a intenção da moça podia ter sido boa; talvez suas palavras estivessem destinadas a distraí-lo ou a ofertar-lhe a ocasião de recuperar-se, mas esse recurso ficou frustrado.

— Precisava explicar ao senhor o seu riso — disse a jovem —, pois era muito ofensivo.

— Creio que me perdoaria piores ofensas se finalmente o conduzisse para fora daqui.

K. não replicou nada. Nem mesmo ergueu a vista; admitia que o tratassem como uma coisa e até preferia assim. Mas, de súbito, sentiu a mão do secretário de informação sobre um de seus braços e a da moça sobre o outro.

— Mas, erga-se, homem débil! — disse o secretário de informação.

— Fico-lhes muito agradecido aos dois — exclamou K. alegremente surpreendido, enquanto se punha de pé lentamente e dirigia as mãos que lhe emprestavam ajuda para aqueles lugares de seu corpo que tinham maior necessidade de apoio.

— Pareceria — disse a jovem, falando em voz baixa junto ao ouvido de K. quando já os três se tinham posto em marcha pelo corredor — que eu tivesse um grande interesse em apresentar o secretário de informação sob uma luz favorável; mas, acredite como quiser, o único propósito meu é dizer a verdade. Não é homem de coração duro. Não está obrigado, de modo algum, a ajudar a sair daqui às partes litigantes enfermas; contudo, como você vê, faz isso. Talvez nenhum de nós tenha o coração duro; talvez todos nós apreciemos socorrer os acusados; apenas, como funcionários da justiça, muito facilmente assumimos a aparência de ter o coração duro e de não querer ajudar ninguém. Aí está algo que eu lamento muito.

— Não quer sentar-se aqui um pouquinho? — perguntou o encarregado das informações quando se encontraram já na passagem de espera e exatamente na frente daquele acusado com o qual K. estivera falando ao entrar. Agora K. quase se sentia envergonhado diante dele; antes se mostrava tão seguro e erguido, e agora tinha de se apoiar em duas pessoas, enquanto o seu chapéu era levado pelo secretário de informação, que o balançava na ponta dos dedos; seu cabelo estava em desordem, e uma mecha pendia em sua fronte suarenta. Não obstante, o acusado em questão não pareceu perceber nada; permanecia de pé em atitude humilde diante do secretário de informação, que passou sem fitá-lo, procurando apenas desculpar sua presença.

— Bem sei — disse — que hoje não poderá dar resposta aos meus escritos; mas de qualquer modo vim pensando que poderia esperar aqui. Como é domingo, tenho tempo, e aqui não incomodo a ninguém.

— Não precisa desculpar-se tanto — disse-lhe o encarregado de informação —; toda a sua preocupação não é senão digna do maior elogio. É certo que você está ocupando aqui desnecessariamente um lugar, mas apesar disso, e enquanto não me incomode, de modo algum impedirei que continue você nos menores detalhes o curso de seu assunto. Quando se vê gente que descuida vergonhosamente os seus deveres, aprende-se a ter paciência com gente como você. Sente-se.

— Vê como sabe falar com os acusados? — sussurrou a moça. K. assentiu com um movimento de cabeça. Mas no mesmo instante se sobressaltou quando ouviu que o secretário de informação voltava a perguntar-lhe:

— Não quer sentar-se aqui um instantinho?

— Não — respondeu K. —, não quero descansar agora.

Pronunciara essas palavras com a maior convicção possível, porque na realidade lhe teria agradado muito sentar-se. Sentia-se enjoado como no mar; acreditava encontrar-se a bordo de um barco que se movia em meio de um mar agitado. Parecia-lhe que a água se precipitava contra as paredes de madeira, e que do fundo do corredor vinha um ruído como de água que batesse com força; parecia-lhe que todo o corredor se balançava de um lado para outro, e que as partes em juízo que estavam esperando nele, de ambos os lados, subiam e desciam no balanço. Por isso, tanto mais incompreensível era a tranquilidade da atitude da moça e do homem que o levavam. K. estava entregue a eles; se o soltassem, cairia como uma tábua. Dos olhos pequenos de seus acompanhantes partiam olhares agudos dirigidos aqui e ali; K. sentia que não podia acertar seu passo pelo caminhar regular que aqueles tinham e que o levavam quase de rastos. Por fim, percebeu que lhe falavam; porém não compreendeu o que lhe diziam. Apenas ouviu o ruído que enchia todo esse espaço e que com um tom invariavelmente alto parecia soar como uma sirene.

— Falem mais alto — murmurou, mantendo a cabeça baixa e sentindo-se envergonhado porque bem sabia que tinham falado suficientemente alto, por mais que para eles suas palavras tivessem sido incompreensíveis. Por último, como se diante dele se tivesse rompido a parede, bateu-lhe no rosto uma corrente de ar fresco; então ouviu que diziam junto dele:

— Primeiro diz que quer ir-se embora; depois, quando se lhe repete cem vezes que aqui está a saída, não se move.

K. percebeu que se encontrava diante da porta de saída que a moça abrira. Pareceu-lhe que todas as suas forças retornavam de súbito, de modo que para gozar de antemão a sua liberdade apressou-se a descer alguns degraus da escada com o fito de despedir-se dali dos seus acompanhantes, que se inclinavam para ele.

— Muito obrigado — repetiu diversas vezes enquanto lhes apertava a mão, a ambos, repetidas vezes, coisa que deixou de fazer apenas quando acreditou notar que aqueles dois, acostumados ao ambiente dos escritórios, não resistiam ao ar relativamente fresco que provinha da escada. Apenas puderam responder; a moça talvez até se tivesse precipitado ao solo se K. não tivesse fechado a porta com extrema rapidez. K. permaneceu ainda um instante de pé; com ajuda de um espelhinho de bolso penteou o desordenado cabelo, recolheu o chapéu que fora parar no descanso da escada, sem dúvida o secretário de informação o tinha atirado ali, e apressou-se depois a descer em grandes saltos sentindo-se tão lépido que até quase se assustou de tal mudança. Sua saúde, muito robusta, nunca lhe tinha deparado semelhantes surpresas. Seria o caso de que seu corpo se revoltasse e pretendia fazê-lo sofrer um novo processo quando suportava tão sem cansaços o antigo? Não rechaçou inteiramente o pensamento de que seria mister que na primeira ocasião consultasse um médico; em todo caso, estava resolvido — a este respeito podia consultar-se a si mesmo — a empregar no futuro melhor do que nestas duas vezes as manhãs dos domingos.

❖

CAPÍTULO IV

A amiga da senhorita Bürstner

Nos dias que se seguiram K. não pôde falar com a senhorita Bürstner nem mesmo algumas palavras. Procurou avistar-se com ela de diversos modos, mas a senhorita Bürstner sempre conseguiu evitá-lo. K. voltava à sua casa diretamente do escritório, ficava em seu quarto, sem acender a luz, sentado no canapé e ocupado unicamente em observar o vestíbulo. Se a criada, ao passar, julgando que o quarto estava vazio, fechava a porta, K. erguia-se de seu posto depois de um instante para tornar a deixá-la meio aberta. Pelas manhãs erguia-se uma hora mais cedo do que costumava, para ver se podia encontrar-se a sós com a senhorita Bürstner antes que esta fosse para o trabalho. Contudo, em nenhuma destas tentativas obteve resultado. Então escreveu-lhe duas cartas; uma dirigida ao escritório da jovem, a outra ao seu próprio domicílio, cartas nas quais procurava justificar uma vez mais o seu procedimento, oferecia-se a dar-lhe toda espécie de satisfações, prometia que jamais ultrapassaria os limites que ela mesma indicasse e apenas pedia que lhe concedesse oportunidade de falar com ela, especialmente tendo em consideração que ele, antes que ambos estivessem de acordo, não poderia dizer nada à senhora Grubach; por fim comunicava-lhe que ele permaneceria no próximo domingo durante todo o dia em seu quarto esperando que a senhorita Bürstner lhe fizesse algum sinal de que acedia à sua petição ou pelo menos que lhe explicasse por que razão não acedia a ela, embora K. não visse nenhuma razão para isso, visto que tinha prometido concordar com qualquer condição que a jovem impusesse. Não lhe devolveram as cartas, mas também não recebeu K. nenhuma resposta. Em troca, no domingo percebeu algo que constituía um sinal bastante claro. Já pela manhã cedo observou K. através do buraco de sua fechadura um singular movimento no vestíbulo que logo veio explicar tudo. Uma professora de francês, que era, além disso, alemã e se chamava Montag, moça débil, pálida e um pouco coxa, que até então vivera em seu próprio quarto independente, estava mudando para o quarto da senhorita Bürstner. Por espaço de várias horas foi vista caminhando através do vestíbulo. Ora se tratava de uma peça de roupa branca, ora de um tapete ou um livro que ela esquecera. Ia então buscá-lo e o levava à sua nova moradia.

Quando a senhora Grubach levou a K. o desjejum (desde que incorrera no desagrado de K., ela mesma lhe prestava os mais corriqueiros serviços de criada), K. não pôde conter-se e dirigiu-lhe a palavra pela primeira vez depois de cinco dias.

— Por que se verifica hoje tão grande alvoroço no vestíbulo? — perguntou enquanto se servia de café. — Não se poderia tê-lo evitado? Será que exatamente nos domingos se tem de fazer limpeza?

Embora K. não tivesse olhado a senhora Grubach, percebeu contudo que esta respirava como aliviada. Visivelmente, a mulher tomava ainda estas severas perguntas de K. como um perdão ou como um começo de perdão.

— Não se trata de fazer limpeza, senhor K. — disse a senhora Grubach —; apenas é a senhorita Montag que se muda para o quarto da senhorita Bürstner e transporta suas coisas para ali.

Não disse nada mais, mas ficou esperando o efeito que suas palavras provocavam sobre K. para saber assim se lhe era lícito continuar falando. Mas K. a pôs verdadeiramente à prova porque permaneceu calado e pensativo, revolvendo o café com a colherinha. Depois a fitou e disse:

— A senhora já renunciou a suas antigas suspeitas a respeito da senhorita Bürstner?

— Senhor K.! — exclamou a senhora Grubach, que apenas estivera esperando que K. lhe fizesse essa pergunta, estendendo para ele as mãos postas. — No fundo o senhor tomou muito a sério uma observação ocasional, que fiz apenas de passagem. Não pensei nem remotamente que o senhor ou qualquer que fosse se ressentisse por isso. Há muito tempo que o senhor me conhece bem, senhor K., para poder estar convencido de que a minha intenção fosse incomodá-lo. Não pode saber quanto sofri nestes últimos dias! Ia caluniar eu mesma meus próprios inquilinos? E o senhor, senhor K., assim julgou! E o senhor disse que era preciso atirá-lo da casa! Pôr fora ao senhor!

A última exclamação afogou-se entre lágrimas; a senhora Grubach ergueu o avental ao rosto e começou a soluçar ruidosamente.

— Mas não chore, senhora Grubach — disse K., olhando para fora através da janela; apenas estava pensando na senhorita Bürstner e no fato de ela ter acolhido em seu quarto outra moça. — Não chore — repetiu K. quando se voltou outra vez e viu que a senhora Grubach continuava chorando. — Eu também não tomei a coisa tão a sério como a senhora pensa. O que aconteceu é que não nos entendemos bem. Isso é coisa que pode acontecer também entre velhos amigos.

A senhora Grubach afastou um pouco o avental de diante dos olhos para comprovar se verdadeiramente K. estava reconciliado.

— Pois sim, afirmo-lhe, é isso mesmo — disse K., e arriscou-se a acrescentar, visto que a atitude da senhora Grubach lhe permitia deduzir que o capitão nada dissera do acontecido naquela noite: — Acredita a senhora realmente que eu poderia desgostar-me com a senhora por causa de uma jovem à qual nem conheço?

— Isso mesmo era o que eu pensava, senhor K. — disse a senhora Grubach, que tinha a desgraça de que, tão depressa se sentia à vontade, dizia algo inconveniente. — Não cansava de me perguntar: mas por que importará tanto ao senhor K. a senhorita Bürstner? Por que discute comigo por causa dela, embora ele bem saiba que qualquer palavra dura de sua parte me tira o sono? Além do mais, eu nada disse dessa senhorita que não tivesse visto com os meus próprios olhos.

K. não respondeu uma palavra, porque à primeira da senhora Grubach deveria tê-la expulsado do quarto, coisa que não queria fazer. Contentou-se portanto em beber seu café e em fazer sentir à senhora Grubach que sua presença era supérflua. Fora voltou a ouvir-se o passo arrastado da senhorita Montag, que atravessava outra vez todo o vestíbulo.

— Está ouvindo? — perguntou K., apontando com a mão para a porta.

— Sim — respondeu a senhora Grubach, com um suspiro. — Eu quis ajudá-la e até lhe ofereci os serviços da criada, porém é muito obstinada; ela mesma quer fazer toda a mudança. Surpreende-me a atitude da senhorita Bürstner. Frequentemente, desagrada-me ter a senhorita Montag como inquilina, e agora a senhorita Bürstner até a leva para seu quarto.

— E isso que importa à senhora? — perguntou K., amassando o resto do açúcar que ficara na taça. — Porventura esta mudança prejudica a senhora?

— Não — respondeu a senhora Grubach —; na realidade, me é muito conveniente porque assim disponho de uma moradia vaga que poderei oferecer ao meu sobrinho, o capitão. Há tempos eu tenho medo de que desde o instante em que deveu dormir no salão posso incomodar ao senhor. Pois ele não tem muita consideração por ninguém.

— Quantas coisas a senhora imagina! — exclamou K., pondo-se de pé. — Nem falar disso! Pelo visto, parece-lhe que sou um homem hipersensível porque não posso suportar este ir e vir da senhorita Montag. Ouve? Já retorna novamente.

A senhora Grubach tomou a si toda a sua impotência.

— Deseja o senhor, senhor K., que lhe diga que faça o resto da mudança mais tarde? Se assim o quer, irei em seguida dizer-lhe.

— Mas se precisa mudar-se para o quarto da senhorita Bürstner — disse K.

— Sim — confirmou a senhora Grubach, que não entendeu de todo o que K. desejava fazê-la entender.

— Então — prosseguiu K. —, é necessário que leve para lá as suas coisas.

A senhora Grubach limitou-se a concordar com um simples movimento de cabeça. Essa silenciosa impotência sua, que exteriormente não se manifestava senão como pueril obstinação, irritou ainda mais a K., que começou a passear pelo quarto desde a janela até a porta e desta para aquela, com o que tirou à senhora Grubach a oportunidade de ir-se embora, coisa que teria feito provavelmente se não ocorresse essa circunstância.

Precisamente no instante em que K. chegou em suas idas e vindas à porta, chamaram. Era a criada, que lhe anunciou que a senhorita Montag teria prazer em falar com o senhor K. algumas palavras, pelo que lhe rogava que fosse até o refeitório onde o estava esperando. K. escutou pensativo a mensagem que lhe levava a criada. Depois voltou-se para a senhora Grubach lançando-lhe um olhar quase irônico que a espantou. Esse olhar parecia querer dizer que K. havia muito previra aquele convite da senhorita Montag, e que isso estava perfeitamente de acordo com todas as amolações que K. tivera de sofrer naquela manhã de domingo por culpa dos pensionistas da senhora Grubach. Mandou a criada de volta, encarregando-a de responder que em seguida iria ao refeitório; aproximou-se depois de seu armário para mudar de roupa, e por toda resposta às lamentações pronunciadas em voz baixa pela senhora Grubach contra a maçante senhorita Montag, K. pediu à sua hospedeira que retirasse já a bandeja do desjejum.

— Mas, se o senhor quase não tocou em nada! — exclamou a senhora Grubach.

— Não importa; leve-a de qualquer modo — ordenou K. Era como se para ele a senhorita Montag estivesse de algum modo misturada em tudo isso e se tornara repugnante para ele.

Ao cruzar o vestíbulo olhou para a porta fechada do quarto da senhorita Bürstner; porém, não tinha sido convidado a ir ali, mas ao refeitório, cuja porta K. abriu de golpe, sem bater.

Era o refeitório uma sala muito longa, mas estreita e de uma só janela. Havia nele muito espaço, tanto que se poderia colocar nos ângulos correspondentes a ambos os lados da porta, transversalmente, dois aparadores, enquanto o resto da sala estava somente mobiliado com a grande mesa do refeitório, a qual, começando nas proximidades da porta, alcançava até a grande janela que, em razão disso, era quase inacessível. A mesa já estava coberta e preparada para muitas pessoas, porque aos domingos quase todos os pensionistas almoçavam no refeitório.

Quando K. entrou, a senhorita Montag, afastando-se da janela, foi ao seu encontro caminhando por um dos lados da mesa. Ambos se cumprimentaram com um gesto sem dizer palavra. Depois, a senhorita Montag, que, como sempre, mantinha a cabeça extremamente erguida, disse:

— Não sei se você me conhece.

K. olhou-a, franzindo as sobrancelhas.

— É claro que sim — replicou —; há muito tempo já que vive na casa da senhora Grubach.

— Sim, porém, segundo creio, não se preocupa o senhor muito pelas coisas da pensão — disse a senhorita Montag.

— É exato — disse K.

— Não quer sentar-se? — perguntou a senhorita Montag. Então, em silêncio, ambos afastaram duas cadeiras de uma extremidade da mesa e sentaram-se frente a frente. Mas a senhorita Montag tornou a erguer-se, pois deixara sua pequena bolsa junto à janela, e foi buscá-la, para o que teve de atravessar toda a sala. Quando voltou, fazendo balançar levemente a bolsa, disse:

— Quisera falar com você, em nome de minha amiga, algumas palavras. Desejaria vir ela mesma, mas o caso é que hoje não se sentia muito bem. Precisa desculpá-la e ouvir-me em lugar dela. Mas de todos os modos ela não teria podido dizer-lhe outra coisa senão o que eu mesma lhe direi. Pelo contrário, creio que até posso dizer-lhe melhor eu, visto que não sou parte interessada. Você não pensa assim, também?

— Que deseja, pois, dizer-me? — perguntou K., que se cansara de ver os olhos da senhorita Montag continuamente fixos em seus lábios. Com tal atitude ela parecia já atribuir-se um domínio sobre o que K. teria de dizer. — Pelo visto, a senhorita Bürstner não quis conceder-me a entrevista que eu lhe pedi.

— É verdade — replicou a senhorita Montag — ; ou melhor dizendo, de nenhum modo é isso verdade. Você se expressa de um modo esquisitamente forte. Em geral, nem se concedem entrevistas nem acontece o contrário; mas pode acontecer que se considere desnecessária uma entrevista, como acontece precisamente neste caso. Agora, depois da observação que acaba de fazer, posso falar abertamente. Por escrito ou verbalmente você pediu uma entrevista à minha amiga; pois bem, minha amiga conhece, pelo menos devo assim imaginar, o tema da conversação que você propõe e, por razões que desconheço, está persuadida de que não adviria nenhuma utilidade para ninguém se efetivamente tal entrevista se verificasse. Além do mais, apenas me falou deste assunto ontem e muito rapidamente; fez-me saber que muito menos para você podia interessar muito essa entrevista porque unicamente por acaso você chegou a conceber esse pensamento, e em consequência, ainda sem que haja nenhuma explicação especial, você reconheceria muito depressa, se é que já não o fez, a falta de senso de todo este assunto. Eu respondi-lhe que era muito certo tudo quanto ela dizia, mas que também era vantajoso que fizesse chegar até você uma resposta categórica para o fim e que se explicasse perfeitamente a situação. Depois de algumas hesitações, minha amiga encarregou-me de cumprir tal missão, já que eu me oferecera para tanto. Espero ter agido exatamente nesse sentido pois a menor incerteza, mesmo no assunto mais insignificante, é sempre penosa; por isso, quando, como é este caso, se pode facilmente pôr-se de lado, quanto antes se fizer, melhor.

— Agradeço-lhe muito — apressou-se a dizer K., enquanto se punha lentamente de pé e olhava a senhorita Montag, depois a mesa, depois para fora através da janela (a casa de frente estava toda iluminada pelos raios do sol) e terminava por dirigir-se para a porta.

A senhorita Montag seguiu-o alguns passos como se não confiasse inteiramente nele. Mas ao chegar à porta ambos tiveram de retroceder, pois nesse momento abriu-se subitamente e entrou no refeitório o capitão Lanz. Era a primeira vez que K. o via de perto. Tratava-se de um homem alto, de cerca de quarenta anos, de rosto moreno e gordo. Ao entrar fez uma leve reverência que atingiu também K. e chegou-se depois até onde estava a senhorita Montag à qual beijou respeitosamente a mão. Todos seus movimentos mostravam grande desenvoltura; sua cortesia com a senhorita Montag contrastava agudamente com o trato que K. lhe havia dado. Não obstante isso, a senhorita Montag não parecia ressentida com K. porque, como este julgou perceber, até parecia querer apresentá-lo ao capitão. Mas K. não desejava que o apresentasse, visto que não se sentia capaz de mostrar-se em atitude amistosa nem com o capitão nem com a senhorita Montag; esse beijo que o capitão lhe dera na mão fez com que K. considerasse a senhorita Montag como membro de um grupo que, com aparência mais inofensiva e desinteressada, pretendia mantê-lo afastado da senhorita Bürstner. E K. acreditou reconhecer não somente tal coisa, mas também que a senhorita Montag havia escolhido um bom meio de levar ao termo seus propósitos, arma que, contudo, era de dois gumes. Exagerava a importância da relação que havia entre a senhorita Bürstner e K., e sobretudo exagerava a importância da entrevista que este solicitara, procurando, ao mesmo tempo, ao apresentar as coisas sob tal aspecto, que parecesse que era K. quem tudo exagerava. Mas ia já desiludir-se. K. não desejava exagerar nada; bem sabia que a senhorita Bürstner era uma insignificante datilógrafa que não podia resistir-lhe por muito tempo. Além disso, deliberadamente, não tomava absolutamente em consideração a este propósito o que a senhora Grubach lhe contara sobre a senhorita Bürstner. K. pensava nestas coisas quando, apenas saudado, deixou o refeitório. Pretendia dirigir-se diretamente ao seu quarto, mas um risinho da senhorita Montag, que ele ouviu às suas costas no refeitório, fê-lo imaginar que talvez poderia fazer uma surpresa a ela e ao capitão. Prestou atenção para verificar se poderia sair alguém dos cômodos vizinhos. Estava tudo em silêncio, só se ouvia a conversação que vinha do refeitório, e no corredor que levava à cozinha unicamente se percebia a voz da senhora Grubach. A ocasião parecia propícia. K. aproximou-se da porta do quarto da senhorita Bürstner e deu nela uns leves golpes. Como não obtivesse nenhuma resposta, tornou a chamar, mas tudo continuou silencioso. Estaria dormindo? Ou será que em verdade estava se sentindo mal? Ou dar-se-ia que ela fingia não ouvir apenas porque presumia que unicamente K. era quem poderia chamar tão suavemente? K. admitiu que na verdade ela estava dissimulando, pelo que tornou a golpear mais forte. Por fim acabou por abrir com precaução a porta, já que seus chamados não alcançavam nenhum resultado, não sem sentir porém que estava fazendo algo incorreto e além disso inútil. No quarto não havia ninguém. Nada lembrava nele o dormitório que K. havia conhecido em outra oportunidade. Junto à parede havia agora duas camas; perto da porta, três cadeiras carregadas de vestidos e roupa branca. Mais longe via-se um armário aberto. Provavelmente, a senhorita Bürstner se fora enquanto ele estava falando no refeitório com a senhorita Montag. K. não ficou muito desconcertado por isso, pois, no fundo, não esperara avistar-se com a senhorita Bürstner de modo tão fácil; realizara esta tentativa quase unicamente pelo capricho pueril de opor-se aos propósitos da senhorita Montag. Mas o que lhe tornou mais penoso o encontrar-se ali foi, ao tornar a fechar a porta, perceber através da do refeitório, que estava de par em par aberta, a senhorita Montag e o capitão, os quais ali se achavam conversando tranquilamente. Talvez estivessem já nesse lugar desde o momento em que K. abrira a porta do quarto da senhorita Bürstner; ambos procuravam aparentar que não observavam K.; falavam em voz baixa e, se seguiam os movimentos de K., o faziam apenas com esses olhares distraídos que se lançam em derredor quando se está conversando. Mas o caso era que tais olhares pousavam inquietantes sobre K. Apressou-se, andando junto à parede, a ganhar o seu quarto.

❖

CAPÍTULO V

O açoitador

Quando numa daquelas tardes K. passava pelo corredor que separava seu escritório da escadinha principal (esta era a vez em que K. era um dos últimos a ir-se embora para casa, pois no banco apenas ficavam os encarregados de despachar a correspondência do dia e agrupados no pequeno campo de luz de uma lâmpada), atrás de uma porta do que ele sempre julgara que era um quarto de despejos, sem que jamais tivesse sentido a curiosidade de ver por si mesmo o que ali dentro se passava, percebeu uns suspiros. Deteve-se surpreso e voltou a prestar atenção para comprovar se não se enganava; houve um instante de silêncio, mas depois voltaram a repetir-se os suspiros. No primeiro momento dispôs-se a chamar a um dos ordenanças porque pensou que talvez tivesse necessidade de uma testemunha, mas depois se viu tomado de tal curiosidade que abriu de um golpe a porta. Como o imaginara, tratava-se efetivamente de uma peça destinada aos trastes velhos. Junto ao umbral da porta estavam amontoados velhos papéis impressos já fora de uso, tinteiros de barro cozido virados e vazios. Na própria câmara, porém, estavam de pé três homens, encurvados, porque o teto era muito baixo. Iluminava esse espaço uma vela posta sobre uma estante.

— Que estão fazendo aqui? — perguntou K.; a emoção lhe precipitou as palavras, embora não as pronunciasse em voz muito alta. Um dos homens, que visivelmente dominava os outros e que era o primeiro com o qual o olhar tropeçava, levava no corpo uma espécie de jaqueta de couro escuro que lhe deixava descoberto o pescoço até bem adentro do peito e os braços inteiramente nus. O homem não deu resposta alguma, mas os outros dois exclamaram:

— Senhor, castigam-nos porque o senhor se queixou de nós ao juiz de instrução.

Apenas então K. reconheceu que aqueles dois homens eram na verdade os guardas Franz e Willem, e percebeu que o terceiro tinha na mão uma vara para açoitá-los.

— Mas — disse K., olhando-os fixamente — eu não me queixei; simplesmente contei o que aconteceu em minha casa. É mister reconhecer, contudo, que vocês não se portaram de modo irrepreensível.

— Senhor — disse Willem, enquanto se colocava por trás de Franz, visivelmente para enganar o terceiro —, se soubesse quão mal nos pagam, certamente nos teria julgado melhor. Eu preciso sustentar uma família, e Franz queria casar-se; trata-se de enriquecer como se pode; apenas pelo trabalho, mesmo quando alguém se mate de canseira, não é coisa que se possa alcançar. Sua fina roupa branca me seduzira; naturalmente que aos guardas nos está proibido agir como fizemos; reconheço que nosso procedimento não foi correto, mas a tradição é que a roupa branca dos detidos fique para os guardas. Sempre foi assim, acredite-me. Porque, certamente se há de compreender, que importância podem ter tais coisas para aquele que tem a desgraça de ser detido? Mas desde que a coisa venha a público é preciso que seja castigado o crime.

— Desconhecia isto que me dizem; além do mais, de nenhuma maneira pedi que fossem castigados. Para mim tratava-se de uma questão de princípios.

— Franz — exclamou então Willem, voltando-se para o outro guarda —, não te dizia eu que este senhor não tinha pedido o nosso castigo? Estás ouvindo que nem mesmo sabia que seríamos castigados.

— Não se deixe comover por esses discursos — disse o terceiro, dirigindo-se a K. — O castigo é tão justo quanto inevitável.

— Não o escute — disse por sua vez Willem, interrompendo-se apenas para levar rapidamente à boca a mão na qual acabava de levar uma forte varada. — Estamos sendo castigados apenas porque você nos denunciou; de outro modo não nos aconteceria nada, mesmo que se tivesse sabido o que fizéramos. Será que se pode chamar a isto justiça? Nós dois, mas particularmente eu, fomos sempre guardas muito zelosos (você mesmo tem de admitir que, considerada nossa atitude do ponto de vista da autoridade, o vigiamos bem), estávamos em via de progredir e certamente logo teríamos chegado a ser também açoitadores como este, que teve a sorte de que ninguém o denunciasse, pois, para dizer a verdade, apenas muito poucas vezes surge uma denúncia como a que nos atinge. E agora, senhor, tudo perdemos. Nossa carreira fica frustrada; teremos de realizar serviços ainda de menor importância que o de vigiar os detidos e, como se isso fosse pouco, recebemos agora, por acrescentamento, este açoite tão horrivelmente doloroso.

— Será que realmente essa varinha pode produzir tanta dor? — perguntou K., examinando a vara que o açoitador agitava diante de si.

— Mas agora temos de nos desnudar inteiramente — disse Willem.

— Ah! — exclamou K., olhando com maior atenção o açoitador, de pele bronzeada como a de um marinheiro, que mostrava um rosto fresco e selvagem. — Não existe nenhuma possibilidade de livrar estes dois do açoite? — perguntou-lhe.

— Não — disse o açoitador, balançando sorridente a cabeça —; desnudem-se — ordenou aos guardas. Depois, dirigindo-se a K., disse: — Não precisa acreditar em tudo que eles dizem. O medo que têm dos açoites torna-os um tanto insensatos. Por exemplo, tudo o que lhe contou este (e então apontou Willem) a respeito de sua possível carreira é absolutamente ridículo. Olhe essa gordura. Certamente os primeiros golpes de minha vara perder-se-ão na banha. Sabe por que está tão gordo? Pois porque tem o costume de comer todos os desjejuns dos detidos. Porventura, ele não comeu o seu próprio desjejum? Sim? Já o sabia eu. Um homem com semelhante ventre jamais, mas jamais, poderá chegar a ser um açoitador; essa é uma possibilidade que fica inteiramente perdida para ele.

— Existem também alguns açoitadores assim — afirmou Willem, que estava desapertando o cinturão das calças.

— Não — disse o açoitador, passando a varinha sobre o próprio pescoço, de modo que o outro se pôs a tremer —; tu não tens de estar aí escutando, e sim tirando a roupa.

— Pagar-te-ei bom dinheiro se deixares a coisa sem efeito — disse K., tirando, sem olhar para o açoitador (é preferível realizar tais negócios mantendo a vista baixa, e isto de ambas as partes), sua carteira do bolso.

— Para que depois também me denuncie a mim — disse o açoitador — e me castiguem também a varadas! Não, não.

— Mas sê razoável — retrucou K. —; se tivesse querido que esses dois fossem castigados eu não estaria agora procurando salvá-los. Simplesmente, limitar-me-ia a fechar a porta, a não querer continuar vendo nem ouvindo nada e a ir para minha casa. Mas estás vendo que não o faço, mas que seriamente me proponho a livrá-los desse castigo; se eu tivesse previsto que iam ser castigados ou apenas que poderiam sê-lo, jamais teria mencionado os seus nomes. Para dizer a verdade, não os considero muito culpados. Culpável é a organização, culpáveis são os altos funcionários.

— É certo — exclamaram os guardas, que imediatamente receberam rijos golpes sobre as espáduas já desnudas.

— Se tivesses aqui sob a tua vara um dos juízes superiores — disse K, apanhando enquanto falava a vara que já se tinha erguido de novo —, verdadeiramente não tentaria impedir-te que o castigasses; pelo contrário, ainda te daria dinheiro para que cumprisses com maior energia essa boa causa.

— O que diz parece certo — declarou o açoitador —; mas não me deixo subornar. Estou encarregado de açoitar e açoito.

O guarda Franz, que talvez aguardasse um resultado favorável pela intervenção de K. e que se mantivera até então um pouco retirado, avançou até a porta, levando por única vestimenta as calças, atirou-se aos pés de K. e segurando-lhe um braço sussurrou:

— Se não podes conseguir que nos perdoem aos dois, procura ao menos livrar-me. Willem é maior do que eu e, no que diz respeito aos açoites, menos sensível. Além disso, há alguns anos foi castigado uma vez com ligeiros açoites; eu em troca ainda não estou desonrado e se agi como o fiz foi apenas porque Willem me levou a isso, que tanto no bem como no mal é meu mestre. Embaixo, na porta do banco, minha pobre noiva está esperando o resultado de tudo isto, e estou tão envergonhado que mereço compaixão.

Enxugou com a jaqueta de K. as lágrimas que lhe inundavam o rosto.

— Já não espero mais — disse o açoitador, apanhando a vara com ambas as mãos para descê-la sobre Franz, enquanto Willem, acocorado em um canto, olhava a furtadelas sem atrever-se sequer a mover a cabeça. Então ergueu-se no ar o grito dado por Franz, grito ininterrupto e invariável; não parecia provir de um ser humano, porém de uma máquina martirizada; ressoou em todo o corredor; tinha de ser ouvido em todo o edifício.

— Não grites — exclamou K., sem poder conter-se. E enquanto olhava tenso na direção por onde deviam chegar correndo os ordenanças, deu um empurrão em Franz, não muito violento, porém o suficiente para fazer cair o infeliz que de cócoras procurava com as mãos suster-se no solo; mas nem por isso escapou aos golpes; a vara foi encontrá-lo também no solo; enquanto se virava nele, a ponta da varinha se agitava em movimentos regulares baixando e erguendo-se sobre as suas espáduas. Já ao longe aparecera um ordenança, e, dois passos atrás dele, outro. K. fechou precipitadamente a porta, aproximou-se de uma das janelas que davam para o pátio e a abriu. O grito cessara já completamente. Para impedir que os ordenanças se aproximassem K. lhes gritou:

— Sou eu!

— Boas tardes, senhor procurador — responderam-lhe. — Aconteceu alguma coisa?

— Não, não — respondeu K. —, era apenas um cachorro que gritava no pátio.

Mas como os ordenanças continuavam aproximando-se, ajuntou:

— Vocês podem continuar o seu trabalho — e para evitar toda conversação com os ordenanças pôs a cabeça para fora da janela. Quando depois de um instante tornou a olhar o corredor, os ordenanças já se tinham ido. Contudo, K. ficou apoiado na janela; não se atrevia a voltar ao quarto de despejo nem tampouco queria ir para casa. Permaneceu contemplando o pátio, que era pequeno e quadrado. Ao redor dele erguiam-se os escritórios; agora todas as janelas estavam às escuras; unicamente começavam a perceber-se nas superiores os reflexos da luz da lua. K. se esforçou para penetrar com o olhar um canto do pátio onde se encontravam alguns carrinhos de mão. Atormentava-o o pensamento de que não conseguira evitar o açoitamento dos dois guardas, mas o que não conseguira não era culpa sua; se Franz não tivesse gritado (é certo que devia ter sentido uma dor muito grande, embora, nos momentos decisivos, se deva manter o domínio de si mesmo), se não tivesse gritado, provavelmente K. teria encontrado ainda um meio de persuadir o açoitador. Se todos os empregados subalternos eram uns pilantras, por que exatamente o açoitador, que cumpria as funções mais desumanas, ia ser uma exceção? Além disso, K. bem observara como lhe brilharam os olhos no momento em que ele tirou da carteira as notas de banco; sem dúvida, o açoitador havia castigado mais severamente os guardas apenas para conseguir uma soma mais elevada no suborno. K. não se teria mostrado mesquinho porque verdadeiramente desejava livrar os guardas de seu castigo; e visto que já começara a lutar contra a corrupção desse sistema de justiça, era óbvio que o fizesse também neste caso particular, mas desde o momento em que Franz se pusera a gritar, naturalmente, tudo estava perdido. K. não podia arriscar-se a que as ordenanças e talvez também todo gênero de pessoas viessem até ali e o surpreendessem em companhia dos que estavam no quarto dos despejos. Era esse um sacrifício que realmente ninguém já podia exigir dele. Se tivesse tido a intenção de realizar tal sacrifício o teria efetuado e de um modo quase mais fácil: o mesmo K. ter-se-ia desnudado para oferecer-se aos golpes do açoitador em substituição aos guardas. Mas sem dúvida este não teria aceitado semelhante troca, já que sem obter disso vantagem alguma teria incorrido em uma grande falta de seus deveres; e talvez até tivesse prejudicado duplamente a eles, pois evidentemente a pessoa de K., enquanto durasse o juízo, tinha de ser, para todos os empregados da justiça, inviolável. Claro está que a este respeito podia haver também disposições especiais; em todo caso, K. não pudera fazer nada senão fechar a porta, embora nem por isso deixara de correr, de qualquer modo, algum risco. Lamentava finalmente ter dado a Franz um empurrão que unicamente se desculpava pela emoção de que fora presa.

Ao longe ouviu os passos dos ordenanças; para evitá-los, fechou a janela e dirigiu-se para a escadinha principal do edifício. Ao passar junto à porta do quarto de despejos deteve-se um momento para escutar. Sobreviera um completo silêncio. Aquele homem podia ter açoitado os guardas até deixá-los mortos, visto que estavam inteiramente entregues ao seu poder. K., que já estendia a mão para a aldraba da porta, retirou-a. Já não podia ajudá-los; além disso, as ordenanças teriam de chegar em seguida. Prometeu-se, contudo, falar deste assunto e obter, na medida de suas forças, que fossem castigados os verdadeiros culpados, quer dizer, os altos funcionários dos quais ninguém até então se tinha atrevido a aparecer-lhe. Quando descia as grandes escadas do banco observou com atenção todos os transeuntes, mas pelos arredores não havia nenhuma jovem que tivesse a aparência de estar aguardando alguém. De modo que a afirmação de Franz de que o estava esperando sua noiva era uma grossa mentira que apenas tinha por objeto despertar maior compaixão.

Nos dias seguintes, o pensamento dos guardas não se afastava da mente de K.; trabalhava distraidamente, de modo que para cumprir suas obrigações tinha de ficar no escritório mais tempo do que costumava. Uma vez, ao ir para sua casa e quando tornava a passar em frente do quarto de despejos, abriu a porta como obedecendo a um hábito. O que viu, então, em lugar da obscuridade que esperava, foi algo que escapou à sua razão. Tudo estava ali como na tarde em que havia aberto pela primeira vez essa porta. Ali estavam os impressos e os tinteiros amontoados atrás do umbral, o açoitador com a sua vara, os dois guardas ainda completamente despidos, a vela posta sobre a estante; os guardas, ao vê-lo, exclamaram queixosos:

— Senhor!

Imediatamente K. fechou a porta com violência e até golpeou sobre ela com os punhos fechados como se quisesse com isso fixá-la mais firmemente. Quase chorando, correu para onde estavam os ordenanças que trabalhavam tranquilamente no hectógrafo e que, interrompendo sua tarefa à chegada de K., olharam-no surpresos.

— Façam alguma vez a limpeza no quarto de despejos! — exclamou K. — Não se pode entrar ali de tanta sujeira!

As ordenanças disseram que o fariam no dia seguinte; K. consentiu, pois realmente a essa hora da tarde não podia obrigá-los a que continuassem trabalhando, como fora sua intenção no primeiro momento. Sentou-se um instante para observar o que faziam as ordenanças, reviu algumas cópias, acreditando assumir o aspecto de quem está examinando o trabalho, e depois, compreendendo que os ordenanças não se atreveriam a ir-se junto com ele, levantou-se para dirigir-se à sua casa, cansado e vazio de todo pensamento.

❖

CAPÍTULO VI

O tio. Leni

Uma tarde — era o momento em que se despachava a correspondência e portanto K. achava-se muito atarefado — deslizou-se entre dois ordenanças que lhe levavam alguns expedientes o tio de K., Karl, um pequeno proprietário que vivia no campo. A chegada real do tio surpreendeu menos a K. do que o havia surpreendido, fazia algum tempo, o pensamento de que seu tio ia visitá-lo. Que este devia chegar era algo que o sabia desde cerca de um mês. Já então acreditara tê-lo visto, com seu aspecto característico, um pouco encurvado, trazendo na mão esquerda um chapéu-panamá um pouco amassado, enquanto estendia a direita para ele já desde longe, estreitando-lhe depois a mão com pressa por cima da escrivaninha, sem se preocupar que com tal movimento punha a rodar tudo o que havia sobre ela. O tio de K. sempre tinha pressa porque era vítima do desgraçado pensamento de que no único dia (nunca ficava na cidade mais do que esse tempo) de sua permanência na capital devia despachar todos os assuntos que o traziam a ela e além disso não desprezar nenhuma conversação, negócio ou diversão que ocasionalmente se pudesse oferecer-lhe. K., que estava muito obrigado para com ele porque tinha sido seu tutor, tinha de auxiliá-lo em tudo o que pudesse e além disso alojá-lo em sua casa durante a noite. Costumava chamá-lo "o fantasma do campo".

Depois dos primeiros cumprimentos — o tio não tinha tempo de sentar-se na poltrona que K. lhe ofereceu — pediu a K. uma curta entrevista particular.

— É necessário — disse, com o gesto de quem engole algo trabalhosamente —; é necessário para a minha tranquilidade.

Imediatamente K. fez sair a ordenança da sala, encarregando-a de não deixar entrar nela nenhuma pessoa.

— Mas o que foi que chegou ao meu conhecimento, Josef? — exclamou o tio quando ficaram a sós, enquanto se sentava sobre a mesa e dispersando assim diversos papéis nos quais nem sequer reparou.

K. ficou calado; sabia o que ia acontecer, mas, sentindo-se de repente liberto do aflitivo trabalho a que estivera entregue até aquele momento, se abandonou quase inteiramente a uma sensação agradável de placidez e se pôs a olhar pela janela do lado oposto da rua, da qual apenas se via, do lugar em que estava sentado, um pequeno espaço triangular, um liso pedaço de parede entre duas cantoneiras de um comércio.

— E ficas olhando pela janela! — exclama o tio, erguendo os braços. — Por Deus, Josef, responde-me! É, portanto, verdade? Pode ser, pois, verdade?

— Querido tio — disse K., fazendo um esforço para arrancar-se de sua distração —, não sei o que queres de mim.

— Josef! — replicou o tio, em tom de admoestação. — Sempre disseste a verdade, segundo creio. Terei de interpretar tuas últimas palavras como um mau sinal?

— Na verdade, pressinto o que queres dizer-me — disse K., obsequioso —; sem dúvida alguma, ouviste falar de meu processo.

— Isso mesmo — afirmou o tio, confirmando com lenta inclinação de cabeça —; soube de teu processo.

— Mas quem te falou dele? — perguntou K.

— Foi Erna quem me escreveu sobre teu processo — disse o tio. — Como tu sabes, há tempos que vocês não se veem, porque tu não te preocupas, infelizmente, muito com ela. E contudo, já vês, chegou a sabê-lo. Hoje mesmo recebi a carta e, então, apressei-me a vir imediatamente. Não tinha nenhum outro motivo para fazer a viagem, mas este me parece mais do que suficiente. Posso ler-te a passagem da carta que se refere a ti.

Tirou, então, a carta do bolso.

— Aqui está — continuou —; escuta o que escreve: "Há já muito tempo que não vejo Josef; a semana passada fui até o banco; mas Josef estava tão ocupado que não consegui vê-lo. Esperei quase durante uma hora, mas tive de retornar por fim a casa pois tinha lição de piano. Teria gostado de falar com ele, talvez se apresente no futuro uma ocasião favorável de fazê-lo. No dia de meu aniversário mandou-me uma grande caixa de chocolates; foi este um gesto muito atencioso e carinhoso de sua parte. Tinha esquecido de escrevê-lo naquela ocasião e somente agora, em que você me pergunta por Josef, recordo-o. Bem sabe você que, para dizer a verdade, nesta pensão o chocolate desaparece depressa, quase no mesmo instante em que se fica sabendo que chegou. Apenas têm conhecimento de que me enviaram chocolate, portanto, já desaparece. Quanto a Josef, queria comunicar algo a você. Como já disse, não pude avistar-me com ele no banco porque nesse momento precisamente se achava ocupado com um senhor. Depois de ter esperado tranquilamente durante um bom espaço de tempo, perguntei a um ordenança se aquela conferência devia durar ainda muito tempo; então respondeu-me que bem podia ser, porque se tratava do processo que se empreendia contra o senhor procurador. Perguntei-lhe que espécie de processo era e se em realidade não estaria enganado; mas o ordenança me afirmou que não estava enganado, que se tratava de um processo e, mais ainda, de um processo grave; isso era tudo quanto sabia. Ele, pessoalmente, teria gostado muitíssimo de ajudar o senhor procurador, pois este era na verdade um homem justo e bom, mas não sabia que fazer, de modo que se limitava a desejar que interviessem no processo senhores de influência. Acreditava que, sem nenhuma dúvida, isso não deixaria de acontecer, e que tudo havia de terminar bem; contudo, momentaneamente, como bem se podia deduzir do mau humor do senhor procurador, as coisas não caminhavam muito bem. Certamente não atribuí grande importância a tais discursos, mas procurei tranquilizar aquele homem ingênuo e lhe proibi que falasse do assunto com outros, pois considerava tudo isso pura charlatanaria. Apesar de tudo não seria demasiado que tu, querido pai, na próxima viagem que faças à cidade, vejas do que se trata; a ti te será fácil saber com exatidão o que acontece e, se verdadeiramente comprovas que és necessário, podes recorrer a tuas poderosas e influentes amizades. Se o caso não exigir tanto, o que é o mais provável, ao menos poderás brindar depressa a tua filha com a oportunidade de abraçar-te, o que a contentará muito". É uma boa filha — disse o tio de K., quando terminou de ler a carta, enquanto enxugava algumas lágrimas que se tinham desprendido de seus olhos.

K. confirmou; como consequência das diferentes perturbações que havia sofrido sua vida nos últimos tempos, esquecera-se completamente de Erna, até de seu aniversário se tinha esquecido, de modo que a história do chocolate que sua prima contava havia sido evidentemente inventada para evitar-lhe as reprovações de seus tios. O gesto era muito comovente e certamente não podia ser pago com as entradas de teatro que desde esse momento em diante se propunha enviar-lhe regularmente K.; mas não se sentia agora com ânimo de ir visitá-la na pensão, para conversar com ela, uma pequena estudante do Ginásio que tinha dezoito anos.

— Que dizes agora? — perguntou o tio, que ao ler a carta se tinha esquecido de toda sua pressa e excitação e parecia dispor-se a voltar a lê-la.

— Sim, tio — disse K. —, é verdade.

— Que é que é verdade? Que é verdade? Como pode ser verdade? Que espécie de processo é esse? Não será um processo por crime, não?

— Sim, trata-se de um processo criminal — retrucou K.

— E ficas aqui tranquilamente sentado quando tens um processo criminal enroscado ao pescoço? — exclamou o tio, que falava cada vez em voz mais alta.

— Quanto mais sereno eu me mantiver, tanto melhor será o resultado — disse K., cansadamente —; não temas nada.

— Isso não pode tranquilizar-me — exclamou o tio —; Josef, querido Josef, pensa em ti, em teus parentes, em nosso bom nome. Até agora tinhas sido um motivo de honra para nós, não quererás converter-te em nossa vergonha! Não me agrada a tua atitude — disse, fitando K. e pondo de lado a cabeça —; deste modo não procede nenhum acusado inocente que ainda está em pleno gozo de todas as suas energias. Dize-me rapidamente de que se trata para que possa ajudar-te. Será naturalmente algo relacionado com o banco, não é mesmo?

— Não — disse K. pondo-se de pé —; mas estás falando em voz muito alta, querido tio, e o ordenança provavelmente está escutando por detrás da porta. Isso é algo que me desagrada; é preferível que saiamos. Então responderei a todas as tuas perguntas o melhor que possa. Bem conheço que devo algumas explicações à família.

— Está bem — gritou o tio. — Perfeitamente. Apressa-te, então, Josef, apressa-te.

— Apenas tenho de dar ainda algumas ordens — disse K. Chamou pelo telefone o empregado que ia substituí-lo e que se apresentou em pouco tempo. O tio, em sua excitação, indicou ao recém-chegado, com um gesto, que era K. quem o tinha feito chamar, do que, evidentemente, não podia haver nehuma dúvida. K., de pé diante da escrivaninha, em voz baixa e mostrando diferentes papéis, explicou ao jovem, que o ouvia com uma atitude fria, mas atenta, o que devia ser despachado enquanto durasse a sua ausência. A atitude do tio era incômoda porque, abrindo muito os olhos e mordendo nervosamente os lábios, estava ali de pé com o olhar fixo. Por certo que não escutava, mas somente a sua presença era um tanto incômoda. Depois começou a percorrer de uma extremidade a outra a sala; de súbito, detinha-se em frente à janela ou defronte de algum quadro e cada vez que interrompia seu passeio soltava uma exclamação diferente:

— É absolutamente incompreensível para mim!

Ou então:

— Que poderá resultar de todo este assunto?

O jovem, como se não percebesse nada de tudo isso, continuou escutando calmamente as instruções de K. até o final, tomou nota de algumas coisas e se foi depois de ter-se inclinado diante de K. e diante de seu tio, que exatamente nesse momento estava voltado de costas olhando pela janela cujas cortinas esmagava convulsivamente com ambas as mãos. Nem bem acabou de fechar-se a porta o tio exclamou em voz muito alta:

— Finalmente foi embora esse boneco. Agora nós também poderemos ir!

Infelizmente, K. não dispunha de nenhum meio de evitar que seu tio lhe formulasse perguntas a respeito do processo enquanto atravessavam o grande vestíbulo do banco, cheio de empregados e de ordenanças, nem sequer quando cruzaram com o vice-diretor da instituição.

— Agora, Josef — dizia o tio, enquanto respondia com ligeiras saudações às inclinações dos presentes —, dize-me agora francamente que espécie de processo é esse.

K. fez algumas observações sobre coisas insignificantes, soltou algumas risadas e, somente quando chegou à escadinha, explicou a seu tio que não tinha querido falar abertamente diante das pessoas.

— Perfeitamente — disse o tio —, mas agora fala.

E então se pôs a escutar com a cabeça inclinada e fumando um cigarro com tragadas breves e rápidas.

— Antes de tudo, tio — disse K. —, quero prevenir-te de que não se trata de um processo no qual intervenha a justiça comum.

— Isso é mau — disse o tio.

— Como dizes? — perguntou K., olhando firmemente o seu tio.

— Digo que isso é mau — repetiu o tio.

Ambos se encontravam na escada que conduzia à rua. Como a K. lhe pareceu que o porteiro estava escutando, apressou-se a arrastar atrás de si seu tio; então se misturaram entre a gente que transitava com vivacidade pela rua. O tio, que se tinha pendurado de um braço de K., já não perguntava com tanto afã pelo processo; até se passou um grande intervalo de tempo sem que nenhum dos dois dissesse alguma palavra.

— Mas como aconteceu isso? — perguntou por fim o tio, detendo-se tão bruscamente que a gente que andava atrás dele se afastou assustada. — Essas coisas não acontecem repentinamente, e sim vão se preparando desde algum tempo; sempre aparece algum sinal dela. Por que não me escreveste? Bem sabes que por ti farei qualquer coisa porque até certo ponto sou ainda teu tutor, e até hoje me senti muito orgulhoso de o ser. Naturalmente, também agora hei de te ajudar, somente que neste momento, quando o processo já está em curso, se torna mais difícil. De qualquer modo, parece-me que o melhor que podes fazer é tomar umas curtas férias e viver conosco uma temporada no campo. Vejo também que emagreceste um pouco. Agora estou notando. No campo recuperarás as energias, o que te fará bem, pois te esperam certos trabalhos. Além disso, estando lá, de certo modo te subtrais à ação da justiça. Aqui a justiça dispõe de todos os meios possíveis de ação que necessariamente aplica de uma maneira automática contra ti; estando no campo, em troca, teriam de enviar delegados ou então teriam de comunicar-se contigo seja por carta, seja pelo telégrafo, seja por telefone. Isto enfraquece, por uma parte, de pronto, a influência que possam ter sobre ti; é certo que não poderás libertar-te, mas pelo menos te deixarão respirar.

— Mas poderiam impedir que eu partisse — disse K., que se sentia um pouco atraído pelo modo de pensar do tio.

— Não creio que o façam — declarou o tio, com expressão pensativa. — Não perdem tanto poder sobre ti, como tu crês, ao deixar que partas.

— Eu julguei — disse K., passando um braço por baixo do de seu tio, a fim de poder impedi-lo de se deter — que atribuías menor importância do que eu a todo este assunto e agora vejo que o tomas muito a sério.

— Josef! — exclamou o tio, tentando livrar-se do braço de K. para poder deter-se. Mas K. não o soltou —; estás mudado! Sempre julgaste corretamente todas as coisas e precisamente agora vem a deixar-te essa faculdade. Queres porventura perder o processo? Sabes o que isso significaria? Significaria simplesmente ficar arruinado, e também que todos teus parentes fiquem arruinados ou pelo menos humilhados até o chão. Josef, desperta! Tua indiferença me põe fora dos eixos! Ao olhar-te, quase poderia afirmar-se a verdade do provérbio: “Ter semelhante processo significa já tê-lo perdido”.

— Querido tio — retrucou K. —, ficas excitado desnecessariamente. A excitação é inútil tanto de tua parte como também da minha. Com a excitação não se ganham processos. Deixa-me portanto que proceda um pouco segundo a experiência prática que eu tenho; eu, por minha vez, escuto sempre os conselhos derivados da tua, mesmo quando em ocasiões me surpreendam. Dizes que também a família se vê comprometida no processo (o que por mim é uma coisa que não consigo entender inteiramente; mas, de todos os modos, trata-se de uma questão acessória), de modo que te seguirei de boa vontade em tudo o que me aconselhes, apenas que não vejo o lado vantajoso de me transferir para o campo, porque isso poderia interpretar-se como uma fuga e um reconhecimento de culpabilidade. Além disso, aqui, se bem seja certo que podem perseguir-me mais, não é menos certo que me é possível defender-me melhor.

— Muito bem — disse o tio, em um tom como se finalmente tivessem chegado a um acordo —; apenas propus isso a ti porque via que ficando aqui prejudicavas tua causa pela tua indiferença e pareceu-me melhor trabalhar no processo eu mesmo em teu lugar. Mas se é que realmente te propões segui-lo com todas as tuas forças, naturalmente, isso é muito melhor.

— De modo que estamos de acordo nesse ponto — disse K. —; e a teu critério, que é que eu devo fazer já?

— Eu não refleti ainda suficientemente sobre o assunto — declarou o tio —; além disso, tens de recordar que já faz uns vinte anos que quase sem interrupção vivo no campo; e não possuo a sagacidade de antes para estes negócios. As diferentes relações que me ligavam a importantes personagens, que talvez estejam mais ao corrente destas coisas do que eu, foram se afrouxando pouco a pouco; já sabes que eu vivo um pouco afastado no campo, e acaba-se percebendo essas coisas verdadeiramente só em ocasiões como esta. Além disso, vim a saber de teu assunto de um modo totalmente inesperado, embora já a carta de Erna me fizera adivinhar algo deste gênero e hoje teu aspecto mo confirma completamente. Mas é o mesmo; o importante agora é não perder tempo.

Enquanto falava, erguendo-se sobre a ponta dos pés, fez sinal a um automóvel para que se detivesse, e, ao mesmo tempo que dava a direção de uma casa ao condutor, arrastou consigo K. para o interior do carro.

— Vamos agora ver o advogado Huld — disse —; foi companheiro meu no colégio. Certamente tu também conheces seu nome. Não? Pois me surpreende. Contudo, tem um grande renome como advogado e defensor dos pobres. É um homem que me inspira particular confiança.

— Tudo quanto fizeres estará bem para mim — disse K., embora fizesse sentir-se aborrecido o modo apressado e aflitivo com que o tio dirigia aquele assunto. Não era muito alentador isso de ir como acusado ver um defensor dos pobres.

— Não sabia — declarou — que se pudesse recorrer a um advogado para semelhante causa.

— Mas é evidente — disse o tio —, é óbvio. Por que não, afinal? E agora conta-me tudo para que eu conheça exatamente os pormenores de tua causa. Conta-me tudo o que aconteceu.

Então K. começou imediatamente a relatar o que lhe tinha acontecido sem esconder nada, porque sua completa franqueza era a única coisa que podia opor em sua defesa à opinião do tio, o qual acreditava que o processo era uma grande vergonha. Apenas mencionou uma vez e muito fugazmente o nome da senhorita Bürstner, mas isso de modo algum diminuía sua franqueza porque, para dizer a verdade, a senhorita Bürstner não tinha nenhuma relação com o processo. Enquanto falava olhava pela janelinha do carro e comprovava que se iam aproximando dos subúrbios da cidade, precisamente o bairro em que se localizavam as secretarias dos tribunais; chamou a atenção sobre essa circunstância a seu tio, o qual, porém, não viu nela nada de particular nem digno de atenção. O automóvel deteve-se em frente de uma casa escura. O tio de K. fez soar imediatamente a campainha da primeira porta; enquanto aguardavam sorriu mostrando seus grandes dentes e disse a K., cochichando:

— São oito horas; não é hora de atender clientes; contudo, Huld não se amolará comigo.

Na vigia da porta manifestaram-se dois olhos grandes, negros, que olharam um instante os visitantes e depois desapareceram; a porta, porém, não se abriu. Tio e sobrinho confirmaram-se mutuamente o fato de que, efetivamente, tinham visto dois olhos.

— Deve ser uma criada nova que se assusta com os estranhos — declarou o tio, chamando novamente. Voltaram a aparecer aqueles olhos; agora quase se podia considerá-los tristes, mas talvez fosse também aquilo apenas uma ilusão provocada pela chama de gás que ardia tremendo fortemente por cima da cabeça dos visitantes, embora irradiasse pouca luz.

— Abra você — exclamou o tio, batendo com o punho contra a porta —; somos amigos do senhor advogado.

— O senhor advogado está doente — sussurrou alguém às costas dos hóspedes. No outro extremo do pequeno corredor, junto a uma porta, estava de pé um senhor em camisola, o qual com voz extremamente baixa lhes fizera essa declaração. O tio, que devido à sua longa espera já estava irado, voltou-se bruscamente de um salto e gritou:

— Enfermo? Você diz que está enfermo?

E avançou então para o homem com ar ameaçador, como se esse senhor fosse a própria enfermidade.

— Já abriram — fez observar o senhor, apontando para a porta do advogado. Depois, recolhendo apressadamente a camisola, desapareceu.

Com efeito, a porta se abrira, e através dela se via uma jovem (K. reconheceu os olhos escuros um pouco saltados), de pé no vestíbulo, vestida com um longo guarda-pó branco e que tinha na mão uma vela.

— Da próxima vez abra mais depressa! — disse o tio de K., à guisa de saudação, enquanto a moça inclinava ligeiramente a cabeça. — Vem, Josef — disse depois, dirigindo-se a K., que passou lentamente por diante da moça.

— O senhor advogado está enfermo — disse esta quando viu que o tio de K., sem deter-se, se atirava apressado para uma porta. K. ficou um instante olhando a jovem, que nesse momento se tinha voltado para fechar a porta de entrada; tinha rosto redondo, como de boneca, e não somente as pálidas faces e o queixo eram redondos, como também a fronte.

— Josef! — tornou a chamar o tio de K. E dirigindo-se novamente à moça perguntou-lhe: — A causa dessa doença é o coração, não é mesmo?

— Creio que sim — respondeu a moça, que tivera tempo de avançar com a lâmpada na mão para abrir a porta da sala. Num canto desta, onde não chegava a luz da lâmpada, erguia-se de uma cama um rosto de barba comprida.

— Mas, quem é, Leni? — perguntou o advogado, que não reconhecia seus visitantes porque a luz da vela o deslumbrava.

— Sou Albert, teu velho amigo — disse o tio de K.

— Ah, Albert! — exclamou o advogado, deixando-se cair novamente sobre a almofada, como se não tivesse de dissimular nada diante desse visitante.

— Tão mal estás? — perguntou o tio de K., enquanto se sentava na beirada da cama. — Não o creio; será tão somente um ataque de tua antiga doença do coração que sem dúvida será passageiro como os que já tiveste.

— É possível — replicou o advogado, em voz baixa —; mas este é pior que os de outras vezes. Respiro com dificuldade; não durmo e dia a dia vou perdendo forças.

— Sim? — exclamou o tio de K., oprimindo contra o joelho, com sua enorme mão, o chapéu-panamá —; pois me dás uma péssima notícia. Suponho que te tratam bem. Este lugar é tão triste, tão escuro. Há muito tempo já que não venho por aqui. Antes me parecia mais acolhedor. Tampouco esta senhoritinha parece muito alegre; a menos que esteja fingindo.

A moça continuava de pé junto à porta, segurando na mão a vela. À medida que seus incertos olhares permitiam estabelecê-lo, mais olhava para K. do que para o tio, mesmo quando este estava falando dela. K. apoiou-se em uma poltrona que empurrara até próximo do local onde se encontrava a moça.

— Quando se está tão doente como eu o estou — disse o advogado —, é preciso gozar de tranquilidade. Este lugar não me parece triste — e depois de um momento de silêncio acrescentou: —, e Leni cuida de mim muito bem. É uma moça muito amável.

O tio de K., porém, não podia convencer-se disso; evidentemente, estava predisposto contra a enfermeira, de modo que, se nada objetou ao que dissera o enfermo, não deixava de perseguir com olhares severos a moça; esta adiantou-se até a cama para colocar a vela sobre a mesinha de noite; ali, inclinando-se sobre o enfermo e enquanto lhe acomodava a almofada, esteve cochichando com ele. Esquecendo quase toda consideração para com este, o tio de K. ergueu-se e seguiu os movimentos da enfermeira, daqui para ali, de tal modo que K. não teria espantado se seu tio a tivesse apanhado pela saia para afastá-la violentamente do leito. Quanto a K., olhava tudo aquilo tranquilamente. Admitia, até com satisfação, a enfermidade do advogado, visto que, tendo podido opor-se ao zelo excessivo com que seu tio abordava aquele assunto, acolhia de boa vontade essa desvirtuação que sofrera agora semelhante zelo, sem que para tanto tivesse tido que intervir ele mesmo. Mas nesse momento, seu tio disse, talvez apenas com a intenção de ofender a enfermeira:

— Senhorita, rogo-lhe que nos deixe sós por um momento. Tenho de falar com meu amigo de um assunto particular.

A jovem, que ainda estava profundamente inclinada sobre o enfermo, ocupada em arrumar a roupa de cama junto à parede, limitou-se a virar um pouco a cabeça e a dizer com muita calma o que constituía um agudo contraste com a cólera e as abundantes palavras que transbordavam do tio de K.:

— O senhor bem vê que ele está enfermo; não poderá falar de nenhum "assunto".

Sem dúvida, a jovem repetira a palavra do tio de K. apenas por comodismo. De todos os modos, até um indiferente podia interpretar tal réplica como uma resposta irônica. Naturalmente o tio de K. o interpretou assim, pois saltou como se o tivessem picado.

— Maldita jovem! — exclamou com voz que a fúria imediata, contudo bastante incompreensível, o fez emitir como se estivesse fazendo gargarejos; K. sobressaltou-se embora tivesse esperado algo nesse estilo; então correu para o tio com a firme intenção de fechar-lhe a boca com ambas as mãos. Felizmente, detrás da moça ergueu-se nesse momento o doente; o tio de K. fez má cara como se estivesse engolindo algo muito desagradável e terminou por dizer serenamente:

— Certo, ainda não perdemos a razão. Se o que eu pedi não fosse algo possível, não o teria pedido; rogo-lhe, portanto, que se vá.

A enfermeira continuou de pé, junto do leito, e, ao voltar-se completamente para o tio, K. julgou perceber que a jovem acariciava a mão do advogado.

— Em presença de Leni podes dizer tudo — declarou o enfermo, com tom de indubitável súplica.

— O assunto não se refere a mim — explicou o tio de K. — ; não é um segredo que me pertença.

Então voltou-se com o gesto de quem já não quer discutir nenhum assunto. Contudo, parecia ainda dar tempo ao outro para que refletisse.

— E a quem concerne, portanto? — perguntou o advogado, com voz apagada, reclinando-se novamente sobre a almofada.

— A meu sobrinho — declarou o tio de K. — ; trouxe-o comigo. E assim dizendo, apresentou-o.

— Aqui está o procurador Josef K.

— Oh! — exclamou o enfermo, com muita vivacidade, estendendo a mão para K. — Perdoe-me o senhor, não tinha percebido que estava ali. Vai-te, Leni — disse depois à enfermeira, que já não opôs resistência, e estendendo para ela a mão como se desejasse significar-lhe que permanecesse longo tempo fora. — De modo que não me vieste visitar porque estivesse enfermo, mas vens por assuntos profissionais — terminou por dizer ao tio de K., que também, reconciliado, se aproximara do leito.

A suposição de que tinham ido visitá-lo por causa de sua enfermidade tinha mantido até então paralisado o advogado, pois a partir desse momento mostrou-se muito expedito; permaneceu todo o tempo apoiado em um cotovelo, o que aparentemente devia cansá-lo bastante, e não deixava de acariciar a madeixa de sua barba.

— Tens um aspecto muito mais saudável — disse o tio de K. — desde que essa bruxa se foi.

Interrompeu-se para acrescentar depois, em um sussurro:

— Aposto que ela está escutando.

Então precipitou-se de um salto para a porta. Atrás dela não havia, contudo, ninguém; o tio de K. voltou, não desenganado, pois o fato de não estarem escutando lhe parecia uma grosseria ainda maior, porém indignado.

— Julgas mal a moça — disse o advogado, defendendo com estas únicas palavras a enfermeira; talvez com isso quisesse dizer que a jovem não tinha nenhuma necessidade de que a defendessem. Depois, assumindo um tom muito cordial, prosseguiu dizendo: — Pelo que diz respeito ao assunto do senhor teu sobrinho, julgar-me-ia certamente ditoso se minhas forças fossem suficientes para esta empresa extremamente difícil. Temo na verdade que não me bastem; em todo caso, não deixarei de tentar tudo; se não consigo levar a cabo meu trabalho sozinho, sempre se poderia pedir a ajuda de outro. Para ser-te completamente franco, te direi que esta causa me interessa muito para que possa renunciar a intervir nela. Se meu coração não resiste, ao menos terá encontrado aqui uma razão digna de perecer.

K. parecia não entender uma só palavra desse discurso; olhava para seu tio procurando encontrar-lhe no rosto alguma explicação, mas este estava sentado, segurando em uma das mãos a vela que tirara da mesinha de noite, da qual já tinha feito rolar pelo tapete um frasco de remédio, e concordava com movimentos de cabeça a tudo quanto o advogado exprimia. Estava de acordo com tudo e de quando em quando lançava um olhar sobre K. para requerer-lhe também a sua conformidade. Será que seu tio já lhe teria falado antes de seu processo? Mas isso era impossível. Toda a situação excluía essa possibilidade. Por isso, disse:

— Não compreendo.

— Porventura ter-lhes-ei entendido mal aos senhores? — perguntou o advogado, tão surpreso e desconcertado quanto K. — Talvez me precipitei demais. De que queriam, pois, os senhores falar-me? Eu pensei que se tratasse de seu processo.

— Naturalmente — disse o tio, que depois perguntou a K.: — Que queres, pois?

— Sim, porém, como está o senhor informado de meus assuntos e do meu processo? — perguntou K.

— Ah, é isso? — disse o advogado, sorrindo —; é que sou advogado, movo-me nos círculos da justiça. Ali se fala sempre de diferentes processos, de modo que me chamou a atenção particularmente o que se referia ao sobrinho de um amigo. Nada há nisso de surpreendente.

— Que mais queres, portanto? — disse outra vez o tio de K. a este. — És muito inquieto.

— De modo que o senhor se move nos círculos da justiça? — perguntou K.

— Sim — afirmou o advogado.

— Fazes perguntas pueris — declarou o tio de K.

— Com quem quer o senhor que eu conviva se não é com a gente de minha profissão? — prosseguiu dizendo o advogado. Aquilo soava de um modo tão irrefutável que K. nem sequer replicou nada.

— Mas o senhor trabalha na justiça no Palácio da Justiça, não na da água-furtada — teria querido dizer e, sem poder controlar-se, realmente lhe disse.

— O senhor tem de pensar — prosseguiu dizendo o advogado, com o tom de quem explica algo perfeitamente óbvio e o faz, enfim, considerando que a explicação é supérflua e de todo acessória — que essas relações constituem uma grande vantagem para meus clientes, e isso em muitos sentidos; não é preciso que se esteja falando sempre disso. Certamente agora, por causa da enfermidade, encontro-me um tanto impedido, mas ainda assim me visitam bons amigos dos círculos judiciais e me põem a par de muitas coisas. Talvez esteja mais bem informado do que muitos que gozando de melhor saúde que eu passam o dia inteiro no foro. Por exemplo, precisamente agora tenho aqui um visitante ao qual muito estimo — e assim dizendo assinalou com a mão um canto escuro da sala.

— Mas, onde? — perguntou K., quase grosseiramente, tomado pelo primeiro assombro. Esquadrinhou em redor, mas a luz da pequena vela não chegava mais longe do que até a parede que K. tinha à sua frente. Nesse momento, naquele canto apontado pelo advogado começou realmente a mover-se algo. À luz da vela que o tio de K.

tinha erguido, viram então, sentado a uma mesinha, um senhor de idade avançada. Tinha mesmo de sufocar a respiração para passar tanto tempo despercebido. Ergueu-se cerimoniosamente e com expressão visivelmente contrariada porque se tinha chamado a atenção sobre ele; parecia que com as mãos, que agitava rapidamente como breves asinhas, recusasse todas as apresentações e saudações, como se desejasse significar que de modo algum desejava incomodar com sua presença aos outros, como se solicitasse como recompensa voltar à obscuridade e que todos se esquecessem de sua presença. Mas já não era possível aceder a esses desejos.

— Você surpreendeu-nos — disse o advogado, à maneira de explicação, fazendo sinais ao senhor para convidá-lo a que se aproximasse, o que este fez lentamente, olhando hesitante ao redor de si, mas não sem alguma dignidade. — O senhor chefe de despacho... ah, porém perdão, não os apresentei...; este é meu amigo Albert K., e este é seu sobrinho o procurador Josef K. O senhor é o chefe de despacho... O senhor chefe de despacho, como eu dizia, visita-me na qualidade de amigo. Unicamente quem sabe até que ponto está carregado de trabalho o senhor chefe de despacho pode apreciar em todo o seu valor essa visita. Pois bem, não obstante isso, vem visitar-me para conversar comigo em paz, na medida, está claro, que o permite minha fraqueza; o certo é que não tínhamos proibido Leni de introduzir outros visitantes, pois não esperávamos ninguém. Contudo, nosso desejo era ficarmos sós; porém depois soaram os teus murros na porta, Albert; então o senhor chefe de despacho afastou-se com mesa e cadeira para aquele canto; mas agora previno que de certo modo, quer dizer, se é que temos o desejo de fazê-lo, se nos oferece a ocasião de tratar em comum o assunto e que muito bem podemos reunir-nos novamente, senhor chefe de despacho — disse, com uma inclinação de cabeça, sorrindo deferentemente e assinalando uma poltrona que estava junto ao leito.

— Infelizmente, não posso ficar senão alguns minutos — declarou cordialmente o chefe de despacho, enquanto se sentava na poltrona e olhava seu relógio —; os assuntos de justiça esperam por mim. Em todo caso, não quero deixar passar a ocasião de conhecer a um amigo de meu amigo.

Fez uma ligeira inclinação de cabeça em direção ao tio de K., que parecia muito satisfeito por conhecer esse novo personagem, mas que devido à sua natureza especial não pôde exprimir seus sentimentos senão acompanhando as palavras do chefe de despacho com um riso ruidoso e incômodo. Feio espetáculo esse! K. podia observar tudo com calma, pois ninguém se preocupava com ele; o chefe de despacho em seguida tomou à sua conta a conversação, o que parecia ser nele um costume, enquanto o advogado, cuja aparente fraqueza talvez tivesse por finalidade apenas afastar logo os novos visitantes, escutava com atenção, mantendo a mão junto ao ouvido, e o tio, que segurava na mão a vela (movia-a sobre os seus músculos, sem que o advogado deixasse de contemplar com inquietação essa operação), logo ficou livre de todos os seus cuidados e entregou-se inteiramente à admiração que lhe despertava o modo de falar do chefe de despacho, assim como os suaves e ondulantes gestos com que acompanhava suas palavras. K., que se apoiava em um ferro da cama, ficou, talvez até intencionalmente, imerso no discurso do chefe de despacho, de modo que somente fez o papel de ouvinte desses velhos senhores. Além do mais, mal percebia de que estava falando aquele homem, pois pensava na enfermeira e no tratamento grosseiro que lhe dera seu tio, ou então se perguntava se já não tinha visto antes o chefe de despacho. Talvez até naquela assembleia da primeira vista de sua causa, se não se enganava muito, esse homem podia ter sido um dos anciãos que se encontravam nas primeiras filas da assembleia e que se acariciavam as barbas ralas.

De súbito, ouviu-se no vestíbulo um ruído como de porcelanas que se quebram; todos se puseram a ouvir.

— Irei ver o que aconteceu — disse K., dirigindo-se lentamente para a porta como se quisesse dar tempo ainda aos outros de impedi-lo. Apenas entrou no vestíbulo, procurando orientar-se na obscuridade que ali reinava, sentiu que sobre a sua mão, que ainda segurava a vela, pousava-se outra, muito menor do que a sua, que o obrigou a fechar a porta. Era a enfermeira que estivera ali esperando.

— Não é nada — disse ela, com um sussurro —; simplesmente atirei um prato contra a parede para fazer que você viesse.

K., perturbado, exclamou:

— Eu também pensava em você.

— Pois tanto melhor — disse a moça —; venha comigo.

Depois de dar uns passos chegaram diante de uma porta de vidro esmerilhado que a enfermeira abriu diante de K.

— Entre aqui — disse.

Essa sala era, evidentemente, o escritório do advogado; a julgar pelo que se podia ver à débil luz da lua, que iluminava apenas uma pequena parte quadrada do pavimento junto a três grandes janelas, estava provida de muitos móveis pesados e antigos.

— Venha aqui — disse a enfermeira, assinalando uma arca escura de madeira entalhada. Antes de sentar-se K. examinou ao redor a sala. Tratava-se de um quarto alto e espaçoso onde sem dúvida os clientes do defensor dos pobres teriam que se supor perdidos. K. julgou ver os visitantes que se aproximavam com passinhos curtos do enorme escritório. Mas depois se esqueceu de tudo isso e apenas teve olhos para a jovem que se sentara muito junto dele e que quase o apertava contra os braços do assento de madeira.

— Pensei — disse a enfermeira — que você mesmo viria ver-me sem que eu precisasse chamá-lo. É curioso; quando entrou não deixava de olhar-me e depois me faz esperar. Chame-me apenas de Leni — acrescentou rapidamente e sem transição, como se quisesse aproveitar ao máximo o tempo que deveria durar aquela conversação.

— Com muito prazer — disse K. —; mas o curioso de minha atitude ao qual você acaba de se referir, Leni, é contudo fácil de explicar. Em primeiro lugar, tinha forçosamente de estar ali escutando os discursos daqueles senhores, de modo que não podia abandonar a sala sem motivo; em segundo lugar, não sou nem um pouco descarado, porém antes sou tímido e, para dizer a verdade, você mesma, Leni, não parece agora a mesma de antes.

— Não é isso — disse Leni, apoiando o braço sobre o assento e olhando fixamente K. —; o caso é que não gostei de você e que provavelmente gosto muito menos agora.

— Gostar seria dizer pouco — disse K., com precaução.

— Oh! — exclamou a jovem, sorrindo, pois em virtude da observação de K. e dessa pequena exclamação ganhara certa superioridade sobre ele. Por isso K. guardou silêncio um instante. Como já se tinha habituado à penumbra da sala, podia distinguir agora os diversos pormenores de sua disposição e mobília. Especialmente lhe chamou a atenção um grande quadro que pendia à direita da porta. Aproximou-se dele para poder vê-lo melhor; representava um homem vestido com a toga de juiz, sentado em um elevado assento ornamentado, cujas numerosas molduras douradas se destacavam vigorosamente do quadro. O curioso disso estava em que a atitude daquele juiz não era a do magistrado sentado com dignidade e calma em seu setial, mas que aquele homem apoiava o braço esquerdo firmemente no encosto e em um dos braços de sua poltrona e mantinha o direito completamente solto, enquanto apenas a mão apanhava o braço do setial como se o personagem fosse saltar dali com um vivo movimento, talvez cheio de indignação, para declarar alguma coisa decisiva ou então para pronunciar a sentença. Podia-se imaginar que o acusado se encontrava ao pé da escadinha cujos degraus superiores, cobertos por um tapete amarelo, eram vistos no quadro.

— Talvez seja este o meu juiz — disse K., apontando com o indicador a tela.

— Eu o conheço — declarou Leni, olhando também o quadro. — Vem por aqui frequentemente. Está claro que esse retrato foi feito em sua juventude, mas a verdade é que nunca pôde parecer-se muito com o homem deste quadro porque é muito pequeno. Contudo, fez-se representar como se fosse um homem de elevada estatura porque é insensatamente vaidoso, como todos os que estamos aqui. Eu também sou vaidosa e não me satisfaz nada o fato de não apreciar você.

Em resposta a esta última observação, K. limitou-se a abraçar Leni, atraindo-a para si; então ela apoiou quietamente a cabeça no ombro de K. No tocante ao resto, porém perguntou K.:

— Qual é a hierarquia desse juiz?

— É juiz de instrução — retrucou a jovem, segurando a mão de K., que a tinha abraçado, e pondo-se a brincar com os seus dedos.

— Sempre juízes de instrução! — disse K., decepcionado. — Os funcionários superiores se escondem. Contudo, este está sentado em um grande setial.

— Tudo isso não passa de um artifício — explicou Leni, inclinando o rosto sobre a mão de K. —; na realidade, está sentado em uma cadeira de cozinha sobre a qual se estendeu dobrada uma velha manta de cavalo. Mas será que você não pode deixar de pensar em seu processo? — acrescentou depois, lentamente.

— Não, de modo algum — respondeu K. — Provavelmente até penso muito pouco nele.

— Não é esse o erro que você comete — declarou Leni. — Segundo me informei, você é excessivamente inflexível.

— Quem lhe disse isso? — perguntou K., que nesse momento sentiu junto ao seu peito o corpo da jovem; ficou um instante contemplando seu abundante cabelo escuro firmemente preso.

— Seria dizer-lhe muito — respondeu Leni. — Rogo-lhe que você não me pergunte nomes. Limite-se a corrigir seus erros; não seja tão inflexível porque ninguém pode defender-se contra esta justiça; é preciso confessar tudo. Não deixe portanto de fazer uma confissão na próxima oportunidade que se apresente; apenas depois ser-lhe-á dada a possibilidade de escapar-se, apenas depois. Contudo, tampouco isso é possível sem a ajuda alheia; mas não precisa preocupar-se a esse respeito porque eu mesma lhe prestarei essa ajuda.

— Vejo que você sabe muitas coisas desta justiça e das fraudes que é necessário utilizar obrigatoriamente aqui — disse K., erguendo-a e sentando-a em seu colo, pois que a jovem se apertava excessivamente contra ele.

— Assim está bem — retrucou Leni, endireitando-se sobre os joelhos de K. enquanto alisava o guarda-pó e a blusa. Depois, abraçando-se ao pescoço de K. com ambas as mãos e atirando sua cabeça para trás, olhou-o longamente.

— E se não confessar, você não me poderá ajudar? — perguntou K., procurando tomar conhecimento da verdadeira situação.

"Estou conseguindo ajuda da parte das mulheres", pensava K., maravilhado; "primeiro foi a senhorita Bürstner, depois a mulher do porteiro dos tribunais e por fim agora a enfermeira que parece ter uma incompreensível necessidade de mim. E como está sentada em meus joelhos, como se este fosse o único lugar que lhe pertença!"

— Não — respondeu Leni, movendo lentamente a cabeça —; não podia ajudá-lo. Mas você de modo algum deseja a minha ajuda. Ela não lhe interessa; você é obstinado e não se deixa persuadir por ninguém. Tem alguma amante? — perguntou, depois de uma pequena pausa.

— Não — retrucou K.

— Oh, sim! — replicou ela.

— Pois sim — admitiu K. —, mas lembre-se de que eu já reneguei a ela embora leve comigo sua fotografia.

Cedendo aos pedidos de Leni, mostrou então a fotografia de Elsa; a enfermeira, encolhida sobre o colo de K., observou o retrato. Tratava-se de uma fotografia instantânea tirada no momento em que Elsa terminava uma de suas saracoteantes danças que costumava apresentar na taberna onde servia como camareira; suas saias estavam ainda erguidas, flutuantes, por causa do último giro da dança; mantinha as mãos firmemente apoiadas nos quadris e olhava risonha, com o pescoço estirado, para um lado; no retrato não se podia ver a pessoa com quem a moça estava rindo.

— Usa um corpete demasiadamente justo — disse Leni apontando aquela parte em que, a seu critério, se percebia tal coisa —; não me agrada. É grosseira e estúpida. Contudo, com você talvez seja suave e carinhosa, coisas que não se podem saber pela fotografia. Às vezes essas jovens fortes e grandes não são senão muito carinhosas e dóceis, mas acredita que se sacrificaria por você?

— Não — disse K. —, não é dócil nem carinhosa, nem tampouco se sacrificaria por mim. Até agora nunca lhe pedi nem uma coisa nem outra; e, ainda mais, nem mesmo olhei para este retrato com tanta atenção como você.

— Quer dizer, pois, que não lhe importa muito — exclamou Leni —, e que muito menos a ama.

— É verdade — afirmou K. —, não volto atrás no que eu digo.

— E mesmo sendo sua amante — disse Leni —, certamente você não lamentaria muito perdê-la ou trocá-la por alguma outra, por exemplo, comigo.

— Certamente — disse K., sorrindo —, é uma ideia que poderia ser considerada; apenas que ela possui uma grande vantagem sobre você, pois ignora tudo a respeito de meu processo, e mesmo quando sou esse algo não pensaria nisso. Muito menos tentaria de qualquer maneira persuadir-me para que me entregue.

— Isso não constitui nenhuma vantagem — replicou Leni —; se é que não possui nenhuma outra, não me intimido. Tem, por exemplo, algum defeito físico?

— Um defeito físico? — perguntou K.

— Sim — disse Leni —; eu tenho um muito pequeno. Olhe.

Então, estendendo os dedos médio e anular da mão direita, mostrou uma pele unindo os dois até a articulação superior do anular como se fosse uma membrana. Na obscuridade da sala K. não percebeu imediatamente o que ela queria mostrar-lhe; por isso a jovem pegou-lhe na mão e guiou-a para que apalpasse.

— Que capricho da natureza! — exclamou K. e acrescentou depois de ter contemplado toda a mão: — Que formosa garra!

Leni observava com uma espécie de orgulho K., que não cessava de admirar e de separar e de juntar aqueles dois dedos; por fim, beijando-os ligeiramente, deixou-os em liberdade.

— Oh! — exclamou a jovem em seguida. — Você me beijou!

E então, com a boca aberta, se encarrapitou de joelhos sobre o colo de K. Este a olhava desconcertado, quase; agora que a tinha tão próximo percebia um odor amargo, excitante, como de pimenta; Leni segurou-lhe a cabeça que atraiu para si e depois, afastando-a um pouco, mordeu-o e beijou-o no pescoço; até no cabelo o mordeu.

— Agora você me tem no lugar da outra — exclamava de quando em quando. — Olhe, agora você me tem.

Estava nisto quando um de seus joelhos resvalou, e lançando um pequeno grito a jovem quase rolou sobre o tapete. K., que a abraçou para segurá-la, foi arrastado depois na queda.

— Agora me pertences — disse Leni.

— Aqui tens a chave da casa. Vem ver-me quando quiseres.

Tais foram suas últimas palavras, e quando K. ia embora ela ainda conseguiu beijá-lo vagamente na nuca. Ao chegar à porta da casa, K. comprovou que caía uma chuva miúda. Quis chegar até o meio da calçada para ver se ainda lhe era possível contemplar Leni na janela, mas nesse momento atirou-se de um automóvel que estava parado em frente à casa, e que K. em sua distração não tinha visto, seu tio, o qual, segurando-o por um braço, levou-o violentamente outra vez à porta da casa como se pretendesse fixá-lo ali com pregos.

— Mas, rapaz — exclamou —, como pudeste fazer tal coisa? Puseste a perder lamentavelmente tua causa que ia por bom caminho. Partes com uma coisinha insignificante e suja, que além do mais é evidentemente a amante do advogado, e ficas horas inteiras com ela. Não procuras nenhuma desculpa; não escondes nada; não, tudo fazes abertamente, partes atrás dela e ali ficas. Enquanto isso, estamos ali sentados teu tio que tanto se preocupa por ti, o advogado, cujas simpatias seria preciso conquistar, e o chefe de despacho; sim, especialmente este senhor tão importante que, no estado atual de teu processo, é precisamente quem o resolve de uma vez. Estávamos procurando auxiliar-te; eu de minha parte tenho de tratar com muita prudência o advogado; este, por sua vez, ao chefe do despacho, e tu terias, pelo menos, diante de tudo isso, que te submeteres ao que eu dissesse. Em vez de proceder assim, partes. Por fim, tua ausência já não pode dissimular-se por mais tempo; evidentemente, são homens corteses, hábeis, não falam disso, tratam-me com consideração e finalmente também eles não se podem controlar mais e, como não querem falar da coisa, calam-se; e ali ficamos calados minutos inteiros escutando o menor ruído para ver se tu voltas. Mas tudo foi em vão. Por último, o chefe do despacho, que tinha ficado ali muito mais tempo do que desejara, levantou-se, despediu-se de nós (ostensivamente lamentava não me poder ajudar), esperou ainda bastante tempo junto à porta por uma amabilidade verdadeiramente incrível, e depois se foi. Certamente eu me senti feliz por se ir porque já me estava faltando o ar para respirar. Tudo isso afetou ainda mais profundamente o advogado enfermo; esse excelente homem já nem sequer podia falar quando me despedi dele. Pelo visto, o alquebraste de uma vez e com isso aceleras a morte de um homem de quem dependias. Quanto a mim, teu tio, me deixas aqui no meio da chuva (toca-me, estou completamente molhado) esperando durante horas e deixando que me atormente com mil conjeturas.

❖

CAPÍTULO VII

O advogado. O fabricante. O pintor

Uma manhã de inverno – fora caía a neve em meio de uma luz acinzentada – K. estava sentado em seu escritório e, apesar da hora matutina, achava-se extremamente fatigado. Para livrar-se ao menos da presença dos empregados subalternos, encarregara o ordenança que não permitisse entrar ninguém no escritório, alegando que estava afogado de trabalho. Mas, em vez de trabalhar, K. não cessava de se mover na poltrona e de mudar de lugar lentamente alguns objetos que havia sobre a escrivaninha; depois os deixou e, sem se aperceber, estendeu todo o braço sobre a mesa e permaneceu imóvel com a cabeça baixa.

Os pensamentos relativos a seu processo não o abandonavam um instante. Já muitas vezes tinha meditado se não seria conveniente redigir um escrito de defesa para ser apresentado à justiça. Faria nele uma breve descrição de sua vida até esse momento, e em cada fato que pudesse assumir alguma importância explicaria as razões pelas quais tinha agido de uma determinada maneira; também julgaria as suas ações de acordo com seu modo atual de pensar e admitiria ou rechaçaria isto ou aquilo, analisando os motivos pelos quais havia sido induzido a agir de tal ou tal maneira. Eram indiscutíveis as vantagens que apresentava um escrito de defesa semelhante em face daquele dos advogados que, além do mais, nem sempre eram irrepreensíveis. K. não sabia absolutamente nada do que o advogado fizera; havia um longo mês não o chamava ao seu escritório, mas a verdade era que, nem sequer nas entrevistas anteriores que tivera com K., este havia recebido a impressão de que aquele homem pudesse fazer algo por ele. Em primeiro lugar, não lhe havia perguntado quase nada. E contudo havia tantas coisas que seria preciso perguntar! As perguntas eram o principal. K. sentia ele mesmo quão necessário era no caso formular perguntas. O advogado, em troca, em lugar de perguntar falava ele mesmo ou então permanecia sentado e mudo diante de K. inclinando-se um pouco sobre a escrivaninha, provavelmente pelo fato de que era um pouco surdo, acariciava a barba e não cessava de olhar o tapete, talvez exatamente no lugar em que estiveram deitados K. e Leni. De quando em quando fazia a K. vagas advertências, como se estivesse falando a uma criança. Por discursos tão inúteis quanto aborrecidos não pensava pagar K. nem um quarto, chegado o momento de fazer as contas. Uma vez que o advogado julgava tê-lo humilhado suficientemente, tinha o costume de reanimá-lo um pouco. Dizia em tais ocasiões que já havia ganho total ou parcialmente muitos processos idênticos. Processos que se bem na realidade não fossem, talvez, tão difíceis quanto este, exteriormente, ao menos, pareciam ainda mais desesperados. Aqui na gaveta — e então golpeava uma gaveta da escrivaninha com a mão — tinha cópias desses processos, apenas que, desgraçadamente, por tratar-se de segredos profissionais, não podia mostrar a K. tais expedientes. Não obstante isso, não deixaria de favorecê-lo, certamente, a grande experiência que o advogado adquirira no curso daqueles processos. Naturalmente pusera-se a trabalhar em seguida no de K., de modo que o primeiro escrito já estava quase definitivamente redigido. Esse primeiro escrito era muito importante porque quase sempre a primeira impressão que a defesa produzia determinava todo o curso do processo. Infelizmente, tinha que prevenir K. que muitas vezes acontecia que de modo algum liam tais escritos. Limitavam-se simplesmente a colocá-los em pastas, pois se considerava que momentaneamente as declarações do acusado nos interrogatórios eram muito mais importantes que tudo quanto pudesse ser escrito. Acrescentava-se, se o peticionário insistia, que antes da sentença definitiva, quando se tivesse reunido todo o material, quer dizer, quando se tivesse composto todo o expediente da causa, seria examinado também esse primeiro pedido. Infelizmente, porém, na maioria dos casos isto não era certo porque de ordinário esse primeiro escrito ficava de lado ou então completamente esquecido; e mesmo quando chegasse a ficar até o fim nas pastas, como o advogado chegara a saber, claro está que unicamente por rumores, era apenas lido. Tudo isto era na verdade lamentável, e muito, mas não estava completamente sem justificação. K. não devia deixar de tomar em consideração que o inquérito não era público; ainda que a justiça alguma vez julgasse necessário fazê-lo público, a lei não prescrevia tal publicidade. De modo que os expedientes da justiça e, especialmente, o escrito de acusação, eram inacessíveis para o acusado e seu defensor, o que fazia com que não se soubesse em geral ou ao menos com precisão a quem se devia dirigir a primeira demanda; por isso, para dizer a verdade, apenas por um feliz acaso esse primeiro escrito podia conter algo que realmente conviesse à causa. Só muito depois podiam ser apresentados escritos acertados que contivessem argumentações atinentes ao caso, quando, no curso das declarações do acusado, as perguntas que se lhe formulavam revelavam com alguma claridade ou então permitiam adivinhar de que coisas era acusado e os motivos em que se fundamentava a acusação. Certamente, em tais ocasiões, a defesa se achava em uma situação muito desfavorável e difícil; mas também isto era deliberado, porque no fundo a lei não admitia nenhuma defesa, mas tão somente a tolerava e até pareceria perguntar-se se verdadeiramente não seria mister pôr em tela de juízo aqueles pontos dos códigos segundo os quais teria ao menos de admitir a defesa. De modo que num sentido rigoroso não existia nenhum advogado reconhecido pela justiça; todos os advogados que atuavam nas esferas judiciais não eram no fundo, pois, mais do que simples rábulas. Naturalmente esta disposição desonrava muito todo o grêmio; quando K. acudisse na próxima vez às secretarias dos tribunais, não teria de ver para convencer-se disso senão a sala de espera destinada aos advogados. Sem dúvida, ficaria espantado com a quantidade de gente que ali se reunia. Já o próprio recinto, estreito e baixo, que se lhes destinara, revelava o desprezo que a justiça tinha por eles. Essa sala recebia luz apenas por uma janelinha colocada tão alto que quando alguém queria olhar para fora por ela, lugar em que além disso recebia o fumo de uma chaminé cuja fuligem sujava o rosto, era preciso a ajuda de um colega para sustentar-se sobre seus ombros. No chão desse recinto — apenas para dar um exemplo das condições em que se encontrava — havia fazia mais de um ano um buraco, não tão grande que por ele pudesse despencar-se um homem, e sim o suficiente para que pudesse meter-se inteiramente por ele uma perna. Como a sala de espera dos advogados estava no segundo andar da água-furtada, quando alguém punha a perna nesse buraco esta pendia pelo teto do primeiro andar do desvão, e, o que era pior, exatamente sobre o corredor onde esperavam as partes. Não era portanto exagero chamar de ignominiosa a situação em que se encontravam os advogados. As gestões que se fizeram para dar remédio a ela não tinham alcançado o menor êxito; além do mais, estava terminantemente proibido aos advogados, mesmo quando o fizessem por sua própria conta, modificar em nada esta sala. É certo que este tratamento dado aos advogados tinha os seus motivos. A justiça procurava assim anular o mais possível a defesa para que o acusado fizesse tudo por si. No fundo, não era esse um ponto de vista mau; contudo, constituiria um grande erro concluir disso que nessa justiça os advogados não prestavam necessariamente nenhum serviço ao acusado. Pelo contrário, em nenhuma outra justiça poderiam ser tão necessários como nesta; efetivamente, o juízo em geral não somente era secreto para o público, mas também para o acusado; claro que somente na medida em que isto fosse possível, mas aqui o era em muito grande medida. Além disso, o acusado não podia olhar os expedientes, e era muito difícil estabelecer pelos interrogatórios o que haveria assentado nas atas, dificuldade esta ainda maior para os acusados que se encontravam distraídos e perturbados por toda espécie de preocupações. E ali era que intervinha a defesa. Em geral, não se permitia aos defensores assistir aos interrogatórios, mas depois destes, e possivelmente no momento mesmo de sair o acusado da sala de sessões, tinham de abordá-lo para inteirar-se do assunto, meio de informação as mais das vezes muito confuso para a defesa. Mas não era isso o mais importante, pois não era muito o que se podia saber desse modo, embora naturalmente também ali, como em qualquer outra parte, um profissional hábil pode tirar a limpo mais do que outros. O realmente importante, apesar de tudo, estava nas relações pessoais do advogado. Nelas estava todo o valor da defesa. Pois bem, como K. já o comprovara por experiência própria, a organização inferior da justiça não era inteiramente perfeita; havia empregados esquecidos de seus deveres e venais que representavam de certo modo lacunas na rigorosa ordenação da justiça; e essas lacunas eram as que aproveitavam muitos advogados; subornavam a alguém, espiavam; sim, e até, ao menos em tempos passados, se tinham registrado casos de roubos de expedientes. Não se podia negar que desse modo alguns advogados obtinham, ao menos no momento, resultados surpreendentemente favoráveis para o acusado, com o que se envaideciam até pequenos rábulas que conseguiam assim novos clientes; mas, no que diz respeito ao caso ulterior do processo, aquilo nada significava ou, pelo menos, nada de bom. O decisivo, o que tinha verdadeiro valor, eram unicamente as relações pessoais, especialmente com funcionários superiores, com o que, certamente, o advogado entendia referir-se apenas aos funcionários superiores da hierarquia inferior; ninguém senão eles podia influir no curso do processo, se bem que a princípio apenas de um modo imperceptível, mas depois de maneira cada vez mais clara. Certamente, isto era algo com que apenas poucos advogados contavam, de modo que a escolha que K. havia feito era muito acertada. Talvez um ou dois advogados poderiam exibir relações como as que tinha o doutor Huld; certamente tais relações não prestavam a menor atenção a todos aqueles advogados que acorriam à sala da água-furtada, nem nada tinham a fazer com eles. Em troca essas amizades tinham estreitas relações com os funcionários da justiça. Muito menos era sempre necessário que o doutor Huld fosse aos tribunais para aguardar na antessala dos juízes da instrução a problemática aparição destes, perseguindo em suas gestões um êxito que era além de tudo apenas aparente e regulado pelo capricho dos juízes. Não, o próprio K. tivera ocasião de ver como funcionários de elevada hierarquia acudiam eles mesmos a informar o doutor Huld abertamente ou pelo menos a dar-lhe indícios que podiam ser interpretados facilmente sobre o curso que seguiria algum processo; ainda mais, até em certas ocasiões se deixavam convencer por ele e adotavam gostosamente seu ponto de vista pessoal; está claro que era preciso não confiar demasiado neles quando afirmavam que estavam de acordo, pois, por mais decididamente que tivessem expressado que aceitavam essa opinião favorável à defesa, iam talvez diretamente à sua secretaria e dispunham para o dia seguinte tudo em contrário, providência talvez muito mais severa para o acusado do que se tivesse continuado em seu anterior ponto de vista, o qual, segundo vinham de afirmar, tinham abandonado. Certamente nada se podia fazer contra isso, visto que o que se tinha dito a sós e sem testemunhas apenas se disse a sós e sem testemunhas, e portanto não admitia nenhuma manifestação pública mesmo quando a defesa já não estivesse interessada em seguir mantendo o favor desses senhores. Por outro lado, era certamente exato afirmar que não apenas por filantropia ou por sentimentos de amizade esses senhores tinham interesse em manter relações com a defesa (naturalmente quando se tratava de uma defesa responsável e competente), mas porque em certo sentido também eles eram instruídos pelos defensores. Precisamente nisto se manifestariam as falhas da organização judicial em vigor que, desde o princípio, postulava o segredo da justiça. Os funcionários não tinham contato com o público; isto, nos processos ordinários comuns, não era de maior importância visto que em tais casos o processo se desenrolava quase por si mesmo, de um modo automático, de maneira que apenas precisavam intervir nele muito pouco; mas diante dos casos extremamente simples, assim como diante dos particularmente difíceis, ficavam com frequência perplexos, pois por permanecer continuamente enrascados dia e noite em suas leis não chegavam a conhecer exatamente o caráter das relações humanas, pelo que se encontravam em grandes dificuldades para resolver tais casos. Era então quando recorriam aos advogados em busca de conselho, levando atrás deles um ordenança carregado daqueles expedientes que eram tão secretos. Junto àquela janela que K. estava vendo, podia ter encontrado muitos senhores cuja presença ali o surpreenderia muito; ficavam olhando a rua com expressão de perplexidade e desconcerto, enquanto o advogado estudava sentado em sua escrivaninha os expedientes para poder dar-lhes um bom conselho. Além do mais, era nessas circunstâncias quando se podia comprovar até que ponto pouco usual tomavam a sério sua profissão esses senhores, e até que ponto caíam em grande desespero quando apareciam obstáculos que pela sua natureza não podiam superar. O posto que ocupavam não era fácil de se desempenhar, e verdadeiramente se cometeria uma injustiça contra eles se se considerasse que assim o era. A ordem hierárquica e os diferentes graus da justiça eram infinitos, pelo que nem mesmo os membros dela os conheciam com precisão. Os inquéritos que se realizavam nas cortes de justiça eram secretos, em geral, também para os funcionários de hierarquia inferior, os quais apenas podiam compreender o distante curso ulterior que tomariam os assuntos nos quais estavam trabalhando, de modo que as causas judiciais entravam na órbita de sua jurisdição sem que eles mesmos chegassem a saber, na maioria das vezes, de onde vinham nem aonde iriam. Sendo assim, a estes funcionários fugiam-lhes os ensinos que se podiam obter do estudo de todas as fases individuais de um processo, da sentença final e de seus fundamentos. Não podiam senão intervir naquela parte do processo que a lei lhes prefixava expressamente, de modo que conheciam o curso ulterior que o processo tomava, quer dizer, o resultado de seu próprio trabalho, menos do que a defesa, a qual em troca quase por regra geral continuava mantendo relações com o acusado até o fim do processo. De modo que também neste sentido os funcionários podiam aprender muitas coisas valiosas da defesa. K. não precisava surpreender-se — portanto, se considerava tudo isso — com o caráter irritável dos funcionários que, muitas vezes, se manifestava de um modo ofensivo para as partes. Todo acusado tivera ocasião de o sentir. Todos os funcionários estavam irritados ainda quando pareciam serenos. Naturalmente, eram os advogadozinhos insignificantes os que mais sofriam as consequências disso. Por exemplo, contava-se a seguinte história que tinha todas as aparências de verdade. Um ancião funcionário, homem bom e tranquilo, tivera de estudar uma difícil causa judicial que tomara um rumo incerto por causa principalmente das gestões dos advogados; estudara-a ininterruptamente durante todo o dia e toda a noite — porque efetivamente esses funcionários são laboriosos como nenhum outro.

Pois bem, pela manhã, depois de 24 horas de trabalho, provavelmente não muito produtivo, foi-se à porta de seu escritório e mantendo-se ali atirou pelas escadas abaixo todos os advogados que queriam entrar nos tribunais. Estes se reuniram ao pé da escada para deliberar sobre o que seria mister fazer; por uma parte não podiam propriamente queixar-se do funcionário, pois legalmente careciam de qualquer direito para iniciar ação contra ele; além disso, como já ficou dito, tinham de evitar perderem os favores dos empregados de justiça. Por outro lado, era dia perdido todo dia que aqueles advogados não passavam nos tribunais, de modo que estavam muito interessados em entrar. Por fim, resolveram fazer algo destinado a cansar aquele ancião. Um advogado subia pela escada, chegava até a porta do escritório e resistindo lá em cima o mais que podia, claro está que apenas se tratava de uma resistência passiva, deixava-se por fim lançar escadas abaixo, onde era recebido pelos seus colegas; e isto repetidamente. A coisa durou cerca de uma hora. Então o ancião funcionário, que já estava esgotado por causa da noite que passara trabalhando, acabou por cansar-se realmente e por voltar a seu escritório. Os de baixo não queriam acreditar nisso; por isso enviaram ainda, antes de aventurar-se, outro advogado, para que, passando para trás da porta, confirmasse se realmente o caminho estava livre. Apenas depois de ter-se certificado disso subiram, e provavelmente nem mesmo ousavam murmurar. Pois os advogados — mesmo o mais insignificante — não podiam prescindir, pelo menos em parte, das relações com os funcionários — estavam muito longe de pretender introduzir na justiça qualquer melhora ou de travar sua ação, enquanto — e isto era muito significativo — quase todos os acusados — mesmo os mais simples — apenas se viam envolvidos no processo já pensavam em propor melhoras, com o que perdiam tempo e energias que poderiam ser aplicadas com muito maior vantagem na consideração de outras questões. A única coisa que se deveria fazer era acomodar-se à situação tal como se apresentava. Mesmo quando fosse possível melhorar alguns pormenores — o que, porém, era uma louca ilusão — no melhor dos casos apenas se teria obtido algo que poderia valer para os futuros processos enquanto o sujeito se teria prejudicado incalculavelmente ao chamar sobre si a especial atenção dos funcionários e despertar neles um rancoroso desejo de vingança. Não! Era preciso não chamar a atenção! Era preciso comportar-se com serenidade mesmo quando se estivesse a ponto de ficar louco. Era necessário procurar compreender que esse grande organismo de justiça era de certo modo eterno em suas flutuações, que se alguém pretendia mudar nele alguma coisa era como tirar-se ele próprio o solo de sob os seus pés e que ele mesmo é que se precipitava na queda enquanto o grande organismo, vendo-se apenas muito ligeiramente afetado por isso, conseguiria facilmente uma peça de reposição (sempre dentro de seu mesmo sistema) e permaneceria imutável se não acontecia que — e isto era até o mais verossímil — se tornava ainda mais fechado, ainda mais atento a tudo quanto acontecia, ainda mais severo, ainda pior. De modo que o que se tinha de fazer era abandonar todo o trabalho nas mãos do advogado em vez de molestá-lo com reprimendas. As censuras não aproveitavam certamente grande coisa, especialmente quando se tornava impossível fazer compreender aos clientes em toda a sua significação os motivos da conduta que se seguia; contudo, neste caso seria mister fazer compreender a K. quanto havia prejudicado sua causa o comportamento que tivera diante do chefe do despacho, já que teria sido necessário riscar da lista de pessoas que poderiam fazer algo no processo de K. esse homem tão influente. Com intenção bastante clara, fazia como que não escutar nem mesmo as mais fugazes alussões a esse processo. Porque em muitas coisas a verdade era que os funcionários se comportavam como crianças. Frequentemente as miudezas mais insignificantes, entre as quais infelizmente não se podia incluir o procedimento de K., os feriam de tal modo que até deixavam de falar com os que verdadeiramente eram bons amigos, afastavam-se deles se os encontravam em sua passagem e faziam todo o possível para agir contra os seus interesses. Depois acontecia, porém, ocorrer que de modo surpreendente e sem motivo que o justificasse, em virtude de alguma pequena brincadeira, que as pessoas se arriscava a fazer apenas em vista da situação desesperada, rompiam a rir e se reconciliavam. Era, portanto, ao mesmo tempo difícil e fácil tratá-los. A este respeito quase não se podia ater ninguém a um princípio. Às vezes admirava-se alguém de que somente uma existência pudesse bastar para conseguir alguma vez êxito em um processo. É certo que havia momentos tristes, como aqueles que todo mundo tem, nos quais se acreditava não ter conseguido nada, absolutamente, nos quais a cada qual lhe parecia que obtivera êxito apenas em processos que desde o início estavam já predestinados a ter um bom fim e que mesmo sem auxílio do advogado teriam terminado como terminaram, enquanto outros estavam já perdidos de antemão e apesar de todos os esforços, apesar de toda habilidade e dos pequenos êxitos aparentes dos quais podia envaidecer-se. Então parecia-lhe que não podia mais estar certo de nada, e com respeito a determinadas questões não se ousaria negar que processos que, por sua natureza mesma, levavam um bom curso, tinham sido desviados dele exatamente pela intervenção dos advogados. É certo que de todos os modos ficava aos defensores uma espécie de confiança em si mesmos, mas isso era posteriormente a única coisa que lhes ficava. Esses ataques de desalento — porque naturalmente não se tratava senão de ataques — ameaçavam principalmente os advogados quando repentinamente lhes arrancavam das mãos um processo que tinham conduzido por muito tempo e do qual se diziam satisfeitos. Isto era sem dúvida o que de pior podia acontecer a um advogado. Está claro que não eram os acusados os que lhe arrebatavam o processo; isso certamente nunca acontecia; um acusado que escolheu já uma vez um determinado advogado tinha de ficar com ele acontecesse o que acontecesse. Além disso, tendo pedido ajuda uma vez, como poderia depois arrumar-se sozinho? Não era portanto esta uma situação que se pudesse verificar, e sim podia acontecer muitas vezes que o processo tomasse um rumo no qual o advogado não pudesse já seguir seu cliente. Então separava-se simplesmente o advogado do processo, do acusado e de todo o assunto; já aqui as melhores relações que se mantivessem com os funcionários não poderiam ajudar porque eles mesmos nada sabiam. Queria dizer que o processo entrara em uma fase em que nenhuma ajuda podia já favorecê-lo, em que trabalhavam nele cortes de justiça inacessíveis, em que o acusado já não era tampouco acessível ao advogado. Chegava-se então à sua casa e se encontravam sobre a escrivaninha todos os numerosos escritos que se tinha redigido com tanto trabalho e com tantas esperanças postas nessa causa; eram simplesmente devolvidos porque na nova fase do processo não podiam ter lugar; de modo que não eram mais do que pedaços de papel sem nenhum valor. Isso de modo algum significava que se tinha perdido o processo. Não, em absoluto. Ao menos, não havia nenhum motivo decisivo para dar fundamento a esta suposição; o que acontecia era simplesmente que já não se sabia de nada do processo e que tampouco se saberia também absolutamente nada dele. Pois bem, felizmente esses casos eram excepcionais, e, mesmo que o processo de K. pudesse chegar a ser um desses, pelo momento estava ainda muito distante de achar-se em tal fase. Sim, este processo oferecia ainda abundantes ocasiões para que o advogado pudesse intervir, e K. bem podia ter a certeza de que ele as aproveitaria. Como já lhe havia informado, a demanda ainda não estava definitivamente redigida, coisa que entretanto não urgia muito; mais importante, em troca, eram as conversações preliminares com os funcionários adequados, conversações que certamente já tinham ocorrido, embora com êxito diverso, como era preciso confessá-lo francamente. Pelo momento, era muito melhor não revelar pormenores, porque eles somente poderiam influir em K. desfavoravelmente ao fazê-lo conceber demasiadas esperanças ou demasiados temores; melhor era que se contentasse com saber que muitos daqueles funcionários se tinham manifestado muito favoravelmente à causa e dispostos a colaborar, enquanto outros se tinham mostrado menos favoráveis, mas de modo algum haviam recusado totalmente sua ajuda. De modo que em geral o assunto apresentava aspecto muito bom, apenas era preciso abster-se de tirar disso uma conclusão definitiva, visto que todas as gestões preliminares desse gênero começavam sempre do mesmo modo, e unicamente o desenvolvimento ulterior da causa podia revelar o valor exato que tiveram tais negociações. Em todo caso, nada se perdera, e mesmo quando ainda não se tinha conseguido voltar a ganhar, apesar de tudo, as simpatias do chefe do despacho — o advogado havia já realizado diferentes gestões para tal fim —, todo esse assunto se apresentava — como dizem os cirurgiões — como uma ferida limpa, de modo que era possível esperar com confiança o que se seguiria.

O doutor Huld era inesgotável nestes ou em idênticos discursos que repetia em cada uma das visitas que K. lhe fazia. Sempre anunciava que se tinham feito progressos, mas nunca podia comunicar que espécie de progressos fossem. Trabalhava continuamente na redação do primeiro escrito, o qual, porém, não estava ainda terminado, circunstância que depois, na seguinte visita de K., mostrava como uma grande vantagem, pois apresentar a demanda naquele momento, coisa que de maneira alguma se poderia ter previsto, teria sido pouco oportuno. Quando K., inteiramente enfastiado de tais discursos, fazia notar muitas vezes que, mesmo tendo em conta todas as dificuldades do caso, este progredia de todos os modos muito lentamente, o advogado retrucava que de maneira alguma o processo seguia um curso lento, mas que sem dúvida teria chegado já muito mais longe se K. tivesse procurado a defesa no momento oportuno. Desgraçadamente, não o fizera, e esta circunstância acarretaria muitas desvantagens não somente no que se referia ao tempo.

A única interrupção benéfica desses discursos era Leni, que sempre dava um jeito para levar o chá ao advogado quando K. se encontrava presente. Então a moça permanecia de pé atrás de K. — parecia olhar como o enfermo, com uma espécie de cobiça, se inclinava profundamente sobre a taça, derramava o chá e o bebia —, e segurava a furtadelas a mão de K. Nesses momentos reinava inteiramente o silêncio. O advogado bebia, K. apertava a mão de Leni, e Leni atrevia-se muitas vezes a acariciar com suavidade o cabelo de K.

— Estás ainda aqui? — perguntava o advogado depois de ter bebido seu chá.

— Queria retirar a vasilha — retrucava Leni; então estreitava ainda uma última vez a mão de K., e o advogado, tendo enxugado a boca, começava novamente a pronunciar seus discursos com forças renovadas.

Será que o advogado pretendia infundir-lhe esperanças ou desespero? K. não o sabia, mas não tardou em chegar à conclusão de que sua defesa não estava em boas mãos. Bem poderia ser que tudo o que o advogado dissera fosse certo, embora deliberadamente procurara atribuir-se o papel principal e que efetivamente nunca tivera a seu cargo um processo tão importante, a seu juízo, como o de K. Contudo, faziam-se suspeitas as suas contínuas alusões a suas relações pessoais com elevados funcionários. Será que, na realidade, tais relações se ocupariam exclusivamente do processo de K.? O advogado nunca se esquecia de fazer notar que apenas se tratava de funcionários subalternos, quer dizer, de funcionários que ocupavam postos inferiores e que por conseguinte certos trâmites que o processo tomara poderiam ser-lhes importantes para os efeitos de seu progresso na carreira. Será que, porventura, através da atuação do advogado, não conseguiriam precisamente que o processo tomasse tais trâmites frequentemente tão desfavoráveis para o acusado? Está claro que nem em todos os processos os funcionários agiriam desse modo; isso não era provável; haveria evidentemente muitos processos em cujo curso interviriam esses funcionários para favorecer à defesa, já que posteriormente também a eles lhes convinha conservar a boa fama do advogado. Agiriam, contudo, assim realmente no processo de K.? De que modo interviriam tais funcionários em um processo que, como o advogado o explicava, era sumamente difícil e por isso importante, e que desde o princípio mesmo havia despertado enorme atenção à justiça? Não podia haver nenhuma dúvida a respeito do que era preciso fazer. Já se via que o primeiro escrito não tinha sido apresentado; mesmo quando já fazia dois meses que durava o processo, este, segundo o que o advogado dizia, se encontrava em seu princípio; o procedimento era evidentemente muito adequado para fazer que o acusado dormisse e permanecesse inativo, para depois, de súbito, cair sobre ele com a sentença ou ao menos para fazê-lo conhecer um resultado desfavorável que levaria a investigação da causa a autoridades superiores.

Era absolutamente indispensável que o próprio K. interviesse. Exatamente quando se achava dominado por um grande cansaço, como nessa manhã de inverno em que sentia seu espírito falto de toda vontade, apossava-se dele essa certeza. Já não sentia o desprezo que antes sentira pelo processo. Se estivesse sozinho no mundo teria descuidado ligeiramente esse processo, no caso naturalmente de estar certo de que efetivamente existia. Mas agora já o seu tio o tinha relacionado com o advogado, e estavam em jogo considerações familiares. Sua situação já não era inteiramente independente do curso do processo; ele mesmo, fazendo caso omisso de qualquer precaução, falara, diante de conhecidos, com certo prazer realmente inexplicável; outras pessoas, por meios para ele desconhecidos, também se tinham inteirado. Suas relações com a senhorita Bürstner pareciam, assim como o processo, ter ficado em suspenso; em resumo, já não tinha a possibilidade de escolher entre aceitar o processo ou recusá-lo. Achava-se envolvido nele e tinha de se defender. Se estava cansado, tanto pior para ele.

Por certo, momentaneamente não havia nenhum motivo para alimentar exageradas preocupações. No banco havia sabido em um tempo relativamente curto conquistar a elevada posição que ocupava e, como todos o reconheciam, manter-se nela; era mister unicamente que agora utilizasse um pouco no processo essas faculdades que lhe tinham permitido atingir essa posição, de modo que não abrigava a menor dúvida de que sairia bem, afinal. Se queria conseguir algum resultado positivo, era necessário antes de tudo que eliminasse de antemão qualquer pensamento de uma possível culpabilidade. Não cometera nenhum delito. O processo não era outra coisa senão um grande negócio como aqueles que já frequentemente tinha ajustado com grande vantagem para o banco; um negócio em que, como era habitual em todo negócio, apareciam diversos riscos que era preciso sortear. Para conseguir tal propósito, em vez de entregar-se ao pensamento de alguma provável culpa, era certamente preciso manter-se aferrado o mais possível à ideia dos próprios interesses. Considerando o assunto desse ponto de vista, assim mesmo ainda era indispensável retirar quanto antes — e o melhor seria fazê-lo esta mesma tarde — ao advogado a faculdade que tinha de representá-lo. É certo que de acordo com as próprias manifestações do doutor Huld tratava-se de um fato inusitado e provavelmente muito ofensivo, mas K. não podia tolerar que seus empenhos para levar a bom termo o processo se encontrassem impedidos talvez pelas gestões de seu próprio advogado. Em troca, uma vez que tivesse tirado de sobre si o advogado, apresentaria imediatamente a demanda e todos os dias se apresentaria aos tribunais aborrecendo os funcionários para que o tomassem em consideração. Para conseguir isto, evidentemente não se contentaria K., como os demais, em permanecer sentado no corredor e colocar o chapéu debaixo do banco. Ele mesmo ou as mulheres amigas ou então outros enviados seus dia a dia estariam atrás dos funcionários para forçá-los a sentar-se em suas mesas e estudar ali o escrito de K. em vez de passarem o dia olhando para o corredor através do tapume de madeira. Não ia desistir de fazer todos os esforços tendentes a esse fim; tinha de organizar e vigiar tudo. Desta vez a justiça ia tropeçar com um acusado que saberia fazer valer seus direitos. Se bem que K. confiava levar a bom termo o processo, achou que a dificuldade de conceber e redigir o primeiro escrito era na verdade insuperável. Ainda uma semana antes não tinha pensado, senão com um certo sentimento de vergonha, na possibilidade de que fosse necessário que ele mesmo redigisse semelhante escrito; mas não lhe tinha ocorrido então que podia ser assim tão difícil fazê-lo. Recordava que uma manhã, em que precisamente se achava cansado de trabalhar, repentinamente tinha posto de lado todos os seus papéis e apanhado o lápis e um caderno de anotações, e procurara redigir o rascunho desse primeiro escrito para pô-lo talvez à disposição de seu lerdo advogado; mas nesse momento se tinha aberto repentinamente a porta de seu escritório, pela qual entrou o vice-diretor do estabelecimento rindo a grandes gargalhadas. O momento fora muito penoso para K., embora o vice-diretor não se risse, evidentemente, por causa da demanda que K. procurava redigir, da qual, além do mais, nada sabia, porém por causa de uma anedota de bolso que ele acabava de ouvir e que para compreender era mister ilustrar com um desenho; então o vice-diretor, tendo-se inclinado sobre a escrivaninha de K. e tendo apanhado da mão deste seu lápis, fez o desenho sobre a folha de papel destinada ao rascunho do escrito.

Agora K. não mais sentia nenhuma vergonha; era preciso redigir essa demanda. Se durante suas horas de escritório não achava tempo para fazê-lo, o que era muito provável, teria de escrevê-la em sua casa durante as noites; e se as noites também não fossem suficientes, pediria licença. Antes de tudo, era preciso evitar ficar na metade do caminho, que não apenas nos negócios, mas sempre e em todas as partes era o pior que se podia fazer. É certo que a redação desse primeiro escrito representava um trabalho quase infinito. Não precisava ser um fraco de caráter para chegar à convicção de que seria impossível conseguir alguma vez pôr termo a esse escrito. E isto não por preguiça ou por astuto cálculo, que eram os fatores que apenas ao advogado podiam impedir de levar a termo tal redação, mas porque K. não sabia de que estava sendo acusado, de modo que tinha de relembrar toda a sua vida até nos menores detalhes e acontecimentos para poder examiná-la em todos os seus aspectos. Mas quão triste lhe era todo esse trabalho! Talvez fosse apropriado para aquelas pessoas já aposentadas cujo espírito voltou novamente à infância e para as quais talvez lhes ajudasse a preencher seus longos dias; mas em troca, agora que K. necessitava concentrar todos os seus pensamentos no trabalho, agora que o dia, visto que sua carreira ascendente significava já uma ameaça para o vice-diretor do banco, se lhe passava com enorme rapidez, e que, como homem jovem, queria gozar suas breves tardes e noites livres, exatamente agora teria de se preocupar com a redação desse escrito. Não cessava de se lamentar; quase maquinalmente e apenas para pôr fim ao estado em que se encontrava apertou com um dedo o botão da campainha elétrica que soava na antecâmara. Enquanto o fazia olhou o seu relógio. Eram onze horas; desperdiçara duas horas de tempo precioso, e está claro que se encontrava ainda mais cansado do que antes; embora, a dizer a verdade, não perdera completamente o tempo já que tinha chegado a certas conclusões que lhe podiam ser valiosas. As ordenanças trouxeram-lhe, junto com diversas cartas, dois cartões de visita de uns senhores que já havia muito tempo aguardavam K. Tratava-se justamente de dois clientes muito importantes do banco aos quais em caso algum deveria ter feito esperar. Por que vinham em momento tão inoportuno? E por que, pareceu a K. que se perguntavam por sua vez os senhores atrás da porta fechada, o ativo K. esbanjava o tempo mais precioso das horas de trabalho em assuntos particulares? Cansado pelo anterior e cansado já pelo que teria de vir, K. se pôs de pé para receber o primeiro desses senhores.

Era um senhor de pequena estatura, um homem ágil, um fabricante a quem K. conhecia muito bem. Ao entrar lamentou interromper o importante trabalho de K., e este por sua vez lamentou ter precisado fazer esperar tanto tempo ao fabricante. Contudo, K. disse estas palavras de desculpa de modo mecânico e com falsa entonação, de modo que, se o fabricante não tivesse estado completamente absorvido pelo assunto que o levava a ver K., não deixaria de perceber. O homenzinho tirou apressadamente de todos os seus bolsos contas e tábuas, que estendeu sobre a escrivaninha de K. enquanto explicava as diferentes cifras, corrigia algum pequeno erro de cálculo que tinha percebido nesse preciso e fugaz instante e lembrava a K. que por volta de um ano atrás tinha fechado com ele um negócio semelhante; não deixou, porém, de avisá-lo que desta vez outro banco queria ocupar-se a todo custo do assunto; por fim se calou, esperando que K. manifestasse a sua opinião. Ao princípio K. seguira realmente com grande atenção o discurso do fabricante, pois o negócio, que era efetivamente importante, também o interessava, apenas que desgraçadamente isto durou pouco; ao fim de um instante tinha deixado de prestar atenção, ainda que continuasse confirmando com movimentos de cabeça as ruidosas exclamações do fabricante; mas por fim também teve de deixar de fazer esses movimentos e limitou-se a contemplar a calva cabeça daquele homem inclinada sobre os papéis e a perguntar-se quando o fabricante chegaria enfim a perceber que todos os seus discursos eram inúteis. Quando por fim se calou, K. acreditou no primeiro momento que era precisamente isso o que tinha acontecido e que o outro se calava para dar-lhe oportunidade de confessar que ele não estava em condições de ouvi-lo. Apenas que com pesar precisou notar, pelo olhar atento do industrial, que visivelmente estava disposto a responder a todas as objeções, que ia prosseguir sua exposição sobre o negócio. K. inclinou então a cabeça como obedecendo a uma ordem e com o lápis começou a percorrer os papéis fazendo-o deter-se nesta ou naquela cifra. O fabricante esperava objeções, talvez os números não fossem realmente exatos, talvez não fossem verdadeiramente reveladores; por fim, cobrindo os papéis com a palma da mão, começou de novo, inclinando-se muito próximo de K., uma exposição geral de todo o negócio.

— É difícil — disse K., torcendo a boca e deixando-se cair sobre um braço da poltrona, já que os papéis, o único objeto a que se podia aferrar, estavam agora ocultos. E até apenas dirigiu um débil olhar à porta quando esta se abriu e apareceu por ela não de um modo inteiramente claro, mas como envolvido em um céu de gases, o próprio vice-diretor. K. não pensou nas consequências ulteriores disso, mas unicamente no efeito imediato da presença do vice-diretor, que acolhia com alívio. Efetivamente, o fabricante levantou-se de um salto de sua poltrona e apressou-se a sair ao encontro do vice-diretor; K. gostaria que ele o tivesse feito ainda dez vezes mais rápido; pois temia que o vice-diretor pudesse desaparecer novamente. Mas seus temores foram vãos pois os dois senhores se encontraram, se apertaram as mãos e chegaram juntos até a escrivaninha de K. O fabricante lamentou ter encontrado tão pouco interesse no negócio por parte do procurador do banco e apontou K., que, sob o olhar do vice-diretor, tinha voltado a inclinar-se sobre os papéis. Quando os dois senhores se apoiaram na escrivaninha para conversar, e o fabricante tudo fazia para conquistar a opinião do vice-diretor, a K. pareceu-lhe que por cima de sua cabeça aqueles dois homens que ele se representava com dimensões exageradamente grandes realizavam negociações referentes a si mesmo. Levantando lentamente e com precaução os olhos, K. procurava inteirar-se do que se estava tratando lá em cima; tomou de sua mesa, sem olhá-la, uma folha de papel, colocou-a sobre a palma da mão e pouco a pouco, enquanto ele mesmo se punha de pé, foi elevando-a para aqueles senhores. K. pensava que a nada determinado obedecia esse gesto, mas que agia desse modo unicamente com o sentimento de que deveria comportar-se assim se algum dia conseguisse redigir definitivamente aquele importante primeiro escrito que haveria de libertá-lo por completo. O vice-diretor, que se achava inteiramente absorvido na conversação, apenas olhou ligeiramente o papel sem ler o que ele havia escrito, porque o que era importante para o procurador para ele não tinha nenhuma importância; de modo que se limitou a tomá-lo das mãos de K. enquanto dizia:

— Muito obrigado, já estou a par de tudo.

E depois voltou a depositá-lo tranquilamente sobre a mesa. K., despeitado, olhou-o de soslaio. O vice-diretor nem sequer o percebeu, e, no caso de tê-lo percebido, isso não teria feito senão estimulá-lo, de modo que, rindo em voz alta, fez uma observação que claramente pôs o fabricante em apuros, dos quais, contudo, o arrancou depois ao fazer-se ele mesmo uma objeção. Por fim, convidou-o a passar ao seu escritório, onde poderia ajustar os pormenores do negócio.

— É um assunto muito importante — disse ao industrial —; vejo-o perfeitamente. Estou certo de que o senhor procurador — mesmo ao fazer esta observação dirigia-se apenas ao fabricante — ficará feliz que o aliviemos deste trabalho. O negócio exige serena reflexão, e hoje o senhor procurador parece encontrar-se excessivamente fatigado; além do mais, espera-o na antessala uma multidão que está ali desde algumas horas.

K. teve ânimo suficiente, fazendo caso omisso do vice-diretor, de dedicar somente ao fabricante um sorriso cordial, mas rígido; não soube fazer outra coisa. Com ambas as mãos apoiadas na escrivaninha e inclinando-se um pouco para diante, como um vendedor atrás do balcão, ficou olhando como aqueles dois senhores, prosseguindo a conversação, apanhavam outra vez os papéis da escrivaninha e desapareciam no escritório do diretor. Ao chegar à porta, o fabricante se voltara ainda uma vez para explicar a K. que não se despedia ainda do senhor procurador, mas que certamente iria depois informá-lo a respeito do resultado das conversações e para fazer-lhe também outra pequena comunicação.

Por fim K. ficou sozinho. De nenhum modo pensou em fazer entrar os outros clientes e confusamente apresentou-se à sua consciência o pensamento de que seria muito agradável deixar as gentes que aguardassem lá fora na crença de que ele se achava ainda negociando com o fabricante e que por esse motivo ninguém podia entrar em seu escritório, nem mesmo o ordenança. Chegou-se até a janela, sentou-se no parapeito desta sustentando-se com uma mão na veneziana e contemplou a praça que se estendia a seus pés. Continuava caindo neve; o tempo ainda não tinha clareado.

Permaneceu assim sentado um bom espaço de tempo sem saber que espécie de cuidados eram os que verdadeiramente o traziam inquieto. De quando em quando olhava com algum sobressalto por cima do ombro para a porta da sala de espera onde erroneamente acreditava ter ouvido algum rumor. Mas, como ninguém se apresentava, foi se tranquilizando. Foi até o lavatório, refrescou-se com água fria e com a cabeça mais descansada voltou a assentar-se na janela. A determinação que tomara de ocupar-se pessoalmente de sua defesa apresentou-se muito mais difícil de levar à prática do que ao princípio acreditara. Enquanto sua defesa esteve abandonada em mãos do advogado, tinha se sentido no fundo pouco afetado pelo processo; contemplara-o, por assim dizer, de longe, sem que o tivesse alcançado diretamente; tinha podido considerar o estado da causa cada vez que quisera e também cada vez que quisera tinha podido tirá-lo de sua mente. Agora, em troca, se ele mesmo se ocupava de sua defesa, tinha de se expor, ao menos momentaneamente, por inteiro à justiça, procedimento que se tivesse êxito somente mais tarde poderia traduzir-se em uma libertação definitiva e categórica, para alcançar a qual agora, em todo caso, devia correr maiores perigos do que antes. Se a este propósito tivesse alimentado alguma dúvida, a entrevista que acabava de ter com o vice-diretor do banco e o fabricante poderia convencê-lo amplamente. Que aconteceria, se já a mera decisão de defender-se a si próprio o tinha anulado desse modo? Que aconteceria mais tarde? Que dias o esperavam? Conseguiria finalmente encontrar o caminho que, vencendo todas as dificuldades, o guiasse a um bom fim? Porventura uma defesa cuidadosa — e outra coisa seria insensata —, acaso uma defesa cuidadosa não lhe exigiria ao mesmo tempo descuidar tudo o mais? Sairia airosamente do transe? E que faria com o trabalho do banco? Já não se tratava unicamente de redigir um escrito para o que talvez uma simples licença seria bastante, ainda que por outro lado nesse momento seria altamente arriscado solicitar uma licença; tratava-se em troca de todo um processo cuja duração não se podia prever. Que obstáculo se apresentara inesperadamente na carreira de K.!

E agora teria de trabalhar para o banco! Ficou um instante olhando por cima da escrivaninha. Teria agora de fazer entrar os clientes e tratar com eles de negócios! Será que enquanto o processo seguia o seu curso, enquanto lá em cima, naquela água-furtada, os funcionários da justiça se inclinavam diante das atas do processo, tinha ele de atender aos negócios do banco? Não pareceria porventura como se a própria justiça lhe determinasse padecer ainda mais esse suplício como algo anexo ao processo? E por acaso no banco levava-se em consideração a sua situação para julgar o seu trabalho? Não, nunca. Seu processo era ali inteiramente ignorado, mesmo quando não podia estabelecer com clareza quem sabia algo dele e até que ponto. Era de esperar que os rumores não tivessem chegado ainda ao vice-diretor, e isto era o mais provável, pois de outro modo ele já teria se manifestado, sem nenhum sentimento de camaradagem nem de compaixão por K., se aproveitaria disso. E o diretor do banco? É certo que apreciava K., e muito, e que provavelmente tão depressa tivesse tido notícias do processo teria procurado abreviar quanto lhe fosse possível as obrigações de K.; mas sem dúvida alguma não o teria conseguido porque, desde o momento em que o contrapeso de influências representado por K. começava a enfraquecer-se, dependia cada vez mais do vice-diretor, que aproveitava, além disso, o mau estado de saúde do diretor para fortalecer seu próprio poder. Que podia, portanto, esperar K.? Talvez ao entregar-se a tais reflexões não fazia senão enfraquecer sua própria energia de resistência; mas por outro lado era também necessário, no momento, não enganar-se a si mesmo e tratar de enxergar tudo tão claro como fosse possível.

Sem ter nenhum motivo particular, mas unicamente para afastar ainda o momento de tornar a sentar-se na escrivaninha, abriu a janela. Apenas conseguiu fazê-lo com dificuldade. Precisou empregar ambas as mãos para girar a aldraba. Imediatamente entrou na sala, através da janela, que era muito ampla e alta, fumo misturado com neve e um ligeiro odor de coisas queimadas. Também penetraram alguns flocos de neve impelidos pelo vento.

— Feio outono — disse às costas de K. o fabricante, que sem ser pressentido por aquele havia saído do escritório do vice-diretor e entrara no de K. Este concordou com um movimento de cabeça e ficou olhando inquieto a pasta do fabricante, da qual sem dúvida este começaria a tirar papéis para comunicar-lhe o resultado das negociações que levara a termo com o vice-diretor. Mas o fabricante, que seguira a direção do olhar de K., bateu sobre sua pasta e declarou, sem abri-la:

— Certamente, você quer saber como me saí. Aqui na pasta trago o documento pelo qual fica quase concluída a negociação. É um homem encantador seu vice-diretor, mas também um pouco perigoso.

Então pôs-se a rir e agitou a mão de K., como pretendendo que ele também risse. Mas K. parecia ter alimentado novas suspeitas pelo fato de que o fabricante não quisera mostrar-lhe aqueles papéis, de modo que não achou nenhum motivo de riso na observação que o outro fizera.

— Senhor procurador — disse o cliente. — Certamente o senhor padece com este tempo. Hoje o senhor parece muito agoniado.

— Sim — admitiu K., levando uma das mãos à testa —; dor de cabeça, preocupações familiares.

— Muito bem — retrucou o fabricante, que era uma pessoa que sempre estava com muita pressa e que não era capaz de escutar ninguém com tranquilidade. — Cada qual precisa carregar a sua cruz.

Involuntariamente, K. dera um passo para a porta como se quisesse acompanhar o fabricante para despedi-lo, mas este disse:

— Ainda teria de lhe fazer uma pequena comunicação, senhor procurador. Temo bastante que precisamente hoje o incomode ocupar--se disso, mas é o caso que nestes últimos tempos já duas vezes me vi com o senhor com a intenção de lho comunicar e esqueci-me completamente de o fazer; de modo que, se também hoje volto a relegar a coisa, provavelmente perderia esta toda sua razão de ser. O que seria de lamentar, pois no fundo o que eu devo comunicar-lhe talvez não careça inteiramente de valor.

Antes que K. tivesse tempo de responder, o fabricante aproximou-se e batendo-lhe suavemente com os nós dos dedos no peito disse-lhe em voz baixa:

— O senhor tem um processo, não é verdade?

K. afastou-se um passo e exclamou:

— Disse-o ao senhor o vice-diretor!

— Oh, não! — replicou o cliente —; como haveria de sabê-lo o vice-diretor?

— E o senhor? — perguntou K., já muito mais refeito.

— Eu estou ao corrente de muitas coisas da justiça — respondeu o fabricante —; precisamente com isso se relaciona o que tinha de lhe comunicar.

— Quanta gente está em relação com a justiça! — disse K., com a cabeça baixa enquanto conduzia o fabricante até sua escrivaninha. Ali voltaram a sentar-se como antes, e o cliente declarou:

— Infelizmente, não é muito o que posso comunicar-lhe; mas a verdade é que nestas coisas não se deve descurar nem nos detalhes mais insignificantes. Além disso, senti-me levado a auxiliá-lo de algum modo, embora a minha ajuda seja bem modesta certamente. Sempre fomos bons amigos em questões de negócios, não é mesmo? Pois bem...

K. quis desculpar-se da conduta que tivera naquela manhã com o fabricante, mas este não tolerou nenhuma interrupção, porém erguendo ainda mais sua pasta, que trazia debaixo do braço, como para dar a entender que tinha pressa, continuou dizendo:

— Soube de seu processo por um tal de Titorelli; é um pintor; Titorelli é apenas seu pseudônimo artístico; na verdade, não conheço seu verdadeiro nome. Há muitos anos que ele vem de vez em quando ao meu escritório para trazer-me alguns quadrinhos pelos quais lhe dou (é preciso considerar que é quase um mendigo) sempre uma espécie de esmola. Além do mais, são quadros muito bonitos; representam paisagens, campinas e coisas desse tipo. Tais compras (às quais nos temos já ambos habituado) caminhavam perfeitamente, mas, como começaram a repetir-se com excessiva frequência as visitas de Titorelli, fiz-lhe algumas censuras. Então pusemo-nos a conversar; interessava-me saber como podia ganhar a sua vida exclusivamente com a pintura e então vim a saber, com grande assombro de minha parte, que a fonte principal de seus recursos eram os retratos. Disse-me que trabalhava para a justiça. "Para que justiça?", perguntei, e então começou a contar-me coisas da justiça. Você mesmo pode entender melhor do que eu até que ponto me surpreenderam as coisas que me contava. A partir dessa época, sempre me punha a par, em cada uma de suas visitas, das novidades da justiça, e assim pouco a pouco cheguei a adquirir certo conhecimento a este respeito. É certo que Titorelli é um tanto charlatão, de modo que com frequência tenho de contê-lo não somente porque com certeza também mente, mas sobretudo porque um homem de negócios como eu, que quase está assoberbado por suas próprias preocupações comerciais, não pode preocupar-se muito das coisas alheias; mas digo isto apenas de passagem. Pode ser que, pelo menos assim julgava eu ao vir para cá, que Titorelli lhe seja útil; conhece muitos juízes e, ainda que ele mesmo não possua uma grande influência, pode, pelo menos, dar-lhe alguns conselhos para fazê-lo chegar a pessoas realmente de influência. E mesmo quando tais conselhos por si mesmos não sejam decisivos, sem dúvida estando você na posse deles, a meu critério, adquirirão uma importância maior, porque a verdade é que você é quase um advogado. Sempre costumo dizer: o procurador K. é quase um advogado. Oh, não nutro nenhum receio a respeito do resultado de seu processo! Você quer, portanto, ir ver Titorelli? Com uma recomendação minha fará sem dúvida tudo quanto for possível. Acredito realmente que você teria de ir visitá-lo. Está claro que não precisa ser hoje. Faça-o alguma vez de modo ocasional. Certamente (quero deixar isso bem claro), embora eu o aconselhe a ir ver Titorelli, você não está de modo algum obrigado. Não, se você acredita poder prescindir de Titorelli é, certamente, muito melhor deixá-lo inteiramente de lado. Talvez você já tenha preparado todo um plano de ação que Titorelli poderia estorvar. Pois, nesse caso, evidentemente, não precisa ir. Além disso, é necessário na realidade pôr de lado o orgulho para ir buscar conselho de semelhante sujeito. Assim sendo, faça como você quiser. Aqui está a carta de recomendação e aqui, seu endereço.

K. apanhou decepcionado a carta e meteu-a no bolso. Mesmo no melhor dos casos, a vantagem que poderia significar essa recomendação era muito menor do que a desgraça de estar o fabricante ao corrente do seu processo, e de que o pintor continuasse difundindo notícias a respeito dele. Apenas conseguiu, e isto mediante um grande esforço, agradecer com algumas palavras ao fabricante que já se dirigia para a porta.

— Irei vê-lo — disse K., quando junto à porta se despedia do cliente —, ou melhor, como nestes momentos estou muito atarefado, escrever-lhe-ei para pedir-lhe que ele mesmo venha ver-me em meu escritório.

— Já sabia — declarou o fabricante — que você seria capaz de encontrar a melhor solução. Embora, na verdade, pensasse que você preferisse evitar fazer vir ao banco pessoa como Titorelli para falar aqui a respeito desse processo. Tampouco é vantajoso, segundo me parece, deixar cartas em mãos de semelhante gente. Mas sem dúvida você já terá pensado em tudo e saberá o que tem a fazer.

Despedindo-se dele, K. voltou até a antessala. Não obstante o seu aspecto de serenidade, achava-se K. realmente espantado; para dizer a verdade, apenas dissera que escreveria a Titorelli para demonstrar de algum modo ao fabricante que sabia apreciar sua recomendação e as possibilidades que poderia oferecer-lhe um encontro com o pintor; mas, se verdadeiramente tivesse a intervenção de Titorelli por valiosa, não teria titubeado em escrever-lhe efetivamente. Apenas a observação do fabricante o tinha feito reconhecer as perigosas consequências que teriam podido seguir-se disso. Tão pouco podia confiar, pois, em seu próprio juízo? Se fora possível que mediante uma carta convidasse a ir ao banco um personagem duvidoso para falar com ele e pedir-lhe conselhos sobre o processo, num lugar em que apenas estava separado por uma porta do escritório do vice-diretor, não era também possível e até muito provável que passasse por alto muitos outros perigos ou que desse verdadeiramente neles? Nem sempre teria junto dele alguém que o advertisse. E agora, precisamente agora, em que tinha de concentrar todas as suas forças, devia além disso nutrir semelhantes dúvidas a respeito de sua própria capacidade de julgar, dúvidas que até esse momento nunca havia conhecido? Será que as dificuldades que agora encontrava para levar a termo seu trabalho profissional se apresentariam também em seu processo? Para dizer a verdade, não conseguia compreender como fora possível que por um momento lhe tivesse ocorrido escrever a Titorelli para convidá-lo a apresentar-se no banco.

Balançava ainda a cabeça, imerso em tais pensamentos, quando o ordenança aproximou-se de seu lado para notificá-lo de que na antessala ainda estavam três senhores que esperavam ser recebidos. Havia muito tempo já esperavam que K. os atendesse. Agora, que viam que o ordenança falava com K., tinham-se posto de pé e cada um deles pretendia aproveitar a oportunidade favorável para entrar no escritório de K. antes dos outros. Visto que tão desconsideradamente se lhes tinha feito perder tempo na sala de espera, não queriam tampouco agora ter considerações com ninguém.

— Senhor procurador — disse um deles. Mas K., que tinha feito trazer pelo ordenança o abrigo de inverno, disse, enquanto o colocava com a ajuda daquele, dirigindo-se aos três senhores:

— Perdoem-me; infelizmente neste momento não tenho tempo de recebê-los. Rogo-lhes que me desculpem, mas tenho de atender a negócios urgentes que me obrigam a sair imediatamente. Já viram que até agora estive sumamente atarefado. Poderiam ser amáveis até o ponto de voltarem amanhã ou em qualquer outro momento? Ou não prefeririam, porventura, tratar o assunto pelo telefone? Ou antes, se quiserem pôr-me brevemente ao corrente do que se trata, depois lhes darei uma resposta por escrito e detalhada; mas certamente o melhor seria que voltassem em outra ocasião.

Os clientes, que pelo visto tinham estado esperando inutilmente, acolheram com tal assombro as propostas que K. fazia, que ficaram mudos, olhando uns para os outros.

— De modo então que estamos de acordo? — perguntou K., voltando-se para o ordenança que nesse momento lhe dava o chapéu. Através da porta aberta do escritório de K. podia-se ver que lá fora a neve caía com maior intensidade. Por isso K. ergueu a gola do abrigo e o abotoou até em cima.

Justamente nesse momento apresentou-se, saindo da sala ao lado, o vice-diretor, que sorriu ao ver K. com o abrigo de inverno posto, conversando com aqueles senhores, e perguntou:

— Vai sair, senhor procurador?

— Sim — disse K., voltando-se para ele —, preciso fazer alguns negócios fora.

Mas o vice-diretor já se tinha voltado para os outros senhores.

— Mas, e estes senhores? — perguntou. — Creio que estão esperando há muito tempo.

— Já nos pusemos de acordo — retrucou K.

Mas os clientes já não se contiveram, e rodearam K. e explicaram-lhe que não teriam ficado esperando durante horas inteiras se seus assuntos não fossem importantes e se não exigissem que os tratasse minuciosamente e com reserva. O vice-diretor do banco ficou um momento escutando-os, olhou também para K., que segurando o chapéu em uma das mãos estava ocupado em sacudir dele o pó com a outra, e acabou por dizer:

— Senhores, está ao nosso alcance uma solução muito simples. Se vocês assim desejarem, com muito gosto me encarregarei das negociações em lugar do senhor procurador. Certamente que os assuntos de vocês deviam ser tratados sem perda de tempo. Nós somos homens de negócios, como os senhores, de modo que conhecemos o valor que tem o tempo dos homens de negócios. Querem entrar no meu escritório?

E assim dizendo abriu a porta da antessala que comunicava com seu escritório.

Como sabia apossar-se o vice-diretor do que K. agora se via obrigado a desatender! Mas sacrificaria K. algo mais do que era absolutamente necessário? Enquanto, alimentando incertas e, como era obrigado a confessá-lo, muito insignificantes esperanças, corria a visitar um pintor desconhecido, seu prestígio no banco sofria um dano irreparável. Provavelmente, muito melhor seria tirar o abrigo e ao menos tornar a ganhar para si aqueles dois senhores que ainda tinham de esperar. Talvez K. tivesse procedido assim se nesse momento não tivesse visto entrar em seu escritório o vice-diretor que, de pé diante do fichário de K., como se fosse o seu próprio, se pôs a procurar algo. Quando K., irritado, se aproximou da porta, exclamou o outro:

— Ah, mas ainda não se foi!

Então o vice-diretor voltou para K. o seu rosto, cujas numerosas e severas rugas não pareciam revelar sua idade, mas energia. Depois tornou a procurar outra vez.

— Procuro a cópia de um contrato — disse — que, conforme diz o representante da firma, deve estar em seu poder. Quer ajudar-me a procurá-lo?

K. avançou um passo, mas exatamente nesse momento o vice--diretor exclamou:

— Obrigado, acabo de encontrá-lo.

E então voltou ao seu escritório carregando consigo uma grande pilha de documentos que sem dúvida não somente continham o contrato em questão, mas muitas outras coisas.

"Agora não estou em condições de impedi-lo", disse K. a si mesmo; "mas, quando tenha superado as minhas dificuldades pessoais, será ele realmente o primeiro a quem eu faça sentir e certamente do modo mais amargo possível." Um tanto acalmado por esse pensamento, K. encarregou o ordenança, que desde havia algum tempo mantinha aberta a porta que dava para o corredor para dar-lhe passagem, que comunicasse ao diretor do estabelecimento, de sua parte, que K. tivera de sair para realizar algumas gestões; depois abandonou o banco sentindo-se quase feliz por poder dedicar inteiramente ao seu processo algum tempo.

K. transferiu-se em seguida à casa do pintor, que vivia em um subúrbio da cidade situado em um lugar completamente oposto àquele em que estavam as secretarias dos tribunais. O bairro era ainda mais pobre do que aquele, as casas ainda mais sombrias, as ruas cheias de sujeira, que lentamente era levada daqui para lá pela neve derretida. Na casa em que vivia o pintor, apenas uma das folhas do grande portal estava aberta; na parede que correspondia à outra se tinha feito um buraco do qual, exatamente no momento em que K. se aproximava, minou um líquido repugnante, amarelento, fumegante, que fez que algumas ratazanas assustadas fugissem para o regato próximo. Ao pé da escada estava deitado com a boca para baixo um menino que chorava aos gritos, mas mal se podia ouvi-lo devido ao ruído ensurdecedor que provinha de uma oficina de funilaria situada no outro lado do corredor da entrada. A porta da oficina estava aberta; três operários de pé e dispostos em semicírculo trabalhavam em alguma peça que não cessavam de golpear fortemente com seus martelos. Uma grande chapa de folha de lata pendurada na parede atirava uma luz pálida através do espaço que ficava entre os operários, aos quais lhes iluminava o rosto e os aventais de trabalho. K. concedeu a todo este quadro uma rápida olhada; queria ficar livre o mais depressa possível, falar tão somente umas poucas palavras com o pintor para voltar logo ao banco. Por mais insignificante que fosse o êxito que alcançassem suas gestões com o pintor, isso bastaria para influir sobre a disposição com que voltaria a realizar o seu trabalho no banco. Ao chegar ao terceiro andar teve de diminuir o passo. Era-lhe muito difícil respirar; a escada era muito empinada, os andares desmedidamente altos, e o pintor devia viver certamente na água-furtada da casa. Além disso, o ar era opressivo, não havia ali nenhum pátio destinado a ventilar a escada, pois esta, extremamente estreita, ficava encerrada entre duas paredes que apenas apresentavam muito acima algumas janelas bem pequenas. Exatamente nesse instante em que K. se detinha um pouco para descansar, saíram correndo de um apartamento umas tantas jovens, quase meninas, que rindo em grandes brados subiram apressadamente a escada. K. seguiu-as lentamente; alcançou uma que tendo tropeçado ficou um tanto atrasada e lhe perguntou enquanto as outras continuavam subindo:

— Mora aqui um pintor chamado Titorelli?

A jovem que teria quando muito uns treze anos e que era um pouco corcunda, empurrou-o um pouquinho com o cotovelo e o olhou de soslaio. Nem os poucos anos nem o defeito corporal tinham podido evitar que estivesse já inteiramente pervertida. Em vez de sorrir, contemplou K. fixa e seriamente com olhar provocante. K., fazendo como quem nada percebesse da atitude da jovem, perguntou:

— Conheces o pintor Titorelli?

Ela fez que sim e perguntou por sua vez:

— Que deseja você dele?

K., a quem pareceu vantajoso poder informar-se logo de algo referente a Titorelli, apressou-se a responder:

— Quero que me faça um retrato.

— Que faça um retrato seu? — perguntou a jovem, abrindo desmedidamente a boca e dando alguns leves golpes no peito de K. como se este tivesse dito algo extraordinariamente surpreendente ou insensato. Depois, erguendo com ambas as mãos a saia, por si muito curta, correu o mais depressa possível a reunir-se com suas companheiras cujos gritos já se perdiam vagamente em cima. Contudo, na volta seguinte da escada, K. encontrou-se novamente diante de todas as jovens. Pelo visto, a corcunda lhes informara da finalidade de K. e agora o estavam esperando. Tinham-se colocado de ambos os lados da escada, de modo que para K. passar comodamente apertaram-se contra a parede enquanto alisavam com as mãos o avental. Os rostos, assim como essa atitude de formarem duas filas, representavam uma mistura de puerilidade e de corrupção. Acima, à cabeça das filas de jovens que à medida que K. ia passando se iam fechando por trás dele em meio de ruidosos risos, achava-se a corcunda, que se ofereceu para levá-lo. K. precisou agradecer-lhe ter encontrado logo o caminho. Por ele teria continuado subindo, mas a espeloteada indicou-lhe que devia seguir por um desvio da escada para chegar à casa de Titorelli. A escada que conduzia a esta era singularmente estreita, muito longa, sem curvas, o que permitia ver toda sua longitude e terminava lá em cima diretamente na porta de Titorelli, porta que em virtude de um pequeno quebra-luz estava, ao contrário de todo o resto da escada, relativamente bem iluminada. Era a tábua de madeira sem verniz sobre a qual estava escrito com amplas pinceladas de pintura vermelha o nome de Titorelli. K. somente chegara com seu cortejo à metade daquela escada, quando em cima, sem dúvida por causa do rumor que produziam tantos passos, abriu-se um pouco a porta, e apareceu pela abertura um homem pelo visto vestido unicamente com um camisolão.

— Oh! — exclamou quando viu toda essa multidão; e desapareceu logo. A corcundinha bateu palmas de alegria enquanto as outras jovens se apinhavam atrás de K. para forçá-lo a prosseguir subindo com maior rapidez.

Não tinham chegado ainda acima quando o pintor abriu de par em par a porta, e fazendo uma profunda inclinação convidou K. para entrar em seu quarto. Em troca, impediu que as jovens o fizessem; não queria que nenhuma se introduzisse ali por mais que elas pedissem e até tentassem entrar embora fosse sem permissão e apesar dos protestos do pintor. Apenas o conseguiu a corcunda, que deslizou por baixo dos braços estendidos do pintor, mas este se precipitou sobre ela, apanhou-a pelo vestido, sacudiu-a, e por fim a pôs no umbral da porta, em frente às outras jovens que, apesar de ter o pintor abandonado seu lugar perto da porta, não se atreveram a passar o umbral. K. não sabia, para dizer a verdade, como julgar essa cena. Parecia-lhe que tudo aquilo acontecia no melhor dos entendimentos amistosos. As jovens, que tinham ficado junto à porta, uma atrás da outra, esticaram o pescoço para cima e atiraram ao pintor palavras jocosas e brincadeiras que K. não compreendeu; mas também o pintor ria enquanto assim segurava no ar a corcundinha. Por fim, fechou a porta, tornou a inclinar-se diversas vezes diante de K., estendeu-lhe a mão e disse, para apresentar-se:

— Eu sou o artista pintor Titorelli.

K. apontou a porta atrás da qual ainda cochichavam as jovens e declarou:

— Parecem estar muito à vontade nesta casa.

— Ah, são umas brincalhonas! — disse o pintor, tentando, embora inutilmente, abotoar a camisola no pescoço. Além do mais, aquele homem estava descalço e apenas vestia larga calça de pano amarelo presa com um cinturão cuja larga extremidade livre e pendente golpeava aqui e ali.

— Estas velhacazinhas constituem para mim um verdadeiro peso — prosseguiu dizendo, e renunciando já a abotoar o camisolão cujo último botão acabava justamente de saltar. Depois aproximou uma cadeira e ofereceu-lhe para que se sentasse. — Uma vez — acrescentou — pintei o retrato de uma delas (hoje não estava com as outras), e a partir desse fato me perseguem todas. Quando estou em minha casa, entram, claro está que se eu o permito; mas, quando estou ausente, sempre há pelo menos uma delas neste quarto. Fizeram para elas uma chave de minha porta, que emprestam uma para as outras. Não pode o senhor imaginar quanto isso me molesta. Chego, por exemplo, com uma senhora para a qual tenho de fazer um retrato; abro a porta de minha casa e então deparo com a corcunda que, sentada à mesa, está pintando calmamente os lábios de vermelho com um pincel, enquanto seus irmãozinhos e irmãzinhas, dos quais ela precisa cuidar, andam por todos os lados revolvendo e sujando tudo. Outras vezes acontece que, como foi o caso de ontem, chego a casa um pouco tarde da noite (desculpe-me pelo meu aspecto e pela desordem que percebe no quarto, pois se deve a isso), acontece pois que chego um pouco tarde da noite em casa e naturalmente quero deitar-me. Aproximo-me da cama e então de súbito sinto que me beliscam uma perna; olho debaixo da cama e vejo que está ali escondida uma destas velhacas. Não sei por que se apinham de tal maneira ao redor de mim; justamente acaba o senhor de ter oportunidade de observar que de modo algum tento atraí-las. Certamente isto perturba também o meu trabalho; se não fosse porque puseram à minha disposição este estúdio, há muito tempo já que eu teria me mudado.

Precisamente nesse momento ouviu-se uma vozinha suave e medrosa que vinha da porta.

— Já podemos entrar, Titorelli?

— Não — respondeu o pintor.

— Eu somente? — tornaram a perguntar.

— Também não — disse o pintor, enquanto se chegava até a porta para fechá-la com chave.

Nesse ínterim, K. se pusera a observar a habitação; nunca havia imaginado que se pudesse chamar estúdio a esse quartinho miserável e pequeno. Não se podiam dar nele mais do que dois passos no comprimento e dois na largura. O chão, as paredes e o teto baixo, tudo era de madeira; entre as tábuas viam-se amplas fendas. Junto à parede fronteira à qual se encontrava K. estava a cama carregada de lençóis, mantas e colchas de diversas cores. No centro do quarto erguia-se um quadro sustentado por um cavalete e coberto com uma camisa cujas mangas pendiam até o solo. Às costas de K. abria-se uma janela através da qual e por causa da neve não se podia ver mais longe do que o teto nevado da casa vizinha.

O ruído que fez a chave ao girar na fechadura lembrou a K. que tinha de se ir muito depressa. Por isso tirou logo do bolso a carta de recomendação do fabricante e a estendeu ao pintor, dizendo:

— Por intermédio deste senhor, que é seu conhecido, soube de você e, seguindo seu conselho, vim vê-lo.

O pintor leu rapidamente a carta e depois a atirou sobre a cama. Se o fabricante não tivesse falado a K. sobre Titorelli de um modo muito preciso, se não lhe tivesse assegurado que era seu conhecido, um pobre-diabo ao qual às vezes dava esmola, poderia ter-se acreditado verdadeiramente nesse momento que Titorelli não conhecia o fabricante ou que, pelo menos, não se lembrava dele. Além disso, o pintor perguntou:

— O senhor quer comprar quadros ou pintar o seu retrato?

K. olhou o pintor cheio de assombro. Que era o que propriamente tinha escrito naquela carta o fabricante? K. dera como certo que naquela carta o fabricante informava ao pintor que K. não queria senão instruir-se a respeito de seu processo. Queria dizer então que correra à casa do pintor com demasiada precipitação e sem refletir suficientemente no que fazia! Mas como agora lhe era necessário responder de alguma maneira à pergunta do pintor, disse, atirando um olhar ao cavalete:

— Está trabalhando em algum quadro?

— Sim — respondeu o pintor, enquanto tirava do cavalete a camisa que atirou também sobre a cama junto à carta. — É um retrato. Bom trabalho, embora ainda não esteja pronto.

A casualidade quis favorecer a K., pois se lhe ofereceu a possibilidade de falar da justiça; com efeito, evidentemente se tratava do retrato de um juiz. A tela era, além do mais, surpreendentemente semelhante ao quadro que K. vira no escritório do advogado. É certo que este era outro juiz, um homem gordo, de barba por fazer, negra e fechada que em ambos os lados do rosto avançava muito sobre as faces; além disso, aquele era um quadro pintado a óleo, e este, em troca, em pastel, o que lhe dava um aspecto vago, difuso. Mas todo o resto era muito parecido, porque também aqui parecia como se o juiz, sentado no seu setial e agarrado aos braços deste, estivesse a ponto de erguer-se ameaçador. "Mas se este é um juiz!", quase escapou a K., mas contendo-se pelo momento se aproximou do quadro como se pretendesse considerá-lo em suas particularidades. No centro do encosto do setial via-se uma grande figura cujo sentido K. não chegava a entender; por isso pediu uma explicação ao pintor. Este retrucou que era preciso ainda trabalhar nela e assim dizendo aproximou-se de uma mesinha de onde apanhou uma barrinha de pintura que depois passou pela figura para fazer sobressair os contornos. Não obstante isso, esta não se tornou mais clara para K.

— É a justiça — explicou por fim o pintor.

— Ah, sim! agora eu a reconheço — exclamou K. —; aqui está a venda sobre os olhos, e aqui a balança. Mas não são asas essas que se vêm nos calcanhares? E não está representada em atitude de corrida?

— Sim — disse o pintor —, encarregaram-me de pintá-la assim. Para dizer a verdade, trata-se da justiça e da deusa da vitória em uma só imagem.

— O que não forma nenhuma boa combinação — observou K., sorrindo. — A justiça tem de estar quieta porque do contrário a balança vacila, com o que se torna impossível um juízo exato.

— Eu me atenho ao que me foi encarregado — explicou o pintor.

— Sim, certamente — exclamou K., que com sua observação não quisera ofender ninguém. — Você pintou essa figura tal como realmente se encontra no setial.

— Não — disse o pintor —, não vi nem a figura nem o setial. Tudo isto é invenção, apenas me deram indicações sobre como devia pintá-lo.

— Como? — perguntou K., que deliberadamente fingia não compreender inteiramente o pintor. — Não é porventura um juiz esse que está sentado no setial?

— Sim — respondeu o pintor —; mas não é um juiz de elevada hierarquia, nem tampouco se sentou nunca em semelhante setial.

— E, contudo, faz-se representar em uma atitude tão solene? Parece um Presidente da Suprema Corte!

— Sim, esses senhores são vaidosos — explicou o pintor. — Entretanto têm permissão da autoridade superior para fazerem-se retratar assim. A cada um deles se lhes prescreve com toda exatidão como precisam fazer-se representar, apenas que, infelizmente, neste quadro, devido à pintura de pastel que não é apropriada para semelhantes retratos, não se podem apreciar bem os pormenores da veste e do setial.

— É verdade — disse K. —; é esquisito que tenha escolhido a pintura a pastel para este tipo de quadros.

— Fiz assim atendendo aos desejos do juiz — explicou o pintor —; oferecê-lo-á a uma senhora.

A vista do quadro pareceu despertar-lhe desejos de trabalhar, pois, erguendo as mangas de sua camisa, apanhou alguns lápis e barrinhas de pintura, e em pouco tempo K. pôde ver como sob as trêmulas pontas dos lápis se ia formando ao redor da cabeça do juiz uma sombra avermelhada que se irradiava para fora e ia perder-se nas margens da tela. Pouco a pouco esse jogo de sombras rodeou a cabeça como se fora uma joia ou o signo da realeza. Em troca, ao redor da figura da justiça tudo era de tonalidades claras e delicadas, em meio das quais a figura se destacava fortemente; já nem sequer recordava a deusa da justiça muito menos a da vitória. Antes parecia agora a deusa da caça. O trabalho do pintor absorveu a K. mais do que teria querido; contudo, terminou por reprovar-se ter permanecido tanto tempo ali sem fazer, no fundo, nada pela sua causa.

— Como se chama esse juiz? — perguntou K., repentinamente.

— Não posso dizer-lhe o seu nome — respondeu o pintor; estava profundamente inclinado sobre o quadro e evidentemente desatendia ao seu hóspede ao qual, contudo, tinha recebido no princípio com tanta cortesia. K. considerou-o como um capricho e se irritou especialmente por causa do tempo que estava perdendo.

— Você é certamente um homem de confiança da justiça, não é mesmo? — perguntou então. O pintor deixou no mesmo instante os lápis e endireitando-se e esfregando as mãos olhou para K. com um sorriso.

— É preciso dizer sempre depressa a verdade — disse. — O senhor quer saber algo da justiça, como diz a carta de recomendação que me trouxe; e, contudo, principiou por falar de meus quadros para conquistar para si mais simpatias. Mas eu não o levo a mal; naturalmente o senhor não poderia saber que tudo isso é inútil comigo. Oh, rogo-lhe! — disse, fazendo um gesto ao ver que K. queria objetar-lhe algo, e depois prosseguiu dizendo: — Além do mais, sua observação é perfeitamente correta, pois, efetivamente, sou um homem de confiança da justiça.

Então guardou silêncio como se quisesse dar tempo a K. para

que se desse conta desse fato. Por trás da porta tornaram a ouvir nesse momento as jovens. Evidentemente, estavam apinhadas junto à fechadura e até talvez estivessem olhando o que acontecia dentro da habitação através das frestas da porta. K. absteve-se de se desculpar porque não queria afastar o pintor do que ele estava falando, mas tampouco queria que este exagerasse demasiado e por conseguinte se tornasse, de certo modo, inacessível; por isso limitou-se a perguntar-lhe:

— Trata-se de um cargo reconhecido publicamente?

— Não — respondeu o pintor, de modo seco, como se não lhe fosse permitido continuar falando disso; mas K. não queria que permanecesse calado e disse:

— Pois, com frequência, esses postos não reconhecidos conferem maior influência do que os oficiais.

— Esse é exatamente o meu caso — declarou o pintor, inclinando a cabeça e franzindo o sobrolho —; justamente ontem falei com o fabricante a respeito de seu caso; perguntou-me se não seria possível que eu o ajudasse; eu então lhe disse: "Que venha me ver"; de modo que agora estou satisfeito que o senhor tenha vindo tão depressa. Parece que se encontra muito preocupado pelo assunto do que, certamente, não me maravilho. Não quererá o senhor tirar o abrigo?

Embora K. se tivesse proposto a ficar ali muito pouco tempo, acolheu de boa vontade o convite do pintor. O ar desse quarto tinha-se-lhe feito aos poucos insuportável; já se tinha admirado de ver em um canto da habitação uma estufa de ferro, certamente apagada, de modo que a densidade do ar era inexplicável. Enquanto tirava o abrigo, disse o pintor, desculpando-se:

— Tenho necessidade de calor. Está-se aqui muito bem, não é verdade? O quarto está muito bem situado.

K. não o contradisse, mas antes compreendia que não era propriamente o calor o que determinava essa sensação de mal-estar, porém o ar viciado que quase impedia de respirar; evidentemente, devia haver muito tempo que essa habitação não era ventilada. A sensação de mal-estar que K. experimentava se fez ainda mais intensa quando o pintor o convidou a tomar assento sobre a cama, enquanto ele mesmo se sentava em frente do cavalete na única cadeira da habitação. Além disso, parecia que o pintor não chegava a compreender por que K. permanecia simplesmente na borda do leito, já que ele mesmo lhe dizia que se instalasse comodamente, de modo que, como visse que K. hesitava, foi ele mesmo metê-lo profundamente dentro da cama.

Depois voltou a sentar-se em sua cadeira e formulou por fim a primeira pergunta positiva que fez esquecer a K. de tudo o mais.

— Você é inocente? — perguntou.

— Sim — respondeu K. Sentiu-se feliz de responder a essa pergunta, especialmente por fazê-lo em presença de um simples particular, o que não significava nenhuma responsabilidade da parte de K. Ninguém o interrogara tão abertamente. Para continuar saboreando ainda um instante esse sentimento de alegria, acrescentou: — Sou completamente inocente.

— Sim? — exclamou o pintor, baixando a cabeça para permanecer depois nessa atitude, refletindo. De súbito, tornou a erguer a cabeça e disse: — Se você é inocente, o assunto é muito simples.

O olhar de K. se perturbou; esse presumido homem de confiança da justiça falava como um menino ignorante.

— Minha inocência não simplifica a questão — declarou K., e apesar de tudo não pôde deixar de sorrir enquanto balançava lentamente a cabeça. — Há muitas sutilezas em que a justiça se perde! Sempre termina por descobrir um grande delito onde de modo algum o havia.

— Sim, sim, certamente — admitiu o pintor, como se K. estivesse perturbando desnecessariamente o curso de seus pensamentos. — Mas, você é inocente?

— Claro que sim — respondeu K.

— Pois isso é o principal — declarou o pintor, que sem dúvida não se deixava influir pelas objeções; somente que apesar de seu tom decidido não se podia estabelecer claramente se falava assim por convicção ou simplesmente por indiferença. Por isso K. quis estabelecê-lo logo e disse:

— Sem dúvida, você conhece a justiça melhor do que eu; dela não sei muito mais do que escutei falar a certas pessoas, além do mais de condição muito diversa. Mas todos estão de acordo que a acusação mais insignificante não fica anulada sem mais nem menos, senão que a justiça, uma vez que formulou a acusação, está firmemente convencida da culpabilidade do acusado e que dificilmente se pode alterar tal convicção.

— Dificilmente? — perguntou o pintor, levantando uma das mãos. — Nunca a justiça abandona tal convicção. Se eu pintasse aqui sobre uma tela todos os juízes reunidos, e você se defendesse diante dessa tela, não alcançaria melhor resultado do que perante a justiça real.

— Sim — disse K., para si mesmo, esquecendo que seu propósito era apenas entreter o pintor.

Atrás da porta tornou a ouvir-se a voz de uma das espeloteadas que perguntava:

— Será que não se vai logo embora esse senhor, Titorelli?

— Calem-se — clamou o pintor, dirigindo a voz para a porta. — Não estão percebendo que estou conversando com este senhor?

Mas a jovem não pareceu contentar-se com essa explicação, pois perguntou:

— Vais fazer o retrato dele?

E como o pintor não respondesse nada, a jovem acrescentou:

— Não o pintes, por favor. É um homem muito feio.

A isto seguiu-se uma incompreensível confusão de exclamações de aprovação. O pintor chegou de um salto à porta, abriu-a um pouco (através da abertura apareciam as mãos estendidas e juntas das jovens em atitude suplicante) e disse:

— Se não ficarem quietas eu as atirarei pelas escadas abaixo. Sentem-se nos degraus e comportem-se ajuizadamente. — Provavelmente as jovens não obedeceram logo, porque o pintor teve de voltar a ordenar: — Ali embaixo, nos degraus.

Apenas então sobreveio a calma.

— Perdoe — disse o pintor, quando tornou ao lado de K. Este apenas se voltara para a porta. Tinha abandonado inteiramente ao pintor a tarefa de protegê-lo pelos meios que este quisesse. Tampouco fez o menor movimento quando o pintor se inclinou sobre ele e lhe sussurrou ao ouvido para que as que estavam fora não pudessem escutá-lo: — Também estas jovens pertencem à justiça.

— Que está dizendo? — perguntou K., pondo a cabeça para um lado e olhando fixamente o pintor. Mas este, que já voltara a sentar-se na cadeira, disse meio brincando, meio à guisa de explicação:

— Todas as coisas dependem da justiça.

— Pois ainda não o tinha percebido — disse K., ligeiramente; essa observação geral do pintor relativa às jovens havia sido dita em um tom que excluía todo caráter inquietante. Não obstante isso, K. ficou bastante tempo olhando para a porta atrás da qual as jovens se encontravam agora sentadas em silêncio nos degraus. Apenas uma delas, que tinha introduzido uma palha através da fresta formada por duas tábuas da porta, movia-a lentamente para cima e para baixo.

— Você não parece possuir ainda um conhecimento ao menos geral da justiça — declarou o pintor, que tendo separado muito suas pernas golpeava com as pontas dos pés sobre o piso. — Mas desde que você é inocente não terá necessidade de tal conhecimento; eu somente posso tirá-lo do aperto.

— Como se arranjará para consegui-lo? — perguntou K. — Você mesmo acaba de me dizer que com a justiça não valem de modo algum argumentações ou provas.

— Não valem as provas que são apresentadas diante dos tribunais — replicou o pintor, elevando o dedo indicador como se pretendesse fazer notar a K. uma sutil diferença. — Coisa muito diferente, em troca, é o que acontece quando se tramita algo às costas da própria justiça, por exemplo na sala de deliberações, nos corredores ou mesmo aqui, em meu estúdio.

O que o pintor acabava de dizer já não parecia tão inverossímil a K., pois em rigor de verdade demonstrava uma concordância com o que até então K. chegara a saber por obra de outras pessoas. Sim, até permitia alimentar grandes esperanças. Se realmente os juízes se viam tão facilmente influenciados pelas amizades pessoais, como o advogado o explicara, as relações do pintor com aqueles juízes vaidosos podiam ser particularmente importantes e, em todo caso, de modo algum podia desdenhá-las. De maneira que o pintor podia muito bem engrossar o número das pessoas que K. pouco a pouco ia agrupando ao redor dele para que o auxiliassem no processo. Uma vez no banco fora elogiado o seu talento de organizador; agora, que dispunha de toda independência para agir, oferecia-se-lhe uma boa ocasião de provar até que ponto chegava essa faculdade. O pintor observava atentamente o efeito que produzia sobre K. sua explicação; depois disse com alguma inquietação:

— Surpreende-se que eu fale quase como um jurista? Pois isso se deve ao meu trato ininterrupto com os senhores da justiça. Está claro que ganhei muito com essa convivência, embora por outra parte tenha perdido também muito minha obra artística.

— Como chegou a relacionar-se pela primeira vez com os juízes? — perguntou K.; antes de torná-lo decididamente a seu serviço queria conquistar a confiança do homem.

— Foi muito simples — disse o pintor —, simplesmente herdei essas relações. Já meu pai era pintor da justiça. Este é um posto que sempre se herda; por isso nunca chegam a ele pintores novos. Para representar pela pintura as diferentes hierarquias dos funcionários da justiça existem regras tão diversas, múltiplas e, sobretudo, secretas, que não são conhecidas fora de determinadas famílias. Ali, em minha gaveta, por exemplo, tenho as instruções de meus pais que não mostro a ninguém. Pois bem, unicamente aquele que as conhece é capaz de pintar os juízes. Contudo, mesmo que as perdesse, existem tantas regras que somente eu sei de memória, que ninguém poderia disputar-me o posto. É necessário representar os juízes tais como foram pintados os antigos, os grandes juízes, e isso é algo que somente eu posso fazer.

— Bem digno de inveja é gozar de semelhante posição — disse K., que pensava em seu próprio posto do banco. — Seu emprego é, portanto, inalienável.

— Sim, inalienável — declarou o pintor, encolhendo orgulhosamente os ombros. — Por isso posso até atrever-me de vez em quando a ajudar algum pobre homem que tem um processo.

— E como faz? — perguntou K., como se não se encontrasse no caso daquele a quem o pintor acabava de chamar pobre homem. O pintor porém não se afastava do tema da conversação, pois disse:

— Em seu caso, por exemplo, já que é de todo inocente, procederia assim.

A repetida menção de sua inocência se tornava já pesada para K. Parecia-lhe que em virtude de tal observação o pintor fazia do resultado favorável do processo uma condição prévia para prestar sua ajuda, a qual por isso mesmo seria certamente supérflua. Apesar de tais dúvidas, K. conteve-se e não interrompeu o discurso do pintor. Não queria renunciar à ajuda desse homem; estava resolvido a empregá-la porque de modo algum lhe parecia mais problemática que a do advogado. Ainda mais, até a preferia e muito, porque se lhe oferecia de um modo mais inofensivo e franco.

O pintor aproximara a cadeira da cama e prosseguiu falando com voz baixa:

— Esqueci-me de perguntar no primeiro momento que espécie de absolvição é que você deseja. Existem três possibilidades: a absolvição real, a absolvição aparente e a dilação indefinida. Certamente, a absolvição real é a melhor, apenas que não posso exercer a menor influência para conseguir uma solução desse tipo. A meu critério, não existe ninguém, mas absolutamente ninguém, que possa conseguir com sua influência coisa semelhante. Provavelmente, aqui o decisivo seja unicamente a inocência do acusado. Desde que você é inocente, talvez fosse efetivamente possível que você se abandonasse à sua inocência e confiasse apenas nela. Mas nesse caso não necessitaria de minha ajuda nem da ajuda de ninguém.

Esta exposição tão ordenada fez que a princípio K. ficasse completamente aturdido; mas depois disse com voz tão baixa como a do pintor:

— Creio que você se contradiz.

— Por quê? — perguntou o pintor, pacientemente, enquanto se atirava para trás sorrindo. Esse sorriso despertou em K. a consciência de que aqui se tratava de descobrir contradições, não nas palavras do pintor, mas nas próprias atitudes da justiça. Contudo, não se atirou para trás e disse:

— Ao princípio me fez a observação de que à justiça não a afetam provas ou argumentações; depois limitou isto à justiça pública e oficial e agora sustenta até que o inocente não precisa de nenhuma ajuda diante da justiça. Aqui já tem uma contradição. Mas, além disso, disse também ao princípio que é possível influir nos juízes por meio de relações pessoais. Contudo, nega agora que por esse meio se possa obter alguma vez a absolvição real, como a chama. Eis aí uma segunda contradição.

— É muito fácil explicar essas contradições — disse o pintor. — Falamos de duas coisas diferentes: por um lado, daquilo que a lei estabelece, e por outro, daquilo que eu cheguei a saber por experiência pessoal. É preciso que você não confunda essas duas coisas. Não li em nenhuma lei, embora naturalmente deve estar estabelecido ali que o inocente deve ser absolvido, portanto, não se estabelece nela que se possa influir sobre os juízes por meio de relações pessoais. Pois bem; inteirei-me de que precisamente acontece tudo ao contrário, porque o certo é que não tenho conhecimento de nenhuma absolvição real, e sim de muitos casos de influências pessoais. Naturalmente, é possível que em nenhum desses casos que conheço o acusado fosse inocente, mas não é isto inverossímil? É crível que em tantos casos não tenha havido nem mesmo um único inocente? Ainda criança, eu ouvia falar o meu pai a respeito deste assunto quando nos contava particularidades dos processos; também os juízes que se chegavam até seu estúdio referiam processos e coisas de justiça; em nosso círculo, a dizer a verdade, não se falava de outra coisa; apenas se me apresentou a oportunidade de me introduzir eu mesmo nas questões da justiça, o fiz logo e desde esse tempo aproveito sempre essa situação para seguir inúmeros processos em todas as suas fases, ao menos naquelas que me eram acessíveis e (é preciso que o confesse) nunca tive notícias de um só caso de absolvição real.

— De modo que nem um só caso de absolvição real — disse

K., como se falasse consigo mesmo e para dar uma resposta às suas próprias esperanças. — Isso não faz senão confirmar a opinião que eu tinha sobre a justiça; de modo que não posso tampouco alimentar nenhuma esperança por esse lado. Parece-me que, nesse caso, apenas um verdugo poderia perfeitamente substituir toda a justiça.

— Você não deveria generalizar tanto — advertiu o pintor, com ar descontente —; apenas lhe falei de meus conhecimentos pessoais.

— Contudo, isso basta — disse K. — Ou será que alguma vez você ouviu falar de algum caso de absolvição real que se desse no passado?

— Terão ocorrido tais absolvições — retrucou o pintor. — Apenas é muito difícil estabelecê-lo. As sentenças definitivas da justiça não somente não se publicam, mas nem mesmo são acessíveis aos juízes, de modo que existem apenas lendas referentes às antigas causas judiciais. É certo que segundo essas lendas houve até muitos casos de absolvição real; bem se pode crer nelas, embora de modo algum seja possível demonstrar algo. Apesar de tudo, não se pode deixá-las inteiramente de lado porque com certeza essas lendas contêm certa verdade; além do mais, são muito formosas. Eu mesmo tive ocasião de pintar alguns quadros cujo tema era o conteúdo dessas lendas.

— As meras lendas não podem modificar a minha opinião — declarou K. — Diante dos tribunais, pode-se porventura apelar para tais lendas?

O pintor desatou a rir.

— Não, é claro que não se pode — disse.

— Então é inútil falar disso — replicou K., que momentaneamente queria admitir todas as opiniões do pintor, mesmo quando as considerasse inverossímeis e até estivessem em contradição com outras manifestações de Titorelli. Por enquanto não tinha tempo de examinar que grau de verdade havia em tudo o que o pintor dizia, nem de refutar suas revelações. Contentava-se se conseguia resolver o pintor a ajudá-lo de qualquer modo, mesmo que sua colaboração não fosse decisiva. Por isso disse: — Deixemos portanto de lado a absolvição real; você mencionou ainda outras duas possibilidades.

— Sim, a absolvição aparente e a dilação indefinida. Apenas elas são viáveis — disse o pintor —; mas, não quer tirar a jaqueta antes que falemos disso? Parece-me que sente muito calor.

— Sim — concordou K., que até este momento não tinha atendido a nada que não fossem as explicações do pintor; mas, desde que este agora lhe tinha feito recordar o calor, sentiu que pela fronte lhe corriam grandes gotas de suor. — Faz um calor quase insuportável.

O pintor concordou com uma inclinação de cabeça como se se desse conta perfeitamente da sensação de mal-estar de K.

— Não se poderia abrir a janela? — perguntou K.

— Não — respondeu o pintor —; trata-se apenas de um vidro fixo que não pode ser aberto.

Apenas nesse momento percebeu K. que todo o tempo estivera esperando que o pintor, ou ele mesmo, repentinamente fosse até a janela para abri-la de par em par. Estava resolvido a respirar a plenos pulmões essa neve tão densa. A sensação de achar-se ali, inteiramente privado de ar, produziu-lhe vertigens. Bateu suavemente com a mão o edredon que tinha junto a si e disse com voz mais débil:

— Mas isto, além de ser desagradável, é malsão.

— Oh, não — replicou o pintor, defendendo a disposição de sua janela. — Embora seja um simples vidro, como nunca se pode abrir, o calor se conserva aqui melhor do que se fosse uma janela de folha dupla. Quando desejo ventilar a habitação, o que em verdade não é muito necessário, visto que através de todas essas fendas da madeira se renova continuamente o ar, posso abrir uma das portas e até as duas de uma vez.

K., um pouco consolado por essa explicação, olhou em torno procurando a segunda porta. O pintor, que o percebeu, disse:

— Está atrás de você. Fica um pouco escondida pela cama.

Somente então K. viu uma portinha que se abria na parede.

— Tudo aqui é muito pequeno para um estúdio — disse o pintor, como se desejasse adiantar-se a qualquer crítica que a este respeito pudesse fazer-lhe K. — Tive de me arrumar como pude. Evidentemente, a cama situada diante da porta está em um lugar muito impróprio. Por exemplo, o juiz a quem estou fazendo o retrato chega sempre por essa porta e precisa passar por cima da cama; até lhe dei uma chave dessa porta para que, mesmo quando eu não esteja em casa, possa entrar e esperar-me no estúdio. Pois bem, o caso é que tem o costume de vir de manhã muito cedo quando ainda estou dormindo. De modo que sempre me arranca do mais profundo de meus sonos quando abre a portinha que está junto à cama. Verdadeiramente, você perderia todo respeito pelos juízes se ouvisse as maldições com que recebo a este quando pela manhã cedo sobe à minha cama. Está claro que eu podia retirar-lhe a chave, mas isso não faria senão piorar as coisas. Com o mínimo esforço podem-se arrancar aqui de seus gonzos todas as portas.

Enquanto o pintor pronunciava esse discurso, K. pensava se não seria melhor tirar a jaqueta; por fim, compreendeu que se não o fizesse não lhe seria já possível permanecer um instante mais nesse lugar; por isso tirou-a, conservando-a porém sobre os joelhos para poder tornar a pô-la em seguida no caso de que terminasse a sua entrevista com o pintor. Apenas fez isto, uma das jovens que estavam fora exclamou:

— Já tirou a jaqueta!

E então se ouviu como todas as outras, empurrando-se, se apinhavam junto às frestas da porta para ver elas mesmas a cena.

— As jovens creem — explicou o pintor — que vou fazer-lhe o retrato e que por isso você se despe.

— Sim? — exclamou K., não muito contente; porque, a dizer a verdade, não se sentia muito melhor do que antes, mesmo que se pusesse em mangas de camisa. Por isso, quase grunhindo, perguntou:

— Que nome deu às outras duas possibilidades?

Já se tinha esquecido das expressões técnicas empregadas pelo pintor.

— Falei da absolvição aparente e da dilação indefinida — disse o pintor. — A você é que corresponde escolher. Em virtude de minha ajuda, ambas são acessíveis; está claro que não sem trabalho; a este propósito, a diferença está em que a absolvição aparente exige durante algum tempo concentração de todas as energias, enquanto a dilação indefinida requer ligeiros esforços, mas duradouros. Vou-lhe explicar em primeiro lugar, portanto, o que é a absolvição aparente. Se é esta a que você deseja, escreverei em uma fórmula de tal declaração que é inteiramente inatacável. Levando comigo esse documento irei então ver todos os juízes que conheço. Começarei certamente com o juiz cujo retrato estou agora pintando; apresentar-lhe-ei o documento hoje à tarde quando vier à sessão de pintura. Exibo-lhe então o documento, explico-lhe que você é inocente e constituo-me eu mesmo em fiador de sua inocência. Não se trata aqui de uma garantia puramente exterior, mas real e comprometedora.

No olhar do pintor havia certa reprovação pelo fato de que K. pretendesse sobrecarregá-lo com o peso de tal garantia.

— É verdadeiramente muito amável de sua parte — disse K. — E diga-me, não lhe acreditaria o juiz de modo que apesar de tudo me concedesse a absolvição real?

— Como já lhe disse — retrucou o pintor —, a coisa não é de modo algum certa; tampouco é além disso certo que todos os juízes me acreditem; muitos exigirão, por exemplo, que leve você à presença deles. Então teria de se apresentar comigo. É certo que em tal caso o processo já estaria meio ganho, particularmente se de antemão eu o instruir como terá de se comportar com o juiz que o interrogue. Pior se apresentará a coisa com aqueles juízes (e isto naturalmente também terá de acontecer) que recusem considerar o caso. Teríamos de renunciar a eles, embora certamente não desprezaríamos nenhum esforço tendente a conseguir sua colaboração; teríamos de fazê-lo assim embora sem lamentá-lo muito, pois uns tantos juízes não podem de modo algum decidir a questão. Uma vez que tenha conseguido reunir um número suficiente de assinaturas de juízes ao pé desse documento, vou-me com ele ver o juiz que se encarrega precisamente de seu processo. É também possível que entre as firmas reunidas esteja já a desse juiz. Nesse caso, todo o assunto caminhará com maior rapidez. Em geral, já não se apresentam muitos obstáculos ao chegar a essa fase do assunto; esse é o momento em que todos os acusados podem alimentar as maiores esperanças. Isso não deixa de ser algo notável porque a verdade é que nesse momento os inculpados alimentam maiores esperanças que depois de obtida a absolvição. Desde que este ponto foi atingido, já não se precisa realizar grandes esforços. O juiz possui nessa declaração a garantia de muitos outros juízes, de modo que pode absolver sem escrúpulos, e isso é o que sem dúvida fará, depois de cumprir naturalmente diversas formalidades, para agradar-me e a outras pessoas conhecidas. Então você sai de seu escritório da justiça e fica livre.

— De maneira que então fico em liberdade? — disse K. hesitando.

— Sim — confirmou o pintor —, mas somente em uma liberdade aparente ou, para expressá-lo com maior exatidão, provisória. Os juízes inferiores, entre os quais se acham os meus conhecidos, não têm o direito de absolver definitivamente; esse direito corresponde à justiça superior totalmente inacessível para você, para mim e para todos nós. Não sabemos o que acontece nessa esfera superior e, seja dito de passagem, tampouco queremos saber. Quer dizer então que nossos juízes não possuem o direito de absolver definitivamente o acusado, mas em troca sim têm o direito de pô-lo em liberdade. Isso significa que, se você fica absolvido desta maneira, momentaneamente fica também subtraído à acusação sem que esta porém deixe de pender sobre você, de modo que bem pudesse acontecer que tão depressa quanto chegue uma ordem superior volta a ter o mesmo vigor de antes. Como me encontro em muito boas relações com os membros da justiça, posso também informar-lhe, de acordo com as disposições que regem o funcionamento da secretaria de justiça, como se manifesta exteriormente a diferença que existe entre a absolvição real e a absolvição aparente. No caso da absolvição real, o expediente do processo desfaz-se inteiramente; as atas desaparecem do inquérito; destrói-se tudo, não somente a acusação, mas também todo o processo e até a ata de absolvição. Nada fica então do processo. Outro é o caso da absolvição aparente. A declaração de inocência não produz por si mesma outra modificação senão a de enriquecer o expediente com ela, com a ata de absolvição e com as atas que fundamentam esta. Em tudo o mais, o processo continua seu curso, continua-se levando-o a tribunais superiores, como o exige o trâmite ininterrupto entre os diversos escritórios da justiça; volta depois outra vez aos tribunais inferiores e sofre deste modo oscilações grandes e pequenas e demoras mais ou menos prolongadas. Não é possível calcular o que pode acontecer com o expediente. Visto de fora, poderia muitas vezes dar a impressão de que o processo faz muito tempo que foi esquecido, de que as atas se perderam e que a absolvição é, por conseguinte, completa. Mas um iniciado nestas coisas não o julga assim. Nunca se perde nenhuma ata, a justiça não se esquece de nada. Um dia, sem que ninguém o espere, algum juiz toma em suas mãos com maior atenção o expediente, reconhece que nesse caso a acusação está ainda em vigor e ordena imediatamente a detenção do acusado. Admito a este respeito que entre a absolvição aparente e o novo arresto transcorra um longo tempo; sim, isto é possível, e até sei de alguns exemplos disso; mas é também possível que ao voltar a sua casa o acusado que obteve a absolvição dos tribunais encontre já ali aguardando-o empregados que o detenham novamente. É claro que então se acaba também a liberdade.

— E o processo torna a começar ainda? — perguntou K., quase sem poder acreditá-lo.

— Por certo — respondeu o pintor. — O processo começa de novo, porém também volta a apresentar-se a possibilidade, assim como antes, de obter uma nova absolvição aparente. Então é preciso voltar a reunir todas as energias e não se dar por vencido. — Isto disse por último o pintor talvez por causa da impressão que lhe causava K., o qual se achava um tanto abatido.

— Mas — quis informar-se K., como querendo adiantar-se a revelações que o pintor pudesse fazer-lhe — obter essa segunda absolvição não será mais difícil que conseguir a primeira?

— A esse respeito — retrucou o pintor — nada se pode afirmar com segurança. Certamente acredita você que os juízes poderiam pronunciar um juízo desfavorável para o acusado, influenciados pelo fato de que se dá uma segunda detenção. Pois não, não acontece assim. Os juízes já ao pronunciar a sua primeira absolvição haviam previsto também a segunda prisão. De modo que esta circunstância apenas exerce influência. Mas a atitude dos juízes pode em troca ter-se modificado em virtude de inúmeros motivos que antes não existiam e por onde também pode mudar-se seu juízo sobre o caso; deste modo os esforços que se façam para obter a segunda absolvição têm de se acomodar às mudadas circunstâncias e, em geral, esta absolvição demanda tantos esforços como a primeira.

— Contudo essa segunda absolvição não é tampouco definitiva, não é mesmo? — disse K., movendo a cabeça com gesto negativo.

— É evidente que não — corroborou o pintor —; à segunda absolvição segue o terceiro arresto; à terceira absolvição, a quarta prisão, e assim sucessivamente. Isso corresponde à essência mesma da absolvição aparente.

K. ficou calado.

— Pelo visto, não lhe parece vantajosa a absolvição aparente — disse o pintor. — Talvez prefira a dilação indefinida. Quer que lhe explique em que consiste essa dilação indefinida?

K. concordou com um movimento de cabeça. O pintor se tinha jogado para trás, comodamente, na cadeira; pela camisola amplamente aberta havia metido uma das mãos que passava sobre o peito e as costas.

— A dilação indefinida — disse o pintor, ficando um instante em silêncio e olhando diante de si como se estivesse procurando a expressão adequada que explicasse inteiramente seu pensamento —, a dilação indefinida consiste em manter o processo permanentemente em uma das fases iniciais. Para conseguir tal coisa é preciso que o acusado e seu colaborador, embora certamente sobretudo este último, mantenham de modo ininterrupto um contato pessoal com a justiça. Repito que aqui não é necessário um gasto tão grande de energias como para atingir uma absolvição aparente; não obstante isso, aqui se requer muito maior atenção. É preciso não perder de vista o processo; tem-se de visitar regularmente o juiz que instrui a causa, é preciso ir vê-lo em ocasiões especiais e procurar por todos os meios conservar sua amizade; se não se conhece pessoalmente o juiz, é preciso influir sobre ele por intermédio de outros juízes conhecidos, sem que isso signifique de modo algum que se desista de falar diretamente com ele sobre o assunto. Se a este respeito não se descuida nada, pode afirmar-se com bastante certeza que o processo não sairá de sua primeira fase. É certo que o inquérito não termina, mas aqui o acusado está quase tão certo de não ser condenado como se estivesse em liberdade. Diante da absolvição aparente, a dilação indefinida apresenta ao acusado a vantagem de um futuro menos incerto pois está preservado do sobressalto de repentinas prisões, de modo que não tem de temer que de súbito se veja obrigado a realizar, no momento em que as circunstâncias não lhe são favoráveis, esses esforços e essas diligências que são anexos aos trâmites que demandam a obtenção da absolvição aparente. Também a dilação indefinida acarreta ao acusado certos inconvenientes que de modo algum são desprezíveis. Não me refiro simplesmente ao fato de que o acusado nunca está em liberdade, porque, a dizer a verdade, tampouco no caso da absolvição aparente o está. Refiro-me a outro inconveniente. O processo não pode ficar estacionado em uma fase sem que ao menos exista uma razão aparente para isso, sendo preciso que de algum modo o processo continue. Isso exige que de tanto em tanto se cumpram certas formalidades: o acusado precisa submeter-se a interrogatórios; é preciso que se façam sessões, etc... O processo precisa continuar movendo-se dentro do pequeno círculo a que artificialmente ficou limitado. Isso naturalmente acarreta para o acusado certos incômodos que você não deve julgar excessivamente maus. Com efeito, tudo é meramente exterior; os interrogatórios, por exemplo, são extremamente breves; quando não se tem tempo ou vontade de comparecer a eles, pode desculpar-se e até com certos juízes pode dispor-se de antemão, e de acordo com eles, estabelecer o que se tem de fazer durante longo tempo; no fundo não se trata portanto senão de apresentar-se de quando em quando diante do juiz que instrui a causa.

Enquanto o pintor pronunciava estas últimas palavras, K., pondo sua jaqueta sobre um braço, ergueu-se.

— Já se ergue — ouviu-se que alguém exclamava imediatamente fora, por trás da porta.

— Já deseja ir-se embora? — perguntou o pintor, que também se tinha erguido. — Sem dúvida é o ar deste quarto que o leva a despedir-se. Lamento-o muito. Ter-lhe-ia dito ainda muitas coisas. Tive de me constranger a abreviar muito minha exposição. Contudo espero que você me tenha compreendido.

— Oh! sim — disse K., que sentia dor de cabeça pelos esforços realizados ao tratar de entender o outro. Apesar dessa confirmação, o pintor, resumindo tudo quanto havia exposto, como se quisesse consolar K. antes que este se fosse, disse:

— Ambos os métodos têm em comum o fato de impedirem a condenação do acusado.

— Sim, mas também impedem a absolvição real — replicou K., em voz baixa, como se se envergonhasse de ter reconhecido esse fato.

— Com efeito, você compreendeu muito bem o nó da questão — disse o pintor, rapidamente.

K. pôs a mão sobre seu abrigo, mas parecia não poder decidir-se de uma vez a colocar a jaqueta. O que mais lhe teria agradado nesse momento teria sido recolher todas as suas coisas sob o braço e correr em seguida para o ar fresco. Nem sequer o induziam a pôr a jaqueta e o abrigo as jovens que anteriormente gritavam umas às outras que K. se vestia. O pintor, pensando que de algum modo tinha de interpretar a atitude de K., disse:

— Pelo visto você ainda não se decidiu a adotar nenhuma de minhas propostas. Parece-me bem. Eu mesmo lhe teria aconselhado que não se decidisse por nenhuma delas de imediato. As vantagens e as desvantagens que cada qual apresenta resultam em um problema sutil. É preciso considerar tudo detidamente. Mas certamente não se pode perder nisso muito tempo.

— Logo voltarei a visitá-lo — disse K., e adotando uma súbita decisão pôs a jaqueta, atirou ao ombro o abrigo e dirigiu-se apressado para a porta, atrás da qual imediatamente começaram a gritar as espeloteadas. Pareceu a K. ver as jovens que gritavam através da porta.

— Terá de cumprir a sua palavra — advertiu o pintor, que ficara no mesmo lugar em que estivera —; porque do contrário irei ao banco para interrogá-lo eu mesmo.

— Mas abra esta porta — disse K., segurando com força a maçaneta que as jovens, como pôde perceber K. pela resistência que oferecia à sua mão, mantinham fixa do lado de fora.

— Deseja você, pois, que as jovens o importunem quando descer? — perguntou o pintor. — Por isso é melhor que saia por esta outra porta — disse, assinalando a que estava detrás da cama.

K. concordou com isso, de modo que de um salto tornou a colocar-se outra vez junto à cama. Mas, em vez de abrir aquela porta, o pintor arrastou-se debaixo da cama e, dali, disse:

— Espere ainda um momento. Não quer ver algum quadro que eu lhe poderia vender?

K. não queria manifestar-se descortês; o pintor recebera-o e prometera prestar-lhe depois sua ajuda, e, como K. se esquecera totalmente de falar da retribuição pecuniária por essa colaboração, não podia agora evitar ver esses quadros, embora verdadeiramente tremesse de impaciência para sair imediatamente do estúdio. O pintor tirou de baixo da cama um montão de telas sem moldura, tão cobertas pelo pó que, quando ele soprou por cima da superfície do quadro que estava sobre os outros, a poeira ficou flutuando no ar bastante tempo em frente aos olhos de K., o qual se absteve então de respirar.

— Aqui está a paisagem de uma planície — disse o pintor, estendendo o quadro a K. Estavam representadas nele duas árvores incipientes que se erguiam a grande distância uma da outra, em meio de escuros pastos. O fundo estava constituído por uma réstia de sol de múltiplas cores.

— É formoso — disse K. —; compro-o.

Quase sem perceber, K. se tinha expressado de modo demasiado breve e seco; por isso se alegrou quando o pintor, em vez de levá-lo a mal, ergueu do solo outro quadro.

— Aqui está outro que combina bem com o primeiro — disse o pintor. E, efetivamente, a peça fazia jogo com o primeiro quadro, apenas que não era possível encontrar nela a menor diferença com respeito àquele; ali estavam as árvores, mais além o pasto, e por fim também a réstia de sol. Contudo K. não atribuiu a menor importância ao fato.

— São formosas paisagens — disse —; fico com os dois, que pendurarei nas paredes de meu escritório.

— Parece que lhe agrada este motivo — disse o pintor, enquanto tirava uma terceira tela —; ficará bem que tenha ainda outro quadro parecido.

Não obstante isso, esse quadro de modo algum era parecido com os anteriores, senão antes exatamente a mesma paisagem. Pelo visto, o pintor aproveitava bem essa ocasião para vender seus velhos quadros.

— Fico também com este — disse K. — Quanto custam os três quadros?

— Falaremos disso em outra oportunidade — disse o pintor. — Agora você tem pressa, e o importante é que fiquemos mantendo relações. Além do mais, fico muito contente que lhe agradem os meus quadros. Dar-lhe-ei, para que as leve, todas as telas que tenho aqui embaixo. Todas são paisagens de planície. Sim, já pintei muitas paisagens de planície. Muita gente recusa estes quadros porque são demasiado sombrios, mas a outros, como a você mesmo, lhes agrada exatamente esse sentimento de sombria tristeza.

Mas K. já não tinha vontade de ouvir as experiências artísticas do pintor mendigo.

— Envolva todos esses quadros — exclamou, interrompendo o discurso do pintor —; amanhã virá um ordenança buscá-los.

— Não será necessário — disse o pintor —; espero poder encontrar alguém que os leve e que vá junto com você.

E assim dizendo inclinou-se por fim sobre a cama para abrir a portinha.

— Suba sem medo sobre a cama — disse o pintor —; todos os que aqui vêm o fazem.

Mesmo sem esse convite, K. não teria tido a menor vacilação pois já tinha posto um pé no centro mesmo do edredon; mas ao olhar para além da porta que o pintor acabava de abrir voltou a retirar imediatamente o pé.

— Mas, que é isto? — perguntou ao pintor.

— De que se espanta? — perguntou este por sua vez, também surpreso. — São as secretarias da justiça. Porventura não sabia que aqui funcionavam secretarias da justiça? Quase em todas as águas-furtadas existem secretarias. Por que, portanto, haviam de faltar exatamente aqui? Mesmo o meu estúdio pertence propriamente às secretarias de justiça, somente que esta o pôs à minha disposição.

K. não se inquietou tanto por ter encontrado naquele lugar secretarias da justiça, como pela sua própria ignorância das coisas referentes a ela. O princípio fundamental que tinha de reger a conduta de um acusado era a seu critério o de estar sempre preparado, o de não se deixar surpreender nunca, e o de não fitar desprevenido para a direita quando o juiz se encontrava junto a ele na esquerda... e o caso era que K. não cessava nunca de transgredir exatamente essa regra fundamental. Diante dele se estendia um longo corredor do qual provinha um ar comparado com o qual o de dentro era fresco. De ambos os lados do corredor havia bancos, exatamente como na sala de espera dos escritórios que K. já havia visitado uma vez. Pareciam secretarias dos tribunais. Nesse momento não era muito numerosa a afluência de litigantes. Via-se um homem, meio deitado sobre o banco, com o rosto oculto entre os braços, que parecia dormir; ao final do corredor, em meio da penumbra, percebia-se outro de pé.

K. subiu finalmente à cama, e o pintor o seguiu levando os quadros. Logo encontraram um porteiro — K. reconheceu agora em seguida os ordenanças dos tribunais pelo botão dourado que entre os botões comuns traziam em seus trajes de simples particulares — a quem o pintor encarregou que acompanhasse K. para levar-lhe os quadros. K. vacilava sobre os pés mais do que andava, enquanto mantinha apertado contra a boca um lenço. Já se encontravam próximo da saída quando se precipitaram a seu encontro as jovens às quais no final das contas K. não tinha conseguido enganar. Sem dúvida, tinham visto aberta a segunda porta do estúdio e dando a volta ao edifício tinham-se introduzido nele por aquele lado.

— Não posso acompanhá-lo mais — exclamou o pintor, rindo-se do assalto das jovens. — Até logo. E não reflita demais neste assunto.

K. nem mesmo se voltou uma vez para saudá-lo. Ao chegar à rua tomou o primeiro carro que se lhe apresentou no caminho. Importava-lhe desfazer-se do porteiro cujo botão dourado não cessava de ferir-lhe os olhos, embora ninguém, provavelmente, senão ele, o percebia. O porteiro, que era muito serviçal, quis ainda montar ao estribo do coche mas K. o fez descer. Quando K. chegou em frente às portas do banco fazia algum tempo já passara do meio-dia. Teria gostado de deixar no coche os quadros, mas temeu que em alguma oportunidade fosse necessário mostrá-los ao pintor. Fez, portanto, com que os transportassem a seu escritório, onde os fechou na gaveta mais baixa de sua escrivaninha para escondê-los, ao menos nos dias seguintes, dos olhares do vice-diretor.

❖

CAPÍTULO VIII

Block, o comerciante. Rompimento com o advogado

Apesar de tudo, K. resolvera-se por fim a retirar de seu advogado o direito de representá-lo. Se agir deste modo era correto, foi questão que não deixou de apresentar-lhe suas dúvidas; mas em última instância levou-o a dissipá-las sua convicção de que tal passo era necessário. Essa decisão tinha tirado a K., no dia em que determinara ir ver o advogado, muito de sua capacidade de trabalho, de modo que, cumprindo-o muito lentamente, teve de permanecer em seu escritório até muito tarde. Eram já dez horas da noite passadas quando por fim se encontrou em frente da porta da casa do advogado. Mesmo antes de fazer soar a campainha, ficou um instante meditando sobre se não teria sido melhor despedir o advogado por telefone ou por carta, pois evidentemente essa entrevista pessoal seria muito penosa. Contudo K. não queria renunciar à entrevista, mesmo que adotasse qualquer outro meio de despedir seu advogado, este que simplesmente calaria ou responderia com alguma fórmula feita, e K. nunca saberia, se não pudesse Leni conseguir descobrir algo, de que modo receberia isso o doutor Huld e que consequências poderiam seguir-se disso para K., segundo a opinião, de modo algum carente de importância, do advogado. Mas se o tinha frente a frente e o surpreendia com sua decisão, K. poderia, mesmo que o advogado não dissesse muito, decifrar pela expressão de seu rosto e por seu comportamento tudo o que quisesse. Nesse caso, até seria possível, se lhe parecesse conveniente, voltar a confiar-lhe a defesa e revogar a decisão de despedi-lo.

A primeira vez que K. bateu à porta do advogado, como era o costume, não obteve nenhum resultado. "Leni poderia ser mais rápida", pensou K., mas não deixava de constituir uma vantagem o fato de que não estivesse por ali nenhum outro litigante, como costumava acontecer, ou algum outro importuno como aquele homem que tinha saído uma vez em camisola. Quando K. apertou pela segunda vez o botão da campainha, voltou-se para olhar para a porta que tinha às suas costas e que desta vez, porém, ficou cerrada. Por fim apareceram na abertura da porta do advogado dois olhos; mas não eram os de Leni. Alguém começou a abrir a porta, embora parecesse por um momento continuar apoiando-se nela enquanto exclamava, dirigindo a voz para o interior da casa:

— É ele.

E somente então abriu-se completamente a porta. K. empurrou-a com violência, pois nesse momento ouviu que às suas costas alguém fazia girar apressadamente a chave na fechadura da porta da outra casa. Apenas viu aberta diante de si a do advogado, precipitou-se apressado no vestíbulo e dali pôde ver no corredor que se estendia ao comprido das sala Leni, que, tendo ouvido a exclamação de advertência daquele que tinha aberto a porta, afastava-se correndo, em camisa. K. seguiu-a com o olhar e depois se voltou para o que lhe tinha aberto a porta. Era um homenzinho delgado, de barba comprida, que segurava uma vela na mão.

— Você é empregado aqui? — perguntou K.

— Não — retrucou o homem —; não sou da casa; o advogado é meu defensor; estou aqui por causa de um assunto judicial.

— Sem jaqueta? — perguntou K., assinalando com um movimento da mão a falta de roupas apropriadas do homem.

— Ah, desculpe-me! — exclamou o homenzinho, iluminando-se com a vela como se pela primeira vez visse o estado em que se encontrava.

— Leni é sua amante? — perguntou K., rapidamente. Tinha separado um pouco as pernas e unido às suas costas as mãos com as quais segurava o chapéu. Já o fato de possuir um magnífico sobretudo o fazia sentir-se muito superior diante daquele homem pequenino e franzino.

— Oh, Deus! — exclamou o homem, erguendo a mão para seu rosto como para rechaçar tal pensamento. — Não, não. Que está pensando?

— Você parece digno de crédito — disse K., sorrindo. — Apesar disso... venha comigo.

E então fazendo-lhe um sinal com o chapéu mandou que ele seguisse à sua frente.

— Como se chama? — perguntou K., no caminho.

— Block, sou o comerciante Block — respondeu o homenzinho, voltando-se para K. ao se apresentar; mas este não permitiu que se detivesse.

— É esse seu verdadeiro nome? — perguntou K.

— Certamente — foi a resposta. — Por que duvida?

— Acredito que você tem motivos para esconder seu verdadeiro nome — disse K. Sentia-se tão livre como quando se fala no estrangeiro com pessoas inferiores, reservando-se porém para si tudo quanto concerne à pessoa, e com todo sossego conversa exclusivamente a respeito de seus interesses que dizem respeito aos outros, com o que estes se veem elevados, embora isso não impeça desentender-se de tais interlocutores quando se quer. Ao chegar em frente da porta do bufê do advogado, K. deteve-se, abriu-a e gritou ao comerciante que prosseguia seu caminho:

— Não vá tão depressa. Traga aqui a luz.

K. pensava que Leni podia ter-se escondido naquela sala; por isso fez que o comerciante explorasse todos os cantos. Mas na sala não havia ninguém. K., segurando pelos suspensórios da calça o comerciante, levou-o diante do quadro do juiz.

— Conhece-o? — perguntou-lhe, apontando com o dedo indicador para cima. O comerciante ergueu a vela, olhou para o quadro, tartamudeando, e por fim disse:

— É um juiz.

— Um juiz de hierarquia elevada? — perguntou K., enquanto se punha ao lado do comerciante para observar a impressão que sobre este fazia o quadro. Block olhava para cima com admiração.

— É um juiz de hierarquia superior — disse.

— Você não possui nenhum grande conhecimento da coisa — repetiu K. — Este é o mais inferior dos juízes inferiores de instrução.

— Ah, sim, agora recordo-me — admitiu o comerciante, baixando a vela. — Já tinha ouvido dizer isso.

— Mas está claro — exclamou K. — Eu mesmo passei por alto o fato de que forçosamente você já devia tê-lo ouvido.

— Mas, por quê? Por quê? — perguntou o comerciante, enquanto se movia para a porta empurrado pelas mãos de K. Quando chegaram ao corredor, este disse:

— Você não sabe onde terá se escondido Leni?

— Escondido? — exclamou o comerciante. — Não, estará na cozinha preparando a sopa do advogado.

— Por que não me disse isso logo? — perguntou K.

— Precisamente queria levá-lo para lá, mas você me impediu de o fazer quando me chamou — respondeu o negociante, como confundido por ordens contraditórias.

— Certamente você acredita que é muito esperto — disse K. —; leve-me para a cozinha.

K. não tinha estado nunca na cozinha dessa casa; era uma cozinha surpreendentemente espaçosa e muito bem provida; apenas o fogão era três vezes maior do que o comum; do restante não era possível examinar pormenores, pois a cozinha estava iluminada unicamente por um lamparinazinha pendurada à entrada. Junto ao fogo estava de pé Leni, com o guarda-pó branco, como sempre, deitando ovos dentro de uma caçarola colocada sobre um braseiro.

— Boas noites, Josef — disse Leni, olhando de soslaio.

— Boas noites — disse K., apontando com a mão para uma cadeira para indicar ao comerciante que se sentasse nela; este assim o fez. Em troca, K., colocando-se muito próximo das costas de Leni, inclinou-se sobre seu ombro e perguntou:

— Quem é este homem?

Leni rodeou K. com um braço enquanto com a outra mão revolvia a sopa; depois obrigou-o a pôr-se diante dela e lhe disse:

— É um homem lamentável, um pobre comerciante que se chama Block; não precisas mais que olhar para ele.

Ambos voltaram a cabeça, para olhar para trás. O comerciante estava sentado na cadeira que K. lhe tinha apontado. Tinha apagado a vela, cuja luz era agora desnecessária, e com os dedos apertava o pavio a fim de impedir que produzisse fumo.

— Estavas em camisa — observou K., fazendo voltar a cabeça a Leni, que ele empurrou com a mão, novamente para o fogão. Ela ficou calada. — Este homem é teu amante? — perguntou K. Leni quis apanhar a caçarola da sopa, mas K. a tomou por ambas as mãos e lhe disse: — Responde-me agora.

Leni retrucou:

— Vem comigo ao escritório e ali te explicarei tudo.

— Não — disse K. —, quero que mo expliques aqui.

Leni pendurou-se-lhe ao pescoço e quis beijá-lo, mas K. afastou--se e disse:

— Não quero que me beijes agora.

— Josef! — disse Leni, com olhos suplicantes e contudo muito abertos. — Não estarás com ciúmes do senhor Block! Rudi — disse depois, voltando-se para o comerciante —, ajuda-me, já vês que tem suspeita de mim. Deixa essa vela.

Poder-se-ia acreditar que o homem não tinha prestado atenção ao que falaram Leni e K.; contudo, estava perfeitamente ciente de tudo.

— Eu muito menos sei por que você deveria estar ciumento — disse Block, que estava pouco preparado para essa interpelação.

— Pois eu, para dizer a verdade, tampouco — replicou K., olhando com um sorriso o comerciante. Leni desatou a rir a gargalhadas e aproveitou a momentânea distração de K., para pendurar-se-lhe ao braço; depois lhe sussurrou ao ouvido:

— Deixa-o em paz, já vês que tipo de homem é. Atendi-o um pouquinho porque é um cliente importante do advogado e não por nenhum outro motivo. E tu, queres falar com o advogado, embora seja um pouco tarde? Hoje está muito enfermo, mas se queres te anunciarei em seguida, apenas que certamente passarás a noite comigo. Há muito tempo que não nos visitas; o próprio advogado perguntou por ti. Não descuides de teu processo. Também tenho que te comunicar algumas coisas de que me inteirei, mas, antes de tudo, tira esse abrigo.

Leni ajudou-o a tirá-lo, tomou-lhe o chapéu e saiu para deixar essas prendas no vestíbulo; depois voltou e observou a sopa.

— Queres que te anuncie agora mesmo? Ou será melhor que leve primeiro a sopa?

— Anuncia-me logo — disse K. Estava irritado porque ao princípio tinha o propósito de conversar com Leni sobre seu processo e principalmente a respeito de seu desejo de romper com o advogado, mas a presença do comerciante na casa tinha-lhe tirado a vontade de fazê-lo. Contudo, nesse momento seu assunto parecia-lhe demasiado importante para que esse pequeno comerciante pudesse influir nele talvez de um modo decisivo; por isso chamou novamente Leni, que já se encontrava no corredor.

— Leva-lhe primeiro a sopa — disse K. —; é preciso que adquira forças para a conversação que manterá comigo.

— De modo que você também é um cliente do advogado — disse de seu canto, em voz muito baixa, o comerciante, como se quisesse assegurar-se de algo. Mas sua pergunta não foi bem recebida.

— E que importa isso a você — disse-lhe K. E, por sua vez, Leni acrescentou:

— Fica quieto. Então, levo-lhe primeiro a sopa — disse, dirigindo-se a K., enquanto derramava a sopa em um prato — apenas que nesse caso é de temer que durma depressa; depois de comer costuma adormecer logo.

— O que eu tenho a dizer-lhe mantê-lo-á desperto — disse K., que de todos os modos queria fazer com que Leni compreendesse que tinha o propósito de tratar algo importante com o advogado; queria além disso que fosse Leni quem lhe perguntasse de que ia falar e somente depois pedir à jovem conselho a este respeito. Mas ela cumpria sem interpretar, pontualmente, as ordens emanadas de K. Quando passou por diante deste levando a sopa, chocou-se propositadamente com ele, com suavidade, e sussurrou-lhe ao ouvido:

— Depois de ter tomado a sopa anunciar-te-ei em seguida para que tornes a mim o mais depressa possível.

— Vai, pois — disse K. —, vai.

— E vocês, sejam amáveis — disse Leni voltando-se ao chegar à porta.

K. seguiu-a com o olhar; pois bem, estava absolutamente decidido a desistir do advogado, evidentemente era melhor que não falasse antes do assunto com Leni; ela não possuía suficientes conhecimentos a respeito deste assunto, de modo que com certeza o aconselharia a desistir de sua determinação; e se verdadeiramente se abstinha desta vez a despedir o advogado, ficaria em meio da incerteza e das dúvidas para terminar, ao fim de algum tempo, por adotar, porém, essa decisão que era na verdade muito constrangedora. Quanto mais depressa o fizesse, tanto maior seria o número de inconvenientes que evitaria. Além do mais, talvez esse comerciante poderia dizer-lhe algo a respeito.

K. voltou-se para ele; nem bem o comerciante adivinhou o gesto de K., dispôs-se a pôr-se de pé.

— Fique sentado — disse-lhe K., enquanto aproximava uma cadeira junto à do outro —; você é um velho cliente do advogado?

— Sim — respondeu o comerciante —, um cliente muito velho.

— E quantos anos faz que ele o representa? — perguntou K.

— Não sei a que se refere — declarou o comerciante. — No que diz respeito a questões de direito comercial (pois eu tenho um comércio de cereais), este advogado me representa desde que fundei esse negócio, quer dizer há cerca de vinte anos; e no que diz respeito ao meu processo, ao qual queria provavelmente você referir-se, representa-me desde o começo, há mais de cinco anos. Sim, bastante mais de cinco anos — acrescentou depois, tirando do bolso uma velha carteira. — Aqui tenho tudo anotado. Se você o deseja posso informá-lo das datas exatas. É difícil reter tudo na memória. Meu processo provavelmente tem uma duração muito maior; começou pouco depois da morte de minha mulher, que aconteceu há mais de cinco anos e meio.

K. aproximou-se ainda um pouco mais do comerciante.

— De modo que este advogado atende também a questões de direito corrente? — perguntou K. Essa combinação da justiça e das ciências jurídicas pareceu a K. enormemente tranquilizadora.

— Certamente — replicou o comerciante, que depois ajuntou, cochichando: — até se diz que nestas questões é mais hábil do que nas outras.

Mas em seguida pareceu arrepender-se do que tinha dito, porque, pondo uma das mãos sobre o ombro de K., acrescentou:

— Peço-lhe que não me atraiçoe.

K., para tranquilizá-lo, deu alguns golpezinhos sobre sua perna e lhe disse:

— Não, não sou nenhum traidor.

— A verdade é que o advogado é muito rancoroso — explicou o comerciante.

— Mas não fará nada certamente contra um cliente tão fiel como você — disse K.

— Oh, não o creia — replicou o comerciante —; quando está excitado não faz nenhuma diferença; além disso não lhe sou absolutamente fiel.

— Você não lhe é fiel? — perguntou K.

— Poderei confiá-lo a você? — perguntou o comerciante, com tom de dúvida.

— Certo que pode, sim — disse K.

— Pois bem — declarou o comerciante —, confiarei isto a você, mas somente em parte; além disso, você teria de me fazer partícipe também de um segredo seu para que diante do advogado fiquemos ambos amarrados.

— Você é muito precavido — disse K. —, mas lhe comunicarei um segredo que haverá de tranquilizá-lo completamente. Em que consiste, pois, a sua infidelidade com respeito ao advogado?

— Pois — disse o comerciante, hesitando e com o tom de voz de quem está confessando algo desonroso —, tenho outros advogados, ainda.

— Não há nada de mau nisso — disse K., um tanto decepcionado.

— Aqui sim — exclamou o comerciante, que estivera contendo

a respiração desde o momento em que confessara seu segredo; mas depois da observação de K. pareceu adquirir maior confiança. — Isso é algo que não se permite. E menos permitido ainda está o contratar os serviços de advogadozinhos quando já se goza dos de um advogado propriamente dito. Contudo, isso precisamente foi o que eu fiz; além do doutor Huld tenho cinco rábulas.

— Cinco? — exclamou K.; já o número o enchia de assombro — Cinco advogados além deste?

O comerciante confirmou, com uma inclinação de cabeça.

— Exatamente, estou negociando agora com um sexto.

— Mas, para que você precisa de tantos advogados? — perguntou K.

— Necessito de todos — explicou o comerciante.

— Quer me explicar isso? — perguntou K.

— Com muito prazer — respondeu o comerciante. — Antes de tudo, não quero perder meu processo. Isso é óbvio... De modo que não descuido de nada que me possa ser útil, mesmo quando as esperanças de utilidade que possam oferecer-se em determinados casos sejam inteiramente exíguas, não rechaço tampouco esses casos. Por isso investi tudo quanto possuo no processo. Por exemplo, retirei de meu comércio todo o dinheiro em efetivo; antes os escritórios ocupavam quase todo um andar; hoje contento-me com uma peça pequena dos fundos da casa onde trabalho com apenas um ajudante. Essa redução de volume de meus negócios não se deve apenas a que tenha retirado meu dinheiro dele, mas principalmente, por certo, à diminuição de minha capacidade de trabalho. Quando se quer fazer algo pelo seu processo, é muito pouco que se pode ocupar-se do resto.

— De modo que você mesmo também trabalha em seu processo? — perguntou K. — Precisamente sobre esse ponto gostaria de saber alguma coisa.

— Sobre isso não lhe posso informar senão muito pouco — replicou o comerciante. — Ao princípio também eu pretendi fazer algo pessoalmente em favor de meu processo, mas logo tive de abandonar meus propósitos. É muito cansativo e não se alcança nisso muito êxito. Além disso, ao menos no meu caso, revelou-se-me como impossível trabalhar alguém nos tribunais e negociar tudo pessoalmente. Já o ficar ali simplesmente sentado, esperando, representa um grande esforço; mas você mesmo conhece quão pesado é o ar nessas secretarias.

— Como sabe que eu estive ali? — perguntou K.

— Achava-me precisamente na sala de espera quando você entrou.

— Que casualidade! — exclamou K., profundamente interessado e esquecido já por completo do anterior caráter ridículo do comerciante. — De modo que me teria visto! Você estava na sala de espera quando eu entrei nela! Sim, é verdade, uma vez estive ali.

— Não é uma casualidade tão grande como você imagina — acrescentou o comerciante —; acorro ali quase todos os dias.

— Provavelmente, agora eu também tenha de ir com frequência — disse K. —, somente que não serei recebido ali com tanto respeito como daquela vez. Então todos se puseram de pé; sem dúvida pensaram que eu era um juiz.

— Não — disse o comerciante —, aquela vez saudávamos ao porteiro dos tribunais. Sabíamos perfeitamente que você era um acusado. Essas notícias circulam muito rapidamente.

— Se vocês já o sabiam — disse K. —, então lhes terá parecido o meu comportamento algo altaneiro. Não me criticaram depois por ele?

— Não — disse o comerciante —; pelo contrário. Mas no final das contas não são mais do que bobagens...

— A que bobagens você se refere? — perguntou K.

— Por que me pergunta isso? — indagou por sua vez o comerciante, como irritado —; parece que você não conhece as pessoas que acorrem aos tribunais e pode ser que as julgue mal. Deve você supor que nestes inquéritos da justiça se tem tempo de falar de muitas coisas as quais o entendimento nem sempre alcança; é que nos achamos simplesmente cansados, e a imaginação se desvia. Por isso caímos muitas vezes na superstição. Falo de outros, mas entretanto eu mesmo não sou melhor do que eles. Existe por exemplo uma superstição segundo a qual é possível reconhecer pelo rosto do acusado, especialmente pelo desenho dos lábios, o resultado definitivo de seu processo. Os que se achavam aquela vez na sala de espera sustentam, inferindo-o da forma de seus lábios, que você será condenado com toda a certeza e muito em breve. Repito que não são mais do que ridículas superstições que frequentemente ficam refutadas pelos fatos e até completamente; mas quando a gente frequenta essa sociedade é difícil subtrair-se a tais opiniões. Não imagina você a força que têm tais superstições. Quando esteve ali, você falou com um homem, não é mesmo? Ele mal lhe pôde responder. Evidentemente, existem ali muitos motivos para se perturbar, mas um deles era o aspecto que seus lábios ofereciam. Aquele homem teve de nos contar depois que nos lábios seus havia acreditado ver também o sinal de sua própria condenação.

— Em meus lábios? — perguntou K., tirando um espelhinho do bolso para olhar-se nele. Pois não vejo nada de particular em meus lábios. E você?

— Eu também não — replicou o comerciante —; mas absolutamente nada.

— Como são supersticiosas essas pessoas! — exclamou K.

— Não lhe dizia eu? — perguntou o comerciante.

— Frequentam-se muito e trocam as suas opiniões entre eles? — perguntou K. — Até agora me conservei sempre de parte.

— Em geral, não se alternam — disse o comerciante. — Seria impossível porque se trata de muita gente. Além disso, têm muito poucos interesses em comum. Quando, acreditando que os liga um interesse comum, formam um grupo, logo se descobre que todos tinham caído em erro. Não é possível fazer nada em comum contra a justiça. Esta investiga cada caso por si mesma, e a verdade é que se trata de uma justiça mais minuciosa do que nenhuma outra. De modo que em comum nada se pode fazer contra ela; apenas que às vezes alguém consegue algo em segredo, mas somente quando o consegue ficam sabendo todos os outros; ninguém sabe como aconteceu. Não existe, pois, nenhuma aliança; é certo que se reúnem aqui e ali grupos de pessoas na sala de espera, mas fala-se muito pouco. As opiniões supersticiosas existem já desde muito tempo e se multiplicam literalmente por si mesmas.

— Sim, vi muitos senhores naquela sala — disse K. —, e a espera deles pareceu-me absolutamente inútil.

— Esperar não é inútil — replicou o comerciante —; inútil é apenas empreender gestões por si mesmo. Já lhe disse que neste momento tenho, além deste, cinco advogados. Bem se poderia acreditar (e eu mesmo o acreditei em princípio) que poderia abandonar-lhes inteiramente a minha causa, mas isso seria completamente errôneo de minha parte. Para dizer a verdade, deixo em suas mãos menos do que deixava antes, quando tinha um só advogado. Certamente você não entende bem isto, não é mesmo?

— Não — disse K., colocando a mão sobre a do comerciante como para tranquilizá-lo e refrear os discursos excessivamente rápidos dele. — Quisera pedir-lhe que você falasse um pouco mais lentamente. Trata-se de coisas que têm para mim a maior importância, e não posso seguir bem o seu discurso.

— Faz bem em mo recordar — disse o comerciante. — Você é um neófito, um noviço. Seu processo apenas tem meio ano de idade, não é mesmo? Sim, ouvi falar disso. Um processo muito jovem! Eu em compensação já meditei profundamente tantas vezes sobre o meu processo, que ele me parece a coisa mais natural do mundo.

— Você está portanto contente de que seu processo se encontre já em uma fase tão adiantada? — perguntou K., que na realidade não queria perguntar exatamente a respeito do estado do processo do comerciante. Mas de todos os modos este não lhe deu uma resposta clara.

— Sim, há cinco anos já que levo adiante o meu processo — disse o comerciante, baixando a cabeça. — Não é precisamente um trabalho leviano.

Depois ficou um momento calado. K. prestava ouvidos para saber se estaria Leni de volta. Por um lado não queria que chegasse, pois ainda tinha muito que perguntar ao comerciante e preferia que Leni não os surpreendesse nessa conversação de confiança; mas por outro lado estava irritado porque ela se demorava com o advogado tanto tempo, em todo caso muito mais do que o necessário para dar-lhe a sopa.

— Lembro ainda com toda exatidão — começou a dizer o comerciante, e estas palavras bastaram para que K. lhe dedicasse imediatamente toda sua atenção — a época em que meu processo se encontrava no estado em que se encontra agora o seu. Então tinha somente este advogado com o qual, contudo, não estava satisfeito.

"Aqui estou me inteirando de tudo", pensou K., enquanto assentia com vivo movimento de cabeça como se com isso pudesse estimular o comerciante para que lhe revelasse tudo aquilo que era digno de saber-se.

— Meu processo — continuou dizendo o comerciante — não progredia. É certo que aconteceram vários interrogatórios; apresentei-me pontualmente a cada um deles, reuni materiais e documentação, exibi diante da justiça todos os meus livros comerciais, coisa que, como vim a saber mais tarde, de modo algum era necessária; não cessava de entrevistar-me com meu advogado, que, além do mais, já havia apresentado vários escritos...

— Vários escritos? — perguntou K.

— Sim, certamente — replicou o comerciante.

— Aí está um ponto que me interessa particularmente — manifestou K. — porque em meu caso está ainda trabalhando na redação do primeiro escrito. Ainda não fez nada. Bem vejo agora que descuida vergonhosamente a minha causa.

— Podem existir diferentes razões que expliquem que o escrito ainda não esteja terminado — declarou o comerciante. — Além do mais, no que se refere àqueles escritos de meu processo, mais tarde vim a saber que careciam de qualquer valor. Até consegui ler um deles por obra da complacência de um funcionário da justiça. É certo que era um documento cheio de erudição, mas a dizer a verdade carecia de substância. Antes de tudo, havia nele muito latinório, que eu não compreendo; depois, ao longo de páginas e páginas, apelos gerais à justiça; depois, adulações destinadas a determinados funcionários que naturalmente não eram nomeados, mas que um iniciado nessas questões tinha forçosamente que adivinhar a quem se referiam; então seguia um autoelogio do advogado no qual além do mais este se humilhava diante da justiça como um cachorro; e por fim um estudo de casos jurídicos de outros tempos que deviam ser semelhantes ao meu. Esses estudos estavam feitos, é claro que na medida em que eu podia segui-los, do modo mais cuidadoso possível. Tudo isto que lhe digo não significa que pretenda emitir um juízo a respeito do trabalho desenvolvido pelo advogado. Além disso, aquele escrito que cheguei a ler era apenas um dos tantos, mas em todo caso, e disto precisamente é que eu queria falar, de sua leitura não pude inferir então que minha causa realizara algum progresso.

— E que espécie de progresso queria você, portanto, ver nele? — perguntou K.

— Sua pergunta é muito razoável — declarou o comerciante, com um sorriso. — Nesses inquéritos muito raro é dado ver-se algum progresso. Apenas que naquela época eu não o sabia. Sou comerciante e o era então mais do que hoje. Eu queria ver progressos palpáveis; queria ver como se orientava o processo com vistas a terminar ou ao menos ver que entrava em uma fase favorável. Mas em troca somente havia interrogatórios, as mais das vezes sobre os mesmos temas. Eu conhecia já de cor as respostas, preparadas como se fossem uma litania; muitas vezes, durante a semana, chegavam à minha casa comercial enviados da justiça, que iam também à minha residência ou a qualquer outra parte onde pudessem encontrar-me; evidentemente, esta era uma situação aborrecida (hoje em dia ao menos nesse ponto acho-me em melhores condições porque os chamados telefônicos são muito menos aborrecidos), pois a tudo isso, entre meus conhecidos no comércio, mas particularmente entre meus parentes, começaram a espalhar-se rumores sobre o meu processo, de modo que por todos os lados me prejudicavam sem porém se verificar o mais ligeiro sinal de que em uma data próxima se realizaria pelo menos o primeiro trâmite perante a justiça. Fui então ver o meu advogado e me queixei. É certo que naquela ocasião me deu longas explicações a respeito, mas se negou decididamente a fazer algo de acordo com minhas sugestões porque, segundo dizia, ninguém tem influência para fixar a data da vista de uma causa; e quanto a pretender forçar nesse sentido a justiça (como eu o queria) era algo simplesmente inaudito, que não viria senão a prejudicar-nos a ele e a mim. Pensei então que se esse advogado não queria ou não podia fazê-lo, outro o quereria e o faria. Fui então procurar outros advogados. Di-lo-ei brevemente: nenhum deles conseguiu, mas nem sequer pedido, para que se fixe uma data para a vista principal da causa; trata-se de algo (que eu lhe digo com uma reserva da qual lhe falarei também mais tarde) verdadeiramente impossível; quer dizer que com respeito a este ponto este advogado não me tinha enganado; mas, no restante, tampouco tive de me lamentar pelo fato de ter-me dirigido também a outros advogados. Sem dúvida, você terá ouvido o doutor Huld falar muito a respeito dos rábulas aos quais provavelmente se tenha referido diante de você com desapreço, porque, com efeito, são realmente desprezíveis. Mas quando fala deles e quando se compara ele próprio e compara seus colegas com esses advogadozinhos, incorre certamente em uma pequena falta sobre a qual tenho de lhe chamar a atenção, ainda que apenas de passagem. Para distingui-los dos outros, sempre chama aos advogados de seu círculo "grandes advogados". Pois bem, isso é falso; é certo que cada qual pode chamar-se a si mesmo "grande" se assim lhe agrada, mas neste caso é unicamente a prática judicial que determina a diferença. Conforme esta, existem, a dizer a verdade, além dos rábulas a que nos referimos, advogados ainda pequenos e outros verdadeiramente grandes. O doutor Huld e seus colegas, apesar de tudo, não pertencem senão à categoria destes pequenos advogados; em troca, os grandes advogados, dos quais apenas ouvi falar e os quais nunca vi, possuem uma categoria incomparavelmente superior à dos pequenos advogados, na mesma medida em que estes se distinguem dos advogadozinhos desprezíveis.

— Os grandes advogados? — perguntou K. — Quem são, portanto, esses grandes advogados? Como se chega até eles?

— Quer dizer então que ainda não tinha ouvido falar deles — disse o comerciante. — Não existe quase nenhum acusado que depois de ter-se inteirado da existência de tais advogados não passe um bom tempo sonhando com eles. É melhor que você não se deixe seduzir por essa ideia. Quais sejam os grandes advogados é coisa que eu ignoro; quanto a chegar a eles é igualmente impossível. Não conheço nenhum caso do qual se possa afirmar com segurança que nele eles tenham trabalhado. Sabe-se que defendem muitas causas, mas não é possível conseguir que se ocupem do próprio caso de alguém por mais que este alguém nisso se empenhe; esses advogados apenas defendem aqueles que querem. A causa que aceitam defender tem em primeiro lugar de ter saído já da esfera dos tribunais inferiores. Mas de todos os modos é melhor não pensar sequer neles, pois de outra maneira as conversações que se mantêm com os outros advogados correntes, seus conselhos e sua colaboração parecem, comparando-os, inteiramente inúteis e sem sentido; eu mesmo experimentei que se corre o risco de abandonar tudo, ir-se para casa, meter-se na cama e não querer ouvir falar nada do assunto. Certo que seria o mais insensato que se poderia fazer; além disso, não poderia alguém permanecer muito tempo tranquilo na cama.

— De maneira que então você não pensava nos grandes advogados? — perguntou K.

Não por muito tempo — respondeu o comerciante, voltando a sorrir —; desgraçadamente, não se pode esquecê-los por completo; principalmente as noites são propícias a tais pensamentos. Mas naquela época eu desejava um êxito imediato; por isso fui consultar os rábulas.

— Como estão sentados juntos! — exclamou Leni, que retornava nesse momento e se encontrava de pé perto da porta.

Efetivamente, ambos os homens estavam sentados muito próximos um do outro, tanto que ao menor movimento que fizessem com suas cabeças estas teriam de se chocar; o comerciante, que independentemente de sua pequena estatura se tinha mantido com as costas curvadas, obrigava K. a inclinar-se profundamente sobre ele, se é que pretendia ouvir tudo quanto o outro dizia.

— Espera um momento — exclamou K., detendo Leni com um gesto impaciente da mão que tinha posto sobre a do comerciante. Este disse a Leni:

— Queria que lhe contasse coisas de meu processo.

— Conta-lhe, conta-lhe — disse Leni. A jovem falava ao comerciante com tom amável, mas também algo condescendente que não agradou a K.; efetivamente, como agora o reconhecia, aquele homem tinha apesar de tudo certo valor, ao menos era dono de algumas experiências que havia sabido comunicar-lhe muito bem. Provavelmente, Leni o julgava mal. K. olhou-a irritado quando Leni tirou ao comerciante a vela que este estivera segurando todo o tempo, limpou com o avental a mão dele e depois, ajoelhando-se a seu lado, raspou de sua calça uma gota de cera que caíra da vela.

— Falava-me você dos advogadozinhos dos quais me queria contar alguma coisa — disse K., afastando a mão de Leni sem fazer a menor observação.

— Mas, que estás querendo? — perguntou esta, dando uma leve pancada em K. e prosseguindo o seu trabalho.

— Sim, falava dos advogadozinhos — disse o comerciante, passando a mão pela fronte como se estivesse refletindo. K. desejou ajudá-lo e disse:

— Você queria obter resultados imediatos; por isso acorreu aos rábulas.

— Exatamente — disse o comerciante, mas sem continuar falando.

"Pode ser que não queira falar em presença de Leni", pensou K., e contendo sua impaciência renunciou a inteirar-se logo do que o outro poderia comunicar-lhe; por ora não continuou a forçá-lo.

— Anunciaste-me? — perguntou a Leni.

— Naturalmente — retrucou esta —; está esperando por ti. Agora deixa Block; também mais tarde poderás falar com ele porque fica aqui.

K. ainda hesitava.

— Você fica aqui? — perguntou ao comerciante, porque queria que este mesmo lhe respondesse; não lhe parecia bem que Leni falasse do comerciante como de uma pessoa ausente; sem dúvida, esse dia estava cheio de secreta irritação contra Leni. Contudo, Leni voltou a responder unicamente.

— Com frequência Block dorme aqui.

— Dorme aqui? — exclamou K., assombrado; tinha acreditado que o comerciante se encontrava ali somente esperando, de modo que se tinha proposto terminar rapidamente a entrevista com o advogado a fim de poder sair depois junto com o comerciante e falar de tudo aquilo pormenorizadamente e sem serem incomodados.

— Sim — disse Leni —, nem todos podem como tu, Josef, ser recebidos pelo advogado à hora que lhe convenha. Parece que nem mesmo te assombras de que o doutor Huld, apesar de sua enfermidade, te receba ainda às onze horas da noite. Aceitas como a coisa mais óbvia do mundo o que teus amigos fazem por ti. Está claro que teus amigos, ou pelo menos eu, o fazemos prazerosamente. Não quero que mo agradeças de outro modo, nem mesmo o necessito, senão amando-me.

"Amar-te?", pensou K., no primeiro instante assombrado, e apenas depois disse a si mesmo: "Está claro, a verdade é que a amo". Contudo, deixando de lado qualquer outra questão, disse:

— Recebe-me porque sou seu cliente. Se para isso fosse necessária também a ajuda de outro, a cada passo teria alguém de estar mendigando e agradecendo.

— Que mau está hoje, não é mesmo? — perguntou Leni ao comerciante.

"Agora sou eu o ausente", pensou K., e até concebeu certa irritação pelo comerciante quando este disse, tomando a si a descortesia de Leni:

— O advogado recebe-o também por outros motivos. O processo deste senhor é, a dizer a verdade, mais interessante do que o meu. Além disso, sua causa está no início, pelo que provavelmente não está ainda demasiado posta a perder, de modo que o advogado tem de sentir-se feliz em ocupar-se dela. Mais adiante a coisa será diferente.

— Sim, sim — disse Leni, olhando o comerciante e desatando a rir. — E como fala! Não terias — e então se voltou para K. — de acreditar em absolutamente nada do que ele lhe diz. É muito amável, mas também muito charlatão. Talvez esse seja um dos motivos pelos quais o advogado não o suporta. Em todo caso, apenas o recebe quando está com vontade de o fazer. Não imaginas os esforços que fiz para modificar tal situação, mas é impossível mudá-la. Pois acredite que muitas vezes anuncio Block, ao qual recebe, mas apenas três dias depois. Pois bem, se Block não está aqui no momento em que o doutor Huld consente em vê-lo perde a oportunidade e tem de tornar a ser anunciado. Por isso lhe permiti que dormisse aqui, porque precisas saber que já aconteceu que no meio da noite o advogado fez soar a campainha para chamá-lo. Agora e desse modo Block está preparado para ser chamado mesmo durante a noite. É claro que também pode acontecer que, tendo percebido o advogado que Block está aqui, volta atrás e não quer recebê-lo.

K. olhou para Block com olhos interrogativos. Este, assentindo com um movimento de cabeça, disse, com a mesma sinceridade com que antes estivera falando com K., devido, talvez, a que sua humilhação o tivesse distraído de sua atitude receosa:

— Sim, passando o tempo chega-se a depender muito de seu advogado.

— Queixa-se falsamente — disse Leni —, pois dorme aqui muito a seu gosto, como já teve ocasião de confessar-mo várias vezes.

Então Leni, chegando-se para uma portinha, empurrou-a para abri-la.

— Quer ver seu dormitório? — perguntou. K. aproximou-se do lugar e detendo-se diante do umbral da portinha viu uma peça muito baixa, sem janelas, completamente tomada por uma cama estreita. Para deitar-se nela era necessário trepar pelos barrotes. Por cima da cabeceira havia na parede uma espécie de nicho no qual se tinham disposto sem ordem uma vela, tinteiro e penas, assim como uma pilha de papéis, provavelmente expedientes de algum processo.

— Você dorme no quarto de despejo? — perguntou K., voltando-se para o comerciante.

— Leni designou-me esse lugar — retrucou o comerciante. — Tem muitas vantagens.

K. ficou olhando longamente. Bem poderia ser que a primeira impressão que lhe causara o comerciante fosse, apesar de tudo, a correta. É certo que era dono de muitas experiências, pois seu processo já tinha longa duração; mas tivera de as pagar caro. De súbito, K. percebeu que já não podia tolerar a presença do comerciante.

— Mas enfia-o na cama — disse a Leni, que não parecia entendê-lo de modo algum. Mas o que K. queria era ver o advogado, e, ao prescindir de seus serviços, livrar-se, não somente dele, mas também de Leni e do comerciante. Mas mesmo antes de que K. chegasse à porta, disse-lhe Block em voz baixa:

— Senhor procurador.

K. voltou-se, mostrando um rosto irritado.

— Você esqueceu a sua promessa — continuou dizendo o comerciante, levantando-se da cadeira e estendendo para K. as mãos com gesto implorante. — Você também ia confiar-me um segredo.

— É verdade — disse K., fulminando também com um olhar Leni, que o fitava atentamente. — Escuta-o, pois: é certo que quase já não há nenhum segredo. Vou agora ver o advogado para comunicar-lhe que o despeço.

— Despede o advogado! — exclamou o comerciante. Deu um salto e com as mãos erguidas pôs-se a correr pela cozinha, sem cessar de exclamar: — Despede o seu advogado!

Leni quis atirar-se imediatamente sobre K., mas o comerciante, que se interpôs em seu caminho, recebeu em lugar daquele um murro da jovem. Esta, conservando ainda os punhos cerrados, correu atrás de K., que já levava uma grande vantagem. Quando Leni o alcançou tinha entrado na sala do advogado e quase conseguido fechar a porta atrás de si, mas Leni, mantendo o pé entre a folha e o batente da porta, o segurou por um braço e quis tirá-lo dali. Mas K. apertou-lhe tão fortemente o pulso que ela teve de soltá-lo entre suspiros. Não se atreveu a entrar logo na sala, pelo que K. pôde fechar a porta com chave.

— Há muito tempo que o espero — disse o advogado da cama, deixando na mesinha de noite uma folha de papel que estivera lendo à luz de uma vela; depois pôs os óculos e através deles ficou contemplando fixamente K. Este, em vez de se desculpar, disse:

— Serei muito breve.

O advogado passou por alto a observação de K., visto que não se tratava de nenhuma escusa e disse:

— Doravante, não o receberei a estas horas.

— Tampouco lhe peço isso — disse K. O advogado ficou olhando-o com olhos interrogativos.

— Sente — disse por fim.

— Já que assim o deseja — disse K., e então aproximou da mesinha de noite uma cadeira na qual depois se sentou.

— Parece-me que você fechou a porta com chave — declarou o advogado.

— Sim — confirmou K. —, fiz assim por causa de Leni.

Tinha-se proposto a não ter contemplações com ninguém, mas o advogado perguntou:

— Voltou a mostrar-se pegajosa?

— Pegajosa? — perguntou K.

— Sim — corroborou o advogado, desatando a rir; mas lhe sobreveio um acesso de tosse. Depois, cessado este, tornou a rir a gargalhadas. — Mas você já deve ter percebido o caráter pegajoso dessa mulher, não é mesmo? — perguntou, dando leves pancadinhas sobre a mão de K., que este, distraidamente, tinha apoiado na mesa de noite e que retirou agora com rapidez. — Parece que você não lhe dá grande importância — disse o advogado ao ver que K. silenciava —, pois tanto melhor. De outro modo teria tido talvez que me desculpar perante você. Trata-se de uma esquisitice de Leni, que além disso tenho-lhe perdoado já há muito tempo e da qual não falaria a você se não tivesse fechado a porta com chave. Pelo menos, teria de lhe explicar certamente essa singularidade de Leni, mas me olha tão perturbado que terei de todos os modos de o fazer; resume-se essa singularidade em que Leni acha formosos a maior parte dos acusados. Pendura-se em todos eles, ama-os a todos e é claro que também pode ser amada por todos: às vezes para entreter-me, e se eu lhe permito, me conta muitas coisas a esse respeito. Pelo visto, não me surpreende a mim tanto como parece espantar a você. Quando se sabe olhá-los, os acusados são com frequência realmente formosos. Trata-se de um fenômeno notável e de certo modo corresponde às ciências naturais. Certamente esse fenômeno não se verifica como uma consequência da acusação, nem se trata de uma determinada modificação do aspecto do acusado que se possa esclarecer com segurança. Não acontece aqui como em outras questões relacionadas com a justiça; a maior parte dos acusados continua levando seu modo de vida habitual quando tem um bom advogado que cuide de seus interesses, de modo que o curso do processo não lhes impede viver normalmente. Não obstante isso, aqueles que têm experiência nestas coisas são capazes de reconhecer, em meio da maior multidão, homem a homem os acusados. Como os reconhecem? perguntará você sem dúvida. Minha resposta, porém, não o deixará satisfeito. Pelo fato de que os acusados são precisamente os mais formosos. Não pode ser o delito que os embeleze, pois (ao menos é necessário que fale assim como advogado) nem todos tão culpados; tampouco pode ser o castigo que pende sobre eles o que os torna formosos, porque nem todos são castigados, de modo que bem pode inferir-se que isso se deve apenas ao procedimento que se lhes segue e que de modo algum se manifesta neles. Certamente entre os formosos existem alguns que são particularmente formosos, porém todos são formosos, até o próprio Block, esse verme miserável.

Quando o advogado terminou de falar, K. tinha-se recuperado inteiramente; até havia concordado com um movimento de cabeça com as últimas palavras pronunciadas por aquele, com o que desejava confirmar-se a si mesmo sua antiga opinião segundo a qual aquele homem sempre e mesmo desta vez pretendia distraí-lo com discursos de um caráter geral que não diziam respeito à sua causa e procurava desviar a atenção de K. da questão fundamental, que era informar a este do trabalho efetivo que realizara no processo. O advogado percebeu imediatamente que desta vez a resistência de K. era maior que de outras ocasiões e por isso ficou calado para dar a K. a possibilidade de falar; mas, como este continuasse sem dizer palavras, terminou por indagar:

— Você veio hoje ver-me com uma certa intenção, não é verdade?

— Sim — retrucou K., pondo a mão diante da vela para poder enxergar melhor o advogado. — Queria declarar-lhe que no dia de hoje retiro-lhe a minha representação.

— Será que eu o entendi bem? — perguntou o advogado, erguendo-se a meio na cama e apoiando-se com a mão sobre a almofada.

— Suponho que sim — disse K., muito erguido e tenso, como quem aguarda uma presa.

— Pois bem, poderíamos também conversar sobre esse projeto — disse o advogado depois de um momento de silêncio.

— Já não se trata de nenhum projeto — disse K.

— Pode ser — manifestou o advogado —, não obstante isso não temos de fazer nada com precipitação.

Expressava-se no plural como se tivesse a intenção de não abandonar K. e como se quisesse, mesmo no caso de não ser já seu representante, continuar sendo ao menos seu conselheiro.

— Não há nenhuma precipitação em minha decisão — disse K., pondo-se em pé, lentamente; depois se colocou atrás da cadeira. — Meditei muito nisso e talvez até demasiado tempo. Minha decisão é definitiva.

— Então, permita-me ainda algumas poucas palavras — disse o advogado; retirou o edredon da cama e sentou-se na borda desta. Suas pernas desnudas, cobertas com pelo branco, tiritavam de frio. O doutor Huld pediu a K. que lhe achegasse uma coberta do canapé. K. foi buscá-la e depois disse:

— É absolutamente desnecessário que se sente aqui; pode resfriar-se.

— O motivo é mais do que suficiente — declarou o advogado, enquanto envolvia a parte superior do corpo com o edredon e depois cobria as pernas com a manta. — Seu tio é meu amigo, e você mesmo, no transcorrer desse tempo, tornou-se-me simpático. Confesso-o abertamente; não tenho de que me envergonhar disso.

Estas comoventes palavras do ancião eram para K. altamente incômodas porque o obrigavam a dar de sua atitude uma explicação pormenorizada que teria preferido evitar; além do mais, como confessou a si mesmo, desorientavam-no mas certamente não teriam podido nunca modificar-lhe a decisão.

— Agradeço-lhe seus amistosos sentimentos — disse. — Sei bem que se ocupou muito seriamente de minha causa e que o fez conforme o que lhe parecia melhor e mais vantajoso para mim. Nos últimos tempos, contudo, cheguei à conclusão de que esses esforços não eram suficientes. Certamente nunca tentarei convencê-lo de minha opinião, um homem de idade madura que possui tanta experiência; se alguma vez o tentei involuntariamente, rogo-lhe que me perdoe; mas a verdade é que meu processo, como você mesmo salientou mais de uma vez, é sumamente importante, e tenho a convicção de que seria necessário intervir nele com muito maior energia do que a que vem empregando até agora.

— Compreendo-o — disse o advogado —; você está impaciente.

— Não estou impaciente — disse K., um tanto alterado e sem procurar escolher com cuidado as palavras. — Quando vim pela primeira vez visitá-lo com meu tio, você deve ter notado que não me importava muito com o processo; e assim era, efetivamente. Quando ninguém me obrigava, por assim dizer, a pensar nele, esquecia-o inteiramente. Mas meu tio assegurava que era mister que eu cedesse a você a minha representação, e assim o fiz para contentá-lo. Pois bem, podia esperar-se que o processo se me tornasse mais leve do que tinha sido até então, pois se alguém abandona a um advogado a representação o faz para livrar-se um pouco do peso do processo. Aconteceu porém tudo ao contrário. Nunca havia nutrido tão grandes cuidados a respeito do processo como desde o momento em que você começou a representar-me. Quando estava só, eu nada fazia pela minha causa, mas apenas sentia que pesava sobre mim; agora, em troca, que conto com um representante, tinha o direito de esperar que se organizasse tudo visando a que acontecesse algo e, com efeito, não cessava de aguardar cada vez com maior tensão que você se resolvesse a realizar alguma coisa; mas nada se fez. É certo que me comunicou diversas coisas referentes à justiça das quais talvez jamais me tivesse inteirado por outro. Mas isso não pode bastar-me quando sinto agora que o processo, formalmente no mistério, vai-se aproximando cada vez mais do meu corpo.

K. tinha afastado de si a cadeira e permanecia de pé muito erguido, com as mãos enfiadas nos bolsos da jaqueta.

— Depois de certo tempo de prática nas coisas da justiça — disse o advogado com voz baixa e tranquila — percebe-se que já não acontece essencialmente nada novo. Quantos acusados que tinham um processo idêntico ao seu, em fase análoga, se plantaram assim à minha frente e falaram de semelhante modo!

— Pois então — disse K. —, todos esses acusados teriam tanta razão quanto eu. Isso de modo algum me refuta.

— Não quis refutá-lo — explicou o advogado —; mas queria ainda acrescentar que esperava de você maior capacidade de julgamento que dos outros acusados, exatamente porque o instruí mais do que a eles na essência da justiça e na atividade que desenvolvo. E agora vejo que apesar de tudo isso não tem suficiente confiança em mim; acredite-me que não me torna fáceis as coisas.

Como se humilhava aquele advogado perante K., sem nenhuma consideração pela honra de sua profissão que precisamente nesse ponto costuma ser o mais sensível! E por que fazia isso? A julgar pelas aparências, era um homem sumamente atarefado e além disso rico; portanto, não podia importar-lhe muito ganhar um cliente ou perdê-lo. Além disso, estava doente e ele mesmo teria devido desfazer-se de um pouco de trabalho. E apesar de tudo isso, aferrava-se a K. Por quê? Devia-se isso à simpatia pessoal pelo seu tio, ou seria que verdadeiramente considerava o processo de K. como algo extraordinário que lhe permitiria brilhar, fosse perante K., fosse — nunca se poderia excluir também essa possibilidade — diante de seus amigos da justiça? No rosto não se lhe podia adivinhar nada disto por mais que K. o examinasse atentamente e isento de todo respeito. Quase poderia ter-se admitido que o advogado esperava com rosto deliberadamente hermético o efeito que causavam suas palavras, porém, pelo visto, interpretou muito favoravelmente o silêncio de K., pois continuou dizendo:

— Terá notado que tenho um grande escritório, porém nenhum colaborador nele. Antes, porém, não era assim; em um tempo empregava jovens juristas que trabalhavam para mim; hoje em troca trabalho sozinho. Isso se deve em parte às mudanças que sofreu o exercício de minha profissão, porque me limitei cada vez mais a causas judiciais do gênero da sua, e em parte aos conhecimentos cada vez mais profundos que fui adquirindo sobre essas questões. Bem depressa tive de comprovar que não me era possível encarregar ninguém de tais trabalhos se não queria pecar contra os meus clientes e contra os deveres que eu tinha contraído. Mas esta decisão de realizar eu mesmo todo o trabalho trouxe como consequência, naturalmente, que tivesse de rechaçar quase todas as petições de defesa para entregar-me apenas àqueles casos que me importavam pessoalmente... Oh, a este respeito há muitos profissionais, e até muito próximo daqui, que se precipitam sobre as migalhas que eu recuso. Além do mais, você bem está vendo que eu caí enfermo por excesso de trabalho. Apesar de tudo isso não me arrependo de minha decisão; talvez teria sido necessário que recusasse mais defesas do que eu na realidade recusei; mas a verdade é que vim comprovar que era indispensável que me dedicasse inteiramente aos processos que empreendia; isso foi-me pago com o êxito. Uma vez encontrei muito bem definida a diferença que existe entre a defesa em causas jurídicas ordinárias e a defesa destas causas de que me ocupo. Dizia-se ali que no primeiro caso o advogado conduz seu cliente até o julgamento por um fio e que no outro o advogado literalmente carrega sobre seus ombros o cliente e o conduz sem abandoná-lo até o julgamento e ainda mais distante dele. E assim é na verdade. Mas não fui de todo exato quando disse que nunca me arrependo de semelhantes trabalhos. Quando, como no seu caso, são desconhecidos tão completamente, então a verdade é que quase me arrependo.

Este discurso, longe de convencer K., o impacientava. Através do tom do advogado acreditava já estar vendo o que o esperava se cedesse; tornariam a começar aquelas palavras de estímulo, voltaria o advogado a afirmar-lhe que se produziam progressos na causa, voltaria a dizer-lhe que havia melhorado a disposição dos funcionários judiciais, mas que se apresentavam grandes dificuldades que se opunham a seus trabalhos... em resumo, voltaria a dizer-lhe o que ele já sabia até o enfastiamento para enganá-lo com incertas esperanças e atormentá-lo com incertas ameaças. Era preciso impedir tal coisa de uma vez por todas. Por isso, K. disse:

— Que fará você pela minha causa se eu lhe mantiver a minha representação?

O advogado resignou-se até a admitir esta pergunta ofensiva e respondeu:

— Continuarei levando por diante as gestões realizadas em seu favor.

— Já o sabia — disse K. — Quer dizer então que qualquer palavra a mais é supérflua.

— Ainda farei uma tentativa — disse o advogado, como se o que estivesse ocorrendo não irritasse a K., mas a ele mesmo. — Tenho a impressão de que não apenas você julga falsamente minha ajuda jurídica, mas que também a conduta que você se permitiu até agora deve-se a que foi tratado, embora seja um acusado, demasiado bem, ou para expressá-lo com maior precisão, foi tratado com negligência, com aparente negligência. Está claro que isto também tem seus motivos, porque com frequência é melhor achar-se carregado de cadeias que estar em liberdade. Contudo, quisera mostrar-lhe como são tratados outros acusados; talvez saiba tirar disso uma lição. Vou chamar em seguida Block. Abra a porta e sente-se aqui, junto à mesinha de noite.

— Com muito prazer — disse K., e depois fez o que o advogado lhe pedira; sempre estava disposto a aprender algo. Mas, para que não houvesse equívoco algum nesse caso, perguntou: — Você está portanto inteirado de que lhe retiro minha representação, não é mesmo?

— Sim — disse o advogado —, contudo hoje mesmo poderia você voltar sobre seus passos.

O doutor Huld voltou a estender-se sobre a cama, cobriu-se com o edredon até o queixo e voltou-se inteiramente com o rosto para a porta. Depois fez soar a campainha.

Quase no mesmo instante apareceu Leni que com rápidas olhadas procurava pôr-se ao corrente do que ali se passara; pelo visto pareceu-lhe tranquilizador o fato de que K. permanecesse sentado com calma junto à cama do advogado. Sorriu então a K., que a olhava fixamente, fazendo uma inclinação de cabeça.

— Vai buscar Block — disse o advogado.

Mas ela em vez de ir buscá-lo limitou-se a gritar da soleira da porta.

— Block, o advogado te chama.

Depois, sem dúvida porque o advogado se tinha voltado para a parede sem ocupar-se, ao que parecia, de nada, colocou-se atrás da cadeira de K. Daí por diante não deixou de importuná-lo, inclinada sobre o encosto da cadeira, com os movimentos das mãos que, certamente, com muita suavidade e precaução, passava pelo cabelo e faces de K. Este finalmente decidiu-se a impedi-la e com efeito conseguiu apanhar-lhe uma das mãos que ela, depois de alguma resistência, lhe abandonou.

Block acudira imediatamente ao chamado, mas apenas permanecia diante da porta com jeito de quem se perguntava se efetivamente devia entrar. Ergueu as sobrancelhas e adiantou um pouco a cabeça como esperando que se lhe repetisse a ordem de apresentar-se diante do advogado. K. teria podido dirigir-lhe algumas palavras que o animassem a entrar na sala, mas tinha-se proposto romper definitivamente não só com o advogado, mas com tudo o que havia naquela casa; por isso permaneceu imóvel e calado. Leni também silenciava. Block, percebendo que ao menos ninguém o repelia, atreveu-se a entrar no dormitório do advogado nas pontas dos pés, com o rosto tenso e torcendo as mãos atrás das costas. Deixara aberta a porta para o caso de uma possível retirada. Nem por um instante olhou para K., mas se manteve com os olhos fixos no elevado edredon sob o qual de modo algum se podia ver o advogado, já que este se havia colocado muito junto da parede. Mas de súbito ouviu-se a sua voz:

— Block está aqui? — perguntou. Esta pergunta foi para Block, que já se aproximara bastante da cama, literalmente como um golpe dado no peito e outro nas costas, de modo que depois de vacilar um instante ficou completamente encurvado e disse:

— Para servir-lhe.

— Que desejas? — perguntou o advogado. — Não vens em um momento oportuno.

— Não me chamaram? — disse Block, perguntando-se mais a si próprio que ao advogado, enquanto estendia para diante as mãos em um gesto de defesa e se dispunha já a sair dali a toda pressa.

— Você foi chamado — disse o advogado —, mas de todos os modos chegas em um mau momento — e, depois de uma pausa, acrescentou: — sempre chegas em maus momentos.

Depois que o advogado começara a falar, Block já não dirigia os olhos para a cama, mas antes ficava olhando fixamente um canto qualquer do dormitório, limitando-se a escutar como se a vista daquele que estava falando fosse demasiado cegadora, de modo que ele não pudesse suportá-la. Mas também escutar tinha de lhe ser pesado, pois o advogado falava contra a parede e além disso muito depressa e em voz baixa.

— Quer que eu vá embora? — perguntou Block.

— Já que estás aí — disse o advogado — fica-te.

Bem poderia ter-se acreditado que o advogado, longe de satisfazer o desejo de Block, o tivesse ameaçado com açoites, pois o comerciante começou então a tremer violentamente.

— Ontem — disse o advogado — fui ver o terceiro juiz, que é meu amigo, e pouco a pouco tive de orientar a conversação para teu processo. Queres saber o que ele me disse?

— Oh, sim, rogo-lhe! — exclamou Block. Mas, como o advogado não continuasse falando logo, Block voltou a repetir várias vezes seu rogo enquanto se inclinava como se fosse atirar-se de joelhos. Mas então o interpelou K.:

— Que fazes? — perguntou. Como Leni havia pretendido impedi-lo de falar, K. lhe segurou também a outra mão. Não era certamente uma pressão amorosa a que K. exercia sobre elas; Leni suspirou várias vezes tentando em vão livrar suas mãos. Mas Block foi castigado pela exclamação de K., pois o advogado perguntou:

— Quem é, pois, teu advogado?

— O senhor — replicou Block.

— E além de mim? — tornou a perguntar o advogado.

— Nenhum outro além do senhor — disse Block.

— Então não sigas os conselhos de outros — advertiu o advogado. Block manifestou um perfeito acordo com isso; mediu com um olhar maligno K. e agitou vivamente a cabeça em direção a ele. Se se quisesse traduzir em palavras sua atitude, teria sido necessário empregar insultos grosseiros. E com esse homem tinha querido K. falar amistosamente sobre seu próprio processo!

— Não te incomodarei mais — disse K., atirando-se para trás na cadeira —; ajoelha-te ou arrasta-te em quatro patas; faze o que quiseres. Não me importarei nem um pouco com o que faças.

Mas Block tinha desenvolvido o sentimento da honra; pelo menos diante de K., porque se atirou sobre este agitando os punhos e disse com a voz mais alta que se atrevia a empregar em presença do advogado:

— Você não pode me falar assim; não é lícito que me fale assim. Por que me ofende? Por que me ofende precisamente aqui, diante do senhor advogado, que tolera nossa presença, a sua e a minha, apenas por piedade? Você não é melhor do que eu, porque também você está acusado e ambos temos um processo. Se você, apesar de tudo isso, é um senhor, eu sou tão senhor quanto você, se não ainda mais. Por isso quero que, quando falem comigo, tratem-me como tal e especialmente você. Se você, contudo, considera-se preferido a mim apenas porque está sentado ali escutando tranquilamente enquanto eu, como você mesmo o expressou, me arrasto em quatro patas, recomendo-lhe que recorde o velho provérbio: "Para a pessoa suspeita é melhor o movimento do que a calma, pois o que está quieto pode, sem que ele o saiba, ser posto em uma balança e pesado com seus pecados".

K. não replicou palavra; limitou-se a contemplar com olhos assombrados e fixos esse homem tão perturbado. Quantas mudanças tinha sofrido ele em sua presença naquelas últimas horas! Era a preocupação de seu processo o que o fazia ir daqui para ali e o que o impedia reconhecer onde estava um amigo e onde um inimigo? Será que não percebia que o advogado o estava humilhando deliberadamente com o único fito, desta vez, de pavonear-se diante de K. com o domínio que exercia sobre ele e com o propósito talvez de submeter também o próprio K.? Se Block não era capaz de perceber isso ou se temia tanto o advogado que mesmo percebendo não podia fazer nada, como se explicava então que fosse tão astuto ou tão ousado para enganar ao advogado e esconder-lhe que, além dele, tinha tomado a seu serviço também outros advogados? E como ousava atacar K., que em qualquer momento poderia atraiçoar seu segredo? Mas o comerciante atreveu-se ainda a fazer algo mais: chegou-se até a cama do advogado e ali começou a queixar-se contra K.

— Senhor advogado — disse —, ouviu o senhor como me falou este homem? Podem-se contar as horas que dura o seu processo, e já pretende dar lições a mim, um homem que leva um processo de cinco anos. Até me insulta. Não sabe nada e me insulta, a mim, que na medida em que alcançavam minhas débeis forças me empenhei em estudar o que requerem as conveniências, o dever e os usos judiciais.

— Não tenhas preocupações por ninguém — aconselhou o advogado. — Faze o que te pareça justo.

— Certamente — disse Block, como se pretendesse infundir-se ânimo. E, depois de um breve olhar de soslaio, atirou-se sem mais detença de joelhos junto à cama.

— Já estou ajoelhado, meu advogado — disse. Mas o advogado guardava silêncio. Block passou com precaução a mão pelo edredon. No silêncio que reinava nesse momento, disse Leni, enquanto se livrava das mãos de K.:

— Estás me machucando, deixa-me; vou para junto de Block.

Então dirigiu-se à cama e sentou-se na borda desta. Block alegrou-se muito de que Leni se chegasse até seu lado e em seguida rogou-lhe com mudos e vivos sinais que interviesse diante do advogado em seu favor. Pelo visto, necessitava urgentemente as revelações que lhe podia fazer o advogado, embora talvez unicamente com o objetivo de que os seus outros defensores as aproveitassem. Evidentemente, Leni sabia muito bem como tinha de se comportar para abrandar o advogado porque, assinalando a mão deste, alongou os lábios como para dar um beijo. Imediatamente Block beijou a mão do advogado, beijo que repetiu ainda obedecendo a uma indicação de Leni. Mas o advogado continuava guardando silêncio. Então Leni se inclinou sobre ele, fizeram-se visíveis as formosas formas de seu corpo quando, estirando-se e inclinando-se profundamente sobre o rosto do advogado, acariciou-lhe o longo cabelo branco. Isto o obrigou a dar uma resposta.

— Hesito em comunicar-lhe isto — disse o advogado enquanto podia ver-se como balançava suavemente a cabeça, talvez para gozar mais da pressão da mão de Leni. Block escutava com a cabeça baixa, como se o escutar lhe estivesse proibido.

— Mas, por que hesitas? — perguntou Leni. K. tinha a impressão de estar ouvindo um diálogo preparado e estudado que já se tinha repetido com frequência, que se repetiria ainda muitas vezes e que unicamente para Block não podia deixar de ter um caráter de novidade.

— Como se comportou hoje? — perguntou o advogado, em vez de responder. Antes de dar uma resposta a esta pergunta, Leni baixou o olhar até Block e contemplou um instante como este erguia para ela as mãos e em atitude implorante as retorcia. Por último, Leni assentiu com seriedade, inclinando a cabeça; voltou-se para o advogado e disse:

— Esteve tranquilo e laborioso.

Um comerciante ancião, um homem de longa barba rogava a uma jovem que se prestasse a dar dele um testemunho favorável. Quaisquer que fossem os pensamentos que escondia, nada podia justificá-lo aos olhos de um semelhante. K. não compreendia como o advogado havia chegado a crer que poderia conquistá-lo com essa representação teatral. Se não o tivesse despedido já, a cena que estava vendo o teria determinado em seguida a fazê-lo. Quase envilecia ao espectador. Tais eram pois os efeitos dos procedimentos empregados pelo advogado, procedimentos que felizmente K. tivera de seguir por muito pouco tempo; aqui o cliente terminava por esquecer-se de todo o mundo e arrastar-se seguindo caminhos incertos, com a esperança de alcançar o término do processo. Então já não era um cliente, mas o cachorro do advogado. Se este lhe tivesse mandado que se metesse debaixo da cama, arrastando-se, como se se tratasse da casinha do cachorro, e que dali ladrasse, o cliente o teria feito com satisfação. K. observava o que se estava dizendo, escutando tudo, inquisitivo, e em uma atitude de superioridade como se estivesse encarregado de reter com precisão o que ali acontecia para informar depois a um setor mais elevado.

— Que fez durante todo o dia? — perguntou o advogado.

— Para que não me amolasse em meu trabalho — respondeu Leni —, encerrei-o com chave no quarto da criada, onde com frequência costuma estar. Através do quebra-luz eu podia observar de quando em quando o que fazia. Sempre o achei de joelhos na cama, lendo os escritos que tu lhe deste e que tinhas posto na borda da janela. Sua atitude perseverante produziu em mim muito boa impressão; a janela não dá quase nenhuma luz, visto que somente se abre para um corredor de ar. Não obstante isso, Block não deixava de ler. Isso constitui uma prova de sua obediência.

— Alegro-me em ouvi-lo — disse o advogado —; mas terá lido com inteligência?

A tudo isto, Block não cessava de mover os lábios, com os quais evidentemente formulava as respostas que ele esperava que Leni desse.

— Com respeito a este ponto — retrucou Leni —, francamente não posso responder com certeza. Em todo caso vi que estava muito empenhado na leitura. Passou todo o dia lendo a mesma página e percorrendo com os dedos as linhas. Cada vez que eu aparecia para observá-lo encontrava-o lançando suspiros como se lhe custasse grande esforço essa leitura. Os escritos que lhe emprestaste são provavelmente difíceis de entender.

— Sim — admitiu o advogado —, são certamente difíceis. Não acredito que tenha entendido nada deles. Dei-lhos unicamente para que pudesse ao menos pressentir quão dura é a luta que sustento pela sua defesa. E em benefício de quem sustento eu essa difícil luta? Por (é quase ridículo dizê-lo), por Block. Também tem de aprender a compreender o que isto significa. Estudou ininterruptamente?

— Quase ininterruptamente — respondeu Leni —; apenas uma vez me pediu que lhe desse um pouco de água para beber. Então lhe dei um copo através da janelinha. Por volta das oito horas fiz com que saísse para lhe dar algo de comer.

Block dirigiu a K. um olhar de soslaio como se se estivesse contando algo glorioso sobre ele que não podia deixar de fazer também impressão em K. Block parecia agora alimentar maiores esperanças. Movia-se com mais liberdade e sobre os joelhos andava um pouco daqui para ali. Por isso foi maior o contraste quando ficou rígido ao ouvir as seguintes palavras do advogado:

— Estás elogiando-o — disse o advogado —, mas exatamente isso me torna mais difícil falar. Para dizer a verdade, o juiz não se pronunciou favoravelmente; nem sobre o próprio Block nem sobre seu processo.

— Não foi favorável? — perguntou Leni. — Como é possível?

Block olhou-a com uma expressão tão tensa de seu rosto que parecia confiar em que a habilidade da jovem pudesse tornar em seu favor as palavras havia tempo pronunciadas pelo juiz.

— Pois não se pronunciou favoravelmente — disse o advogado —; até pareceu incomodar-se quando comecei a falar-lhe de Block.

"Não me fale de Block", dizia o juiz. "Não considero perdida sua causa", replicava eu. "Você permite o abuso", repetia o juiz. "Não o creio", dizia eu. "Block ocupa-se ativamente de seu processo e está sempre correndo atrás de sua causa. Vive quase sempre em minha casa para estar ao corrente de tudo. Nem sempre se encontra tanto zelo da parte dos acusados. É certo que pessoalmente não me é agradável; tem modos detestáveis e além disso é sujo, mas do ponto de vista processual é irreprochável." Disse irreprochável, mas está claro que exagerei deliberadamente. Então me respondeu o juiz: "O que acontece é que Block é simplesmente astuto; conseguiu adquirir uma grande experiência e sabe como fazer para dilatar o processo. Mas sua ignorância ainda é maior do que sua astúcia. Que diria se soubesse que seu processo ainda não começou, se lhe dissesse que ainda não soou a campainha que assinala o começo do processo?". Fica-te quieto, Block — disse o advogado, ao ver que o comerciante tinha começado a se levantar de sua posição ajoelhada e se dispunha ostensivamente a pedir uma explicação. Era a primeira vez que o advogado se dirigia a Block falando-lhe com palavras tão detalhadas. Com olhos cansados, fitou meio no vazio, meio para Block, que estava ali abaixo, e que, ao peso desse olhar, voltou lentamente a cair de joelhos.

— Estas manifestações do juiz não têm para ti importância alguma — disse o advogado —; não te assustes, pois, a cada palavra que eu digo, porque se isto se repete não voltarei a informar-te de nada. Não posso começar uma frase sem que tu me contemples com a expressão de quem espera nesse preciso instante a sentença. Envergonha-te de teu procedimento diante de meu cliente. Desse modo anulas a confiança que ele deposita em mim. Que queres, pois? Porventura ainda não estás vivo? Porventura não estás ainda sob a minha proteção? Teus temores são insensatos. Certamente leste em alguma parte que em muitos casos a sentença cai de maneira imprevista, em qualquer momento e pronunciada por qualquer boca. Com muitas reservas isso é claro, certo, mas é também certo que me repugnam teus temores e que neles vejo uma falta de confiança necessária. Por que, no fim das contas, te disse? Pus-te ao corrente das declarações de um juiz. Mas bem sabes que se reúnem diferentes opiniões ao redor de um julgamento, e a tal ponto que o conjunto se torna impenetrável. Esse juiz, por exemplo, dá por iniciado o procedimento em um momento que não é o mesmo que eu considero. Trata-se simplesmente de uma diferença de opiniões, nada mais. Ao chegar a uma determinada fase do processo, segundo um antigo costume, é preciso tocar uma campainha. De acordo com a opinião desse juiz, só então começa o processo. Não posso comunicar-te agora todas as razões que falam contra tal parecer; além do mais, não as compreenderias. Basta-te saber que muitas coisas se opõem a ele.

Inteiramente confuso, Block baixou as mãos e com os dedos se pôs a acariciar a pele que servia de tapetinho da cama; o temor que nele tinham despertado as declarações do juiz fazia-lhe esquecer por momentos a submissão que devia ao seu advogado; apenas pensava em si mesmo e não cessava de dar voltas às palavras do juiz procurando desentranhar seu significado por todos os ângulos.

— Block — disse Leni, em tom de advertência, erguendo-lhe um pouco a gola da jaqueta. — Deixa agora essa pele e ouve o advogado.[1]

❖

[1] Este capítulo não foi concluído. (N. do E.)

CAPÍTULO IX

Na catedral

Tinham encarregado K. de mostrar alguns monumentos artísticos a um importante amigo comercial do banco, um italiano que ia pela primeira vez visitar aquela cidade. Tratava-se de uma missão que certamente em outra época K. teria considerado honrosa, mas que agora acolheu de má vontade porque somente à custa de grandes esforços conseguia manter ainda seu prestígio no banco. Cada hora que passava fora de seu escritório o enchia de preocupação; já não podia aproveitar tão bem como antes as horas de trabalho; ficava muito tempo guardando as indispensáveis aparências para dar a impressão de que realmente estava trabalhando. Mas por isso mesmo tanto maiores eram seus cuidados quando não se achava em seu escritório. Então acreditava ver como o vice-diretor do banco, que nunca deixara de estar por perto, se chegava até o escritório de K., sentava-se em sua escrivaninha e examinava seus papéis; como recebia e fazia seus clientes com os quais K. desde anos mantinha relações quase de amizade pessoal; e até lhe parecia que o vice-diretor descobria no trabalho de K. erros que este julgava ver ameaçadores por todas as partes e que ele já não era capaz de evitar. Quando fazendo-o mesmo objeto de uma distinção o enviavam a cumprir alguma diligência em nome do banco ou a empreender alguma pequena viagem — nos últimos tempos, de maneira puramente casual tinham ocorrido com frequência tais encargos —, não o deixava a impressão de que se pretendia afastá-lo de seu escritório para investigar e examinar seu trabalho ou pelo menos para demonstrar-lhe que se podia prescindir dele com facilidade. Podia ter-se subtraído, sem encontrar grandes dificuldades, ao dever de cumprir tais missões, mas não se tinha atrevido a fazê-lo, pois, por escasso fundamento que tivessem seus temores, recusar esses encargos significaria confessar seu desassossego. Por esse motivo aceitava-os aparentando indiferença e até chegou a ocultar, por ter de fazer uma viagem de dois dias, a negócios, um sério resfriado que o combalia; assim evitava o risco de que o substituíssem tendo em conta o tempo chuvoso do outono que reinava exatamente nessa época. Quando voltou dessa viagem com uma terrível dor de cabeça, foi-lhe comunicado que tinha sido designado para acompanhar no dia seguinte o amigo comercial italiano. Desta vez a tentação de negar-se a aceitar essa tarefa foi muito grande; especialmente porque o que tinha de fazer não se relacionava diretamente com o trabalho bancário; sem dúvida alguma, o cumprimento de um dever de caráter social para com aquele senhor italiano era muito importante, apenas não para K., que bem sabia que unicamente poderia manter-se em sua posição em razão de seu êxito profissional, de modo que de nada lhe serviria, em todo caso, conseguir, ainda que ele não o esperasse, encher de admiração aquele italiano com seus conhecimentos de arte; não queria que o tirassem do trabalho de seu escritório nem mesmo por um dia, temendo não poder depois tornar a ele; esse temor era, como ele mesmo o reconhecia, inteiramente exagerado, mas nem por isso deixava de oprimi-lo. Neste caso, evidentemente, seria impossível inventar uma desculpa aceitável; é certo que os conhecimentos de K. sobre o idioma italiano não eram muito amplos, mas de todos os modos suficientes. Mas o decisivo era o fato de que K. em outra época se havia interessado pela história da arte, circunstância que de modo extremamente exagerado era conhecida no banco, e além disso o fato de que durante um tempo K., ainda que apenas por motivos de negócios, tinha sido membro da sociedade de conservação dos monumentos artísticos da cidade. Pois bem, segundo se tinha podido estabelecer por rumores, aquele italiano era aficionado à arte, de modo que era muito natural que se escolhesse K. para acompanhá-lo.

Era uma manhã chuvosa e desanimadora; K., cheio de irritação, pensando no dia que o esperava, tinha chegado ao seu escritório às sete para ter tempo de realizar ao menos algum trabalho antes de que o visitante se apresentasse no banco. Sentia-se muito cansado porque havia passado metade da noite estudando uma gramática italiana para estar preparado; a janela na qual nos últimos tempos costumava sentar-se com demasiada frequência atraía-o mais do que sua escrivaninha; mas desta vez resistiu à tentação e sentou-se para trabalhar. Infelizmente, nesse exato momento entrou o ordenança para anunciar-lhe que o senhor diretor o tinha mandado para ver se o senhor procurador tinha chegado. Visto que realmente ali estava, o senhor diretor recebê-lo-ia muito contente em seu escritório onde já se encontrava também o senhor chegado da Itália.

— Vou logo — disse K. Depois colocou no bolso um pequeno dicionário, tomou um álbum que continha fotografias de aspectos dignos de serem vistos e que ele tinha preparado para mostrar ao estrangeiro e, passando através do escritório do vice-diretor, dirigiu-se ao do diretor.

Estava contente por ter chegado tão cedo ao banco e poder pôr-se tão cedo à disposição do diretor, coisa que sem dúvida ninguém realmente teria esperado. O escritório do vice-diretor estava ainda tão deserto como em meio da noite; provavelmente o ordenança também teria ido comunicar-lhe que o diretor e o senhor italiano o esperavam, mas naturalmente não havia encontrado ninguém. Quando K. entrou na grande sala puseram-se de pé em seguida os dois senhores, abandonando as profundas poltronas. O diretor que sorria com cordialidade, visivelmente satisfeito pela chegada rápida de K., fez em seguida as apresentações; o italiano agitou vivamente a mão de K. e sorrindo falou de alguém que se erguia com a madrugada. K. não entendeu muito bem a quem queria referir-se; além do mais, o italiano tinha empregado uma palavra muito estranha cujo sentido K. adivinhou somente depois de um instante. K. respondeu com algumas frases formais que o italiano aceitou em meio de sorrisos enquanto retorcia com mão nervosa o espesso bigode de um cinzento azulado. Esse bigode evidentemente estava perfumado, e quase se sentia alguém tentado a aproximar-se para cheirá-lo. Quando todos voltaram a sentar-se e se iniciou uma conversação preliminar, K. percebeu com grande apreensão que somente entendia algumas partes do discurso do italiano. Quando este falava muito lentamente, podia compreendê-lo bem, mas isso era excepcional, pois na maioria das vezes as palavras lhe fluíam da boca com rapidez, enquanto não cessava de agitar a cabeça como se sentisse prazer em seus desbordantes discursos. Quando falava assim, usava expressões de algum dialeto que para K. não tinha nada de italiano, mas que o diretor não só compreendia, como também falava, o que certamente K. podia ter previsto, pois aquele estrangeiro provinha do sul da Itália, onde o diretor tinha vivido alguns anos. Em todo caso, K. percebeu que a possibilidade de entender-se com aquele estrangeiro se via em grande parte reduzida. Além do mais, o francês daquele homem era ainda mais difícil de entender que seu italiano, e a barba e os bigodes ocultavam os movimentos dos lábios, que, se fosse possível vê-los, teriam auxiliado talvez a compreender o que o italiano dizia. K. previa muitos incidentes desagradáveis; pelo momento, renunciou a esforçar-se para entender o italiano — achando-se presente o diretor que o compreendia com tanta facilidade, teriam sido desnecessários seus esforços — e limitou-se a observar com certo fastígio a atitude descansada do estrangeiro, profundamente instalado na poltrona, que a cada instante puxava para baixo a jaquetinha curta e apertada; uma vez, erguendo os braços e fazendo gestos com as mãos, procurou ilustrar algo que K. não pôde compreender, embora o outro, inclinado para diante, fazia eloquentes gestos. Por fim, K., que unicamente seguia com o olhar os movimentos que acompanhavam aqui e ali a conversação, sentiu que o invadia o cansaço de antes, de modo que veio a surpreender-se uma vez, com grande espanto, que em meio de sua distração estava já a ponto de erguer-se, voltar-se e sair dali, coisa que felizmente percebeu a tempo. Por fim o italiano olhou seu relógio e se pôs em pé de um salto. Depois de despedir-se do diretor, aproximou-se tanto de K. que este teve de fazer retroceder um pouco a poltrona para poder mover-se. O diretor, que sem dúvida viu refletido nos olhos de K. o apuro em que se encontrava para compreender aquele italiano dialetal, misturou-se à conversação e o fez de modo tão inteligente e delicado que, parecendo que acrescentava apenas umas poucas recomendações sem importância, na realidade explicava a K., brevemente, tudo o que dizia o italiano, o qual além disso não cessava de falar e de cortar-lhe a palavra. Desse modo chegou K. a inteirar-se de que o cliente tinha de se ocupar ainda de alguns negócios imediatamente e que em geral dispunha de muito pouco tempo; além disso, como não queria de modo algum correr com pressa para ver todas as coisas dignas de curiosidade da cidade, preferia — certa e unicamente se K. estivesse de acordo, porque em última instância deixava a K. que decidisse — visitar apenas a catedral para poder apreciar todos seus pormenores. Felicitava-se extraordinariamente por poder realizar essa visita em companhia de um homem tão instruído e amável — com o que naturalmente se referia a K., a quem nesse momento não lhe preocupava outra coisa senão deixar de ouvir as palavras do italiano para poder colher de passagem as do diretor —; de modo que, se K. estivesse de acordo com isso, rogava-lhe que dentro de duas horas, isto é, por volta das dez, se encontrasse na catedral. Ele esperava poder chegar exatamente a essa hora. K. respondeu-lhe com algumas palavras atinentes ao caso, e então o italiano deu a mão primeiro ao diretor, depois a K. e por fim outra vez ao diretor; depois se foi seguido pelos dois homens até a porta, mas no caminho aquele italiano não deixava de falar um momento voltando-se a meio para seus acompanhantes. K. permaneceu ainda um instante a sós com o diretor, que esse dia parecia sentir-se particularmente atormentado pelo seu mal; pelo visto julgou que devia desculpar-se de algum modo perante K. pois lhe disse — achavam-se nesse momento muito próximos um do outro e em uma atitude de mútua confiança — que primeiro tivera a intenção de servir ele mesmo de guia ao italiano, mas que depois — sem dar nenhum outro motivo — resolvera que era melhor designar K. para cumprir essa missão. Também lhe disse que se ao princípio não compreendia logo esse italiano nem por isso devia perturbar-se, pois logo chegaria a entendê-lo, e mesmo no caso em que não chegasse a entendê-lo muito bem, isso não era tampouco muito grave, porque ao italiano não lhe importava ser compreendido. Além do mais, K. falava um italiano notavelmente correto, de modo que com toda a segurança sairia magnificamente da empreitada. Depois K. se despediu do diretor. Passou o tempo que ainda lhe restava livre em procurar no dicionário e em anotá-los certos vocábulos de escasso uso que lhe seria necessário utilizar para explicar os pormenores da catedral. Tratava-se de um trabalho extremamente fatigante pois não cessavam de chegar ordenanças que lhe levavam o correio, empregados que queriam consultá-lo sobre diferentes assuntos e que vendo K. ocupado permaneciam de pé junto à porta sem, porém, ir-se antes de que K. lhes tivesse respondido; o vice-diretor não deixou passar essa ocasião de incomodar K.; entrava a cada instante no escritório deste, tomava-lhe o dicionário das mãos e o folheava, pelo visto sem nenhum objetivo; também alguns clientes se manifestavam na penumbra da antessala, quando se abria a porta e se inclinavam hesitando — evidentemente queriam chamar sobre si a atenção de K., mas não estavam certos de serem vistos por este —; toda essa gente se movia ao redor de seu centro, enquanto ele anotava as palavras que necessitaria, procurava-as depois no dicionário, escrevia-as depois sobre uma folha de papel, exercitava-se em sua pronúncia e procurava por fim aprendê-las de memória. Sua excelente memória de outro tempo parecia agora tê-lo abandonado por completo; tão encolerizado estava contra aquele italiano que lhe ocasionava aqueles esforços que deixou o dicionário e o cobriu com um montão de papéis, enquanto nutria a firme resolução de não mais se preparar; mas, ao fim de um instante, compreendendo que não poderia passear daqui para lá como um mudo com aquele italiano diante das obras de arte da catedral, voltou a apanhar o dicionário com grande fúria.

Exatamente por volta das nove horas e meia, quando já se dispunha a ir, chamou-o por telefone Leni, que lhe desejou um bom dia e lhe perguntou como se achava; K. agradeceu-lhe apressadamente sua atenção e fez-lhe notar que nesse momento lhe era impossível entreter-se conversando pelo telefone porque tinha de ir à catedral.

— À catedral? — perguntou Leni.

— Sim, pois, à catedral.

— Mas, por que à catedral? — voltou a perguntar Leni. K. procurou explicar-lhe brevemente, mas apenas começara a fazê-lo quando Leni disse subitamente:

— Acossam-te.

K. não tolerou esse sentimento de compaixão que não tinha pedido nem esperado, de modo que se despediu de Leni com duas breves palavras; mas ao pendurar o receptor em seu lugar não pôde evitar que se lhe escapasse dizer, meio para si mesmo, meio para a jovem que se encontrava a distância e que já não o ouvia:

— Sim, acossam-me.

Com tudo isso já se tinha feito algo tarde. Até corria o risco de não chegar pontualmente ao encontro. K. tomou um automóvel; no último instante tinha-se ainda lembrado do álbum que pela manhã cedo não tivera ocasião de entregar ao estrangeiro e que por isso agora levava consigo. Mantinha-o sobre os joelhos e com os dois dedos tamborilou inquieto sobre ele durante toda a viagem. A chuva cedera um pouco, mas o tempo conservava-se úmido, frio e escuro; bem pouco seria o que se poderia ver na catedral, mas sem dúvida ali, por estar durante um bom tempo de pé sobre esses ladrilhos frios, o resfriado de K. se agravaria muito. A praça da catedral estava inteiramente deserta. K. recordou que já na época em que ele era um menino tinha-lhe chamado a atenção o fato de que nas casas que davam para essa severa praça sempre quase todas as cortinas das janelas estavam baixas. Com o tempo que reinava esse dia, isso era por certo mais compreensível que naquela época. Também o interior da catedral parecia deserto. Naturalmente ninguém se lembraria de visitá-la com aquele tempo. K. percorreu as duas naves laterais e apenas encontrou na catedral uma anciã com a cabeça coberta por um lenço, de joelhos diante da imagem da Virgem à qual contemplava fixamente. Um pouco mais adiante viu um sacristão que coxeando desapareceu através de uma porta. K. chegara pontualmente ao encontro; no exato momento de entrar na catedral tinham soado as dez horas, mas o italiano ainda não tinha chegado. K. voltou então à entrada principal, permaneceu ali algum tempo de pé, indeciso, e depois sob a chuva percorreu ao redor da catedral para comprovar se o italiano porventura não o estivava esperando em alguma entrada lateral da igreja. Mas tampouco o encontrou ali. Não se teria enganado o diretor com respeito à hora do encontro? Por que, como se podia compreender exatamente o que aquele homem dizia? De todos os modos, K. devia esperá-lo pelo menos durante meia hora. Como se achava cansado, quis sentar-se; por isso voltou ao interior da catedral; sobre um degrau encontrou um farrapo, estendido à guisa de tapete, que ele afastou com a ponta do pé até um banco próximo; depois se envolveu melhor no abrigo, ergueu a gola e sentou-se. Para distrair-se abriu o álbum e o folheou um pouco, mas logo teve de renunciar a isso pois reinava ali tal obscuridade que quando dirigia o olhar à nave lateral mais próxima apenas podia distinguir nela algum pormenor.

A distância, resplandecia no altar-mor um grande triângulo de círios acesos; K. não poderia afirmar com certeza se já antes o tinha visto. Talvez acabassem de acendê-los nesse momento. Os sacristãos são sigilosos como a sua profissão exige; mal se percebe o que fazem. Quando K. se voltou casualmente para trás viu a pouca distância dele outro círio igualmente aceso, posto em uma coluna alta e poderosa. Por formosa que fosse essa luz, era de todos os modos inteiramente insuficiente para iluminar as imagens dos altares laterais; aquela luz antes aumentava as trevas. Ao não vir, o italiano agira tão razoável como descortesmente, pois com efeito ali não se podia ver nada; teria de se contentar em contemplar centímetro a centímetro alguns quadros à luz da lanterna elétrica de bolso de K. Por comprovar que era o que se podia esperar de tal procedimento, K. se dirigiu a uma capela lateral próxima, subiu pelos degraus que o separavam de uma baixa balaustrada de mármore, e, inclinando-se para diante sobre ela, iluminou com a lanterna o quadro do altar. A luz trêmula que se mantinha permanentemente acesa no altar impedia uma visão clara. A primeira coisa que K. viu e em parte adivinhou foi um alto cavaleiro de armadura, representado em um extremo do quadro. Estava de pé, apoiado sobre sua espada, que tinha cravado diante de si no solo — apenas se viam nele erguer-se alguns talos de mato aqui e ali. O cavaleiro parecia observar atentamente alguma cena que se desenrolava em frente dele. Era assombroso que se mantivesse ali de pé e não se aproximasse do espectador. Talvez estivesse destinado a montar guarda ali. K., que havia muito tempo não via quadros, ficou contemplando bastante tempo o cavaleiro, embora tendo de piscar com frequência porque a trêmula luz verde do círio era-lhe intolerável. Quando por fim dirigiu a luz da lanterna à parte restante do quadro, comprovou que se tratava de um sepultamento de Jesus Cristo realizado segundo a clássica concepção; além do mais, era um quadro pintado recentemente. Guardou a lanterna no bolso e tornou então ao seu lugar.

Provavelmente, já era inútil continuar esperando o italiano; porém fora chovia a cântaros, e além disso no interior da igreja não fazia tanto frio como K. esperara; por isso resolveu permanecer por um momento ali. Próximo do lugar onde se encontrava erguia-se o grande púlpito sobre cuja pequena cúpula se viam inclinadas duas cruzes de ouro nuas que se cruzavam nas extremidades anteriores. A parte exterior do parapeito e a escada que chegava desde o pé da coluna que sustentava o púlpito eram lavradas. Representava o trabalho do artista verde folhagem sustida por anjinhos, alguns alegres, outros tranquilos. K. aproximou-se do púlpito para examiná-lo por todos os seus lados; o lavrado da pedra era extremamente cuidadoso; os profundos espaços escuros que ficavam entre a folhagem apareciam como incrustados. K. introduziu a mão em uma daquelas cavidades e apalpou com cuidado a pedra; até esse momento não tinha percebido a existência daquele púlpito. De súbito, ao voltar casualmente a cabeça, percebeu atrás da primeira fila de bancos um sacristão que, vestido com um longo hábito negro e cheio de pregas, achava-se de pé segurando na mão esquerda uma tabaqueira de rapé e olhando fixamente K. “Que deseja, pois, esse homem”, pensou K. “Ser-lhe-ei suspeito? quererá uma propina?” Mas quando o sacristão percebeu que K. o observava, erguendo a mão direita, que entre os dois dedos tinha ainda segura uma pitada de rapé, apontou para uma indeterminada direção. Sua atitude era quase incompreensível; K. esperou ainda um instante, mas o sacristão não deixava de assinalar algo com a mão, coisa que acentuou com um movimento de afirmação que fez com a cabeça.

— Que está, pois, querendo? — perguntou-se K., em voz baixa, porque não se atrevia a chamá-lo nesse lugar tão silencioso; depois tirou do bolso a carteira e foi junto ao banco mais próximo para acercar-se daquele homem. Mas este, rechaçando-o em seguida com um movimento da mão, encolheu os ombros e andou coxeando. O passo do homem em seu apressado coxear era exatamente igual ao que K. quando menino fazia para imitar o movimento do galopar de um cavalo.

"É um velho pueril", pensou K. "Seu entendimento apenas chega para cumprir o serviço da igreja. E como se detém quando eu me detenho e como me espreita quando eu continuo a minha marcha!"

Sorrindo, K. seguiu o ancião através de toda a nave lateral e quase chegou ao pé do altar-mor; enquanto isso, aquele homem não cessava de apontar algo; porém K., deliberadamente, não se voltou sequer uma vez, pois pensava que era possível que aquele sinal não tivesse outra finalidade senão afastá-lo das pegadas do ancião. Por fim desistiu verdadeiramente de segui-lo. Não queria atemorizá-lo demais, porque no caso em que aquele italiano ainda chegasse, não convinha que o sacristão estivesse assustado.

Quando tornou a entrar na nave central, em busca do lugar que antes ocupara e onde deixara o álbum, percebeu que, junto a uma coluna que limitava quase com os bancos do coro do altar, se erguia a um lado um púlpito muito simples de pedra pálida e desnuda. Era aquele púlpito tão pequeno que desde longe bem podia parecer um nicho vazio destinado à imagem de algum santo. Evidentemente, o pregador não podia afastar-se um só passo do parapeito daquele púlpito. Além disso, a cúpula era extremamente baixa e sem nenhum adorno e de tal modo se elevava sobre o púlpito que um homem de estatura média não poderia manter-se ali erguido, mas deveria inclinar-se para diante, sobre o parapeito, mantendo a cabeça fora do púlpito. Toda aquela disposição parecia ideada para atormentar o pregador; era absolutamente incompreensível que necessidade se podia ter daquele púlpito quando se dispunha de outro grande e artisticamente ornado.

Certamente, K. não teria percebido a presença desse pequeno púlpito se não tivesse visto lá em cima uma velinha acesa como se costuma preparar antes de se realizar um sermão. Será que verdadeiramente iria pronunciar-se agora um sermão? Nessa igreja vazia? K. contemplou a escadinha que pegada à coluna conduzia até o púlpito e comprovou que era tão estreita que sem dúvida não estava construída para uso dos homens, mas unicamente para servir de adorno à coluna; mas debaixo do púlpito — e K. não pôde senão sorrir surpreendido — estava realmente o sacerdote que, com a mão posta no corrimão da escada, dispunha-se a subir, enquanto dirigia um olhar a K. Depois fez com a cabeça um leve gesto de assentimento, e K. se benzeu e se inclinou em seguida, coisa que devia já ter feito antes. O sacerdote tomou alento e depois subiu ao púlpito com passos miúdos e rápidos. Será que realmente haveria um sermão? Porventura aquele sacristão não estava tão inteiramente destituído de juízo quando sem dúvida havia apontado K. ao pregador, o que por certo se fazia absolutamente necessário naquela igreja deserta? Além disso, havia também em alguma parte da catedral, em frente da imagem da Virgem, uma anciã que indubitavelmente ouviria também o sermão. Mas se na verdade se ia pregar, por que o órgão não o anunciava? O órgão, porém, permanecia silencioso nas alturas e resplandecia até muito debilmente em meio das trevas.

K. pensou se não seria melhor ir-se apressadamente nesse momento, porque se não o fizesse então depois não teria nenhuma possibilidade de ir-se enquanto durasse o sermão e perderia muito tempo que bem poderia empregar no trabalho do escritório. Já fazia tempo que estava dispensado de continuar esperando aquele italiano. Olhou seu relógio e comprovou que já eram onze oras; mas será que realmente se poderia pregar ali? Poderia a pessoa de K. representar os fiéis? E se ele não fora mais do que um estrangeiro que somente se propunha visitar a igreja pelos seus monumentos artísticos? E no fundo não era outra coisa. Sim, verdadeiramente era insensato pensar que fosse pregar ali, agora, às onze horas da manhã em um dia de trabalho e com esse tempo infernal. O sacerdote — porque sem dúvida era um sacerdote aquele jovem de rosto sombrio e liso — evidentemente subia ao púlpito para apagar a vela que com certeza tinha sido acesa por acaso.

Contudo, não aconteceu assim; o religioso examinou a vela e em vez de apagá-la avivou ainda um pouco mais sua luz; depois voltou-se lentamente para o parapeito ao qual se aferrou com ambas as mãos. Assim permaneceu de pé bastante tempo, olhando em torno sem mover a cabeça. K. retrocedera um bom trecho e ficara apoiado com os cotovelos em um dos bancos da primeira fila. Os olhos revelaram--lhe incertamente em algum lugar, sem que pudesse determiná-lo com precisão, a presença do sacristão, que tranquilo e com as espáduas encurvadas tinha ficado acocorado como quem tivesse dado por findo o seu trabalho. E que silêncio reinava nesse momento na catedral! Mas era preciso que K. o perturbasse; não tinha a intenção de permanecer ali; se o dever do sacerdote era pregar a uma determinada hora, sem atender a tais circunstâncias, bem podia cumpri-lo sem que fosse necessária a presença de K., porque mesmo esta certamente não poderia estimular grande coisa o zelo do religioso.

De maneira que K. se aproximou lentamente do corredor na ponta dos pés para ganhar logo o corredor central pelo qual se pôs a andar sem ser molestado por ninguém, apenas seus passos mais leves soavam naquele piso de pedra e repercutiam nas abóbadas, mesmo debilmente, sem interrupção, de acordo com uma lei progressiva de ressonâncias múltiplas. K. sentia-se um tanto desamparado (ao ver-se talvez observado pelo sacerdote) percorrendo aquele corredor que se abria entre bancos vazios, e até as gigantescas dimensões da catedral lhe pareciam chegar ao limite do que um ser humano pode suportar. Quando chegou ao assento que tinha ocupado antes, apanhou sem se deter o álbum que estava sobre o banco e prosseguiu seu caminho. Quase tinha já abandonado a zona dos bancos e aproximava-se do espaço livre que havia entre eles e a saída quando ouviu pela primeira vez a voz do sacerdote. Era uma voz poderosa, cultivada. E como penetrava o âmbito da catedral preparado para acolhê-la! Mas o sacerdote não se dirigia aos fiéis. Não havia dúvida possível, não havia nenhuma escapatória. O sacerdote exclamou:

— Josef K.

K. deteve-se secamente e cravou os olhos no solo. No momento estava ainda em liberdade. Podia ainda continuar avançando e ir-se por algumas daquelas três portinhas escuras de madeira que não estavam distantes dele. Ainda podia fazer como que não tendo entendido, ou então que tendo entendido não se preocupava de modo algum com isso. Mas se voltasse estava apanhado, porque isso teria significado confessar que compreendera bem, que sabia que era realmente ele que tinha sido chamado e que estava disposto a obedecer. Se o sacerdote tivesse tornado a chamá-lo, K. teria partido sem demora, mas, como tudo permanecia silencioso, K., enquanto esperava, voltou um pouquinho a cabeça porque sentia desejo de ver o que era que estava fazendo nesse momento o sacerdote. Este continuava de pé, com ar sossegado, no púlpito, mas bem se via que tinha notado o movimento de cabeça de K. dirigido para ele. Aquilo teria sido simplesmente um jogo de esconder infantil se K. não se voltasse agora inteiramente para o religioso. Assim o fez, e então o sacerdote lhe indicou com o dedo que se aproximasse mais. Visto que tudo podia acontecer abertamente, K. se precipitou — fê-lo além disso por curiosidade e para abreviar aquela cena — com longos e apressados passos para o púlpito. Deteve-se diante dos primeiros bancos, mas ao eclesiástico pareceu-lhe que a distância era ainda demasiado grande, pois, estendendo a mão, apontou com o dedo indicador voltado quase perpendicularmente para baixo um lugar em frente ao púlpito. K. obedeceu. Desse lugar tinha de manter a cabeça muito jogada para trás para ver o eclesiástico.

— Tu és Josef K. — disse o sacerdote, erguendo a mão do parapeito do púlpito e fazendo com ela um impreciso movimento.

— Sim — confirmou K., pensando quão abertamente pronunciava antes seu nome, mas que desde algum tempo este lhe parecia um peso; agora conheciam seu nome pessoas com as quais se encontrava pela primeira vez; e quão belo era apresentar-se primeiro e apenas depois estabelecer relações!

— Estás acusado — declarou o sacerdote, com voz excessivamente baixa.

— Sim — disse K. —, assim mo notificaram.

— Então és aquele que eu procuro — declarou o sacerdote —; eu sou o capelão do cárcere.

— Ah! — exclamou K.

— Fiz que viesses aqui — disse o religioso — para falar contigo.

— Não o sabia — declarou K. — Vim para mostrar a um italiano a catedral.

— Deixa de lado essas coisas acessórias — aconselhou o sacerdote. — Que levas na mão? É um livro de orações?

— Não — retrucou K. — É um álbum que contém fotografias desta cidade.

— Deixa-o — disse o sacerdote. K. o atirou tão vivamente que o livro se abriu e ficaram soltas algumas páginas ao arrastar-se pelo solo.

— Sabes que o teu processo caminha mal? — perguntou o sacerdote.

— Também me parece assim — disse K. — Não me descuidei de nenhum esforço, mas até agora não consegui nenhum resultado satisfatório. É certo que ainda não tenho redigido o primeiro escrito.

— Como supões que terminará o teu processo? — perguntou o religioso.

— Antes eu acreditava que terminaria bem — respondeu K. —, mas agora duvido-o muito. A dizer a verdade, não sei como terminará. Sabes tu?

— Não — replicou o sacerdote —; mas temo que termine mal.

És considerado culpado. Provavelmente, teu processo não saia da esfera dos tribunais inferiores. Ao menos pelo momento considera-se provada a tua culpa.

— Mas, não sou culpado — replicou K. — Trata-se de um engano. Como poderia ser culpado um ser humano? Todos somos aqui homens, tanto uns como os outros.

— É certo — disse o sacerdote —; mas precisamente assim é como costumam falar os culpados.

— Também tu estás prevenido contra mim? — perguntou K.

— Não, nenhuma prevenção tenho contra ti — respondeu o religioso.

— Agradeço-te — disse K. — porque todos os outros que intervêm no processo estão prevenidos contra mim e até fazem participar de seu prejuízo àqueles que não intervêm no inquérito. Minha situação torna-se cada vez mais difícil.

— Interpretas mal os fatos — declarou o sacerdote. — O juízo definitivo não se produz de chofre, mas o inquérito vai conduzindo paulatinamente à sentença.

— É mesmo — disse K., baixando a cabeça.

— Qual será o próximo passo que darás em tua causa? — perguntou o sacerdote.

— Procurarei ainda encontrar alguma ajuda — disse K., erguendo a cabeça para ver como o sacerdote julgava a sua intenção. — Restam-me algumas possibilidades que ainda não aproveitei.

— Procuras demais o auxílio alheio — retrucou o sacerdote, refutando-o. — E especialmente o das mulheres. Não percebes que ali não acharás uma ajuda verdadeira?

— Em muitas coisas, e até frequentemente, poderia dar-te razão, mas nem sempre — disse K. —; as mulheres possuem um grande poder. Se eu conseguisse fazer que algumas mulheres que eu conheço se unissem para trabalhar pela minha causa, teria de conseguir êxito, especialmente tratando-se desta justiça que está constituída quase exclusivamente por mulherengos. Mostre-se a distância a um juiz de instrução uma mulher e saltará por cima da mesa e do acusado com a intenção de alcançá-la.

O sacerdote inclinara a cabeça sobre o parapeito do púlpito cuja cúpula parecia que somente nesse momento tinha começado a oprimi-lo. Que tempo estaria fazendo fora? Já não era um dia cinzento, mas noite profunda. Nenhum dos cristais pintados das grandes janelas iluminava sequer com uma réstia de luz as escuras paredes. E exatamente nesse momento começou o sacristão a apagar uma depois da outra todas as velas do altar-mor.

— Estás aborrecido comigo? — perguntou K. ao eclesiástico —; mas talvez tu mesmo não saibas a que espécie de justiça serves.

K. não recebeu nenhuma resposta.

— Não te falo senão de minhas experiências pessoais — acrescentou K.

Mais acima o sacerdote continuou guardando silêncio.

— Não queria te ofender — declarou K.

Mas então soou agudo o grito do eclesiástico, inclinado para baixo:

— Será que não és capaz de enxergar a dois passos de distância?

Havia gritado evidentemente colérico, mas ao mesmo tempo com o grito que lança aquele que vê alguém cair, e porque ele mesmo se assusta, irrefletidamente, sem querer grita.

Ambos ficaram muito tempo calados. O certo era que o sacerdote em meio da obscuridade que reinava abaixo não podia ver bem K., enquanto este podia contemplar claramente o sacerdote à luz da vela. Por que não descia esse eclesiástico? Não subira ao púlpito para pronunciar um sermão, mas apenas para comunicar a K. algumas coisas que, bem consideradas, provavelmente antes o prejudicassem do que fossem proveitosas. Contudo, parecia indubitável a K. a boa intenção do clérigo; não tinha por impossível que quando o sacerdote descesse do púlpito fizesse causa comum com ele; tampouco era impossível que lhe desse algum conselho aceitável e decisivo, que, por exemplo, lhe mostrasse não como influir no curso do processo, senão o que seria preciso fazer para fugir a ele, para enganá-lo em seus contornos, como teria de fazer para viver fora do processo. Tinha de existir também essa possibilidade na qual K. estivera meditando muito nesses últimos tempos. Mas, no caso de que existisse tal possibilidade, iria o sacerdote revelar se ele lha pedisse, mesmo quando fosse membro da justiça e mesmo quando, no momento em que K. atacara essa justiça, forçando a sua natureza doce, havia chegado até a gritar com K.?

— Não queres descer? — perguntou K. — Não tens de pronunciar nenhum sermão. Vem comigo aqui embaixo.

— Agora, sim, posso descer — explicou o sacerdote, que talvez se arrependia de seus gritos. Enquanto retirava a lâmpada do gancho, disse: — Primeiro, tinha de falar contigo a distância. De outro modo, me deixo influenciar demasiado facilmente e me esqueço de minhas funções.

K. esperava-o ao pé da escadinha. Ao descer, o sacerdote estendeu-lhe a mão desde um dos degraus.

— Dispões de um pouco de tempo para atender-me? — perguntou K.

— De todo o que necessites — respondeu o sacerdote, enquanto estendia a K. a lampadazinha para que este a levasse. Mesmo achando-se tão perto de K., o sacerdote, como comprovou K., continuava a manter o seu ar solene.

— És muito amável comigo — observou K., enquanto andavam um junto ao outro por uma das naves laterais cheias de trevas. — És uma exceção entre todos os membros da justiça. Tenho maior confiança em ti que em nenhum outro deles e te afirmo que conheço já muitos. Contigo posso falar abertamente.

— Não te enganes — preveniu-o o sacerdote.

— Em que haveria de enganar-me? — perguntou K.

— Ao julgar a justiça, te enganas — disse o religioso —; nas palavras de introdução à lei existe uma história referente a esse engano: diante da lei está postado um guarda. Até ele se chega um homem do campo que lhe pede que o deixe entrar na lei. Mas o sentinela lhe diz que nesse momento não é permitido entrar. O homem reflete e depois pergunta se mais tarde lhe será permitido entrar. "É possível", diz o guarda, "mas agora não." A grande porta que dá para a lei está aberta de par em par como sempre, e o guarda se põe de lado; então o homem, inclinando-se para diante, olha para o interior através da porta. Quando o guarda percebe isso desata a rir e diz: "Se tanto te atrai entrar, procura fazê-lo não obstante a minha proibição. Mas guarda bem isto: eu sou poderoso e contudo não sou mais do que o guarda mais inferior; em cada uma das salas existem outros sentinelas, um mais poderoso do que o outro. Eu não posso suportar já sequer o olhar do terceiro". O camponês não esperara tais dificuldades; parece-lhe que a lei tem de ser acessível sempre a todos, mas agora que examina com maior atenção o guarda, envolto em seu abrigo de peles, que tem grande nariz pontiagudo e barba longa, delgada e negra à moda dos tártaros, decide que é melhor esperar até que lhe deem permissão para entrar. O guarda dá-lhe então um escabelo e o faz sentar-se a um lado, em frente da porta. Ali passa o homem, sentado, dias e anos. Faz infinitas tentativas para entrar na lei e cansa o sentinela com suas súplicas. O sentinela às vezes o submete a pequenos interrogatórios, pergunta-lhe por sua pátria e por muitas outras coisas, mas no fundo não lhe interessam especialmente as respostas. Pergunta como o faria um grande senhor; e sempre termina por manifestar-lhe que ainda não pode entrar. O homem, que para realizar aquela viagem, teve de se abastecer de muitas coisas, emprega tudo, por mais valioso que seja, para subornar o porteiro. Este aceita tudo, mas diz: "Aceito-o para que não julgues que te descuidaste de alguma coisa". Durante muitos anos aquele homem não afasta os seus olhos do sentinela. Esquece-se dos outros sentinelas e chega a parecer-lhe que este primeiro é o único obstáculo que lhe impede entrar na lei. Nos primeiros anos maldiz a gritos sua funesta sorte, mas depois, quando se torna velho, limita-se a grunhir entre dentes. E, como nos longos anos que passou estudando o sentinela, chega a conhecer também as pulgas de seu abrigo de pele, tornado outra vez à infância, roga até a essas pulgas para que o auxiliem a quebrar a resistência do guarda. Por fim vê que a luz que seus olhos percebem é mais fraca e não consegue distinguir se realmente se fez noite ao redor dele ou se simplesmente são os olhos que o enganam. Mas agora, em meio às trevas, percebe um raio de luz inextinguível através da porta. Resta-lhe pouca vida. Antes de morrer concentram-se em sua mente todas as lembranças e pensamentos daquele tempo em uma pergunta que até esse momento não tinha ainda formulado ao sentinela. Como seu corpo já rígido não se pode mover, faz um sinal ao guarda para que se aproxime. Este precisa inclinar-se profundamente pois a diferença de estatura entre um e outro chegou a fazer-se muito grande. "Que é o que ainda queres saber?", pergunta o sentinela. "És insistente." "Dize-me", fala o homem, "se todos desejam entrar na lei, como se explica que em tantos anos ninguém, além de mim, tenha pretendido fazê-lo?" O guarda percebe que o homem está já às portas da morte, de modo que para alcançar o seu ouvido moribundo ruge sobre ele: "Ninguém senão tu podia entrar aqui, pois esta entrada estava destinada apenas para ti. Agora eu me vou e a fecho".

— Quer dizer então que o guarda enganou o homem — disse K., imediatamente, pois tinha seguido a história profundamente interessado.

— Não te apresses — retrucou o eclesiástico —; não aceites opiniões alheias sem exame. Contei-te a história conforme o texto original. Nenhum engano existe nele.

— Contudo, existe aqui um engano — disse K. —, e tinhas inteira razão ao princípio quando me falaste dele. O guarda apenas comunica ao homem aquilo que poderia salvá-lo no momento em que já não pode servir-lhe.

— Mas é porque antes o homem não lhe tinha feito essa pergunta — replicou o sacerdote —; pensa ainda que não era mais que um sentinela e que como tal cumpriu o seu dever.

— Por que acreditas que cumpriu seu dever? — perguntou K. — Na verdade, não o cumpriu de modo algum. Seu dever consistia talvez em impedir que entrasse na lei todo estranho, mas devia ter permitido a entrada desse homem para o qual estava destinada.

— Não te aténs suficientemente ao texto, de modo que mudas a história — disse o eclesiástico. — O relato contém duas explicações importantes do guarda a respeito da entrada na lei. Uma ao princípio e a outra ao final. Com efeito, em uma passagem se diz que nesse momento não se pode franquear-lhe a entrada e em outro: "Esta entrada estava destinada apenas para ti". Se entre estas duas indicações houvesse alguma contradição, então terias razão, e, com efeito, o guarda teria enganado o homem. Mas não existe aqui a menor contradição, pelo contrário, a primeira indicação até está assinalando já a segunda. Quase se poderia afirmar que o sentinela vai além de seu dever ao anunciar de certo modo ao homem uma futura possibilidade de entrar na lei. Parece que naquele momento seu dever consistia apenas em impedir que o homem entrasse e, talvez com razão, muitos comentadores do texto se admiram de que o guarda tenha dado tais indicações porque verdadeiramente parecia amar o estrito cumprimento de suas funções e realizar seu dever com todo rigor e exatidão. Durante muitos anos não abandona seu posto, fecha a porta apenas no último momento; tem aguda consciência da importância de seu serviço pois diz: "Sou poderoso", e contudo, respeita seus superiores, pois afirma: "Não sou senão o guarda mais inferior"; não é charlatão, pois durante tantos anos unicamente formula, como o afirma o texto, algumas perguntas, cujas respostas "não lhe interessam especialmente"; não é venal porque ao admitir um presente diz: "Aceito-o para que não julgues que tenhas descurado algo"; com respeito ao cumprimento de seu dever, não se deixa comover nem se irrita, já que no texto se lê que o homem "fatiga o sentinela com suas súplicas". Por fim, seu exterior revela antes uma natureza pedante como o indicam o grande nariz pontiagudo e a delgada barba longa, negra, à moda dos tártaros. Acreditas que possa haver um guarda mais zeloso do cumprimento de seu dever? Além disso, o sentinela tem outros rasgos muito favoráveis para aquele que pretende entrar na lei e que explicam em última instância o fato de que, subtraindo-se um tanto a seus deveres, tivesse podido dar ao homem aquelas indicações sobre uma futura possibilidade de entrar. Porque, com efeito, não é possível negar que é um pouco ingênuo e, de acordo com isto, também um pouco petulante. Se bem que suas manifestações a respeito de seu poder e do poder dos outros guardas, dos quais chega a confessar que para ele seu olhar é insuportável, digo que, se bem que todas essas declarações possam ser corretas em si mesmas, a maneira como expressa tais coisas mostra, porém, que a ingenuidade e a arrogância perturbam seu modo de ver. A este respeito dizem os comentadores: "A compreensão correta de algo e a apreciação falsa não são coisas que se excluem inteiramente". Em todo caso é mister admitir que essa ingenuidade e petulância, por mais insignificantes que sejam talvez ao se manifestar, debilitam de certo modo a vigilância da entrada. São na verdade falhas no caráter do guarda. Além disso, acontece que, por sua natureza, parece inclinar--se à amabilidade; nem sempre sua atitude é estritamente oficial. Já no primeiro momento faz brincadeiras, quando, apesar da proibição expressa de entrar, convida o homem, não obstante, a fazê-lo; depois, em vez de afastá-lo, lhe dá, como se afirma no texto, um escabelo e o faz sentar diante da porta. A paciência com que suporta as súplicas do homem durante tantos anos, os pequenos interrogatórios, a admissão de obséquios, a bondade com que admite que em sua presença o homem maldiga em voz alta sua sorte funesta, sendo certo que é o próprio guarda quem personifica ali essa sorte, tudo isso permite inferir que se trata de um guarda que abriga sentimentos de piedade. Nem todos os sentinelas teriam agido como esse. E por fim, a um sinal do homem, vai e se inclina profundamente sobre ele para responder à sua última pergunta. Impaciência apenas a tem muito fraca (mas considera que o guarda conhece bem que já tudo vai terminar) naquelas palavras: "És insistente". Muitos glosadores vão a este respeito mais longe ao interpretar as palavras "És insistente", pois afirmam que elas expressam uma espécie de admiração amistosa não isenta de todo, por certo, de alguma condescendência. Em todo caso, já vês que a figura do guarda se apresenta com contornos bem mais distintos do que tu pensavas.

— Conheces a história melhor do que eu e há mais tempo — disse K.

Ambos permaneceram calados um instante; depois K. perguntou:

— De modo que acreditas que o homem não foi enganado?

— Não interpretes mal o que te disse — advertiu o sacerdote. — Limitei-me a comunicar-te as opiniões que existem a esse respeito.

Não tens que te preocupar demais com opiniões alheias. O texto é imutável e mesmo pode ser que essas opiniões não exprimam senão desespero. Até existem algumas opiniões segundo as quais o enganado é precisamente o guarda.

— É uma presunção que vai demasiado longe. Em que se pode fundamentar?

— Fundamenta-se — retrucou o eclesiástico — na ingenuidade do guarda. Afirmam que este não conhece o interior da lei, mas apenas o caminho que conduz até sua entrada e que ele tem de percorrer incessantemente. Sustenta-se que a representação que ele se faz do interior da lei é infantil e mesmo se afirma que, ao infundir temor ao homem, ele mesmo teme. Sim, até se afirma que teme mais do que o homem, pois este outra coisa não deseja senão entrar, embora já saiba que os guardas do interior da lei são espantosos. Em troca, o sentinela não pode entrar, ao menos nada no texto permite supor outra coisa. É certo que outros são de opinião que o guarda já esteve no interior porque alguma vez foi contratado para servir à lei, coisa que somente podia ter acontecido no interior. Contudo, outros objetam que ele podia ter sido simplesmente chamado do interior e contratado como guarda, e que é lícito afirmar com segurança que nunca penetrou muito no interior, já que a visão do terceiro guarda lhe era insuportável. Além disso, é preciso ter em consideração que o texto não nos informa que durante tantos anos, afora a observação que faz sobre os guardas, o sentinela da porta refira coisa alguma do interior. Talvez porque lhe estivesse proibido, mas o caso tampouco fala de tal proibição. Tudo isso permite concluir que esse guarda nada sabe sobre o aspecto e a significação do interior da lei e que a esse respeito está enganado. Mas ainda com relação ao homem do campo estaria enganado, porque, sendo inferior a esse homem, não o sabe. Por muitas coisas que sem dúvida recordarás se vê que o guarda trata o homem como um inferior, mas, segundo estas opiniões, também surge claramente a história de que o guarda é efetivamente inferior ao homem. Antes de tudo, o homem livre é superior àquele que está preso a alguma coisa. Pois bem, o homem é realmente livre, pode ir onde lhe agrade, pois apenas a entrada na lei lhe está proibida. E isto por uma só pessoa, pelo guarda. Se fica sentado no escabelo em frente à porta e passa ali toda sua longa vida o faz pela livre decisão de sua vontade, já que a história não fala de nenhuma violência que o obrigue a fazê-lo. O guarda, pelo contrário, está atado ao seu posto em virtude de seu emprego. Não tem direito a ausentar-se dali nem, segundo todas as aparências, entrar tampouco no interior da lei, mesmo quando o deseje. É certo que além do mais está ao serviço da lei, mas a serve apenas guardando essa entrada, quer dizer, guardando-a unicamente desse homem para quem está destinada exclusivamente. De modo que também por este motivo vem a estar subordinado ao homem. É necessário admitir que durante muitos anos, durante os anos que o homem passou até alcançar a idade adulta, o guarda desempenhou, de certo modo, uma função inútil, visto que no texto se diz que o que chega é um homem, isto é, alguém que já atingiu a idade adulta, razão pela qual o guarda, antes de cumprir a função para a qual verdadeiramente tinha sido destinado, teve de esperar tanto tempo quanto aquele homem quis, já que este chegou até a entrada da lei pela sua própria vontade. E até o fim do serviço do guarda está determinado pelo fim da vida do homem; quer dizer então que aquele permanece subordinado a este até o final. E a este propósito não deixa de se assinalar o fato de que o guarda parece não se aperceber de tudo isso. Nisso não veem os intérpretes nada surpreendente, pois, a seu juízo, o sentinela sofre um engano ainda maior que se refere às suas próprias funções. Ao final da história, e falando da entrada, diz: "Agora vou-me e a fecho". Mas acontece que ao princípio disse o texto que a porta da lei está de par em par aberta, como sempre, quer dizer, que sempre está aberta, e "sempre" significa com independência da duração da vida do homem para quem está destinada, de maneira que o guarda não poderia fechá-la. E nesse ponto existem opiniões diferentes sobre se o guarda ao anunciar que vai fechar a porta apenas pretendeu dar uma resposta qualquer ou exagerar a importância de seus deveres, ou despertar no homem um último remorso ou uma dor póstuma. Mas são muitos os que estão de acordo em que na realidade ele não pode fechar a porta. E até creem que, pelo menos ao final, seu saber é inferior ao do homem, já que este percebe o raio de luz que brilha através da entrada da lei, enquanto o guarda, que como tal permanece de costas à entrada e nada diz a este respeito, não parece ter notado que se tenha produzido mudança alguma.

— Pois está bem fundamentado — disse K., que tinha repetido para si a meia voz algumas passagens da explicação do eclesiástico. — São opiniões bem fundadas e eu também acredito agora que o guarda estava em engano. Mas nem por isso me afasto de minha primeira opinião, pois ambas coincidem parcialmente. Com efeito, não importa que o guarda veja claro ou esteja enganado. Eu disse que o homem havia sido enganado. Se o guarda vê claro, esta afirmação não é tão certa; mas, se o guarda está enganado, por força que o seu engano tem de recair sobre o homem. É certo que o guarda não é em tal caso nenhum impostor, e sim tão ingênuo que teria de ser afastado imediatamente do serviço. Bem podes notar que o engano em que o guarda se encontra não o prejudica em nada a ele mesmo, e sim prejudica enormemente o homem.

— Aqui tocas a opinião oposta — declarou o sacerdote. — Com efeito, muitos sustentam que, a dizer a verdade, a história não dá a ninguém o direito de julgar o guarda. Qualquer que seja o modo pelo qual se manifeste a nós, é, apesar de tudo, um servidor da lei que por fim pertence à lei, o que o coloca acima de qualquer juízo humano. Tampouco é permitido crer que o guarda seja inferior ao homem; em razão de seu ministério, embora este se reduza apenas a guardar a porta, é incomparavelmente superior a qualquer que viva livremente no mundo. O homem apenas chega à lei em um determinado momento, mas o guarda já está ali. Foi empregado para servir à lei; duvidar de sua dignidade seria duvidar da própria lei.

— De modo algum partilho dessa opinião — declarou K. meneando a cabeça —, pois a aceitá-la é preciso admitir também que tudo o que diz o guarda é verdadeiro, o que, porém, não é possível, como tu mesmo o expuseste tão minuciosamente.

— Não — disse o eclesiástico —, não é preciso considerar verdadeiro tudo o que diz. É preciso considerá-lo apenas necessário.

— Sombria opinião é essa — disse K. — Desse modo, se faz participar a mentira na ordem do mundo.

K. disse isto para terminar, mas não era esse seu juízo definitivo. Sentia-se demasiado cansado para poder considerar todas as consequências derivadas da história; além disso, tudo o levava por sendas do pensamento com as quais não estava familiarizado; levava-o a coisas irreais, mais apropriadas para serem discutidas pelos funcionários da justiça do que por ele. Aquela singela história tinha-se feito desproporcionadamente enorme; K. desejava sacudi-la de cima de si, e o eclesiástico, que nesse momento mostrou um sentimento de grande delicadeza, permitiu que assim o fizesse, pois aceitou sem dizer palavra a observação de K., embora por certo de modo algum concordasse com suas opiniões.

Ambos os homens continuaram passeando calados um bom tempo: K. mantinha-se muito próximo do sacerdote sem saber em que lugar verdadeiramente se achava. A lâmpada que segurava na mão tinha-se apagado havia muito tempo; em certo momento brilhou diante dele, com a luz da praça, a imagem prateada de um santo que em seguida tornou a sumir nas trevas. Para não continuar dependendo inteiramente do sacerdote K. lhe perguntou:

— Não estamos agora próximos da entrada principal?

— Não — disse o sacerdote —; estamos muito distantes dela. Já queres ir?

Embora K. não tivesse pensado nesse momento em fazê-lo, respondeu logo:

— Certamente; tenho de ir. Sou procurador de um banco; esperam por mim. Apenas vim aqui para mostrar a catedral a um amigo comerciante estrangeiro.

— Pois bem — disse o sacerdote, estendendo a mão a K. —, vai-te.

— Mas não posso orientar-me na obscuridade — disse K.

— Chega-te até a parede que está à esquerda — indicou o sacerdote. — Segue depois ao longo dessa parede sem afastar-te dela e encontrarás a saída.

O eclesiástico apenas tinha se separado de K. um par de passos quando este exclamou em voz alta:

— Espera, por favor.

— Espero — disse o eclesiástico.

— Não queres mais nada de mim? — perguntou K.

— Não — declarou o eclesiástico.

— Foste tão amável comigo — disse K. — Explicaste-me tudo, mas agora me abandonas como se nada te importasse.

— Mas tens de ir — disse o eclesiástico.

— É certo — disse K. —, mas tens de compreender.

— Mas compreende tu primeiro quem sou — declarou o eclesiástico.

— És o capelão do cárcere — disse K., aproximando-se do eclesiástico; não era tão urgente a necessidade de voltar ao banco como tinha dito. Ainda podia ficar aqui algum tempo.

— Pertenço, portanto, à justiça — declarou o sacerdote. — Por que havia de querer, então, algo de ti? A justiça nada quer de ti. Acolhe-te quando vens e te deixa ir quando partes.

❖

CAPÍTULO X

O fim

A noite anterior ao dia em que K. completaria seus trinta e um anos — era por volta das nove horas, hora de calma nas ruas — apresentaram-se dois senhores na casa de K. Eram pálidos e gordos, estavam vestidos com sobretudo preto, com chapéu de copa alta aparentemente fixado com força na cabeça. Ao chegar à entrada da casa cada um deles querendo deixar a passagem ao outro, trocaram pequenos gestos de cortesia que repetiram com maior extensão quando se acharam diante da porta do quarto de K. Embora não se lhe tivesse anunciado a visita, K. estava também vestido de preto, sentado em uma cadeira perto da porta, com a atitude de quem espera um hóspede, enquanto introduzia as mãos em um par de luvas novas que iam tomando lentamente a forma dos dedos. K. pôs-se imediatamente de pé e olhou com curiosidade os senhores.

— São vocês, portanto, os que foram mandados para me buscar? — perguntou.

Os senhores confirmaram com um movimento de cabeça enquanto com o chapéu de copa alta na mão se mostravam reciprocamente. K. confessou a si mesmo que na realidade tinha esperado outra visita. Chegou então até a janela e olhou ainda uma vez para a rua que estava às escuras. Também quase todas as janelas que davam para o outro lado da rua estavam já escuras, e, em muitas delas, as cortinas baixas. Por uma das janelas iluminadas de um pavimento viam-se uns pequenos que brincavam entre si, atrás de um cercadinho, que com suas mãozinhas ainda inábeis e estendidas procuravam em vão mover-se de seus lugares.

"Mandaram-me velhos atores de segunda ordem", disse-se K. para si mesmo, enquanto os contemplava outra vez para persuadir-se de que realmente era assim. "Pretendem acabar comigo a preço muito vil." K. voltou-se então de súbito para eles e perguntou:

— Em que teatro vocês representam?

— Teatro? — perguntou um dos senhores, movendo apenas um ângulo da boca ao outro como em busca de conselho. Mas o outro se comportou como um mudo que lutasse contra seu organismo que se nega a obedecer-lhe.

"Não estão preparados para serem interrogados", pensou K., enquanto ia em busca do chapéu.

Já na escada, aqueles senhores quiseram pendurar-se nos braços de K., mas este lhes disse:

— Na rua, não estou enfermo.

Mas assim que chegaram à porta da casa penduraram-se em K. de um modo tal que o fez marchar como jamais até então o tinha feito em companhia de nenhum ser humano. Encostaram por trás seus ombros com os de K., e, em vez de enlaçar os braços como é usual fazê-lo, aproveitaram-nos para rodear os de K. de ponta a ponta, e com suas mãos sujeitar as de K. puxando-as para baixo de um modo irresistível, bem estudado e pelo visto bem executado. K. marchava rigidamente teso entre aqueles dois homens, com os quais formava uma unidade tal que, se se tivesse destruído a um deles, o todo ficaria destruído. Era uma unidade como apenas se pode formar quase unicamente com a matéria inorgânica.

Ao passar pelos pontos iluminados das ruas K. procurava, apesar da estreita unidade que formava com os outros, distinguir seus acompanhantes mais claramente do que tinha podido fazê-lo na penumbra de seu quarto.

"Talvez sejam tenores", pensou, considerando o aspecto de seus pesados queixos duplos. Repugnava-lhe a limpeza dos rostos. Podia-se bem imaginar ainda a mão que passando por aqueles ângulos dos olhos os tinha limpado, que havia roçado aqueles lábios, que se tinha esfregado por entre as pregas daqueles queixos.

Ao percebê-lo, K. deteve-se prontamente, pelo que os outros também se detiveram; achavam-se no limite de uma praça deserta adornada com diferentes canteiros de flores.

— Por que enviaram exatamente vocês? — gritou K. mais do que perguntou. Pelo visto os senhores não sabiam como responder a essa pergunta. Simplesmente limitaram-se a aguardar com o braço livre pendendo, como os enfermeiros que levando um enfermo esperam que ele repouse um pouco.

— Não seguirei adiante — disse K., como um ensaio. Os senhores não precisaram responder nada, pois lhes bastava não soltar sua presa e levantar um pouco K. do lugar em que estava. Mas K. lhes opôs resistência.

"Adiante, já não necessitarei muitas energias; vou empregá-las todas agora", pensou, e ao fazê-lo recordou as moscas que se arrancam as patinhas em seus esforços para desprender-se do grude. "Estes senhores terão um duro trabalho."

De repente, apareceu entre eles, saindo de uma escadinha de uma rua lateral, a senhorita Bürstner. Não se podia estabelecer com certeza que fosse ela, mas a semelhança era por certo muito grande. A K. não lhe importava em absoluto que fosse exatamente a senhorita Bürstner; apenas se lhe impôs nesse momento à sua consciência a inutilidade de sua resistência. Não havia nada de heroico verdadeiramente em resistir, em causar dificuldades agora a estes senhores ao defender-se e pretender gozar ainda esta última ilusão de vida. Pôs-se em marcha, e a alegria que isto causou àqueles senhores refletiu-se em certo modo nele mesmo. Agora lhe permitiam que fosse ele quem determinasse a direção da marcha, e K. tomou o caminho que a jovem tinha seguido, não porque realmente quisesse alcançá-la nem porque pretendesse seguir vendo-a o mais possível, mas unicamente para não esquecer a recordação que ela representava para ele.

"A única coisa que agora posso fazer", disse a si mesmo, e a medida de seus passos em acordo com a dos passos dos outros dois confirmava seu pensamento, "é manter até o fim sereno e claro meu entendimento. Sempre quis conduzir-me no mundo com vinte mãos e além disso pretendi alcançar objetivos não muito razoáveis. Isso estava mal, e agora terei de mostrar que nada me ensinou um ano de processo? Deverei ir-me como um homem de curto entendimento? Terei de deixar-me dizer que no começo do processo eu queria já terminá-lo e que agora, em seu final, quero tornar a começá-lo de novo? Não quero que se diga isso de mim. Festejo o fato de que me tenham dado por acompanhantes na presente etapa estes senhores meio mudos, faltos de inteligência e que se tenha deixado a mim mesmo o encargo de dizer o que é necessário fazer."

Enquanto isso, a jovem entrava por outra rua lateral, mas K. podia prescindir dela, de modo que se abandonou aos acompanhantes. Em perfeito acordo, os três passaram por uma ponte iluminada pela luz da lua; cada pequeno movimento que K. fazia era acompanhado docilmente pelos senhores. Quando quis voltar-se um pouco para a balaustrada da ponte, também os outros, formando uma unidade, se voltaram; a água trêmula e brilhante, à luz da lua, se dividia em duas partes ao chegar a uma ilhota de matizada vegetação de árvores e matas. Sob aquelas árvores, embora nesse momento não pudessem ser vistos, havia caminhos de seixos, com cômodos bancos nos quais K. em muitos verões se tinha sentado e deitado.

— Não é que eu quisesse permanecer aqui... — explicou aos seus acompanhantes um pouco envergonhado pela docilidade destes. Às costas de K. um deles pareceu dirigir ao outro uma suave censura por causa daquela parada que se prestava a falsas interpretações; depois todos continuaram andando.

Seguiram por uma rua empinada, na qual estavam de pé ou passeavam vários agentes de polícia que se percebiam, já a distância, já na proximidade mais imediata. Um deles, com espessos bigodes, que tinha a mão na empunhadura do sabre, aproximou-se deliberadamente do grupo não de todo isento de suspeita. Os senhores detiveram-se prontamente, o agente de polícia pareceu abrir a boca, mas K. nesse preciso momento arrastou com força os senhores para a frente. De tanto em tanto, se voltava com precaução para ver se o agente de polícia não ia atrás deles; mas quando atingiram uma esquina que dobraram, K. começou a correr, e os senhores tiveram também de o fazer, ainda que isso lhes custasse um grande esforço.

Desse modo saíram rapidamente da cidade que, na direção que tinham tomado, quase sem transição se unia ao campo. Atingiram uma pequena pedreira abandonada e deserta, em cujas proximidades se percebia uma casa de aparência ainda inteiramente urbana. Ali se detiveram os senhores, já porque se tratasse do lugar que desde o início tinham escolhido como meta, já porque se sentiram esgotados e não queriam continuar correndo. Então, deixaram em liberdade K., que ficou esperando, mudo; tiraram os chapéus de copa e com os lenços se enxugaram o suor da fronte, enquanto exploravam em redor da pedreira. A lua brilhava com essa naturalidade e calma que nenhuma outra luz possui.

Depois de trocar algumas reverências corteses com as quais mutuamente cada qual deles oferecia ao outro a oportunidade de empreender primeiro o que se tinha de fazer — pelo visto tinham encomendado a missão aos dois senhores em comum —, um deles chegou-se até K., tirou-lhe a jaqueta, o casaco e por fim a camisa. K. se pôs involuntariamente a tremer; por isso um dos senhores bateu-lhe suavemente nas costas com pancadinhas tranquilizadoras. Depois dobrou cuidadosamente as roupas de K., como coisas que ainda hão de ser usadas, embora não imediatamente. Para não expor K. imóvel ao ar de todo modo frio da noite, segurou-o por um braço e passeou com ele um pouco para cima e para baixo. Enquanto isso, o outro senhor procurava na pedreira algum lugar apropriado. Quando o encontrou fez um sinal com a mão, e o outro senhor conduziu K. até o lugar. Era um local muito próximo à parede de exploração da pedreira, e havia nele uma pedra arrancada daquela. Os senhores atiraram K. por terra, apoiaram-no sobre a pedra e nela lhe recostaram a cabeça. Apesar de todos os esforços que fizeram, e de toda a boa vontade que K. demonstrou, sua posição foi por fim muito forçada e inverossímil. Por isso um dos senhores pediu ao outro que por um instante deixasse apenas a ele a tarefa de acomodar K., mas não obteve também melhores resultados. Por fim deixaram K. em uma posição que de modo algum era a melhor de todas as que até então tinham obtido. Depois um dos senhores abriu o sobretudo e tirou de uma bainha, que pendia de um apertado cinturão posto sobre seu casaco, uma longa e delgada faca de fio duplo, de carniceiro, que ergueu ao alto e examinou à luz da lua. Então voltaram a repetir as repugnantes cortesias; um deles estendia a faca, por cima de K., ao outro, e este tornava a estendê-la ao companheiro, sempre por cima de K. Nesse momento K. soube com precisão que seu dever deveria ser apanhar aquela faca que ia de mão em mão por cima de seu corpo e atravessar-se ele próprio. Mas não o fez, senão que moveu o pescoço, ainda livre, em todas as direções, para observar o que havia ao redor dele. Não podia evitar todo o trabalho às autoridades; a responsabilidade por esta última falha sua correspondia àquele que lhe tinha negado a força necessária para proceder de outra maneira. Seus olhares detiveram-se no último piso da casa que se erguia junto à pedreira. Como se se acendesse de repente uma luz, abriram-se as folhas de uma janela, violentamente separadas; nela apareceu um homem delgado, de débil aspecto àquela distância e àquela altura, que se inclinou para fora e estendeu os braços ainda mais distantes para a frente. Quem era? Um amigo? Uma criatura bondosa? Alguém que participava de sua aflição? Alguém que queria socorrê-lo? Era ele o único? Eram todos? Era ainda possível alguma ajuda? Não haveria objeções que se tinham esquecido? Com certeza havia. É certo que a lógica é inquebrantável, mas não pode opor-se a um homem que quer viver. Onde estava o juiz que nunca tinha visto? Onde estava o alto tribunal ante o qual nunca comparecera? Elevou as mãos e separou todos os dedos.

Mas as mãos de um dos senhores seguraram a garganta de K. enquanto o outro lhe enterrava profundamente no coração a faca e depois a revolvia ali duas vezes. Com os olhos vidrados conseguiu K. ainda ver como os senhores, mantendo-se muito próximos diante de seu rosto e apoiando-se face a face, observavam o desenlace, e disse:

— Como um cachorro!

Era como se a vergonha fosse sobreviver a ele.

❖

Relação dos Volumes Publicados

1. **Dom Casmurro**
Machado de Assis
2. **O Príncipe**
Maquiavel
3. **Mensagem**
Fernando Pessoa
4. **O Lobo do Mar**
Jack London
5. **A Arte da Prudência**
Baltasar Gracián
6. **Iracema / Cinco Minutos**
José de Alencar
7. **Inocência**
Visconde de Taunay
8. **A Mulher de 30 Anos**
Honoré de Balzac
9. **A Moreninha**
Joaquim Manuel de Macedo
10. **A Escrava Isaura**
Bernardo Guimarães
11. **As Viagens - "Il Milione"**
Marco Polo
12. **O Retrato de Dorian Gray**
Oscar Wilde
13. **A Volta ao Mundo em 80 Dias**
Júlio Verne
14. **A Carne**
Júlio Ribeiro
15. **Amor de Perdição**
Camilo Castelo Branco
16. **Sonetos**
Luís de Camões
17. **O Guarani**
José de Alencar
18. **Memórias Póstumas de Brás Cubas**
Machado de Assis
19. **Lira dos Vinte Anos**
Álvares de Azevedo
20. **Apologia de Sócrates / Banquete**
Platão
21. **A Metamorfose/Um Artista da Fome/Carta a Meu Pai**
Franz Kafka
22. **Assim Falou Zaratustra**
Friedrich Nietzsche
23. **Triste Fim de Policarpo Quaresma**
Lima Barreto
24. **A Ilustre Casa de Ramires**
Eça de Queirós
25. **Memórias de um Sargento de Milícias**
Manuel Antônio de Almeida
26. **Robinson Crusoé**
Daniel Defoe
27. **Espumas Flutuantes**
Castro Alves
28. **O Ateneu**
Raul Pompeia
29. **O Noviço / O Juiz de Paz da Roça / Quem Casa Quer Casa**
Martins Pena
30. **A Relíquia**
Eça de Queirós
31. **O Jogador**
Dostoiévski
32. **Histórias Extraordinárias**
Edgar Allan Poe
33. **Os Lusíadas**
Luís de Camões
34. **As Aventuras de Tom Sawyer**
Mark Twain
35. **Bola de Sebo e Outros Contos**
Guy de Maupassant
36. **A República**
Platão
37. **Elogio da Loucura**
Erasmo de Rotterdam
38. **Caninos Brancos**
Jack London
39. **Hamlet**
William Shakespeare
40. **A Utopia**
Thomas More
41. **O Processo**
Franz Kafka
42. **O Médico e o Monstro**
Robert Louis Stevenson
43. **Ecce Homo**
Friedrich Nietzsche
44. **O Manifesto do Partido Comunista**
Marx e Engels
45. **Discurso do Método / Regras para a Direção do Espírito**
René Descartes
46. **Do Contrato Social**
Jean-Jacques Rousseau
47. **A Luta pelo Direito**
Rudolf von Ihering
48. **Dos Delitos e das Penas**
Cesare Beccaria
49. **A Ética Protestante e o Espírito do Capitalismo**
Max Weber
50. **O Anticristo**
Friedrich Nietzsche
51. **Os Sofrimentos do Jovem Werther**
Goethe
52. **As Flores do Mal**
Charles Baudelaire
53. **Ética a Nicômaco**
Aristóteles
54. **A Arte da Guerra**
Sun Tzu
55. **Imitação de Cristo**
Tomás de Kempis
56. **Cândido ou o Otimismo**
Voltaire
57. **Rei Lear**
William Shakespeare
58. **Frankenstein**
Mary Shelley
59. **Quincas Borba**
Machado de Assis
60. **Fedro**
Platão
61. **Política**
Aristóteles
62. **A Viuvinha / Encarnação**
José de Alencar
63. **As Regras do Método Sociológico**
Émile Durkheim
64. **O Cão dos Baskervilles**
Sir Arthur Conan Doyle
65. **Contos Escolhidos**
Machado de Assis
66. **Da Morte / Metafísica do Amor / Do Sofrimento do Mundo**
Arthur Schopenhauer
67. **As Minas do Rei Salomão**
Henry Rider Haggard
68. **Manuscritos Econômico-Filosóficos**
Karl Marx
69. **Um Estudo em Vermelho**
Sir Arthur Conan Doyle
70. **Meditações**
Marco Aurélio
71. **A Vida das Abelhas**
Maurice Materlinck
72. **O Cortiço**
Aluísio Azevedo
73. **Senhora**
José de Alencar
74. **Brás, Bexiga e Barra Funda / Laranja da China**
Antônio de Alcântara Machado
75. **Eugênia Grandet**
Honoré de Balzac
76. **Contos Gauchescos**
João Simões Lopes Neto
77. **Esaú e Jacó**
Machado de Assis
78. **O Desespero Humano**
Sören Kierkegaard
79. **Dos Deveres**
Cícero
80. **Ciência e Política**
Max Weber
81. **Satíricon**
Petrônio
82. **Eu e Outras Poesias**
Augusto dos Anjos
83. **Farsa de Inês Pereira / Auto da Barca do Inferno / Auto da Alma**
Gil Vicente
84. **A Desobediência Civil e Outros Escritos**
Henry David Toreau
85. **Para Além do Bem e do Mal**
Friedrich Nietzsche
86. **A Ilha do Tesouro**
R. Louis Stevenson
87. **Marília de Dirceu**
Tomás A. Gonzaga
88. **As Aventuras de Pinóquio**
Carlo Collodi
89. **Segundo Tratado Sobre o Governo**
John Locke
90. **Amor de Salvação**
Camilo Castelo Branco
91. **Broquéis/Faróis/Últimos Sonetos**
Cruz e Souza
92. **I-Juca-Pirama / Os Timbiras / Outros Poemas**
Gonçalves Dias
93. **Romeu e Julieta**
William Shakespeare
94. **A Capital Federal**
Arthur Azevedo
95. **Diário de um Sedutor**
Sören Kierkegaard
96. **Carta de Pero Vaz de Caminha a El-Rei Sobre o Achamento do Brasil**
97. **Casa de Pensão**
Aluísio Azevedo
98. **Macbeth**
William Shakespeare

99. Édipo Rei/Antígona
Sófocles

100. Lucíola
José de Alencar

101. As Aventuras de Sherlock Holmes
Sir Arthur Conan Doyle

102. Bom-Crioulo
Adolfo Caminha

103. Helena
Machado de Assis

104. Poemas Satíricos
Gregório de Matos

105. Escritos Políticos / A Arte da Guerra
Maquiavel

106. Ubirajara
José de Alencar

107. Diva
José de Alencar

108. Eurico, o Presbítero
Alexandre Herculano

109. Os Melhores Contos
Lima Barreto

110. A Luneta Mágica
Joaquim Manuel de Macedo

111. Fundamentação da Metafísica dos Costumes e Outros Escritos
Immanuel Kant

112. O Príncipe e o Mendigo
Mark Twain

113. O Domínio de Si Mesmo Pela Auto-Sugestão Consciente
Émile Coué

114. O Mulato
Aluísio Azevedo

115. Sonetos
Florbela Espanca

116. Uma Estadia no Inferno / Poemas / Carta do Vidente
Arthur Rimbaud

117. Várias Histórias
Machado de Assis

118. Fédon
Platão

119. Poesias
Olavo Bilac

120. A Conduta para a Vida
Ralph Waldo Emerson

121. O Livro Vermelho
Mao Tsé-Tung

122. Oração aos Moços
Rui Barbosa

123. Otelo, o Mouro de Veneza
William Shakespeare

124. Ensaios
Ralph Waldo Emerson

125. De Profundis / Balada do Cárcere de Reading
Oscar Wilde

126. Crítica da Razão Prática
Immanuel Kant

127. A Arte de Amar
Ovídio Naso

128. O Tartufo ou O Impostor
Molière

129. Metamorfoses
Ovídio Naso

130. A Gaia Ciência
Friedrich Nietzsche

131. O Doente Imaginário
Molière

132. Uma Lágrima de Mulher
Aluísio Azevedo

133. O Último Adeus de Sherlock Holmes
Sir Arthur Conan Doyle

134. Canudos - Diário de Uma Expedição
Euclides da Cunha

135. A Doutrina de Buda
Siddharta Gautama

136. Tao Te Ching
Lao-Tsé

137. Da Monarquia / Vida Nova
Dante Alighieri

138. A Brasileira de Prazins
Camilo Castelo Branco

139. O Velho da Horta/Quem Tem Farelos?/Auto da Índia
Gil Vicente

140. O Seminarista
Bernardo Guimarães

141. O Alienista / Casa Velha
Machado de Assis

142. Sonetos
Manuel du Bocage

143. O Mandarim
Eça de Queirós

144. Noite na Taverna / Macário
Álvares de Azevedo

145. Viagens na Minha Terra
Almeida Garrett

146. Sermões Escolhidos
Padre Antonio Vieira

147. Os Escravos
Castro Alves

148. O Demônio Familiar
José de Alencar

149. A Mandrágora / Belfagor, o Arquidiabo
Maquiavel

150. O Homem
Aluísio Azevedo

151. Arte Poética
Aristóteles

152. A Megera Domada
William Shakespeare

153. Alceste/Electra/Hipólito
Eurípedes

154. O Sermão da Montanha
Huberto Rohden

155. O Cabeleira
Franklin Távora

156. Rubáiyát
Omar Khayyám

157. Luzia-Homem
Domingos Olímpio

158. A Cidade e as Serras
Eça de Queirós

159. A Retirada da Laguna
Visconde de Taunay

160. A Viagem ao Centro da Terra
Júlio Verne

161. Caramuru
Frei Santa Rita Durão

162. Clara dos Anjos
Lima Barreto

163. Memorial de Aires
Machado de Assis

164. Bhagavad Gita
Krishna

165. O Profeta
Khalil Gibran

166. Aforismos
Hipócrates

167. Kama Sutra
Vatsyayana

168. O Livro da Jângal
Rudyard Kipling

169. De Alma para Alma
Huberto Rohden

170. Orações
Cícero

171. Sabedoria das Parábolas
Huberto Rohden

172. Salomé
Oscar Wilde

173. Do Cidadão
Thomas Hobbes

174. Porque Sofremos
Huberto Rohden

175. Einstein: o Enigma do Universo
Huberto Rohden

176. A Mensagem Viva do Cristo
Huberto Rohden

177. Mahatma Gandhi
Huberto Rohden

178. A Cidade do Sol
Tommaso Campanella

179. Setas para o Infinito
Huberto Rohden

180. A Voz do Silêncio
Helena Blavatsky

181. Frei Luís de Sousa
Almeida Garrett

182. Fábulas
Esopo

183. Cântico de Natal/ Os Carrilhões
Charles Dickens

184. Contos
Eça de Queirós

185. O Pai Goriot
Honoré de Balzac

186. Noites Brancas e Outras Histórias
Dostoiévski

187. Minha Formação
Joaquim Nabuco

188. Pragmatismo
William James

189. Discursos Forenses
Enrico Ferri

190. Medeia
Eurípedes

191. Discursos de Acusação
Enrico Ferri

192. A Ideologia Alemã
Marx & Engels

193. Prometeu Acorrentado
Ésquilo

194. Iaiá Garcia
Machado de Assis

195. Discursos no Instituto dos Advogados Brasileiros / Discurso no Colégio Anchieta
Rui Barbosa

196. Édipo em Colono
Sófocles

197. A Arte de Curar pelo Espírito
Joel S. Goldsmith

198. Jesus, o Filho do Homem
Khalil Gibran

199. Discurso sobre a Origem e os Fundamentos da Desigualdade entre os Homens
Jean-Jacques Rousseau

200. Fábulas
La Fontaine

201. O Sonho de uma Noite de Verão
William Shakespeare

202. **Maquiavel, o Poder**
José Nivaldo Junior

203. **Ressurreição**
Machado de Assis

204. **O Caminho da Felicidade**
Huberto Rohden

205. **A Velhice do Padre Eterno**
Guerra Junqueiro

206. **O Sertanejo**
José de Alencar

207. **Gitanjali**
Rabindranath Tagore

208. **Senso Comum**
Thomas Paine

209. **Canaã**
Graça Aranha

210. **O Caminho Infinito**
Joel S. Goldsmith

211. **Pensamentos**
Epicuro

212. **A Letra Escarlate**
Nathaniel Hawthorne

213. **Autobiografia**
Benjamin Franklin

214. **Memórias de Sherlock Holmes**
Sir Arthur Conan Doyle

215. **O Dever do Advogado / Posse de Direitos Pessoais**
Rui Barbosa

216. **O Tronco do Ipê**
José de Alencar

217. **O Amante de Lady Chatterley**
D. H. Lawrence

218. **Contos Amazônicos**
Inglês de Souza

219. **A Tempestade**
William Shakespeare

220. **Ondas**
Euclides da Cunha

221. **Educação do Homem Integral**
Huberto Rohden

222. **Novos Rumos para a Educação**
Huberto Rohden

223. **Mulherzinhas**
Louise May Alcott

224. **A Mão e a Luva**
Machado de Assis

225. **A Morte de Ivan Ilicht / Senhores e Servos**
Leon Tolstói

226. **Álcoois e Outros Poemas**
Apollinaire

227. **Pais e Filhos**
Ivan Turguêniev

228. **Alice no País das Maravilhas**
Lewis Carroll

229. **À Margem da História**
Euclides da Cunha

230. **Viagem ao Brasil**
Hans Staden

231. **O Quinto Evangelho**
Tomé

232. **Lorde Jim**
Joseph Conrad

233. **Cartas Chilenas**
Tomás Antônio Gonzaga

234. **Odes Modernas**
Anntero de Quental

235. **Do Cativeiro Babilônico da Igreja**
Martinho Lutero

236. **O Coração das Trevas**
Joseph Conrad

237. **Thais**
Anatole France

238. **Andrômaca / Fedra**
Racine

239. **As Catilinárias**
Cícero

240. **Recordações da Casa dos Mortos**
Dostoiévski

241. **O Mercador de Veneza**
William Shakespeare

242. **A Filha do Capitão / A Dama de Espadas**
Aleksandr Púchkin

243. **Orgulho e Preconceito**
Jane Austen

244. **A Volta do Parafuso**
Henry James

245. **O Gaúcho**
José de Alencar

246. **Tristão e Isolda**
Lenda Medieval Celta de Amor

247. **Poemas Completos de Alberto Caeiro**
Fernando Pessoa

248. **Maiakósvski**
Vida e Poesia

249. **Sonetos**
William Shakespeare

250. **Poesia de Ricardo Reis**
Fernando Pessoa

251. **Papéis Avulsos**
Machado de Assis

252. **Contos Fluminenses**
Machado de Assis

253. **O Bobo**
Alexandre Herculano

254. **A Oração da Coroa**
Demóstenes

255. **O Castelo**
Franz Kafka

256. **O Trovejar do Silêncio**
Joel S. Goldsmith

257. **Alice na Casa dos Espelhos**
Lewis Carrol

258. **Miséria da Filosofia**
Karl Marx

259. **Júlio César**
William Shakespeare

260. **Antônio e Cleópatra**
William Shakespeare

261. **Filosofia da Arte**
Huberto Rohden

262. **A Alma Encantadora das Ruas**
João do Rio

263. **A Normalista**
Adolfo Caminha

264. **Pollyanna**
Eleanor H. Porter

265. **As Pupilas do Senhor Reitor**
Júlio Diniz

266. **As Primaveras**
Casimiro de Abreu

267. **Fundamentos do Direito**
Léon Duguit

268. **Discursos de Metafísica**
G. W. Leibniz

269. **Sociologia e Filosofiia**
Émile Durkheim

270. **Cancioneiro**
Fernando Pessoa

271. **A Dama das Camélias**
Alexandre Dumas (filho)

272. **O Divórcio / As Bases da Fé / e outros textos**
Rui Barbosa

273. **Pollyanna Moça**
Eleanor H. Porter

274. **O 18 Brumário de Luís Bonaparte**
Karl Marx

275. **Teatro de Machado de Assis**
Antologia

276. **Cartas Persas**
Montesquieu

277. **Em Comunhão com Deus**
Huberto Rohden

278. **Razão e Sensibilidade**
Jane Austen

279. **Crônicas Selecionadas**
Machado de Assis

280. **Histórias da Meia-Noite**
Machado de Assis

281. **Cyrano de Bergerac**
Edmond Rostand

282. **O Maravilhoso Mágico de Oz**
L. Frank Baum

283. **Trocando Olhares**
Florbela Espanca

284. **O Pensamento Filosófico da Antiguidade**
Huberto Rohden

285. **Filosofia Contemporânea**
Huberto Rohden

286. **O Espírito da Filosofia Oriental**
Huberto Rohden

287. **A Pele do Lobo / O Badejo / o Dote**
Artur Azevedo

288. **Os Bruzundangas**
Lima Barreto

289. **A Pata da Gazela**
José de Alencar

290. **O Vale do Terror**
Sir Arthur Conan Doyle

291. **O Signo dos Quatro**
Sir Arthur Conan Doyle

292. **As Máscaras do Destino**
Florbela Espanca

293. **A Confissão de Lúcio**
Mário de Sá-Carneiro

294. **Falenas**
Machado de Assis

295. **O Uraguai / A Declamação Trágica**
Basílio da Gama

296. **Crisálidas**
Machado de Assis

297. **Americanas**
Machado de Assis

298. **A Carteira de Meu Tio**
Joaquim Manuel de Macedo

299. **Catecismo da Filosofia**
Huberto Rohden

301. **Rumo à Consciência Cósmica**
Huberto Rohden

302. **Cosmoterapia**
Huberto Rohden

303. **Bodas de Sangue**
Federico García Lorca

304. **Discurso da Servidão Voluntária**
Étienne de La Boétie

305. **Categorias**
Aristóteles

306. Manon Lescaut
Abade Prévost

307. Teogonia / Trabalho e Dias
Hesíodo

308. As Vítimas-Algozes
Joaquim Manuel de Macedo

309. Persuasão
Jane Austen

310. Agostinho - Huberto Rohden

311. Roteiro Cósmico
Huberto Rohden

312. A Queda dum Anjo
Camilo Castelo Branco

313. O Cristo Cósmico e os Essênios - Huberto Rohden

314. Metafísica do Cristianismo
Huberto Rohden

315. Rei Édipo - Sófocles

316. Livro dos provérbios
Salomão

317. Histórias de Horror
Howard Phillips Lovecraft

318. O Ladrão de Casaca
Maurice Leblanc

Série Ouro
(Livros com mais de 400 p.)

1. Leviatã
Thomas Hobbes

2. A Cidade Antiga
Fustel de Coulanges

3. Crítica da Razão Pura
Immanuel Kant

4. Confissões
Santo Agostinho

5. Os Sertões
Euclides da Cunha

6. Dicionário Filosófico
Voltaire

7. A Divina Comédia
Dante Alighieri

8. Ética Demonstrada à Maneira dos Geômetras
Baruch de Spinoza

9. Do Espírito das Leis
Montesquieu

10. O Primo Basílio
Eça de Queirós

11. O Crime do Padre Amaro
Eça de Queirós

12. Crime e Castigo
Dostoiévski

13. Fausto
Goethe

14. O Suicídio
Émile Durkheim

15. Odisseia
Homero

16. Paraíso Perdido
John Milton

17. Drácula
Bram Stocker

18. Ilíada
Homero

19. As Aventuras de Huckleberry Finn
Mark Twain

20. Paulo – O 13º Apóstolo
Ernest Renan

21. Eneida
Virgílio

22. Pensamentos
Blaise Pascal

23. A Origem das Espécies
Charles Darwin

24. Vida de Jesus
Ernest Renan

25. Moby Dick
Herman Melville

26. Os Irmãos Karamazovi
Dostoiévski

27. O Morro dos Ventos Uivantes
Emily Brontë

28. Vinte Mil Léguas Submarinas
Júlio Verne

29. Madame Bovary
Gustave Flaubert

30. O Vermelho e o Negro
Stendhal

31. Os Trabalhadores do Mar
Victor Hugo

32. A Vida dos Doze Césares
Suetônio

33. O Moço Loiro
Joaquim Manuel de Macedo

34. O Idiota
Dostoiévski

35. Paulo de Tarso
Huberto Rohden

36. O Peregrino
John Bunyan

37. As Profecias
Nostradamus

38. Novo Testamento
Huberto Rohden

39. O Corcunda de Notre Dame
Victor Hugo

40. Arte de Furtar
Anônimo do século XVII

41. Germinal
Émile Zola

42. Folhas de Relva
Walt Whitman

43. Ben-Hur — Uma História dos Tempos de Cristo
Lew Wallace

44. Os Maias
Eça de Queirós

45. O Livro da Mitologia
Thomas Bulfinch

46. Os Três Mosqueteiros
Alexandre Dumas

47. Poesia de Álvaro de Campos
Fernando Pessoa

48. Jesus Nazareno
Huberto Rohden

49. Grandes Esperanças
Charles Dickens

50. A Educação Sentimental
Gustave Flaubert

51. O Conde de Monte Cristo (Volume I)
Alexandre Dumas

52. O Conde de Monte Cristo (Volume II)
Alexandre Dumas

53. Os Miseráveis (Volume I)
Victor Hugo

54. Os Miseráveis (Volume II)
Victor Hugo

55. Dom Quixote de La Mancha (Volume I)
Miguel de Cervantes

56. Dom Quixote de La Mancha (Volume II)
Miguel de Cervantes

57. As Confissões
Jean-Jacques Rousseau

58. Contos Escolhidos
Artur Azevedo

59. As Aventuras de Robin Hood
Howard Pyle